Van Murat Isik verscheen eveneens
bij Ambo|Anthos *uitgevers*

Wees onzichtbaar

Murat Isik

Verloren grond

Ambo|Anthos
Amsterdam

MIX
Papier van verantwoorde herkomst
FSC® C014496

Deze uitgave kwam tot stand door bemiddeling van
Sebes & Van Gelderen Literary Agency te Amsterdam.

Eerste druk 2012
Vierentwintigste druk 2019

ISBN 978 90 263 4733 7

Omslagontwerp Roald Triebels, Amsterdam
Omslagillustratie © Emin Özmen / Magnum Photos / Hollandse Hoogte
Foto auteur © Liselore Chevalier

Verspreiding voor België:
Veen Bosch & Keuning uitgevers nv, Antwerpen

Voor mijn familie

De schreeuw veranderde mijn vader voor altijd in een breekbare man.

Ik zat in de wachtkamer van het ziekenhuis in Muş en kromp ineen toen ik het geluid van de zaag hoorde die met moeite doordrong in het bot. Daarna klonk de wanhopige schreeuw van mijn vader die na een paar halen van het stuk staal met de scherpe tanden, overging in een ander geluid dat eerst iets dierlijks en daarna monsterachtigs had. Langzaam veranderde het in een bizar gekrijs, afgewisseld met luguber gegorgel. Het was alsof mijn vader de pijn uit zijn lichaam perste en een deel van zijn ziel een uitweg zocht uit het diepste van zijn wezen.

Ik rende weg om te ontsnappen aan het geluid, maar het bleef me achtervolgen. Zelfs toen ik buiten stond en mijn oren dichtdrukte, hoorde ik het nog.

Soms, als ik mijn ogen sluit en alleen word omringd door stilte, hoor ik het weer: de schreeuw die ons leven voorgoed veranderde.

1

Ik ben geboren in de zomer van 1953 op een *yayla* op ruim tweeduizend meter hoogte. Mijn moeder beweerde dat ik niet huilde maar glimlachte toen ze me voor het eerst in haar armen nam, en dat mijn zwarte donshaar wapperde in de bergwind toen ze me omhooghield en riep: 'Jij zult wel leven! Jij zult oud en sterk worden en ons eeuwige voorspoed brengen!'

Ik kreeg de naam van mijn grootvader: Miran. Met die naam werd ik de eerste tien jaar van mijn leven aangesproken tot ik plotseling een andere naam kreeg. Het was geen toeval dat ik op de yayla op de wereld werd gezet. Iedere zomer, als de hitte in ons dorp Sobyan ondraaglijk werd en de huizen in brand leken te staan, trokken de vrouwen met hun kinderen en het vee naar de hoogvlakte, waar de koele berglucht hen uit hun zomerslaap wekte.

Mijn moeder ondernam de klim naar het plateau toen ze ongeveer zeven maanden zwanger was van mij. Mijn vader had haar hand vastgepakt en haar eindeloos gesmeekt in het dorp te blijven, omdat het onmogelijk goed kon zijn voor een hoogzwangere vrouw om een zware klim te ondernemen en de ijle lucht op honderden meters hoogte in te ademen. Hij had zelfs toegezegd haar op het warmste moment van de dag, tijdens de verzengende hitte van twee uur 's middags, koelte toe te wuiven.

'Lieve Aşme, ik zal mijn werk onderbreken en met een waaier naast je bed staan,' had hij met zachte stem gezegd, 'tot de zon ondergaat en je rustig in slaap valt.'

Maar mijn vader kon het ook toen niet winnen van haar koppigheid. 'Waar heb je het over, Selim? Deze hitte wordt nog mijn dood. Mijn kleren plakken aan mijn lijf en ik heb het gevoel dat mijn keel wordt dichtgedrukt. Ik sterf nog liever tijdens de klim dan dat ik een dag langer hier blijf.'

Ik verdenk mijn moeder ervan dat ze niet zozeer de hitte van het dorp ontvluchtte, maar vooral onder geen beding haar jaarlijkse hoogtepunt wilde missen. Ondanks aandringen van mijn vader weigerde ze op de rug van een ezel te gaan zitten en volbracht ze de klim met verrassend gemak. Slechts één keer, halverwege de tocht, nam ze zuchtend plaats op een rots om op adem te komen. Ze dwong door haar volhardendheid zelfs respect af bij de mannen die hen vergezelden en kreunden van de zware spullen en voorraden die ze als pakezels omhoog sjouwden.

De mannen zetten de tenten op, die in sommige gevallen zo groot waren dat er vier gezinnen in pasten en de hoogvlakte het aanzien van een kamp gaven. De vrouwen verbleven tijdens de hete periode zo'n twee maanden in afzondering van de mannen op de yayla en hoefden zich slechts te bekommeren om de kleine kinderen. Het was voor hen de tijd van het jaar waarin ze eindeloos konden roddelen, terwijl ze onafgebroken zonnebloempitten kraakten en bittere thee dronken onder de sterrenhemel. De jonge kinderen speelden buiten tot het schemerdonker, waarna ze uitgeput hun hoofd in de schoot van hun moeders legden. De zorg voor het vee werd de vrouwen uit handen genomen door de jongens die later herder zouden worden. De mannen bleven achter in het dorp, samen met hun zoons die oud en sterk genoeg waren om fysiek werk te verrichten. Ze bewerkten het droge land zo goed en zo kwaad als het ging en behoedden het dorp voor plunderingen door rondzwervende bandieten.

Toen mijn moeders vliezen braken, eiste ze dat mijn vader zo snel mogelijk werd gewaarschuwd. 'Laat iemand Selim halen!' had ze geschreeuwd. 'Waar wachten jullie op? Haal mijn man!'

Een mager jongetje dat geen moment stil kon zitten, werd naar beneden gestuurd. Hoewel het verhaal ging dat het jongetje met gevaar voor eigen leven was afgedaald en onderweg zelfs enkele berggeiten had ingehaald, lukte het mijn vader niet om op tijd boven te zijn.

Toen hij buiten adem arriveerde, hield mijn moeder me in de lucht en zei: 'Selim, je hebt een zoon,' om er met krachtige stem aan toe te voegen: 'Maar deze zal leven! Deze jongen zal oud en sterk worden!'

Mijn moeder vertelde later dat mijn vader eruitzag als een landloper. 'Hij stonk als een oude os,' zei ze lachend. Zijn gezicht was verbrand door de genadeloze zon, en in de groeven van zijn voorhoofd zat het fijne rode stof dat door de woestijnwind door het dorp werd geblazen. Mijn broer Yusuf en mijn zus Zilda keken toe hoe mijn vader me in zijn armen nam. Hij bracht zijn gezicht dicht bij mijn hoofdje, bekeek me met zijn stralende ogen en zei: 'Welkom, Miran. Welkom mijn zoon.' Daarna kuste hij me op mijn neusje.

Lange tijd waren mijn ouders bang dat ik plotseling zou sterven, net als mijn tweelingbroers Salman en Muse, die twee dagen na hun geboorte kort na elkaar overleden. In ons dorp Sobyan beschikten we in die tijd niet over medicijnen, laat staan dat er een dokter in ons midden was. We waren overgeleverd aan de genade van de onbarmhartige natuur. De angst voor mijn dood hield mijn ouders in een wurggreep. Vooral mijn moeder verloor me in mijn eerste levensjaren geen ogenblik uit het oog. Als ik me verslikte, klopte ze me hysterisch op mijn rug en na een ongelukkige val kwam ze meteen aangesneld om me te troosten. Meer dan eens werd ze daarbij overvallen door huilbuien.

Ik zag het hele jaar uit naar ons verblijf op het plateau. We speelden de hele dag buiten en als we kattenkwaad uithaalden, waren er geen mannen die ons streng toespraken. Op sommige avonden mochten mijn vriendjes en ik een tent delen. We bleven dan de hele nacht op om buiten naar de sterren te kijken en elkaar enge verhalen te vertellen.

Het was voor mij de gelukkigste tijd van het jaar.

Ik kon toen onmogelijk weten dat ik na de zomer van 1965 de yayla nooit meer zou zien. Een jaar later trof het noodlot ons en maakte voor altijd een einde aan ons geluk.

2

Ons dorp was lang geleden gesticht door Armenen die het de naam Sobyan gaven. In Oost-Turkije woonden in die tijd behalve Zaza's en Koerden veel Armenen. Sobyan werd in mijn kinderjaren echter uitsluitend bewoond door Zaza's en het Zazaki was tot mijn tiende jaar de enige taal die ik sprak. Mijn vader leerde me dat onze voorouders uit het noorden van het vroegere Perzië kwamen. Daar vormde de zuidkust van de Kaspische zee lange tijd hun leefgebied. Hij vertelde me dat de Zaza's van daaruit naar Turkije trokken en zich vooral in het oosten van het huidige Anatolië vestigden.

De overgrootouders van mijn moeder vestigden zich in Sobyan nadat ze na een familievete, uit hun dorp waren verbannen door de *muhtar*. Samen met een groep dorpelingen die hun kant had gekozen, gingen ze op zoek naar een plek om opnieuw te beginnen. Ze werden gewezen op een dorp in de buurt van Varto dat door de Armenen was verlaten. Na een dagenlange voettocht bereikten ze het dorp waar ik tientallen jaren later op de wereld zou worden gezet.

Ondanks de vele gesprekken die mijn vader jaren later voerde met de dorpsoudsten, die zonder uitzondering ongeletterde boeren waren, bleef onduidelijk waarom de Armenen uit Sobyan waren vertrokken. Sommigen zeiden dat ze verjaagd waren, anderen hielden het erop dat ze onder invloed van missionarissen vertrokken waren naar de Verenigde Staten en Rusland, voordat ze, zoals in omliggende dorpen, met geweld van de staat te maken kregen. De oudste man van het dorp, de wijze Memla die ik nooit heb gekend, staarde zwijgend voor zich uit toen mijn vader hem vroeg naar het lot van de vorige inwoners van ons dorp, en zei ten slotte: 'De Armenen hebben vreselijk geleden, jongen. Geen volk in Anatolië heeft zo moeten afzien.'

Nadat de overgrootouders van mijn moeder zich met hun groep in Sobyan hadden gevestigd, nam het inwoneraantal snel toe. De verhalen over een dorp waar stenen huizen met boomgaarden en moestuinen beschikbaar waren en waar behoefte was aan hardwerkende landarbeiders, bereikten al vlug de dorpen in de wijde omgeving. Het leidde tot de komst van jonge gezinnen en eenzame dagloners die hun spierkracht graag ter beschikking stelden in ruil voor wat eten en een slaapplaats. Alle nieuwkomers waren Zaza en hingen net als mijn familie het alevitisme aan.

In de prilste jaren van mijn leven werd ik in Sobyan overladen door de liefde van mijn zus Zilda, mijn broer Yusuf en mijn ouders. Het was een periode vol warmte en geluk, tot het noodlot toesloeg en mijn zus Zilda overleed. Na mijn tweelingbroers Salman en Muse moesten mijn ouders opnieuw een kind begraven. Er volgde een periode van intense rouw die pas werd verbroken toen mijn moeder een jaar later merkte dat ze weer zwanger was. Toen ik vijf was, werd mijn zusje Elida geboren. Ze bracht licht en vreugde terug in ons leven en werd meteen de lieveling van het gezin. En zoals mijn zus Zilda mij altijd eindeloos vertroetelde, zo knuffelde ik Elida onophoudelijk en week geen moment van haar zijde. Maar het geluk kwam voor mijn moeder misschien te snel, want in de eerste maanden was ze ervan overtuigd dat Zilda voortleefde in Elida. Ik keek verward op als ze de baby die ze stevig in haar armen hield Zilda noemde, totdat mijn vader haar smeekte daarmee op te houden omdat het noemen van haar naam zijn hart opnieuw deed huilen.

We woonden in een groot stenen huis met een plat dak. Door het ontbreken van ramen waren we voor daglicht aangewezen op het gat in het plafond dat met een glasplaat was afgedekt. Het weinige licht dat door het gat ter grootte van een flinke watermeloen naar binnen viel, werd versterkt door olielampjes die op meerdere plekken in huis hingen. In het midden van de woonkamer bevond zich een open haard met daarboven een brede schoorsteen waar in de winter een snijdende wind doorheen joeg die telkens het vuur dreigde uit te blazen. Op die dagen zocht ik verkleumd de grote stal op die vanuit het woonvertrek via een nauwe gang te bereiken was. Het was er veel aangenamer door de warme lijven van de koeien, schapen en geiten.

Mijn moeder bereidde de gerechten boven de haard. Ondanks de schoorsteen vulde het hele huis zich met rook als zij voor ons kookte. Het heerlijke aroma van kruiden en gebraden vlees vulde alle vertrekken. De lekkerste geur was die van *lavaş*, het verse pannenkoekachtige brood dat werd gebakken op een ijzeren plaat boven de haard. In de *tandır*, een kleioven in de grond van ongeveer een meter diep en een halve meter breed, bakte mijn moeder *non*, het brood dat we alleen op bijzondere dagen aten. Ik hield ervan om toe te kijken hoe mijn moeder het deeg eerst uitrolde en het vervolgens tegen de hete wanden van de kleioven aanduwde. Van haar mocht ik er niet te dichtbij komen omdat ze bang was dat ik in de oven zou vallen. Urenlang kon ik bij de tandır zitten en soms wierp ik er ook voorwerpen in zoals lepels, vorken en bekers. Mijn fascinatie voor vuur beangstigde mijn moeder. 'Op een dag gooi je er nog lakens in en steek je het hele huis in brand,' zei ze steeds. Tevergeefs probeerde ze me bang te maken door te roepen dat veel vrouwen in het dorp de dood hadden gevonden bij een val in de tandır. Eén keer hield ze zelfs mijn hand er even boven om me te laten voelen dat ik me kon bezeren, maar ik moest alleen maar lachen, bood haar ook mijn andere hand aan en riep: 'Deze ook!'

Voor water waren we aangewezen op de dorpskraan op het plein, die vlak na mijn geboorte door de staat was aangelegd. Ook stroomde er vanaf de heuvels een smal stroompje dat werd gebruikt voor de moestuinen.

Mijn broer Yusuf werd er iedere ochtend op uitgestuurd om water te halen. Ik keek vaak vol bewondering hoe hij met twee volle emmers terugkeerde zonder ook maar een druppel te morsen. Hoewel zijn gezicht rood aanliep en de aderen in zijn onderarm zwollen, keek hij zo onaangedaan mogelijk. Hij wilde niet dat ik water haalde omdat hij een oude man in het dorp eens had horen zeggen dat kleine kinderen die tilwerk verrichten, achterblijven in hun groei.

In de moestuin voor ons huis verbouwden we aardappelen, knolgewassen, komkommers en tomaten, en in de boomgaard voor ons huis groeiden pruimen, abrikozen en appels. Op de akker achter het dorp hadden we een strookje grond waarop we tarwe verbouwden. Mijn vader was belast met het zware werk op het land. Van hem hoefden mijn broer en ik daar niet bij te helpen. 'Jullie zijn herders,' zei hij, 'geen landarbeider zoals ik.' Maar meer dan landarbeider was mijn vader de *dengbej*, de verhalenverteller, van het dorp. De dorpelingen noemden hem vol achting dengbej Selim en probeerden de rug van zijn hand te kussen als ze hem tegenkwamen. Zelfs mannen die veel ouder waren dan hij brachten hun hoofd naar zijn hand, maar mijn vader stond dat niet toe. Beschaamd trok hij zijn hand telkens terug. Het was een van de gebruiken in het dorp die hij voor achterlijk hield. Tot in de wijde omgeving stond hij bekend om zijn grootse verhalen en schitterende stem. Midden in een verhaal kon hij plotseling zijn *saz* oppakken en een lied zingen en niet zelden was zijn publiek tot tranen toe geroerd. 'Ach, dengbej Selim, u heeft ons weer laten huilen,' riepen zijn toehoorders na afloop vaak, terwijl ze hun ogen aan hun versleten mouwen droogden.

Hij vertelde zijn verhalen meestal in het grote huis van de blinde Ilyas waar de mannen van het dorp een paar avonden in de week in de ruime zitkamer bijeenkwamen. Mijn vader voerde de gastheer dan mee naar werelden die hij alleen nog in zijn gedachten kon bezoeken. Op warme avonden school ik vaak met vriendjes onder het raam van Ilyas' zitkamer om naar mijn vader te luisteren. Tientallen verhalen heb ik hem zo horen vertellen, het ene nog indrukwekkender dan het andere.

Op andere dagen, als hij na het avondeten uitrustte van een zware dag op het land, stonden er vrienden van hem aan de deur. Ze verzochten hem een verhaal te komen vertellen. En zoals mijn vader een hulpbehoevende nooit voorbij kon lopen, zo kon hij het niet over zijn hart verkrijgen om zo'n verzoek af te wijzen, hoe moe of ziek hij ook was. Maar wanneer mijn moeder of wij ook maar een lichte verkoudheid hadden, veranderde alles. Zonder aarzelen zei hij dan: 'Het spijt me, vrienden, maar vanavond ben ik geen dengbej.' Mijn moeder wist dat maar al te goed en op avonden dat ze hem voor zichzelf wilde hebben, veinsde ze een verhoging, keek hem droevig aan en wreef teder over zijn hand. 'Blijf bij me, Selim, alsjeblieft. Ik voel me niet goed.' Mijn vader kon haar niet weerstaan. Hij zette meteen thee voor haar, perste een halve citroen boven haar kopje uit en deed er een paar flinke lepels honing in. Geduldig keek hij toe hoe ze haar thee opdronk. Daarna nam hij haar in zijn armen en droeg haar naar bed. Daar knoopte hij haar hoofddoek los, trok de lange jurken uit die ze net als de andere vrouwen in het dorp over elkaar droeg en stopte haar stevig in. Hij nam plaats op de met stro bedekte grond naast haar matras en hield haar hand vast tot ze in slaap viel. Soms klaagde mijn moeder dan op ondeugende toon dat ze het maar niet warm kreeg. 'Kom even bij me liggen, Selim,' zei ze met oplichtende ogen. 'Alleen jouw warme hart kan mijn ijskoude botten opwarmen.' Mijn vader sprong meteen op, zei haastig tegen ons dat we ook naar bed moesten en deed snel de olielampjes uit. In het laatste licht van een dovende olielamp zag ik nog net hoe mijn vader snel zijn grijze jas uitdeed, zijn wijde zwarte broek uittrok en naakt tussen de lakens kroop.

Mijn vader trouwde mijn moeder toen ze zestien was. Hij was toen achtendertig. Maar wie ze in mijn jeugd samen zag, zou nimmer zo'n groot leeftijdsverschil vermoed hebben, want ondanks zijn zesenvijftig jaar bezat hij een ongekende hartstocht en fladderde hij als een verliefde tiener om haar heen. Hoewel het in ons dorp hoogst ongebruikelijk was dat mannen en vrouwen openlijk fysiek waren, trok mijn vader zich daar weinig van aan. In huis besloop hij mijn moeder regelmatig om een zoen in haar hals te drukken en als ze samen door het dorp liepen, sloeg hij een arm om haar heen of liet hij zijn hand traag over haar brede heupen glijden. En soms omhelsde hij mijn moeder ineens stevig op het dorpsplein, kuste haar op haar mond en riep hartstochtelijk haar naam, alsof hij iedereen wilde laten zien dat hij zielsveel van haar hield.

Op de avonden dat mijn vader de olielampen haastig doofde, lag ik met open ogen onder mijn schapenwollen dekbed te wachten op de vertrouwde geluiden die zouden volgen. Mijn broer, Elida en ik sliepen aan de andere kant van hetzelfde ruime vertrek. Ik hoorde eerst het piepje dat klonk zodra het hoofd van Elida wegzakte in haar kussen, daarna klonk het gesnurk van mijn broer. Het duurde niet lang voordat het zachte gegiechel van mijn moeder de ruimte vulde, gevolgd door de vergeefse pogingen van mijn vader haar tot stilte te manen. Even later heerste er een onnatuurlijke stilte die werd doorbroken door het geluid van wild opgeklopte dekens en de versnelde ademhaling van mijn ouders. Het klonk zo zacht dat ik mijn oren moest spitsen en adem inhouden om het te kunnen horen. Na een paar minuten was het voorbij en vulde een volmaakte stilte de ruimte.

3

Ali was mijn beste vriend. We waren onafscheidelijk. Hoewel ik maar een halfjaar ouder was dan hij, was hij een kop kleiner. Hij had zachte bruine ogen en een klein rond hoofd dat zijn moeder kaal schoor omdat ze bang was dat hij anders luizen zou krijgen. In de afdankertjes die hij droeg, zaten gaten op de gekste plekken.

Ali woonde een eind verderop in het kleinste huis van het dorp. Toen hij vier was, werd zijn vader plotseling ziek en overleed. Sindsdien leefde Ali in armoede met zijn moeder en zusje. Ze hielden als enigen in het dorp geen dieren en hun kleine moestuin leverde niet genoeg op om de honger van het gezin te stillen. Ze waren aangewezen op aalmoezen. Het was hun geluk dat het hele dorp zich hun lot aantrok. Mijn moeder was erg op Ali gesteld en liet hem zo vaak mogelijk bij ons aanschuiven voor het eten. Ik dacht toen vaak dat Ali zo klein was omdat hij thuis te weinig te eten kreeg. Daarom keek ik vol voldoening toe wanneer hij bij ons het ene bord linzensoep na het andere naar binnen schrokte.

Toen we een jaar of vijf waren, werden Ali en ik besneden. Mijn ouders hadden Ali's moeder aangeboden om ons samen te laten besnijden en de kosten van het besnijdenisfeest voor hun rekening te nemen. Met tranen in haar ogen had ze het aanbod geaccepteerd. Op het drukbezochte feest voor het huis van Ilyas was er veel eten en werd er saz gespeeld en gezongen. Ali en mij werd niet verteld wat er stond te gebeuren, ook niet toen we plotseling uit het feestgedruis werden geplukt. Binnen werden we in een wit jurkje gehesen en naast elkaar op een kleed in een donkere kamer gelegd. Pas toen zagen we de *sünnetçi*. Hij droeg een brilletje met ronde glazen en had een klein scherp mes in zijn hand. Ali en ik keken elkaar verschrikt aan. Ik begon te schreeuwen, waarna ik meteen voelde hoe grote mannenhanden mijn polsen en voeten vastpakten en tegen de grond drukten. De sünnetçi liep op mij af als een roofdier dat een prooi ontwaart in een berenklem. Toen ook mijn benen uit elkaar werden geduwd, begon ik instinctief nog harder te schreeuwen alsof ik begreep dat hij erop uit was om in mijn piemel te snijden. Maar hoe ik ook spartelde en kronkelde, ik kon niet loskomen uit de greep van de mannen. Met mijn ogen zocht ik mijn vader, maar ik kon hem niet zien. Ik hoorde alleen zijn stem. 'Rustig,' zei hij op kalme toon, 'rustig, mijn zoon, het doet geen pijn.'

En terwijl Ali mijn hand vastpakte, knielde de sünnetçi voor me neer.

'Niet doen, niet doen!' schreeuwde ik. Maar de man nam mijn geslacht in zijn hand en trok de voorhuid strak naar voren. Ik hield mijn adem in en probeerde met opgeheven hoofd te zien wat hij deed, maar het jurkje ontnam me het zicht. In een snelle beweging verwijderde hij mijn voorhuid, waarna ik het uitgilde. Ali gaf geen krimp toen hij aan de beurt was. Ik bewonderde hem enorm.

Door zijn kleine postuur en kaalgeschoren hoofd leek Ali wel drie jaar jonger dan hij was, wat hem een dankbaar slachtoffer maakte voor pesterijen van oudere jongens. Hij keek uit zelfbescherming altijd nors voor zich uit alsof er met hem niet te sollen viel, maar het voorkwam niet dat hij er vaak zonder aanleiding van langs kreeg. Vooral onze kwelgeest Hakan, de zoon van de slager Atilla, had het op hem gemunt. En zoals iedereen in het dorp de slager vreesde vanwege zijn temperament, zo vreesden wij zijn onberekenbare zoon. Hoewel Hakan en ik slechts een paar maanden scheelden in mijn nadeel, was hij veel groter en forser gebouwd. Dat fysieke voordeel buitte hij maar al te graag uit. Met zijn logge lijf struinde hij het dorp vaak af, op zoek naar Ali en mij of andere slachtoffers om mee te vechten. We gingen hem zo veel mogelijk uit de weg, want als hij ons te pakken kreeg, heugde het ons nog lang. Meer dan eens heb ik Ali uit Hakans klauwen moeten redden door net zo lang aan zijn been te hangen tot hij mijn jammerende vriend liet gaan. Eén keer kwam zijn vader met een bebloed schort en een groot mes in zijn hand uit het slachthuis gelopen om een einde te maken aan het kabaal dat hem afleidde van zijn werk. Hij gaf Hakan een klap tegen zijn achterhoofd en brulde dat Ali en ik naar huis moesten gaan en beter uit de buurt van zijn zoon konden blijven. We wisten niet hoe snel we moesten wegrennen.

Atilla's slachthuis lag naast zijn huis. Hij had het slachthuis laten bouwen toen hij onder dubieuze omstandigheden een grote partij vee voor een gunstige prijs had weten te bemachtigen in een naburig dorp. Vanaf dat moment aasde Atilla op onze dieren. Hij had mijn vader meermaals gevraagd naar de prijs. Vaak hield hij tijdens die korte onderhandelingen een lammetje in zijn armen dat hij zachtjes over de kop streelde. Steeds luidde het antwoord van mijn vader dat zijn vee niet te koop was. Zijn standvastigheid wekte ergernis bij Atilla, maar weerhield hem er niet van zijn bod telkens met een paar lira te verhogen. Zijn kolossale lichaam torende tijdens die gesprekken als een massieve berk boven ons uit en wierp een koele schaduw over ons heen. Mijn vader keek hem schuw aan, alsof hij bang was dat elk moment een tak van de berk kon afbreken en ons zou verpletteren. En even leek hij ineen te krimpen toen Atilla eraan toevoegde: 'Wanneer kunnen we verdomme zaken doen? Vertelt u mij dat, Selim *bey*!'

Maar mijn vader hield stand en dat maakte me trots. 'Mijn vee is niet te koop. Het is onze inkomstenbron.' Hij keek me aan, legde zijn hand op mijn hoofd en zei kalm: 'En het is de toekomst van mijn zoons.'

Na ieder afgewezen bod wierp Atilla mijn vader een woeste blik toe. En even vreesde ik dat hij het lammetje in zijn armen ter plekke de nek zou omdraaien toen hij bulderde: 'Alles heeft zijn prijs, Selim bey! Vergeet u dat niet. Alles heeft zijn prijs.'

Ali en ik werden er door mijn moeder regelmatig op uitgestuurd om *tezek* te verzamelen, die als stookmiddel diende voor de haard. Niet alleen moesten we de stal induiken om de opgedroogde mest met een schep van de grond te schrapen, maar ook verzamelden we de op straat gedumpte mest om in de zon te laten drogen. De tezek deelden we met de moeder van Ali. Als we geen klusjes kregen, slenterden Ali en ik door het dorp op zoek naar vertier. Het liefst verkenden we de omgeving buiten het dorp omdat we daar niet mochten komen van onze moeders. In de broeierige zomers trokken we onze kleren uit en sprongen in het koele beekje achter het dorp. Urenlang spartelden we in het water tot we ons vermoeid op de oever hesen om in de zon op te drogen en naar het gekwaak van de kikkers te luisteren. Af en toe kwam er een te dichtbij en wierpen we ons erop. De meeste kikkers wisten te ontkomen, maar de minder fortuinlijke vielen aan onze grijpgrage handjes ten prooi en werden het slachtoffer van onze lugubere experimenten. Een keer hield Ali een kikker bij zijn voor- en achterpoten vast terwijl ik hem vanaf zijn romp met een scherp steentje opensneed. Het kikkertje sputterde hevig tegen, ook toen zijn ingewanden er helemaal uit hingen. Ik sneed vervolgens zijn pootjes eraf om te zien of ze, net als spinnenpoten, zouden blijven bewegen. Daarna gooide ik ze gillend naar Ali.

We waren ook gefascineerd door de diepgroene reuzensprinkhanen die wegsprongen als we door de velden vol klaprozen renden. De eerste keer dat het ons lukte er een te vangen, konden we onze ogen niet geloven. We hadden niet eerder zo'n groot insect gezien. Toen we hem voor ons op de grond legden, sprong hij niet weg maar keek hij ons kalm aan alsof hij wilde laten zien dat hij, de koning van het insectenrijk, niet bang was voor ons. We keken hem gebiologeerd aan om niet veel later stoïcijns zijn majestueuze kop van zijn romp te rukken en zijn machtige poten er een voor een af te trekken.

Met de jaren maakte onze wreedheid jegens dieren plaats voor affectie. We waren goed voor de kalveren, geiten en kippen die mijn ouders hielden maar bovenal hielden we van de lammetjes. Na het eten renden Ali en ik vaak naar de stal om ze te knuffelen.

Soms bleef Ali slapen. Een keer tikte hij me aan in bed toen ik net in slaap was gevallen.

'Wat is er?' vroeg ik.

'Niks.'

'Waarom tik je me dan aan?'

'Ik wilde weten of je al sliep.'

'Nu niet meer.' Ik geeuwde en rekte me uit. 'Wat is er? Wilde je wat zeggen?'

'Nee.'

Ik kwam overeind in bed en gaf hem een zachte por in zijn zij. 'Jawel, je wilde iets zeggen. Nu kan ik niet meer slapen als je het me niet vertelt.'

Hij zweeg.

'Kom op, Ali!'

Eerst dacht ik dat hij giechelde, maar toen ik beter luisterde, hoorde ik hem zachtjes snikken. 'Soms... soms wou ik... dat jouw ouders mijn ouders waren.' Hij haalde zijn neus op.

Ik wist wat hij daarna zou zeggen en voelde iets zwaars in mijn keel zitten.

'Dan had ik een moeder die mij niet sloeg.' Zijn stem trilde. 'En dan had ik nog een vader gehad.'

4

Toen ik een jaar of zeven was, redde mijn broer mijn leven. Het gebeurde op een middag waarop Ali en ik pruimen aan het plukken waren. Mijn zusje Elida was toen twee jaar en waggelde om ons heen. Net op het moment dat ik een flinke hap nam van een rijpe pruim, trok Ali een gek gezicht waardoor ik in lachen uitbarstte en de pit in mijn keel schoot. Hij zat meteen muurvast. Hoe ik ook probeerde te hoesten, ik kreeg geen lucht meer. Ik dacht dat mijn leven voorbij was, beëindigd door een lullige pruim. Meteen dacht ik aan mijn moeder: het schoot als een siddering door me heen dat ze me levenloos op de grond zou aantreffen en ze, na mijn tweelingbroers Salman en Muse en mijn zus Zilda, opnieuw een kind zou moeten begraven. Terwijl ik die gedachte probeerde te verdringen, leek het alsof ik uit mijn lichaam trad en langzaam opsteeg. Ik bekeek mezelf van bovenaf terwijl ik rood aanliep. Ik zag Ali verschrikt kijken en Elida niet-begrijpend haar hoofd omhooghouden. Er ontsnapten gorgelgeluiden uit mijn keel. Uit blinde paniek greep ik Ali bij zijn nek, en terwijl mijn nagels in zijn zachte vlees drongen, schudde ik hem door elkaar. Hij schreeuwde dat ik hem los moest laten zodat hij hulp kon halen, maar ik vreesde dat ik dan voorgoed weg zou zakken in een onmetelijke diepte. Ali was mijn reddingsboei. Maar gelukkig was hij standvastig. Hij rukte zich met wilde armbewegingen los en rende daarna snel ons huis in. En terwijl Elida huilde, keerde Ali even later terug met mijn broer. Met grote ogen stormde hij op me af en pakte me meteen vast bij mijn hoofd. Hij duwde mijn mond open en stak zonder aarzelen zijn wijsvinger tot achter in mijn keel en begon net zo lang te wroeten tot hij de pit had losgekregen. Proestend spuugde ik hem uit waarna ik naar lucht hapte. Ik liet me uitgeput op mijn knieën vallen en steunde met mijn handen op de grond. Mijn broer streelde me door mijn haar, veegde de kwijl van mijn mond en zei rustig dat ik diep moest ademhalen.

Jarenlang raakte ik geen pruim meer aan tot ik me de smaak ervan niet meer kon herinneren en de gedachte aan die ene middag me niet langer hartkloppingen bezorgde.

Vanaf mijn vijfde jaar leerde mijn broer mij kalveren en schapen hoeden. Samen lieten we de beesten dagelijks grazen op de velden rondom het dorp. Met een dunne stok dreven we ze naar het hoge gras waar we ze urenlang in de brandende zon lieten eten terwijl mijn broer me geduldig leerde vechten.

'Je moet je vuisten omhooghouden, Miran!' zei hij steeds. 'Anders ga je bij de eerste klap al naar de grond! Houd ze omhoog!'

Om zijn woorden kracht bij te zetten, gaf hij me een beheerste tik op mijn kin en keek me grijnzend aan. 'Pas op, Miran, de volgende zul je voelen.'

Ik begon dan in het wilde weg met mijn armen te maaien zonder hem te raken.

'Je dekking is helemaal weg!' waarschuwde hij me, waarna hij me weer op mijn kin tikte en meteen bezorgd informeerde of ik pijn had. Meestal was ik na tien minuten zo afgemat en dorstig dat ik tegen een boom ging zitten en mijn hele watervoorraad in een keer achteroversloeg. Ik viel daarna in slaap terwijl mijn broer over de dieren waakte. En over mij. Ik voelde me veilig bij hem en wist dat hij me zou beschermen tegen alle boze dingen in de wereld.

Ik was een jaar of negen toen mijn ouders besloten mijn broer voor twee jaar naar de stad Muş te sturen, omdat er in ons dorp geen school was en mijn vader niet wilde dat zijn zoons als ongeletterde herders eindigden. Ik was dagenlang ontroostbaar. De beslissing van mijn ouders had verstrekkende gevolgen: mijn broer leerde lezen en schrijven en Turks spreken, maar vond in de stad ook een nieuwe wereld die hem meer aantrok dan het eentonige dorpsleven. Pas na anderhalf jaar kwam hij een weekend op bezoek. Een halfjaar later, op de afgesproken datum van zijn terugkeer, bleef hij weg. Mijn ouders waren radeloos en vreesden dat hem iets ernstigs was overkomen. Toen hun ongerustheid tot ondraaglijke hoogten was gestegen, stuurde mijn moeder mijn vader naar Muş, maar hij keerde terug zonder mijn broer. Toen mijn moeder hem in de deuropening zag staan met een sombere blik en hangende schouders, dacht ze dat de dood een vierde kind had opgeëist. Maar nog voordat ze een wanhoopskreet kon slaken, kalmeerde mijn vader haar door te zeggen dat haar oudste zoon leefde en hem had gesmeekt of hij langer in Muş mocht blijven omdat hij nog minstens een jaar nodig had om zijn Turks te verbeteren. Mijn vader was gezwicht en had hem extra geld toegestopt, onder de dwingende voorwaarde dat hij na een jaar zou thuiskomen. Maar toen het zover was, bleef mijn broer opnieuw weg.

5

In mijn allervroegste herinneringen zie ik niet mijn moeder of vader, maar een meisje.

Ze was altijd in mijn buurt. Van alle mensen in het huis bevond zij zich het vaakst in mijn blikveld. Ze wilde altijd met me spelen. En zo nu en dan hield ze me vast en wiegde me tot haar armen me niet meer konden dragen. Als ik me verzette, streelde ze mijn wang en zei ze dat ik niet moest huilen en dat mama zo terug was.

Het was haar stem die ik het meest hoorde in huis. Haar stem was altijd dichtbij en maakte me op zachte toon wakker. En haar stem klonk verontwaardigd als de grote jongen te hard in mijn wangen kneep waardoor ik moest huilen.

Het was de stem van mijn zus Zilda.

Mijn vader vertelde me later vaak over Zilda's pienterheid en vermogen om al op jonge leeftijd goed en duidelijk te spreken. Ze maakte op haar derde al volzinnen waar niet alleen mijn ouders, maar ook de dorpelingen verbaasd en vol bewondering van opkeken. Volgens mijn vader had ze dat door en sterkte het haar alleen maar in haar drang om op te vallen en gehoord te worden. Als een geboren toneelspeelster zocht ze het midden op van iedere ruimte die ze betrad om de grappigste dingen te zeggen en te vragen. Dingen die kinderen van haar leeftijd niet zeiden en niet alleen over haar eigen belevingswereld gingen, maar ook over de discussies die mijn vader en moeder wel eens hadden.

Ze corrigeerde mijn broer Yusuf zonder aarzelen, iets wat ik nooit heb gedurfd. Het was zonder twijfel de grenzeloze rebellie van mijn moeder die op haar over was gegaan en waarvan geen vleugje mij ooit heeft bereikt. Ik heb altijd meer op mijn vader geleken, met zijn zeldzame zachtaardigheid en engelengeduld die in het dorp als deugden werden beschouwd.

Op momenten dat mijn broer kattenkwaad wilde uithalen, riep Zilda hem tot de orde. Als hij niet wilde luisteren, liep ze woedend naar mijn moeder en zei op verontwaardigde toon dat Yusuf stout was geweest. Maar meestal luisterde hij naar haar dwingende stem, omdat hij wist dat ze gelijk had.

Mijn ouders weten niet wanneer ze ermee begon of hoe vaak ze het deed, maar op een gegeven moment merkte mijn moeder dat ze van de zwarte aarde uit onze moestuin at. Handenvol ervan stopte ze in haar mond, alsof ze een zeldzaam snoepgoed had gevonden waarvan alleen zij het bestaan kende. Mijn moeder hield het aanvankelijk voor een vorm van nieuwsgierigheid die kleuters vaker vertonen als ze de wereld om zich heen ontdekken. Daarom volstond ze eerst met een tikje op haar handen en de boodschap dat het vies was wat ze deed. Maar nu mijn zus eenmaal had geproefd van iets wat haar zo beviel, bleef ze er heimelijk van eten.

Op momenten dat ze ongezien naar de moestuin kon sluipen, nam ze de zwarte kluiten gretig tot zich alsof iedere hap haar laatste kon zijn. Mijn ouders vermoedden dat het begon met kleine hoeveelheden, en dat naarmate haar handen en mond groter werden en haar eetlust toenam, ze grotere porties nam. Soms zag mijn moeder tot haar schrik nog een paar korrels aarde in haar mondhoeken zitten, terwijl ze in de veronderstelling verkeerde dat mijn zus ermee was gestopt. Ze duwde dan snel haar vingers in haar keel om te proberen zo veel mogelijk aarde uit haar mond te krijgen.

Van de ene op de andere dag klaagde mijn zus over buikpijn die haar vooral 's avonds kwelde en haar deed huilen tot het weer over-ging. Het begon met een paar avonden in de week, maar ze kreeg er hoe langer hoe meer last van. Op een gegeven moment speelde het iedere avond op. Steeds vroeg mijn moeder haar of ze van de zwarte aarde had gegeten en telkens schudde Zilda met betraande ogen haar hoofd. Zolang de buikpijn aanhield, bleef mijn moeder herhalen dat ze niet van de aarde mocht eten.

Maar Zilda kon het niet laten. Haar buikje werd steenhard en ze kon zich niet meer ontlasten. Ten einde raad probeerde mijn moeder na een paar dagen verlichting te bieden met haar wijsvinger, maar ze kreeg er niet meer dan een paar gitzwarte, praktisch geurloze keutels uit.

De buikpijn ging niet meer over en deed mijn zus kermen van de pijn. Ze kreeg koorts en baadde dagenlang in het zweet, terwijl buiten de koele wind de komst van de herfst en de donkere dagen aankondigde.

Een week later overleed mijn zus, een paar maanden voor haar vijfde verjaardag. Ik was toen drieënhalf.

Mijn moeder schreeuwde wanhopig terwijl ze mijn zus tegen zich aan drukte. Even later legde ze haar naakte lichaam op een tafel in de tuin en goot er water overheen. Ze wreef eerst zachtjes over haar lijfje, bijna teder, daarna sneller en hardhandiger. Ze begon te boenen. Het water vormde een kleine plas op de grond.

Mijn moeder viel op haar knieën en begon te huilen. Ze duwde haar hand in de natte aarde, bracht het naar haar mond en at ervan. Toen ik haar vroeg wat ze aan het doen was, zei ze met een stem die ik niet herkende: 'Ik wil ook dood.'

Ik ging naast haar op de grond zitten en pakte met mijn kleine handen wat van de natte aarde en volgde haar voorbeeld. Het smaakte vertrouwd, alsof Zilda mij er eens van had laten proeven en me er daarna nooit meer van had laten eten.

Ik kauwde op de natte aarde. En terwijl ik omhoog keek naar het lichaam van mijn zus, zei ik tegen mijn moeder: 'Dan wil ik ook dood.'

6

In de winter van 1963 werd ik op een ochtend gewekt door een vreemd geluid. Het was het getoeter van een auto die in alle vroegte ons dorp was binnengereden. Ik schoot uit bed en rende naar het dorpsplein waar zich een menigte begon te vormen rond de glanzend zwarte auto. De chauffeur stapte uit en opende het achterste portier. Een man in een onberispelijk zwart pak en leren instappers die glommen in het vroege ochtendlicht, stapte traag uit. Hij had een dun potloodsnorretje en zijn haar was met brillantine strak naar achteren gekamd. De muhtar van het dorp stapte op hem af en schudde hem met een brede grijns de hand. Vervolgens richtte hij zich handenwrijvend tot de menigte en zei hij met overdreven trots in zijn stem: 'Dit is Zengin bey uit Trabzon. Hij zal onze kinderen Turks leren.'

Zengin vulde de woorden van de muhtar met luide stem aan in een taal die ik niet kende en waarvan ik vermoedde dat het Turks was, een taal die slechts een enkeling in het dorp beheerste. De muhtar was er een van. Zijn Turks was net toereikend om met overheidsvertegenwoordigers te kunnen communiceren over simpele aangelegenheden. Hij had Fatih, een schuchtere jongen van een jaar of zeventien, voor deze gelegenheid gevraagd zich op te werpen als tolk. Niemand in Sobyan beheerste het Turks beter dan hij. Net als mijn broer had hij op school gezeten in Muş. Hij kuchte verlegen en zei: 'Ik zal de woorden van Zengin bey vertalen. Vanaf morgen wordt er lesgegeven in het oude huis van Dewran. Alle kinderen vanaf acht jaar worden daar morgenochtend om negen uur verwacht.'

Er steeg geroezemoes op uit de menigte. Zengin zei weer iets in het Turks en Fatih knikte volgzaam. 'Zengin bey gaat ervan uit dat iedereen zal meewerken, zodat hij geen slecht rapport naar Ankara hoeft te sturen. Hij bedankt iedereen voor de medewerking.'

De muhtar lachte schaapachtig terwijl hij Zengin naar het huisje begeleidde waar hij zijn intrek zou nemen. Een paar mannen sleepten zijn koffers achter hem aan. Om de een of andere reden was ik ervan uitgegaan dat de boodschap van Zengin geen betrekking had op mij, maar later die ochtend vertelde mijn vader me dat ik de volgende dag naar school zou gaan om Turks te leren. Hij zei het alsof het heel vanzelfsprekend was dat ik, een Zaza-jongen van tien jaar, Turks zou leren. Ik begreep er niets van. Wij spraken thuis Zazaki, ik sprak Zazaki met mijn vriendjes en de rest van het dorp sprak het ook.

'Waarom moet ik Turks leren, *apo*?'

'Omdat Turks de taal is die ze in de rest van het land spreken.'

'Maar waarom moet *ík* het dan leren?'

Hij dacht even na. Mijn vader had nooit eerder met mij over dat soort dingen gepraat. 'Wie weet ga je op een dag naar de grote stad om dokter te worden of ander belangrijk werk te doen. Dan is het belangrijk dat je de taal spreekt.' Hij keek tevreden bij de verklaring die hij gaf.

'Maar ik wil helemaal geen dokter worden, ik wil hetzelfde doen als jij.'

Hij wreef met zijn hand over mijn hoofd en glimlachte. 'Dat mag ook. Als je de taal maar leert.'

De volgende ochtend hoorde ik mijn vader opgewekt zingen. Hij zong 's ochtends altijd de liederen die hij in zijn geboortedorp had geleerd. Liederen over hoop, voorspoed en liefde. Ik had de haan nog niet eens horen kraaien toen hij me over mijn wang streelde en fluisterde: 'Wakker worden, Miran, je moet naar school.'

Ik rook zijn zware ochtendadem terwijl ik in zijn vriendelijke ogen keek. Ik wilde blijven liggen en mijn warme bed niet verlaten, ik wilde niet door de sneeuw lopen met mijn schoenen van koeienhuid die mijn voeten niet warm konden houden. Maar mijn vader trok langzaam de dekens van me af en zei datgene wat altijd werkte: 'Sta op voordat *daye* erbij komt. Ik heb wat brood voor je klaargelegd.'

Ik schoot overeind, wreef de slaap uit mijn ogen en pakte mijn trui die naast me op de grond lag. In het keukentje besprenkelde ik mijn gezicht met water en propte snel wat brood in mijn mond. Er werd aangeklopt. Toen ik de voordeur opende, sloeg de kou als een vuistslag in mijn gezicht.

'Ali, kom snel binnen,' zei ik terwijl ik de deur dichtdeed. 'Hoe ben je in deze kou naar ons huis gelopen?'

Mijn kleine vriend keek me aan met een blik waar verbazing en een glimpje trots in school.

'Het went snel,' zei hij zo onverschillig mogelijk, maar ik zag de twinkeling in zijn ogen.

Buiten sneed de ijzige wind in mijn wangen. Verkleumd deed ik de kraag van mijn trui omhoog en duwde mijn handen onder mijn oksels. De sneeuw knerpte onder mijn voeten, die na een paar stappen koud en gevoelloos aanvoelden.

Ali boog zich voorover. Hij veegde met zijn blote handen een hoopje sneeuw bij elkaar en wierp een sneeuwbal naar mij die onder mijn linkeroog uit elkaar plofte. En terwijl ik met mijn hand over de pijnlijke plek wreef, trof een tweede sneeuwbal me vol op mijn voorhoofd. Ali kirde van plezier. Snel maakte ik ook een sneeuwbal en mikte hem op zijn hoofd, maar hij dook behendig weg. Mijn tweede sneeuwbal kon hij niet ontwijken. Hij spatte op zijn neus uit elkaar waarna ik hem met mijn volle gewicht besprong. We rolden lachend over de grond en duwden sneeuw in elkaars gezicht en mond. Onze wangen en handen begonnen te gloeien van de kou, maar we bleven in de sneeuw stoeien, tot ik opstond en Ali overeind hielp.

'Nu komen we zeker te laat,' zei hij.

We liepen verder naar het huis aan de rand van het dorp dat sinds mijn geboorte leegstond. In een ver verleden had er een eenzame man genaamd Dewran gewoond. Op een dag was hij zonder enige aankondiging verdwenen en nooit meer teruggekeerd. Jaren later had de muhtar besloten zijn huis om te laten bouwen tot een school. Hij was hoopvol dat de staat snel een leraar naar het dorp zou sturen, maar uiteindelijk duurde het drie jaar voordat meester Zengin voet in ons dorp zette.

In het klaslokaal zaten zo'n twintig jongens en meisjes zwijgend op houten bankjes. Ze varieerden in leeftijd van acht tot veertien jaar. Voor in het lokaal las meester Zengin iets voor van een blaadje in de taal die ik niet verstond. We bleven achterin staan tot hij ons opmerkte en iets onverstaanbaars riep. Omdat we geen idee hadden wat hij van ons wilde, verroerden we ons niet. Met driftige passen liep hij op ons af, gaf ons een draai om de oren en duwde ons hardhandig richting het bankje waarop Hakan alleen zat. Toen hij me zag, grijnsde hij en fluisterde dat ik een domoor was. Toen de meester naar voren liep, tikte Hakan met zijn wijsvinger hard tegen mijn oorlel.

Zwijgend en met in elkaar gevouwen handen tegen de kou zat ik achter in de klas terwijl de meester onbekende tekens op het bord schreef en ons allerlei vreemde klanken hardop liet uitspreken. Af en toe riep hij om onduidelijke redenen een leerling naar voren om hem streng toe te spreken en met een dunne stok op zijn handpalmen te slaan. Het geluid van de zwiepende stok gevolgd door gegil vulde het lokaal en maakte iedereen angstig en stil. Ik verschool me achter de brede rug van dikke Haydar.

Die middag, toen ik thuis theedronk met mijn ouders en Elida, werd er op de deur geklopt. Het was meester Zengin, vergezeld door Fatih. Hij gaf alleen mijn vader een hand en stak meteen van wal in het Turks. Toen hij was uitgesproken, knikte hij naar Fatih, die een vertaling in het Zazaki verzorgde.

'Zengin bey heeft een belangrijke mededeling,' zei hij op een toon alsof hij een afgevaardigde van de staat was. 'Het betreft uw zoon Miran.'

Ik was bang dat ik nu mijn echte straf voor het te laat komen in het bijzijn van mijn ouders zou krijgen.

'Ik verzoek u om de buitenlandse naam Miran te veranderen in een Turkse naam. In Turkije behoren de leerlingen Turkse namen te hebben.' Na het uitspreken van de woorden richtte Fatih zijn blik op de grond, alsof hij zich ervoor schaamde die mededeling te moeten doen in ons huis.

Mijn moeder keek mijn vader verschrikt aan, maar hij keek met ineengevouwen handen en een geduldige blik naar Fatih, alsof er helemaal niet werd verkondigd dat de naam van zijn zoon niet deugde, maar een mededeling werd gedaan over een tweede dorpskraan die het watertekort in het dorp zou moeten oplossen. Mijn vader had me eens verteld dat je mensen altijd moet laten uitspreken, ook als je het niet eens bent met wat ze zeggen. Die les heb ik hem vaker dan me lief is in de praktijk zien brengen. Op momenten dat ik vurig hoopte dat hij in woede zou uitbarsten en de onbeschofte spreker in de rede zou vallen, keek hij meewarig voor zich uit tot het zijn beurt was om te reageren.

Mijn leraar nam het woord weer en ergens aan het einde van zijn betoog ving ik de naam Mehmet op. Ik voorvoelde dat die naam niet meer uit mijn leven zou verdwijnen.

'De nieuwe naam van uw zoon,' zei Fatih die plotseling blijk gaf van een verrassend gevoel voor spanningsopbouw, 'zal Mehmet zijn!' Deze keer keek hij mijn vader wel aan, alsof hij zich ervan wilde vergewissen dat zijn woorden waren overgekomen. 'Ik verzoek u vanaf dit moment alleen nog maar die naam te gebruiken bij het aanspreken van uw zoon en dit ook naar buiten toe bekend te maken.'

Meester Zengin glimlachte, iets wat ik hem daarna zelden heb zien doen. Hij keek voldaan alsof hij een belangrijke missie had volbracht en het lesgeven slechts bijzaak was. Mijn vader knikte en zei kalm: 'Goed.' Hij had er blijkbaar geen moeite mee dat een ander zijn zoon zomaar een nieuwe naam gaf. Ik dacht later dat hij me misschien wel nooit Miran had willen noemen omdat de naam hem te veel aan zijn verdwenen vader deed denken. Maar eigenlijk wist ik wel dat zijn berusting in mijn nieuwe naam vooral veroorzaakt werd door zijn meegaande karakter. De weinige gevechten die hij in zijn leven had geleverd, had hij zorgvuldig uitgekozen. Voor mijn moeder had hij bijvoorbeeld gestreden, maar de naam van zijn zoon was hem blijkbaar geen gevecht waard.

Mijn moeder stond ineens op van haar plek. 'Daar kan geen sprake van zijn!' riep ze terwijl ze met haar wijsvinger naar de leraar wees. 'Mijn zoon heet Miran en zal Miran blijven heten. Het is de naam van mijn schoonvader en de naam die mijn man en ik hem bij zijn geboorte hebben gegeven.'

Verbaasd keek de leraar van mijn moeder naar Fatih, die de woorden op een fluistertoon vertaalde, alsof hij ze niet hardop durfde uit te spreken. De leraar hoorde hem hoofdschuddend aan en gaf mijn moeder toen op een nog dwingender toon repliek. Hij zwaaide daarbij zo driftig met zijn hand dat het leek alsof hij haar een oorvijg wilde verkopen.

'Hierover kan helemaal geen discussie plaatsvinden,' vertaalde Fatih. 'Ik heb deze bevoegdheid van Ankara gekregen.'

'Al had je de bevoegdheid van Allah zelf gekregen!' riep mijn moeder met overslaande stem. 'Mijn zoon heet Miran en zal tot aan zijn dood zo blijven heten.'

Mijn vader pakte de hand van mijn moeder vast. Het was iets wat hij altijd deed als een situatie uit de hand dreigde te lopen: hij wierp zich op als een man die begrip heeft voor ieders standpunt en die tegen iedere prijs de vrede probeert te bewaren.

'Zengin bey, u zult begrijpen dat we verrast zijn door deze maatregel,' zei mijn vader met gebogen hoofd in het Zazaki. Hij sprak met de nederige stem die ik zo vervloekte, op de zwakke toon die zo vaak de overwinning van zijn tegenstanders had ingeluid. En met een geforceerde glimlach voegde hij eraan toe: 'Maar we zullen het verzoek opvolgen en voortaan de nieuwe naam van onze zoon gebruiken.'

Zo kwam het dat ik vanaf mijn tiende jaar met de naam Mehmet werd aangesproken. Een naam waar ik de eerste jaren nauwelijks op reageerde en mezelf niet mee vereenzelvigde, totdat iedereen me zo begon te noemen en ik er nauwelijks meer bij stilstond. Iedereen, behalve mijn moeder.

Voor haar ben ik altijd Miran blijven heten.

7

Op een ochtend werden alle leerlingen door meester Zengin voor de school opgewacht. Hij zei dat het tijd was dat we de gelofte gingen oefenen, maar we begrepen niet wat hij bedoelde.

'Luister goed,' zei hij waarop hij als een soldaat die zijn sergeant salueert, riep: '*Türküm, doğruyum, çalışkanım!*' Daarna dreunde hij de rest van de tekst op die geen van ons kon nazeggen, laat staan begrijpen. Hij zei dat we het hem na moesten zeggen, maar we keken hem alleen maar vragend aan. In het klaslokaal schreef hij even later de tekst uit op het schoolbord. Pas jaren later zou ik begrijpen wat de tekst precies betekent.

> Ik ben een Turk, ik ben oprecht en vlijtig. Het is mijn principe om jongeren te beschermen, ouderen te respecteren en mijn land en mijn volk meer lief te hebben dan mijzelf. Het is mijn ideaal om te stijgen en vooruitgang te boeken. O, grote Atatürk, ik zweer dat ik aldoor in uw voetstappen zal volgen en uw doel zal nastreven. Moge mijn bestaan een geschenk zijn voor het Turkse volk. Wat gelukkig is hij die kan zeggen dat hij Turk is.

De leraar riep Ali naar voren. Geschrokken keek hij me aan. Pas toen hij een tweede keer werd geroepen, liep hij met gebogen hoofd naar voren. Zijn korte benen maakten steeds kleinere pasjes waardoor de wandeling naar voren eindeloos leek te duren. De leraar overhandigde hem een krijtje en wees naar de tekst van de gelofte.

'Schrijf het over!'

Ali keek naar de tekst en staarde toen naar het krijtje in zijn hand.

'Kom op, jongen, schrijf de tekst over!'

'*Anlamadım*,' mompelde Ali zijn hoofd schuddend. Hij behoorde tot de trage leerlingen en had na een paar weken nauwelijks Turks geleerd, maar de zin die hij al vanaf dag één vloeiend kon uitspreken was 'anlamadım': ik heb het niet begrepen. Met een onrustige blik keek hij de klas in. Zijn ogen zochten mij. Aarzelend schraapte ik mijn keel en riep toen in het Zazaki: 'Ali, schrijf de woorden van de leraar over.'

De leraar hief meteen zijn vinger op en zei: 'De volgende keer dat je in mijn klas je eigen taal spreekt, krijg je klappen!'

Hij gaf Ali een duw. 'Waar wacht je op, jongen?'

Ali's onderlip begon te beven.

'Steek je hand uit!' schreeuwde de leraar. 'Steek je hand uit. Nu!'

Hij greep de hand van Ali waardoor het krijtje uit zijn handen viel. 'Open je handpalm!' Met de dunne stok die hij van tafel pakte, sloeg hij hem hard op zijn handpalm. Drie keer klonk het geluid van de zwiepende stok. Ali kreunde en probeerde zijn tranen te bedwingen. Zijn schoudertjes schokten.

'Schrijf!' brulde de leraar.

Ali haalde zijn neus op, bukte om het krijtje van de grond te rapen en begon met bibberende hand een hoofdletter 't' op het bord te schrijven. De letter was zo schuin geschreven dat ik een brul van de leraar verwachtte, maar hij zei niks. Vervolgens trok Ali een ruw krijtspoor dat eerst een 'ü' en vervolgens een 'r' moest voorstellen. Een afgrijselijk krasgeluid vulde de ruimte waardoor de meesten kreunend hun oren afdekten. Een eeuwigheid ging voorbij voordat hij de hele tekst had overgeschreven. Het resultaat was nauwelijks leesbaar. De zinnen waren schuin geschreven en de letters werden steeds kleiner. Ik vreesde voor Ali's lot, maar meester Zengin klopte hem een paar keer tevreden op zijn schouder en zei: '*Aferin*. Oefen de tekst goed.'

De volgende ochtend wachtte de leraar ons opnieuw op voor de school. Ali en ik kwamen zoals altijd als een van de laatsten aangelopen.

'*Günaydın*,' zei de leraar. En nadat de klas hem in koor ook een goedemorgen had gewenst, wenkte hij Ali.

'Niet weer hè,' fluisterde Ali waarop hij met tegenzin naar voren schuifelde. Meester Zengin legde een hand op zijn kortgeschoren hoofd en zei: 'Jij gaat vandaag de gelofte hardop uitspreken voor de klas.'

Ali draaide ongemakkelijk met zijn hoofd en zei net als de vorige dag: 'Anlamadım.'

'De gelofte,' zei de leraar. 'Je hebt die toch goed geoefend? Zeg het hardop en kijk je klasgenoten aan.'

'Anlamadım,' zei Ali opnieuw. Ik durfde hem niet weer te hulp te schieten. Niemand durfde de toorn van de leraar over zich af te roepen.

'Luister naar me.' Hij schudde Ali kort door elkaar, draaide zijn gezicht naar ons toe en schreeuwde: 'Türküm!'

Toen Ali zwijgend voor zich uit bleef staren, gaf hij hem een klap op zijn achterhoofd. Er klonk een dof geluid. 'Zeg het!'

'Türküm,' mompelde Ali.

'Harder!'

'Türküm,' zei Ali nauwelijks harder.

De leraar gaf hem weer een klap op zijn achterhoofd, maar dit keer harder. 'Ik hoor je niet!'

Er stroomde een traan over Ali's wang.

'Türküm!' Het kwam eruit als een gil van een klein meisje.

'Goed zo!' De leraar wees naar ons waarop wij uit volle borst 'Türküm' riepen.

'Doğruyum,' zei de leraar.

'Doğruyum,' riep Ali op een verbeten toon terwijl hij over onze hoofden uit keek.

'Nu alleen,' zei de leraar met een grijns. 'En helemaal vanaf het begin.'

Ik beet op mijn onderlip en vreesde dat mijn vriend een genadeloze afranseling zou krijgen. Iedereen hield zijn adem in, zelfs Hakan. Maar plotseling riep Ali hardop 'Türküm!' Meteen beantwoordden we zijn oproep in koor. Daarna keken wij elkaar vol verwondering aan toen hij de hele gelofte achter elkaar opdreunde zonder een fout te maken. We konden met moeite zijn tempo bijhouden. Steeds krachtiger en zelfverzekerder klonk hij. Na afloop keek hij me trots aan.

Lachend wreef ik hem over zijn hoofd en zei net als de leraar: 'Aferin!'

De weken erop wees meester Zengin telkens een andere leerling aan die zijn klasgenoten voor het schoolgebouw de gelofte voor moest zeggen. Op die momenten school ik met kloppend hart achter de brede rug van Haydar en vreesde het moment dat mijn naam uitgesproken zou worden. Maar tot mijn verbazing en opluchting werd ik niet één keer naar voren geroepen.

Ik ontdekte het geschreven woord. De letters op het bord die de eerste dagen van school nog een raadsel voor mij vormden, kon ik na een paar weken langzaam ontcijferen. Met de dag won iedere letter aan betekenis. Letters kregen klanken, ze vormden woorden, en woorden vormden zinnen in de vreemde taal die mijn leven plotseling was binnengeslopen. Ik leerde nieuwe woorden voor zon, water en brood en ik leerde dat *baba* vader betekent in het Turks en *anne* moeder. Het was toen dat ik besloot mijn vader niet langer met 'apo' aan te spreken maar met 'baba'. Als hij me niet langer met mijn eigen naam wenste aan te spreken, dan zou ik hem ook anders noemen. Onbedoeld ben ik toen ook mijn moeder 'anne' gaan noemen, alsof de woorden voor vader en moeder onlosmakelijk met elkaar zijn verbonden in het Turks. Elida nam het als vanzelfsprekend van me over.

Na een paar maanden gaf de leraar ons een kinderboek genaamd *Küçük Mehmet*, kleine Mehmet, en droeg ons op er thuis uit te lezen. In het begin kon ik er niet aan wennen dat de jongen uit het verhaal naar dezelfde naam luisterde als die ik een paar weken daarvoor had gekregen. Ik vroeg me af of zijn naam ook was veranderd door zijn leraar. Net als ik woonde Mehmet in een dorp, al stond er niet bij hoe het heette. Voor het gemak beeldde ik me in dat hij ook in de omgeving van Sobyan woonde.

Hoewel het boek was geschreven voor kinderen die veel jonger waren dan ik, viel het me zwaar eruit te lezen. Hoe vaak ik de zinnen ook hardop voorlas, ik had er grote moeite mee ze te ontraadselen.

Alle woorden die ik niet kende, schreef ik op in mijn schrift zoals de leraar had gevraagd. Zo oefenden we niet alleen het lezen maar ook het schrijven. Iedere ochtend wees de leraar een paar leerlingen aan die woorden mochten voorlezen uit hun schrift. Daarna probeerde hij de betekenis ervan uit te beelden terwijl hij het woord keer op keer hardop uitsprak. Hij deed dat zo bevlogen dat het meer leek op een toneelstuk dan een taalles. Maar als we het ondanks zijn inspanningen niet begrepen, gaf hij zich zuchtend gewonnen en greep naar het boekje met plaatjes waarin voorwerpen, dieren en werkwoorden stonden afgebeeld. 'Houden jullie me soms voor de gek?' riep hij terwijl het zweet van zijn voorhoofd droop. 'Weten jullie echt niet wat een koffer is?'

Wanneer het mijn beurt was om voor te lezen, deed ik dat de eerste keren gehaast en met kloppend hart, maar ik kreeg er hoe langer hoe meer plezier in. De leraar merkte dat en prees me na ongeveer een jaar om mijn uitspraak en liet me dagelijks fragmenten voorlezen uit het boek. 'Luister naar Mehmet,' zei hij dan trots. 'Zo moet je voorlezen.'

Toen we het boek uithadden, kregen we niet alleen een nieuw boek over kleine Mehmet maar moesten we ook iedere dag opschrijven wat we na school deden. Ik dacht dat mijn woordenschat tekort zou schieten om hele zinnen op papier te krijgen. Daarom begon ik met simpele zinnen als: 'Ik heb gespeeld. Ik heb geslapen.' Maar toen ik het de volgende dag voorlas en een compliment verwachtte van de leraar, zag ik teleurstelling in zijn blik. Hij moedigde mij, zijn lievelingsleerling, als enige aan om meer te laten zien. 'Maak langere zinnen, Mehmet. Vertel meer, maak er een verhaal van. Ik weet dat je het kan!' Na het avondeten zat ik urenlang over mijn schriftje gebogen, maar hoezeer ik ook mijn best deed, de eerste maanden kwam ik niet verder dan: 'Ik heb met Ali gespeeld en ik heb brood gegeten.'

Meester Zengin had een radio meegenomen naar ons dorp. Het was een kolossaal ding dat op vier grote batterijen werkte. Hij gebruikte hem om het nieuws van zeven uur te beluisteren, en als hij in een weemoedige bui was, liet hij hem daarna nog even aanstaan om naar dramatische liederen te luisteren. Soms, als hij goedgeluimd was, neuriede hij even mee. Maar het duurde nooit lang voor hij de radio uitzette om bij de olielamp uit een van zijn vele boeken te lezen.

Toen de lente kwam, stonden we 's avonds vaak met een paar klasgenoten bij zijn raam en luisterden vol verwondering naar de radio. In het begin werden we door hem weggejaagd, maar toen we bleven terugkomen, mochten we blijven nadat we plechtig hadden beloofd muisstil te zijn. Het eerste woord dat we zo leerden, was *haberler*, nieuws. Daarna werd ons vocabulaire langzaam uitgebreid met woorden waarvan we de betekenis pas de volgende dag aan de leraar mochten vragen. We dachten eerst dat meester Zengin kon toveren en dat hij het apparaat iedere dag tot leven wekte. Maar toen hij ons later met moeite duidelijk maakte dat in grote steden als Ankara en Istanbul veel gezinnen een radio hadden en na het eten samen het nieuws beluisterden, verdween een deel van de magie. We waren niet langer getuige van een zeldzaam verschijnsel.

Het liefst luisterden we naar de liedjes. Vol spanning en ongeduld wachtten we op het einde van het nieuws. Als we geluk hadden, bleef de radio even aanstaan. Sommigen van ons begonnen te dansen en op en neer te springen wanneer het eerste liedje werd gespeeld, maar Ali en ik luisterden altijd ademloos naar de dromerige vrouwenstemmen en het trieste stemgeluid van mannen die leken te zingen over dingen die ze kwijt waren. Het waren kortstondige momenten van gelukzaligheid die door meester Zengin zonder enige aankondiging werden afgebroken. Plotseling hoorden we de krekels weer en waren we terug in onze eigen wereld zonder magische pianoklanken en roffelende trommels. Terwijl we naar huis liepen, bleven we de liedjes in onze eigen woorden zingen.

Toen Ali en ik op een ochtend bij het schoolgebouw arriveerden, zagen we tot onze verbazing alle leerlingen buiten staan. De deur was dicht. Ik vroeg aan dikke Haydar waar de leraar was, waarop hij zijn schouders ophaalde. 'Niemand weet waar de *hoca* is.'

Ik keek om me heen. Er was geen spoor te bekennen van de leraar. We wachtten nog een tijdje waarna sommigen ongeduldig werden en met een ondeugende blik voorstelden om naar huis te gaan.

'Wat zullen we doen, Mehmet?' vroeg Ali.

'Ik weet het niet,' antwoordde ik. 'Misschien moeten we naar het huis van de hoca gaan om te kijken waar hij blijft. Hij heeft zich misschien verslapen.'

Alleen Ali en mijn zwijgzame vriend Bilal gingen met me mee, de rest bleef voor de school hangen of ging naar huis. Ik voelde dat er iets niet klopte, want de leraar was altijd als eerste op school en had zich nog nooit verslapen.

De deuren en ramen van zijn huis waren gesloten. Ik drukte mijn gezicht tegen het raam en zag door de halfgeopende gordijnen dat het huis helemaal leeg was. Al zijn spullen waren verdwenen: zijn kleren, de radio, zijn koffer en boeken. Alleen zijn leesstoel stond verloren in het midden van de kamer.

'Hij is weg,' stamelde ik. 'Onze hoca is weg!'

'Laat me kijken! Laat me kijken!' riep Ali haastig. Hij moest op zijn tenen staan om bij het raam te komen en zelfs toen kon hij nauwelijks naar binnen kijken. 'Til me op, zo zie ik niks. Til me op!'

Bilal en ik pakten hem ieder bij een been vast en tilden hem de lucht in. 'Ja,' zei Ali met opwinding in zijn stem. 'Ik zie het. Hij is weg!'

Bilal en ik wisten niet of we blij moesten zijn of dat het gepast was om te treuren, maar Ali maakte meteen vreugdesprongen en riep: 'We zijn vrij! We zijn vrij!'

Pas veel later hoorden we van de muhtar dat de leraar na anderhalf jaar verscheurd was door heimwee en geen dag langer in Sobyan wilde blijven. De man die mijn naam voorgoed had veranderd en mij het geschreven woord had geschonken, was teruggekeerd naar Trabzon zonder afscheid van ons te nemen. Er kwam geen vervanger voor hem. De gelofte hebben we nooit meer hardop uitgesproken.

8

Wekenlang had ik uitgekeken naar de terugkeer van mijn broer. Oneindig vaak had ik me voorgesteld hoe het zou zijn om hem weer te zien. Hij zou me stevig vastpakken, tegen zich aan drukken en zeggen dat hij me had gemist. En hij zou me een cadeau geven dat hij met zorg had uitgekozen in een winkeltje in Muş. Daarna zou hij me vertellen over de vele avonturen die hij had beleefd.

Maar net als een jaar eerder wachtten we op de afgesproken dag tevergeefs op mijn broer. Het begon te schemeren en even later was het dorp in duisternis gehuld. Mijn moeder begon te huilen. Ze vreesde dat haar oudste zoon iets ernstigs was overkomen. Nadat hij ook de volgende dag wegbleef, vertrokken mijn vader en Ibrahim bij zonsopkomst met de paardenwagen naar Muş. Ik hoopte vurig dat hem niets mankeerde.

Nadat ik het vee met een ongerust gemoed terug had gebracht naar de stal, liep ik vroeg in de middag de woonkamer binnen. Daar zat mijn broer op een kussen op de grond naast mijn ouders en Elida. Hij at als een uitgehongerde van de omelet met moerbeien die mijn moeder speciaal voor hem had bereid. Hij was drie lange jaren weggeweest. In die periode was hij slechts één keer kort op bezoek geweest, anderhalf jaar na zijn vertrek.

Ik herkende hem nauwelijks. Onder zijn ogen zaten donkere kringen en zijn huid zag grauw. Zijn haar was lang en viel af en toe voor zijn ogen, de stoppels op zijn wangen en kin waren dikker dan voorheen. Toen hij zijn kopje oppakte en de hete thee slurpend naar binnen werkte, keek hij me even aan met een blik waarmee je een vreemdeling in het voorbijgaan bekijkt. Hij knikte nauwelijks zichtbaar en stortte zich weer op zijn omelet. Voor zijn vertrek was ik hem om de hals gevlogen als ik hem een halve dag niet had gezien, maar nu voelde ik een afstand waar ik van schrok. Alsof het niet mijn broer was die daar zat maar een verre oom die ik lang geleden een paar keer had gezien en die nu onverwacht op bezoek was.

'*Bao...*' zei ik terwijl ik aarzelend naar hem toe liep en mijn hand opstak. '*Ma be gerdi.*'

Zonder op te kijken, antwoordde hij in het Turks: '*Merhaba.*' Zijn stem klonk anders, zwaarder dan ik gewend was en zonder de warmte die zijn woorden altijd had begeleid.

Mijn moeder stond haar plek aan me af. 'Kom, ga maar naast je broer zitten, Miran,' zei ze. Ze keek alsof ze ook moest wennen aan de verschijning van mijn broer en de kilte die hij uitstraalde. 'Dan kunnen jullie bijpraten terwijl ik thee zet.'

Ongemakkelijk nam ik naast hem plaats. Ik rook een doordringende geur die niet bij hem paste. Het was een zware lichaamsgeur die ik gewoonlijk alleen rook bij de mannen die lange dagen op het land werkten. Oud zweet vermengd met een vreemde kruidachtige walm. Hij rook nu naar een man.

Terwijl hij een stuk brood in de omelet depte en het gejaagd naar zijn mond bracht, voelde ik dat ik iets moest zeggen, dat ik hem welkom moest heten. Maar ik wist niet meer uit te brengen dan: 'Ik ben blij dat je terug bent.'

Hij reageerde niet.

'Hoe gaat het?'

Hij stootte een vaag geluid uit tijdens het smakken dat alles kon betekenen, of niets, want misschien verbeeldde ik het me dat hij reageerde. Ik keek naar mijn vader en hoopte dat hij wat zou zeggen, maar hij staarde onafgebroken naar zijn kopje alsof hij zich al eerder stuk had gelopen op de muur die mijn broer had opgetrokken.

Ik deed nog een poging. 'Hoe was het in Muş?'

Hij keek me nu voor het eerst van dichtbij aan. Zijn ogen die voor zijn vertrek altijd hadden gestraald, zagen troebel.

'Goed,' zei hij kortaf. Ik schrok. Nu pas zag ik dat zijn tanden de kleur van een bedorven peer hadden.

'Heb je Sobyan gemist?' vroeg ik hem ineens. Ik was het niet van plan geweest, het was niet een van de vragen die ik had voorbereid, maar de vraag drong zich aan me op door zijn houding.

'Soms,' zei hij, maar ik geloofde hem niet.

'Heb je iets lekkers meegenomen?' vroeg Elida hoopvol.

Hij zuchtte diep. 'Nee, Elida.'

Ze keek hem niet-begrijpend aan. 'Waarom niet?'

'Mijn geld was op.' Hij veegde zijn mond met de rug van zijn hand af en stond op zonder verder iets te zeggen. Toen pas werd me duidelijk dat hij fors was gegroeid, niet alleen in de lengte maar ook in de breedte. Hij leek in niets meer op de magere tiener die hij bij zijn vertrek was. Voor ons stond een krachtige jongeman. En terwijl hij naar het wc-hokje liep, miste ik mijn broer ineens.

9

Van alle verhalen die mijn vader vertelde, heeft het verhaal over dengbej Musey zonder twijfel de meeste indruk op me gemaakt.

Toen Ali en ik op een avond vol verwachting onder het raam van Ilyas' huis scholen, hoorden we de mannen in de zitkamer vragen om het verhaal van dengbej Musey. Mijn vader schraapte zijn keel en sprak op een andere toonhoogte, met de warmte die onmiskenbaar bij de verhalenverteller in hem hoorde.

'Op een warme zomerdag is dengbej Musey, samen met andere verhalenvertellers, muzikanten en zangers, te gast in het schitterende kasteel van de machtige en gevreesde Koerdische bey Reso. Zoals jullie weten was het een grote eer om door Reso bey uitgenodigd te worden, een eer die alleen de beste dengbejs en meest geliefde zangers te beurt viel. Ter vermaak van Reso bey en tegen een royale vergoeding moesten ze hun mooiste verhalen en liederen ten gehore brengen. Terwijl vanaf het erf het gezang van een nachtegaal klinkt, luistert dengbej Musey geduldig naar de verhalen van de andere dengbejs en doet hij zich te goed aan de schalen vol gegrild vlees, groenten, verse vijgen, dadels en druiven. Hij drinkt gulzig van de rode wijn die door mannen in witte linnen pakken wordt ingeschonken en eet van de verrukkelijke zoetigheid die in overvloed op gouden schalen op tafel uitgestald staat. Terwijl hij een hap neemt van het malse lamsvlees en zijn blik over het lichaam van een buikdanseres laat glijden, wordt hij door Reso bey vanaf zijn gouden troon gewenkt. Musey kijkt geschrokken om zich heen en vraagt zich verbaasd af of het nu al zijn beurt is. Reso bey glimlacht naar hem als een vader naar zijn zoon en knikt hem toe. Musey staat aarzelend op. Hij voelt dat zijn passen onvast zijn door de zalige wijn en loopt langzaam naar Reso bey, naast wie twee grote lijfwachten staan. De buikdanseres verdwijnt en de muziek houdt op.

"Dengbej Musey, welkom in mijn kasteel. Ik heb veel over je gehoord. Als ik de verhalen mag geloven raken je vertellingen iedereen diep in het hart. Ik zou na al dit gezang en gedans graag van een sprookjesachtig verhaal willen genieten dat tot de dageraad duurt."

Musey slikt en kijkt om zich heen. "Reso bey, ik wil u hartelijk danken voor de uitnodiging en de eer mijn verhaal aan u te mogen voordragen."

Reso bey kijkt hem plotseling streng aan. "Maar ik wil niet dat je me zomaar een verhaal vertelt. Nee, je gaat me een verhaal vertellen dat in geen geval de woorden 'oud' en 'dood' mag bevatten. In geen geval! Begrijp je dat Musey?"

Musey denkt even na en antwoordt dan. "Zoals u wilt, Reso bey. Ik zal u een verhaal vertellen dat tot de dageraad duurt en waarin de woorden 'oud' en 'dood' niet voorkomen."

"Pas op, Musey!" waarschuwt Reso bey. "Laat dat de laatste keer zijn dat je die woorden in mijn bijzijn hebt uitgesproken, anders zul je het berouwen."

Reso bey is heel oud en het gerucht gaat dat hij al lange tijd ziek is. Iedere week laat hij doktoren uit Istanbul overkomen om zijn angst voor de dood de kop in te drukken. De doktoren kunnen niet meer doen dan hem overladen met medicijnen waarvan de werking nooit is aangetoond.

Musey neemt plaats op een stoel in het midden van de grote zaal die door tientallen kaarsen wordt verlicht. Hij weet dat hij een zware taak te volbrengen heeft. Musey peinst even en neemt dan nog een paar slokken van de wijn. Ter plekke besluit hij om zijn beste verhalen tot één groot verhaal te verweven. Hij begint te vertellen zoals hij dat nooit eerder heeft gedaan. Met zijn warme jongensachtige stem, die niet past bij zijn weerbarstige baard, lukt het hem de zaal te betoveren. Reso bey leunt tevreden achterover terwijl hij van de waterpijp rookt. Musey vertelt over het legendarische dorp Altindağ dat niet alleen de vruchtbaarste grond van heel Anatolië bezit, maar ook beschikt over vee dat zich in een onnatuurlijk hoog tempo vermenigvuldigt. Hij vertelt over de dappere gebroeders Tarhan die als dorpswacht fungeren en keer op keer grote groepen bandieten de toegang tot het dorp ontzeggen. De broers stappen steeds als overwinnaars uit grote veldslagen. En telkens als het publiek de adem inhoudt omdat het vreest dat het woord 'dood' valt, komt Musey op het laatste moment met een onverwachte wending en wijkt hij af van de oorspronkelijke versie. Hij wendt al zijn talent en verbeeldingskracht aan om de verboden woorden te omzeilen. Hij vertelt over de beeldschone Akgül die vanuit heel Anatolië huwelijksaanzoeken krijgt, maar door haar vader nimmer weggegeven wordt omdat hij alle mannen te min voor haar vindt. En hij verhaalt van de jonge herder Şükrü die dagenlang door een horde wolven wordt achtervolgd in de bossen, maar het nu wel overleeft. Maar als de zon bijna weer opkomt en Musey al negen uur achter elkaar aan het vertellen is zonder een slok water gedronken te hebben, overvalt hem een geweldige vermoeidheid. De helft van de zaal is inmiddels in slaap gevallen maar wanneer de eerste zonnestralen zijn kasteel beschijnen, luistert Reso bey nog steeds ademloos. Musey begint steeds langzamer te praten en struikelt zo nu en dan over woorden. Dan komt er uit het niets als in een droom een beeldschone jonge vrouw de zaal binnenlopen. Ze heeft een lange felgroene jurk aan en rond haar hals danst een witte zijden sjaal. Haar zoete geur vult de zaal. Iedereen ontwaakt meteen. Ze zet een tafeltje neer naast de troon van Reso bey en komt even later terug met een theepot en een zilveren schaal met yoghurt, honing, walnoten, gebakken eieren en brood. Musey kijkt als betoverd naar haar en voelt een vurig verlangen zijn hart binnensluipen en een oerdrift in hem opwekken die hij lang niet heeft gevoeld. Hij geeft zich eraan over en voor hij het weet verliest hij de controle over zijn tong en sluipen er zinnen in het verhaal die er niet in thuis horen. Zijn ogen voeden zijn onstuimige hartstocht als Musey zegt: "Hij, onze machtige gastheer, de bey wiens wil wet is en die hoog in aanzien staat tot in Istanbul, heeft alles wat een man zich kan wensen. Hij woont in een kasteel waar elke vorst in het westen jaloers op zou zijn, zit op een gouden troon en verwent zijn gasten alsof ze van adel zijn. Maar boven alles heeft hij een prachtige vrouw die het eeuwige leven moet hebben. Maar helaas, onze machtige bey is oud en de dood zit hem op de hielen." Nadat hij de woorden heeft uitgesproken, lijkt Musey wakker te schrikken uit een soort halfslaap en trekt er een schok door zijn lichaam. Verschrikt kijkt hij om zich heen in de hoop dat hij de woorden slechts in zijn hoofd heeft uitgesproken, maar tot zijn afgrijzen barst het ontwaakte publiek uit in een daverende lach. Zelfs de lijfwachten doen mee. En dan gebeurt het ondenkbare: de vrouw van Reso bey begint te giechelen. Eerst zachtjes en beschaamd met een hand voor haar mond, maar daarna kan ze zich niet meer bedwingen en lacht ze net als de rest van de zaal hardop. Reso bey kijkt onthutst om zich heen. Niet eerder is hij in zijn kasteel uitgelachen, niet eerder is hij zo vernederd ten overstaan van zijn gasten. Maar wat de oude bey het meeste raakt, is dat zijn vrouw hem openlijk uitlacht. Hij voelt zich door Musey bespot om zijn ouderdom en naderende afscheid. Woest staat hij op van zijn troon. "Dit had je niet moeten doen, Musey, je zult het berouwen!" schreeuwt hij. "Breng hem naar de martelkamer!"

En voordat Musey nog een woord kan uitbrengen wordt hij hardhandig vastgepakt door de lijfwachten en tientallen meters over de grond gesleept naar een kerker in de kelder van het kasteel. Ze bevelen hem plaats te nemen op een messcherpe *kazık*. Musey valt op zijn knieën en smeekt Reso bey om genade. Hij trekt wanhopig aan zijn broekspijpen en zegt: "Vergeef het me, Reso bey, ik heb me versproken door de vermoeidheid, ik was aan het ijlen door de wijn en de slapeloosheid." Maar Reso bey kent geen mededogen. Hij rukt zich los van Musey waarna zijn lijfwachten hem hardhandig oppakken en op de scherpe punt van de kazık duwen. Musey's hartverscheurende schreeuw vult het hele kasteel. Een rilling van afschuw trekt door de grote zaal. Er ontstaat paniek. Muzikanten en zangers staan op en willen naar buiten rennen maar worden door de lijfwachten van Reso bey tegengehouden. Musey kermt van de pijn. Tranen stromen over zijn wangen als hij zich nog eenmaal jammerend tot Reso bey wendt. "Ik smeek u... Reso bey... ik heb het niet zo bedoeld. Hebt u alstublieft ... genade. Alstublieft!" Vanuit de deuropening ziet Reso bey dat niet alleen de kazık roodgekleurd is maar ook de grond besmeurd is met het stroperige bloed van Musey. "Dit is je verdiende loon," zegt Reso bey waarna hij op de grond spuugt. Als de deur dichtslaat, begint Musey te huilen. Reso bey loopt terug naar zijn troon en terwijl hij aan zijn ontbijt begint, laat hij een doodsbange zanger een liefdeslied zingen. Hij eet uitgebreid en laat het zich goed smaken. Als de schaal leeg is, gaat hij op een sofa liggen en geniet hij van de muziek van het orkest terwijl zijn oogleden langzaam zwaarder worden. Hij negeert de steeds zwakker klinkende wanhoopskreten uit de kelder en dommelt weg. Een paar uur later wordt hij wakker als zijn blaas hevig opspeelt. Hij loopt naar de wc die alleen hij mag gebruiken. Het is een marmeren pot met een gouden bril die speciaal voor de bey uit Frankrijk is gehaald. Terwijl hij plast, denkt hij voor het eerst weer aan Musey. Hij trekt zijn broek op, sloft traag naar de martelkamer en ziet Musey lijkbleek op de kazık zitten. Hij wordt overeind gehouden door twee lijfwachten.

"Musey!" roept Reso bey. "Hoe gaat het?"

Musey reageert niet. Zijn ogen zijn dicht. Reso bey loopt naar hem toe en geeft hem een klap in het gezicht. Traag kijkt Musey op.

"Musey," zegt Reso bey grijnzend, "vertel me eens: heb je ooit een moeilijker moment gekend in je leven?"

Musey knippert een paar keer met zijn ogen alsof hij elk moment kan wegvallen en zegt dan met een zwakke stem. "Ja... ja Reso bey... dat heb ik."

Reso bey kijkt hem vol ongeloof aan. "Wat? Wanneer dan?"

Musey slikt, neemt een grote hap lucht alsof hij zich op zijn laatste ademteug voorbereidt en zegt: "Toen ik eens... onverwacht... gasten kreeg... en niets in huis had... om hun aan te bieden."

Verbluft kijkt Reso bey hem aan. Hij weet niet wat hij moet zeggen, wrijft vertwijfeld over zijn kin en zegt dan ontroerd: "Ach, Musey, ik wist niet dat je zo'n goede man was. Haal hem van de kazık. Snel!"

Maar het is te laat. Musey valt geluidloos op de grond. Zijn lichaam schokt nog een paar keer waarna hij sterft.'

Plotseling was het stil in de zitkamer van Ilyas. Buiten was de duisternis ingetreden. Er stroomden tranen over mijn wangen. Ik hoopte dat Ali het niet zou merken, maar even later hoorde ik hem ook zachtjes snikken. Binnen haalden volwassen mannen hun neus op en zeiden met overslaande stem: 'Ach Musey toch... ach, ach arme Musey.'

10

Het was mijn vaders onbegrensde goedheid die ons leven voorgoed zou veranderen. Op een troosteloze dinsdagmiddag in het voorjaar van 1966 besloot hij in te gaan op een verzoek van Ibrahim, de vader van mijn vriend Bilal. Ibrahim had hulp nodig bij het bouwen van een stal. Ik wist dat het mijn vader niet goed uitkwam, maar ik wist ook dat hij zijn eigen werk desnoods dagen zou laten liggen om een vriend te helpen. Hij stond niet voor niets bekend om zijn goedheid.

Ik keek hen na toen ze samen naar de andere kant van het dorp liepen. Mijn vader was toen zesenvijftig jaar en zijn leven, en daarmee ook dat van ons, zou een fatale wending krijgen. Ik bleef hen nakijken alsof ik dat voorvoelde, alsof een hogere macht me toefluisterde dat ik in stilte afscheid van hem moest nemen. En in mijn herinnering dreef er op dat moment een wolk voor de zon.

Mijn vader zoals ik hem tot dat moment had gekend, zou nooit meer terugkeren.

Plotseling draaide hij zich om, alsof hij wilde ontsnappen aan het wrede lot, alsof hem door een mysterieuze kracht een laatste strohalm werd toegeworpen. En hoe onzinnig het ook klinkt, als ik aan dat moment terugdenk, hoop ik nog steeds dat hij zich bedenkt, dat hij zich bij Ibrahim excuseert, terugloopt naar huis en me aankijkt met de stralende glimlach die ik nimmer zou terugzien. Maar hoe vaak ik het beeld ook terughaal, hij zegt telkens hetzelfde: 'Roep je broer, Mehmet. Hij zal je wel helpen met de dieren. Tot straks!'

Maar ik nam niet de moeite mijn broer om hulp te vragen. Het had toch geen zin. Sinds zijn terugkeer had hij me niet één keer geholpen met de dieren. Bovendien wist ik niet waar hij uithing. Hij was die ochtend zonder iets te zeggen weer in alle vroegte vertrokken met twee vrienden. Ik schraapte met een schep de mest en het hooi van de grond tot mijn armen pijn deden en ik de honger niet langer kon verdragen. Ik liep naar binnen waar mijn moeder deeg uitrolde op een kleed op de grond. Voor mijn gevoel was ze de hele dag bezig in huis of aan het werk in onze moestuin. Ze bezat een ongekende werklust. Mijn zusje Elida, die toen zeven was, stond naast haar en probeerde te helpen, maar liep haar vooral voor de voeten.

'Waar is apo?' vroeg mijn moeder zonder om te kijken.

Ik ging op een kussen op de grond zitten. 'Hij is Ibrahim gaan helpen.'

Ze draaide zich om. 'Heeft hij de stal al schoongemaakt dan?' Ze had vaak onenigheid met mijn vader over zijn hulpvaardigheid. Ze verweet hem dat hij doorsloeg in zijn bereidheid om anderen te helpen en dat hij toestond dat er misbruik van zijn goedheid werd gemaakt. Telkens beloofde hij haar beterschap, om steeds weer terug te vallen in zijn oude patroon.

'Nee, dat heb ik gedaan,' zei ik. 'En nu heb ik honger.'

Ze gaf me een stuk brood met zelfgemaakte geitenkaas.

'Ik maak meteen ook wat voor apo, hij heeft al sinds vanochtend niet gegeten.' Ze zuchtte. 'Zonder mij zou die man nog verhongeren.'

Ze sneed een groot stuk brood open en deed er plakjes geitenkaas met wat stukjes tomaat en komkommer op. Het brood wikkelde ze in een doek en ze zei: 'Zeg hem maar dat hij het niet te laat moet maken, Miran. Zeg hem maar dat hij hier nog genoeg te doen heeft. Ga nu maar snel, hij heeft vast honger.'

Met het brood onder mijn arm liep ik naar buiten. Het liefst was ik naar Ali gegaan, maar ik moest denken aan mijn vader die misschien wel uitgeput was van de honger maar doorging met werken tot Ibrahim het teken gaf dat ze konden rusten. Ik versnelde mijn pas. Op het dorpsplein zag ik kinderen spelen maar ik liep snel door voordat iemand me zag.

'Mehmet! Mehmet!'

Ik keek om en zag tot mijn schrik dat het Hakan was. Hij kwam op me aflopen. Ik bleef roerloos staan en zette me schrap.

'Waar ga je heen, Mehmet?' Met zijn grote hand pakte hij me stevig bij mijn nek waardoor ik bijna voorover viel.

'Ik... ik breng wat brood naar mijn vader.'

Hij keek me grijnzend aan met zijn kleine varkensogen. 'Je vader kan wel wachten. Ik wil met je vechten.'

Ik voelde zijn greep steviger worden.

'Hakan... ik moet echt naar mijn vader. Hij... hij wacht op me.'

'Kom op, doe niet zo kinderachtig, Mehmet. Of moet ik je Miran noemen? Luister je dan wel?'

Hij wachtte mijn antwoord niet af. Voor ik het wist trok hij me in een snelle beweging naar zich toe en duwde me met twee handen krachtig van zich af. Ik viel achterover en landde met een harde klap op mijn rug. Een pijnscheut trok door mijn lichaam. Terwijl ik kreunend overeind kwam, zag ik dat het brood uit de doek was gerold en op de stoffige grond lag.

'Hakan! Kijk nou wat je gedaan hebt!'

Hij pakte het brood op en klopte er een paar keer op met zijn dikke vingers. 'Kijk, het stof is er al af. Maak je niet zo druk.' Hij rukte er een stuk van af, propte het in zijn mond en zei smakkend: 'En het smaakt nog goed.'

Ik trok het brood uit zijn handen en wilde hem eigenlijk een stomp op zijn neus geven en hem voor lompe beer uitmaken, maar hoe woedend ik ook was, ik durfde het niet.

'Ben je boos, Mehmet?' Hij pakte me vast bij mijn arm en keek me aan met de grijns die ik zo vervloekte. Ik trok me los en rende zonder om te kijken weg terwijl ik hem hoorde roepen dat hij nog niet klaar met me was. Even later zag ik mijn vriend Bilal al voor het huis staan. Hij liep met zijn armen voor zijn borst gekruist te ijsberen. Een groep mannen rende onrustig heen en weer. Toen Bilal me zag, liep hij naar me toe met zijn blik naar de grond gericht.

'Bilal, wat is er aan de hand?'

'Je vader... hij... hij.'

'Wat is er met mijn vader?' Ik pakte hem bij zijn schouder.

'Zijn been... is ge... gebroken.'

Er ging een steek door me heen. 'Wat? Waar is hij?'

Bilal wees naar de stal in aanbouw. Ik rende naar de achterkant van het huis en zag Ibrahim. Hij stond over het lichaam van een man op de grond gebogen. Het was mijn vader.

'Baba, baba!' schreeuwde ik terwijl ik naar hem toe rende. 'Baba, heb je veel pijn?'

Zijn voorhoofd was helemaal nat. Hoewel hij leek te vergaan van de pijn zei hij: 'Ik heb mijn been... een beetje bezeerd.' Hij kreunde terwijl hij zijn hand op zijn linkerbeen drukte. 'Ze zeggen dat het gebroken is... maar ik denk dat het alleen gekneusd is.'

'Wat is er gebeurd?'

Hij keek me aan met een van pijn verwrongen gezicht en zei: 'Ik gleed uit... bij het oversteken van het beekje. Ik droeg een steen... hij kwam neer op mijn been.'

Aan de andere kant van het beekje zag ik een hoop stenen liggen. Grote stenen die naar de overkant gedragen moesten worden.

'Ahhh!' Hij kreunde en sloeg met zijn rechterhand op de grond toen een hevige pijnscheut door zijn gebroken been trok. 'Mehmet, ga naar huis,' zei hij met opeengeklemde tanden. 'Vertel daye dat ik me heb bezeerd... maar zeg erbij dat het wel gaat.' Hij kreunde opnieuw hard. 'Zeg maar... zeg maar tegen haar... dat ze mijn been gaan spalken bij Atilla... uit voorzorg.'

'Maar ik wil bij je blijven, baba,' zei ik. 'Ik wil helpen.'

'Ga maar... voordat daye iets hoort van de buren... en ongerust wordt.'

Ik voelde de hand van Ibrahim op mijn schouder. Hij knikte naar me. Ik legde de doek met daarin het brood op de grond en rende snel terug naar huis. Mijn moeder liet een schaal met groenten uit haar handen vallen toen ik haar vertelde wat er gebeurd was. 'Allah, wanneer begrijpt die man dat hij geen dertig meer is!'

Ze zei dat ik bij Elida moest blijven terwijl zij zich naar het huis van Ibrahim zou spoeden. Ik sputterde tegen en zei dat ik met haar mee wilde. Ze bracht haar hoofd dicht tegen het mijne en keek me streng aan. 'Jij-blijft-hier-bij-Elida!' De woorden klonken alsof ze van een ander kwamen, alsof ze niet zojuist de mond hadden verlaten waarmee mijn moeder zo vaak zoete woorden naar me had gefluisterd.

'Nee, ik ga mee!' riep ik verontwaardigd. 'Baba heeft hulp nodig.'

'Luister, Miran, jij...'

'Nee!'

De enorme oorvijg die ze me gaf, had ik niet zien aankomen. Mijn oor suisde en mijn ogen werden vochtig in de stilte die volgde op haar woede-uitbarsting. Ik rende naar de stal. Even later hoorde ik alleen het zachte gesnik van mijn zusje in huis. Ik dacht aan mijn vader die ik nog nooit gewond had gezien. Mijn vader die na verre bergwandelingen altijd heelhuids en met een gezonde blos was terug gekeerd, was nu gewond. Ik liep naar Elida en zei dat ze niet meer moest huilen en dat ik niet lang zou wegblijven.

'Maar baba heeft zich pijn gedaan.'

'Ja, een beetje,' zei ik. 'Maar het komt goed, Elida.'

11

Ik liep naar het huis van Atilla waar ze mijn vaders been zouden spalken. In die tijd was er in ons dorp geen dokter, noch waren er medicijnen voorhanden. De dichtstbijzijnde dokterspost bevond zich op vele uren rijden met de paardenwagen. Een zieke was in ons dorp aangewezen op primitieve middelen die van generatie op generatie doorgegeven waren, zoals het eten van yoghurt met veel knoflook bij vergiftigingen of het gebruiken van nat deeg bij kneuzingen. Maar bij de ernstige gevallen werd er met gebogen hoofd en berusting gewacht op wat het lot voor de zieke in petto had. Vaker dan ons lief was leerden wij dat het lot uiterst wreed is en geen onderscheid maakt tussen zuigelingen en oude mensen met een lichte verkoudheid. Vooral in de koude maanden was het leed in ons dorp groot. Iedere winter werd er wel een inwoner begraven in de ijzige aarde.

Als het om botbreuken ging, was er maar één man die ingeschakeld werd: Atilla, de slager. Hij was de enige die de kunst van het spalken beheerste. Hij hield het op een combinatie van techniek en kracht en een vleugje onbestemd talent. Maar waar in het begin zijn enthousiasme voor het spalken groot was, begon hij het hoe langer hoe meer met tegenzin te doen. De verhalen dat hij mensen die om een behandeling vroegen lang liet wachten, kwamen steeds vaker voor. Hij weigerde zijn eigen werk te onderbreken en vond dat alles zijn tijd had. 'Het bot is toch al gebroken,' zou hij meermaals hebben gezegd.

Voor het huis van Atilla was het rustig. Daarom liep ik door naar het slachthuis, een primitief bouwwerk zonder ramen dat meer weg had van een cel. De stank van lamsvlees in ontbinding kwam je tegemoet. Aan de vleeshaken hingen grote stukken vlees soms wel dagenlang in de brocierige stank en de grond was er altijd rood gekleurd en lag bezaaid met koeienhoofden en schapenpoten. Atilla vertikte het de onbruikbare resten van de geslachte dieren tijdig te verwijderen, waardoor de zware rottingslucht de dorpelingen in de nabijheid misselijk maakte en er op onbewaakte momenten regelmatig straathonden het slachthuis binnendrongen. Niemand durfde er echter wat van te zeggen, zelfs de muhtar van het dorp niet. Ze vreesden allen de toorn van Atilla. In een groezelig schriftje hield hij precies bij hoeveel zijn klanten hem verschuldigd waren. Aan het einde van de maand liep hij de huizen af om de schulden te innen. Het was voor de meeste dorpelingen een angstig moment als Atilla in het donker met zijn vuisten op de deur bonkte. Meer dan eens weken de bedragen in Atilla's schrift af van hetgeen de mensen hem daadwerkelijk verschuldigd waren, maar niemand durfde hardop te zeggen dat hij met de bedragen sjoemelde.

Ik stond in de deuropening en zag hoe Atilla een mes sleep om een stuk vlees mee te snijden op een hakblok. Hij keek zo geconcentreerd dat ik hem niet durfde te vragen of ze mijn vader al hadden gebracht. Zijn witte schort was bebloed en hij had zijn mouwen opgestroopt waardoor zijn overmatig behaarde onderarmen zichtbaar werden. Het waren onderarmen als boomstammen waar een bovenmenselijke kracht in school. In het dorp ging het verhaal dat hij in zijn roemrijke jaren moeiteloos met één arm een jonge stier tegen de grond kon werken en dat er wel acht mannen nodig waren om hem in een gevecht de baas te kunnen. Ons dorp was eens binnengedrongen door vier bewapende bandieten. Ze hadden al twee huizen leeggehaald en een oude man en twee vrouwen mishandeld toen ze op straat op de verkeerde persoon stuitten. In een oogopslag schatte Atilla de ernst van de situatie in en sloeg ze een voor een met zijn kolossale vuisten neer waarna hij ze de keel dreigde door te snijden, zonder vragen te stellen of ook maar een moment het verlenen van gratie te overwegen. Het waren jonge mannen van begin twintig die nooit eerder geconfronteerd waren met zoveel brute kracht en nietsontziend geweld. En op dat moment waren ze de dood waarschijnlijk dichter genaderd dan op alle andere dagen die hun nog restten. Atilla leek te glunderen van genot toen hem een buitenkans werd geboden om de sensatie te ervaren zijn slagersmes voor de eerste keer in mensenvlees te steken. Er had zich een menigte rondom hen gevormd en vrouwen en kinderen krijsten op het moment dat hij zijn mes tegen de keel van een bandiet drukte. Tot mijn verbijstering stapte mijn vader toen naar voren en riep, vastberadener dan ik hem ooit had horen roepen, dat Atilla moest ophouden.

'Stop, Atilla! In dit dorp wordt niet gemoord!'

Ik keek samen met Ali van een afstandje toe terwijl mijn hart tekeerging. Een gevoel van intense bewondering trok door me heen. Mijn vader weigerde toe te staan dat jonge mannen die met kwade bedoelingen ons dorp waren binnengedrongen, door de doorgedraaide slager zouden worden afgemaakt als vee.

'Bemoeit u zich er niet mee, Selim bey.' Atilla hield een van de jonge mannen, die bewusteloos leek, bij zijn haren vast terwijl hij het mes tegen zijn keel gedrukt hield.

'Ik begrijp dat je boos bent, maar hen vermoorden is verkeerd.'

'Ik probeer dit dorp te beschermen tegen dit soort bandieten. Als we nu niet met ze afrekenen, komen ze terug met meer. Rekent u dan met ze af, Selim bey?'

Mijn vader keek om zich heen in de hoop steun te vinden bij de omstanders. Op dat moment stapte de mysterieuze Mısto naar voren. 'Mijn broeder heeft gelijk. In dit dorp doen we niet aan bloedvergieten.' Mısto was een kop groter dan mijn vader en had de bouw van een onvermoeibare landarbeider. In tegenstelling tot mijn vader was hij onbevreesd. Hij had de reputatie van een onverschrokken straatvechter. Niemand wist precies wat hij deed. Soms werkte hij een tijd op het land om daarna maandenlang niets anders te doen dan met een stok in zijn hand door de omgeving te wandelen en liggend in het gras te roken. Zijn haar kwam tot aan zijn schouders en wapperde in de wind die de rode aarde door de straten van het dorp blies. Die middag trad hij eenmalig en zonder schroom in de schijnwerpers.

'Donder op, Mısto! Dat Selim bey mij op die manier toespreekt, is tot daaraan toe, maar van jou hoef ik niks aan te nemen, waardeloze klaploper.'

Misto greep met kracht de hand vast waarmee Atilla het mes omklemde. 'Het gaat niet om mij, dwaas. Er zijn kinderen en ouderen bij, leg dat mes weg.'

Uit de menigte steeg geroezemoes op. Iemand schreeuwde dat Atilla zijn mes moest laten vallen en een ander riep dat hij genade moest hebben. Mijn vader legde broederlijk een arm op Atilla's schouder en met een glimlach op zijn vriendelijke gezicht zei hij: 'Toe, Atilla, wees genadig. Alsjeblieft, doe het voor mij.'

Atilla keek mijn vader een ogenblik zwijgend aan, smeet de jongen toen als een pop neer en liep briesend weg.

Sinds dat verontrustende incident werd ik nog banger voor Atilla dan ik al was. Ik had gezien waartoe hij in staat was, waartoe hij bereid was als het erop aankwam.

12

Terwijl ik in de deuropening van het slachthuis stond en de zware vleesgeur inhaleerde, hoopte ik dat Atilla me niet zou zien zodat ik ongemerkt kon weglopen.

'Hoelang wil je daar nog staan zonder iets te zeggen?' vroeg hij zonder zijn ogen van het stuk vlees te halen.

Ik verslikte me bijna toen ik hem snel vroeg of ze mijn vader bij hem hadden gebracht.

'Je vader bij mij gebracht?' Hij stak zijn mes in het stuk vlees en plaatste zijn handen daarna in zijn zij. 'Waarvoor?'

Op dat moment was ik in staat te liegen, was ik bereid te zeggen dat ik een flauw grapje had gemaakt, als ik maar kon weglopen van die woeste reus met zijn grote vleesmes. Maar het beeld van mijn gewonde vader die hulp nodig had, drong zich weer aan me op. Het was beter Atilla in te lichten zodat hij vast voorbereidingen kon treffen.

'Hij... hij heeft zijn been... gebroken.' Mijn stem brak en ik voelde dat ik elk moment door een huilbui kon worden overvallen.

Met een hand waar bloed aan zat, wreef Atilla over zijn kin en herhaalde wat ik zei, maar niet op een vragende toon. Hij sprak het uit alsof het hem beviel. Ik drukte mijn onderlip stevig tegen mijn bovenlip en wachtte op wat de slager zou zeggen.

'Wat is er gebeurd?'

Ik legde hem uit wat er was gebeurd.

'Dat is niet zo slim van hem, hè?'

Hoewel zijn reactie me niet verbaasde, schrok ik van zijn koele toon.

'Hoe... hoe bedoelt u?'

'Om een steen op je been te laten vallen. Dat is sullig. Die oude heer van je heeft dom gehandeld,' zei hij grijnzend.

Ik zweeg terwijl ik eigenlijk wilde zeggen dat mijn vader een man was van wie hij nog veel kon leren. En als ik toch bezig was wilde ik ook tegen hem zeggen dat zijn zoon Hakan een achterlijke ezel was die niets zou bereiken in het leven.

'Waarom brengen ze hem hierheen?' Hij stelde die vraag alsof hij zich onmogelijk kon voorstellen waarom ze mijn vader uitgerekend naar hem brachten.

'Om zijn been te laten spalken.'

'Om zijn been te laten spalken?'

'Alstublieft, mijn vader heeft uw hulp dringend nodig.'

Als het monster wilde dat ik zou smeken, dan was ik daartoe bereid, als hij wilde dat ik zijn slachthuis op mijn knieën zou boenen, dan zou ik dat doen, en als hij mij daarna zou vragen zijn voeten te wassen in een met schapenbloed gevulde emmer, zou ik geen moment twijfelen. Ik was overal toe bereid.

'Ze gaan hem hierheen brengen zodat u zijn been kunt spalken. Dat kunt u toch als de beste?'

'Als de beste?' Plotseling begon Atilla te lachen, iets wat ik hem in al die jaren nog nooit had zien doen. Het was een bulderlach waardoor het slachthuis leek te schudden als tijdens een woelige najaarsstorm. Hij lachte vol overgave terwijl hij met zijn vlakke hand een paar keer op het stuk vlees sloeg. Hij lachte om mijn verdriet, om mijn wanhoop. Maar bovenal lachte hij om de pijn van mijn vader.

'Als de beste? Jongen, er is geen betere. Ik bén de beste. Ik ben de allerbeste! Knoop dat goed in je oren.'

In de verte hoorde ik opgewonden mannenstemmen. Toen ik me omdraaide zag ik een groep van zo'n zes mannen. Vier van hen droegen mijn vader op een geïmproviseerde brancard. Mijn vader lag op zijn rug en hield zijn ogen met zijn handen bedekt. Ibrahim liep voor de groep uit.

'Ze zijn er! Ze hebben mijn vader meegenomen!' Ik merkte dat ik schreeuwde, maar het kon me niet schelen.

Atilla lachte niet meer. Zonder te reageren op mijn vreugdekreet trok hij het mes uit het vlees en ging verder met snijden. Ibrahim maakte zich los van de groep en stapte het slachthuis binnen.

'Atilla, we hebben snel je hulp nodig! Selim heeft zijn been gebroken.' Ibrahim hijgde.

De slager ging onverstoorbaar verder met snijden, zonder op te kijken of er blijk van te geven dat hij Ibrahim had gehoord.

'Atilla! Heb je me gehoord? We hebben geen tijd te verliezen!'

'Ik heb je wel gehoord, Ibrahim, je hoeft niet zo te schreeuwen in mijn slachthuis. Ik ben ervan op de hoogte dat hij zijn been heeft gebroken, dat heeft zijn zoon hier me al verteld.' Zonder op te kijken wees hij met zijn mes naar mij.

'Nou, waar wacht je dan op?' De stem van Ibrahim trilde licht.

'Ik ben bezig, Ibrahim. Zie je dat niet? Ik ben geen dokter, ik kan niet mijn werk zomaar opzijzetten voor iedereen die zich bezeert, voor iedere sukkel die zomaar gewond raakt. Wie maakt mijn werk dan af?' Hij wreef met de rug van zijn hand over zijn mond. 'Breng hem maar naar mijn huis. Mijn vrouw zal een natte doek op zijn been leggen tegen de pijn. Ik maak dit eerst af en kom dan wel kijken wat ik voor hem kan betekenen.'

'Maar, Atilla...'

'Ga nu! En neem dat zoontje van hem mee.'

Ik hoopte dat Ibrahim zou doorzetten, dat hij niet geïntimideerd zou raken, maar waarschijnlijk wist hij dat het zinloos was om met Atilla in discussie te gaan. Een gebroken been had voor hem geen prioriteit als hij aan het werk was. Ibrahim keek mij aan. Hij legde een hand op mijn hoofd. Ik zag dat hij rust in zijn blik probeerde te leggen om mij gerust te stellen. Maar zijn gedrag maakte me juist banger. Ibrahim had nooit eerder zijn hand op mijn hoofd gelegd of meer dan twee woorden met me gewisseld. En nu vroeg hij met overslaande stem aan Atilla om mijn vader te helpen. Als de zwijgzame vader van mijn vriend zo handelde, moest het allemaal nog vele malen erger zijn dan ik dacht.

'Kom, we gaan,' zei Ibrahim tegen mij. 'Maak je maar geen zorgen.'

Ik wilde niet huilen, maar ik kon het niet meer tegenhouden. De verontruste blik in Ibrahims ogen brak mijn laatste verzet. Ik begon te snikken, hardop als een kleuter die bij een val zijn knie heeft opengehaald. Ik schaamde me voor de vader van mijn vriend en de slager zonder hart. Terwijl ik met de rug van mijn hand mijn tranen probeerde te drogen, zag ik mijn moeder ineens buiten staan tussen de mannen. Haar gezicht zag bleek en ze staarde met een lege blik voor zich uit. Toen Ibrahim riep dat de mannen mijn vader naar het huis van Atilla moesten dragen, keek ze op en zag me staan. Ze liep meteen naar me toe. Ik verwachtte een klap in mijn gezicht en een bestraffende toespraak.

'Miran, ik had je toch gevraagd thuis te blijven?' Haar stem klonk zacht.

Ik knikte, waarna ze me tegen zich aandrukte. Ik duwde mijn gezicht in haar hals. Haar geur kalmeerde me. Samen liepen we naar het huis van Atilla waar mijn vader op de grond in de woonkamer lag. Het was een kale, kille ruimte die naar slachtvlees rook. Er lagen een paar kleden en kussens op de grond en in de hoek van de ruimte lag een waterpijp. Een donker Perzisch tapijt hing aan de muur. De mannen die de brancard van mijn vader hadden gedragen, liepen weg zonder iets te zeggen. Ibrahim was de enige die achterbleef. Hij nam plaats op een kussen en stak leunend tegen de muur een sigaret op. Een rookwolk hulde het Perzische tapijt boven zijn hoofd in nevelen. Mijn moeder ging op haar knieën bij mijn vader zitten en hield zijn hand vast.

'Selim, toch,' zei ze. 'Kijk nou wat je jezelf hebt aangedaan.'

Mijn vader zuchtte vermoeid. 'Het komt goed, Aşme, maak je maar geen zorgen.'

De echtgenote van Atilla kwam de woonkamer binnen met een teiltje water en een doek en knielde neer bij mijn vader. Ze was een kleine onopvallende vrouw die altijd naar de grond keek als ze zich op straat begaf. Ze had dikke wenkbrauwen die boven haar neus in elkaar overliepen en op haar bovenlip en kin groeiden dikke stugge haren die ze niet weghaalde. Zonder iets te zeggen trok ze de broekspijp van mijn vaders linkerbeen op tot boven de knie en dompelde de doek daarna een paar keer in het water. Hij kreunde toen ze de natte doek op zijn scheenbeen drukte. Ik durfde niet naar zijn been te kijken omdat ik bang was dat er een stuk bot uitstak of dat het onder het bloed zat. Daarom bleef ik met afgewend hoofd op een afstand zitten en probeerde tevergeefs aan mooie dingen te denken.

De geur in het huis van Atilla was bedwelmend. Het was alsof we in het slachthuis zaten en ieder moment een bijl op het hakblok konden horen neerkomen. Atilla's vrouw bleef de natte doek op het been gedrukt houden terwijl mijn vader steeds luider begon te kreunen. Mijn moeder vroeg waar haar man bleef, maar ze reageerde niet. Toen mijn moeder de vraag op geprikkelde toon herhaalde, murmelde ze dat ze het niet wist en liep de kamer uit.

Het duurde een eeuwigheid voordat Atilla kwam, en net toen ik opstond om een kijkje te nemen waar hij bleef, stapte hij met zijn gigantische lichaam de kamer binnen. Hij keek alsof hij indringers in zijn huis aantrof.

'Hij ligt hier!' riep mijn moeder terwijl ze naar mijn vader wees. Maar zonder iets te zeggen liep Atilla naar een andere ruimte waar ik hem iets onverstaanbaars tegen zijn vrouw hoorde zeggen. Toen hij de kamer weer inliep ging hij met een diepe zucht op een kussen zitten en zweeg, alsof hij na een dag hard werken thuis was gekomen in een leeg huis en alleen was met zijn gedachten. Zonder haar onbegrip te verbergen vroeg mijn moeder waarom hij mijn vader niet hielp.

'Ik kan toch niet op een lege maag een been spalken?' zei Atilla alsof mijn moeder een onredelijke vraag had gesteld.

'Doet u alstublieft wat. Mijn man vergaat van de pijn. Kijkt u dan toch!'

'Daar kan ik niets aan doen,' zei Atilla.

'Ik begrijp niet wat je bezielt, Atilla,' zei Ibrahim. 'Je kan een man niet zo laten lijden. Dat is onmenselijk!'

'Begin jij weer?' brulde Atilla. 'Ik heb je net toch gezegd dat ik geen dokter ben!'

Ik hoorde mijn vader niet meer kreunen. Het was alsof hij de situatie niet op de spits wilde drijven en zich stilhield. Het behaarde vrouwtje kwam de kamer weer binnen met een kom yoghurt en een stuk brood. Ze zette die op een laag tafeltje dat ze voor de voeten van haar echtgenoot schoof en maakte zich snel weer uit de voeten. Als een wild dier begon Atilla zijn eten naar binnen te werken. Hij snoof luid terwijl hij met vingers vol bloedvlekken het brood in de yoghurt duwde en het in zijn mond stopte. Het tafeltje lag al snel bezaaid met broodkruimels en klodders yoghurt. Hij smakte zoals ik nog nooit iemand had horen smakken. Het was een onverdraaglijk geluid. Toen hij uitgegeten was liet hij een daverende boer.

'Vrouw!' schreeuwde Atilla. 'Vrouw, breng me een doek.'

Zijn vrouw holde de kamer in en overhandigde hem een vochtige doek. Hij veegde er zijn mond en snor mee schoon. Toen hij klaar was, wreef hij zijn handen tegen elkaar en zei: 'Zo, laten we eens naar dat been kijken.' Hij liet zich moeizaam op zijn knieën zakken en legde een hand op het been. Mijn vader kromp ineen van de pijn. 'Het spijt me ontzettend, Selim bey, uw been is gebroken.'

Weer brulde Atilla naar zijn vrouw die was blijven staan om te kijken wat voor diagnose hij zou stellen: 'Breng snel een paar planken, vrouw! En wat touw!'

Ze stoof de kamer uit. Even later hoorde ik haar ergens in het huis rommelen. Toen ze de kamer weer inliep, hield ze een stapel planken tegen zich aangedrukt die ze behoedzaam op de grond legde. Atilla pakte een paar planken die hij een voor een bij het been van mijn vader hield tot hij er een vond die even lang was als het scheenbeen van mijn vader. Die plank gebruikte hij als maat. Hij hield er net zo lang andere planken tegenaan tot hij een tweede plank vond van ongeveer dezelfde lengte. Daarna plaatste hij twee stukken touw onder het gebroken been van mijn vader en schoof er, voorzichtiger dan ik van hem had verwacht, een plank over. Een tweede plank legde hij op het scheenbeen, waarna hij de uiteinden van de touwen langzaam bij elkaar trok. Hij legde een hand op mijn vaders borst en zei: 'Dit is een goed moment om iets in uw mond te doen waar u op kunt bijten, want het gaat verdomd veel pijn doen.'

Mijn vader keek verschrikt en kwam half overeind. 'Wacht, wacht even!' zei hij angstig. 'Geef me dat doekje.' Mijn moeder overhandigde hem de vochtige doek die op zijn been had gelegen, waarna mijn vader een stuk ervan in zijn mond duwde. 'Bent u er klaar voor, Selim bey?' Meteen daarna trok Atilla met zijn immense kracht de touwen strak aan om er een knoop in te maken. Mijn vader kwam met een ruk overeind terwijl hij huiveringwekkende geluiden maakte die werden gesmoord door de textiel tussen zijn tanden. Met een paars aanlopend gezicht beet hij uit alle macht op de doek tussen zijn tanden. De aderen in zijn hals zwollen en hij brieste luid als een uitgeputte os terwijl hij met zijn vrije been onophoudelijk trappelde. Zijn gezicht leek op ontploffen te staan. Toen Atilla de touwen vast had gezet, plofte mijn vader bewusteloos achterover.

'Maak in geen geval de touwen losser,' waarschuwde Atilla. 'Ook al kermt hij van de pijn en smeekt hij jullie om in te grijpen, maak de touwen niet losser, anders herstelt zijn been niet goed en groeit het krom.'

Ze lieten mijn vader liggen om hem bij te laten komen. In de tussentijd trommelde Ibrahim de mannen weer op en vervoerden ze hem per brancard naar ons huis.

Die nacht deden we geen oog dicht omdat mijn vader als een waanzinnige kermde in zijn bed. Badend in het zweet sloeg hij steeds met zijn hand op de grond.

In de nachten die volgden, sliep mijn vader even onrustig. Hij ijlde van de koorts en smeekte mijn moeder de touwen rond zijn gespalkte been, dat steeds donkerder begon te worden, losser te maken. Maar mijn moeder dacht aan de waarschuwing van Atilla en verbeet haar wanhoop. Maar de vierde dag kon ze geen weerstand meer bieden aan haar knagende schuldgevoel en toog ze met een ongerust gemoed naar het slachthuis.

Ze vertelde later dat ze Atilla rokend voor zijn zaak had aangetroffen en dat hij haar niet had gevraagd hoe het met mijn vader ging. Mijn moeder vertelde hem dat ze het gevoel had dat er iets mis was, dat het vreemd was dat zijn gebroken been steeds meer pijn deed en paars zag, en vroeg hem ernaar te kijken. Grijnzend schudde hij zijn hoofd en verzekerde haar dat het met rust over zou gaan. 'Maar wat je ook doet,' voegde hij er met opgeheven vinger aan toe, 'maak de touwen niet losser.' Daarna liep hij het slachthuis in zonder haar reactie af te wachten.

13

Baba heeft veel pijn. Ik wil hem beter maken, schreef ik in mijn schrift. Ik wenste dat ik magische krachten bezat, dat ik mijn vaders been kon helen door er met mijn hand overheen te wrijven. Hij zou meteen opstaan, vol ongeloof met zijn linkerbeen op de grond stampen en me daarna met een glimlach oppakken en hoog in de lucht houden. Ik nam me voor om de volgende dag naar de wensboom achter ons dorp te gaan om mijn vurigste wens ooit te doen, want het gekerm van mijn vader werd steeds ijzingwekkender en als hij sprak was het duidelijk dat de angst in zijn stem plaats had gemaakt voor wanhoop.

De volgende ochtend wilde ik me vastklampen aan de mogelijkheid op een wonder. Zolang ik niet naar mijn vaders been keek, was het niet uitgesloten. Maar uit mijn ooghoek zag ik dat zijn linkerbeen onbedekt was. Mijn ogen gleden ernaartoe. Ik verstarde: zijn onderbeen was helemaal zwart geworden. Verschrikt tikte ik mijn moeder aan die naast hem lag. Ze schoot meteen overeind alsof ze voorvoelde dat er iets mis was.

Ik wees naar mijn vader. Ze probeerde zo rustig mogelijk te kijken, maar ik zag de paniek in haar ogen. Ze stuurde me eropuit om Ibrahim te halen. Ik trof hem voor zijn huis aan waar hij op een krukje zat te roken. Hij liep onmiddellijk mee. Bij het aanschouwen van het been van mijn vader, die inmiddels wakker was geworden, kon ook hij zijn schrik niet verbergen.

'Ik ga Atilla meteen halen,' riep hij waarna hij haastig het huis uit liep.

In de hoek van de kamer lagen mijn broer en Elida nog te slapen. Ik verdacht hem ervan dat hij al wakker was geworden maar bleef liggen om niet geconfronteerd te worden met de situatie. Sinds hij terug was, deed hij vaker alsof hij dingen niet hoorde.

Even later was Ibrahim terug. 'Ongelooflijk, die schoft wil niet komen! Atilla zegt dat hij heeft gedaan wat hij kon en dat het nu aan Allah is wat er met zijn been gebeurt.' Hij keek mijn vader aan. 'Selim, hoe voel je je?'

Mijn vader zag lijkbleek en zijn voorhoofd droop van het zweet. Met een verwrongen gezicht zei hij: 'Niet goed... veel pijn... ik hou dit niet meer vol.'

Ibrahim zakte door zijn knieën en legde zijn hand op mijn vaders been.

'Maak het losser... Ibrahim,' smeekte mijn vader. 'Maak het touw losser. Alsjeblieft!'

'Nee,' zei Ibrahim. Hij stond op, liep naar de keuken en keerde terug met een mes. 'Ik snijd het door.' Toen zijn been van het touw en de plankjes verlost was, liet mijn vader een zucht van verlichting horen.

'We moeten meteen naar het ziekenhuis in Muş!' riep Ibrahim. 'Ik kom zo met de paardenwagen, maken jullie je ondertussen klaar.'

Ik zei tegen mijn moeder dat ze op me moesten wachten, stormde de deur uit en rende richting de wensboom achter ons dorp. Hij stond op een kale heuveltop die uitkeek op ons dorp en was ver verwijderd van de grasvelden waar ik het vee heen voerde. Ik moet een jaar of vijf geweest zijn toen ik de wensboom voor het eerst zag. Mijn vader nam me toen mee en zei dat hij me iets bijzonders wilde laten zien. Toen we er hand in hand naartoe liepen, vroeg ik in mijn ongeduld steeds hoe ver het nog was. Op het moment dat mijn korte beentjes zwaar begonnen te voelen, wees mijn vader naar iets in de verte en zei: 'Daar is het! Daar is de wensboom.' Even later stonden we voor een dorre boom die nauwelijks twee meter hoog was. Met verbazing keek ik naar zijn dunne taken die alle kanten uit schoten en waaraan fleurige lapjes stof waren bevestigd. 'Dit is een bijzondere plek,' had mijn vader met een schittering in zijn ogen gezegd. 'Hier komen je wensen uit als je een stukje stof aan de takken vastmaakt.'

'Alle wensen?' vroeg ik.

Mijn vader dacht even na. Waarschijnlijk wilde hij me onbaatzuchtigheid bijbrengen toen hij zijn hand op mijn hoofd legde en antwoordde: 'Alle wensen waarin je iemand anders iets goeds toewenst.' Hij zweeg even en voegde er toen aan toe: 'Maar je moet het menen en het moet belangrijk zijn voor die ander.'

In die tijd hoorde ik mijn moeder dagelijks bidden om een dochtertje. Iedere dag bad ze stilletjes in een hoekje en soms hoorde ik haar snikken en met opgeheven handen zeggen: 'Allah, alstublieft, verhoort u mijn gebeden. Schenk mij een dochter.'

Toen ik het verdriet van mijn moeder zag, moest ik aan de wensboom en de woorden van mijn vader denken. Stiekem scheurde ik een stukje van een oude bloes van mijn moeder en liep toen met Ali naar de wensboom. Hij keek mij vreemd aan toen ik het rode lapje stof aan een tak bevestigde en hardop zei dat ik wenste dat mijn moeder een dochter zou krijgen. Een paar maanden later glom ik van trots toen mijn moeder vertelde dat ze zwanger was. Ik zei meteen dat het een meisje zou worden en toen ze vroeg hoe ik dat wist, vertelde ik niet over mijn wens. Na de geboorte van Elida, wilde Ali meteen met mij naar de wensboom. Op mijn vraag of hij een wens wilde doen, antwoordde hij: 'Ja, ik wens dat mijn vader terugkomt.'

Zonder te stoppen, rende ik zo snel ik kon naar de wensboom. Buiten adem en nat van het zweet stond ik even later voor de boom toen ik bedacht dat ik vergeten was een stukje stof mee te nemen. Ik trapte in de grond en slaakte een kreet van woede. Vertwijfeld keek ik om me heen en net toen ik terug wilde lopen kreeg ik een ingeving. Ik scheurde een stuk van de onderkant van mijn bloes af en bevestigde het aan het enige stukje van een tak dat nog onbedekt was. Ik ging op mijn knieën zitten en zei hardop: 'Ik wens dat het been van mijn vader snel geneest.'

Toen ik weer thuis was, zag ik dat de paardenwagen al voor ons huis stond. Hijgend van de sprint vertelde ik mijn moeder dat ik mee wilde naar het ziekenhuis. Haar antwoord was resoluut: 'Nee, jij blijft hier bij Yusuf en Elida!'

Ik was nog nooit in Muş geweest, noch in een ziekenhuis en wilde erbij zijn als ze mijn vader zouden helpen. Mijn vader had me verteld dat zijn moeder altijd een lied zong over Muş. In het lied werd de stad als een gevaarlijke en duistere plek afgeschilderd. De bekendste regel uit het lied luidde: 'Dit is Muş, met zijn steile, onbegaanbare wegen. Wie erheen gaat, keert nooit meer terug.' Maar omdat mijn grootmoeder om voor mij onbekende redenen een warm gevoel voor Muş koesterde, had ze de tekst eigenhandig veranderd in: 'Dit is Muş, met zijn prachtige wegen, wie erheen gaat, keert als een gelukkig mens terug.' Het maakte dat het voor mij een mythische stad werd.

Terwijl mijn moeder wat eten voor onderweg in een zak deed en een extra broek en hemd voor mijn vader klaarlegde, droegen Ibrahim en mijn broer mijn vader naar de paardenwagen, die een laadruimte had waarin wel zes mannen pasten. Mijn moeder nam naast hem plaats en wreef met een nat doekje over zijn hoofd.

'Ik wil mee!' riep ik.

'Nee, Miran, ik heb toch gezegd dat je niet mee mag,' zei mijn moeder.

Mijn vader hief toen zwakjes zijn hand op en zei zacht: 'Laat hem toch meegaan, Aşme. Dan kan hij Muş zien.'

Mijn moeder knikte. Ik maakte een sprong van blijdschap, maar schaamde me meteen omdat ik voelde dat het ongepast was. Tot mijn geluk mocht ik naast Ibrahim op de bijrijdersplek zitten vanwaar ik het beste uitzicht had op de weg. Hij pakte de teugels en even later trok het paard de wagen vooruit. We legden een heel stuk zwijgend af. Ik keek af en toe achterom en zag mijn vader liggen met zijn hoofd op mijn moeders schoot. Ze wreef liefdevol over zijn hoofd. We reden langs een lavendelveld met een betoverende lichtpaarse kleur. De geur die van het veld opsteeg, maakte me een moment rustig en riep herinneringen op aan zorgeloze tijden. Terwijl de zon steeds feller op onze hoofden brandde, luisterde ik naar het monotone geluid van de wielen van de wagen die over het zandweggetje rolden en het onrustige briesen van het paard. Ibrahim transpireerde hevig. Steeds vaker veegde hij met de rug van zijn hand het zweet van zijn voorhoofd. Na een tijd stopten we langs een beekje waaruit Ibrahim het paard liet drinken. We aten wat brood en fruit uit de voorraadzak en dronken water uit de kruik die mijn moeder had meegenomen. Hoewel hij met muizenhapjes van het brood at, deed het me goed mijn vader te zien eten, want ik had altijd geleerd dat zieke mensen het gevecht verliezen als ze niet meer eten.

We waren omringd door bergen waarvan sommige besneeuwde toppen hadden. Rondom het beekje groeiden veel bomen en struiken, maar het gebied daarbuiten was kaal en dor en zag er heel anders uit dan de omgeving van ons dorp die veel groener was. Even later reden we verder. Iedereen zweeg weer. Af en toe stak Ibrahim een sigaret op en vroeg zonder om te kijken of het goed ging achter in de paardenwagen. De reis duurde langer dan ik verwachtte. De paardenwagen voelde steeds minder comfortabel. Bij ieder obstakel waar we overheen reden, schudde de wagen hevig en moest ik me schrap zetten om er niet vanaf gegooid te worden. Ik werd moe, maar steeds als ik mijn ogen sloot, schrok ik wakker wanneer mijn hoofd voorover viel of de wagen over een hobbel reed. Zonder iets te zeggen sprong ik in één beweging de laadruimte in. Mijn vaders voorhoofd en hals waren nat van het zweet. Ik ging naast hem liggen op het stukje deken dat over was en viel in slaap.

Ik werd wakker van onbekende mannenstemmen die bevelen uitdeelden. Ik zag hoe twee mannen in witte kleren mijn vader behoedzaam uit de paardenwagen tilden en op een brancard legden. Ze liepen naar een grijs gebouw met veel ramen. Ik had niet eerder zo'n groot gebouw gezien.

'We zijn bij het ziekenhuis,' zei mijn moeder.

Buiten schemerde het al toen we achter de twee mannen aanliepen die mijn vader op een brancard naar binnen droegen. In het gebouw hing een scherpe mysterieuze geur die ik niet kende. Het maakte me bang en nieuwsgierig tegelijk. Mannen en vrouwen in witte kleren liepen haastig voorbij. Sommigen schreven iets op een blaadje, anderen duwden een karretje vooruit met glazen potjes erop. In een grote zaal zaten mensen aan kleine tafeltjes. Ze spraken op gedempte toon. Sommigen hadden verband om hun hoofd, anderen kuchten onophoudelijk. Ze namen mijn vader mee naar een andere ruimte. Een van de mannen zei dat we buiten moesten wachten, waarna ze met mijn vader, die roerloos op de brancard lag, een kamer inliepen. We namen plaats op een stoel. Ibrahim bleef staan. Mijn moeder sloeg haar armen onrustig over elkaar en staarde met een lege blik naar de grond. Ik hoopte dat ze iets geruststellends zou zeggen, maar ze zweeg. Na een tijdje stond ze op en begon met driftige passen heen en weer te lopen.

'Hoelang duurt het nog?' vroeg ze. 'Waarom krijgen we niets te horen?'

Na ongeveer een uur ging de deur open. Een man met een lange witte jas liep de kamer uit en stapte op Ibrahim af. 'U bent de broer van meneer Uslu?' vroeg hij in het Zazaki.

Ibrahim keek hem verbaasd aan. 'Nee, een goede vriend. Mijn naam is Ibrahim.'

'Sorry, ik heb Uslu bey zojuist gesproken, daarom ging ik ervan uit dat u ook Zazaki spreekt. Ik kom uit Muş. Mijn naam is Baye Keskin.' De dokter was lang en had glanzend bruin haar dat hij in een strakke scheiding had gekamd. Hij was een jaar of veertig en droeg een bril met een groot montuur. 'Ik heb naar het been van Uslu bey gekeken.'

'Hoe maakt hij het?' vroeg Ibrahim.

Zijn blik werd ernstig. 'Het ziet er niet goed uit. Dat been moet eraf,' zei hij zonder bitterheid in zijn stem. 'Het is niet meer te redden.'

Voordat volledig tot me was doorgedrongen wat er aan de hand was, stond mijn moeder op en pakte de dokter bij zijn arm. 'Nee, nee, alstublieft.' Ze begon te schreeuwen. 'Zegt u dat niet, u moet hem genezen, u moet hem beter maken!'

Ik wist niet wat ik moest doen. Ik had verwacht dat Ibrahim haar zou kalmeren, maar hij deed niets. Ze bleef maar schreeuwen dat de dokter mijn vader beter moest maken. 'Rustig, anne,' zei ik terwijl ik opstond van mijn stoel en haar vastpakte. 'Rustig.'

Ze liet de dokter los en plaatste in een wanhopig gebaar haar handen op haar hoofd terwijl ze haar tranen de vrije loop liet. 'Nee, nee... ze gaan een kreupele van mijn man maken! Allah, help me!'

Langzaam drong het tot me door. In mijn gedachten zag ik mijn vader op één been door het dorp huppelen. Het beeld stak als een mes door mijn ziel, maar ik was te verbouwereerd om ook te huilen.

De dokter nam weer het woord. 'Een groot deel van zijn been is afgestorven door het afknellen van de bloedtoevoer. Het is een duidelijk geval van gangreen. We zullen alles doen wat we kunnen om zo veel mogelijk van zijn been te sparen.'

'Maar hoe kan dat?' vroeg Ibrahim.

'Het been is op meerdere plekken gebroken. Daarna is het op een verkeerde manier gespalkt.'

'Wat? Hoe bedoelt u?'

'Simpel gezegd is er op een te strakke manier gespalkt waardoor het been te weinig bloed kreeg. Als er dan niet snel wordt ingegrepen, sterft het been af.' Hij keek ons zwijgend aan en vroeg toen: 'Wanneer is het been gespalkt?'

Mijn moeder zei met bevende stem: 'Vijf dagen geleden... denk ik.'

'Veel te lang,' zei de dokter. 'Waarom zijn jullie niet eerder gekomen?'

'We dachten... ik dacht...' mijn moeder zocht naar de juiste woorden.

'De man die zijn been heeft gespalkt, zei dat het erbij hoorde,' zei Ibrahim. 'Hij zei dat het been verkleurd was door de breuk en waarschuwde dat we het touw in geen geval losser mochten maken.'

'Is die persoon een dokter?'

Ibrahim schudde zijn hoofd.

'Waarom bent u niet naar een dokter gegaan?'

Ibrahim gaf weer antwoord voordat mijn moeder kon reageren. 'We wonen in een dorp, ver van een dokterspost. Bij ons is er maar één man die weet hoe je moet spalken. Hij heeft daar veel ervaring mee.'

'Wij maken dit soort dingen helaas vaker mee,' zei de dokter terwijl hij zijn armen over elkaar heen sloeg. 'Er worden hier regelmatig mensen binnengebracht bij wie de botbreuken door buren of kennissen zijn behandeld. Vaak leidt dat tot gangreen. Wij kunnen dan niet veel meer doen.'

'Wat... wat gaat u nu precies doen?' vroeg mijn moeder alsof ze zich daar geen voorstelling van kon maken.

'We gaan het been verdoven en daarna afzetten, maar hij zal het zeker voelen.'

Mijn moeder slikte. Haar handen beefden. 'Maar... maar er moet toch een andere manier zijn... waarom geeft u hem geen medicijn? U bent toch dokter!'

'Het spijt me.'

Mijn moeder pakte de handen van de dokter vast. 'Alstublieft, dokter! U begrijpt het niet. Als mijn man zijn been kwijtraakt... zijn wij verloren. Wat moeten wij dan? Wie gaat dan het land bewerken, de dieren verzorgen... wie gaat er voor ons zorgen? Dokter, alstublieft... we zullen alles kwijtraken. Alles!'

'Helaas zullen medicijnen het probleem niet oplossen.' De dokter sprak nu wat vriendelijker. 'Zijn been is afgestorven. Als we het niet afzetten, raakt de rest van zijn lichaam ook aangetast en loopt hij nog meer gevaar. We moeten dit doen om hem te redden.'

Mijn moeder liet zich in de stoel vallen en begon te jammeren. 'Allah, waar hebben we dit aan verdiend? Waarom straft u ons zo? Wat moet er van ons worden?' Daarna liet ze zich op de grond vallen. Haar lichaam schokte.

Ibrahim pakte haar bij haar arm. 'Aşme, kom, sta op.'

Ik wist niet wat ik moest doen of zeggen. Ik wist alleen dat er iets heel ergs met mijn vader ging gebeuren. En pas op dat moment stroomden er tranen over mijn wangen.

'Ik wil erbij zijn,' zei mijn moeder vastberaden. 'Ik wil erbij zijn als u zijn been afzet.'

De dokter keek bedenkelijk. 'Dat is tegen de regels.'

'Dat kan me niet schelen,' zei ze terwijl ze zijn hand vastpakte en hem smekend aankeek. 'Ik kan hem niet alleen laten.'

Hij zuchtte. 'Mevrouw, ik moet u waarschuwen, het wordt erg onaangenaam. U zult het geluid van het doorzagen van het bot en het geschreeuw van uw man niet kunnen verdragen.'

Maar mijn moeder was onvermurwbaar. 'Ik laat mijn man niet alleen! Ik moet erbij zijn als hij zo lijdt, ik moet zijn hand vasthouden.'

Ibrahim en ik bleven achter in de wachtkamer. Ik hoopte dat hij iets zou zeggen wat me vertrouwen zou geven in een goede afloop. Maar zoals altijd koos hij ervoor niets te zeggen. En pas op dat moment drong het tot me door dat hij een aandeel had in de tragedie, dat mijn vader gehoor had gegeven aan zijn verzoek om hulp bij het bouwen van zijn stal. Hij had mijn vader een duister pad opgestuurd. En nu wilde een dokter met een nette scheiding mijn vaders been met een zaag bewerken. Ik vervloekte Ibrahim en wenste dat hij nooit voet in ons dorp had gezet.

Het was doodstil in het ziekenhuis. Er kwam geen geluid uit de operatiekamer, noch uit de andere ruimtes. Ik hoorde Ibrahim ademhalen. Iedere keer dat hij lucht inhaleerde, piepte zijn neus. Ik probeerde er niet op te letten, maar het ging niet. Wederom vervloekte ik hem.

'Ik ga naar buiten,' zei hij ineens en even dacht ik dat hij het zat was en ons achter wilde laten in het ziekenhuis. 'Ik heb wat frisse lucht nodig.'

Ik was blij dat hij weg was. Ik keek om me heen in de lege wachtkamer. Het was een vreemd en tegelijkertijd spannend gevoel dat ik er nu alleen zat. Het voelde alsof ik helemaal alleen was in dat kolossale gebouw. Allerlei gedachten schoten door mijn hoofd. Ik kon het gebouw verkennen of naar buiten gaan om iets van Muş te zien, maar ik kon ook gluren naar wat zich in de operatiekamer afspeelde. Heel even maar. Een merkwaardig gevoel van opwinding overviel me. Voorzichtig duwde ik de zware deur van de operatiekamer open. Mijn hart begon sneller te kloppen. Toen de deur op een kier stond, wierp ik met ingehouden adem een blik naar binnen. Ik zag mijn vader liggen. Ze hadden een wit laken over zijn lichaam gelegd. Alleen zijn hoofd en linkerbeen waren onbedekt. Mijn moeder hield zijn hand vast. De dokter had een kapje voor zijn mond. Hij wees de twee verplegers een plek aan boven de knie en kreeg toen een grote zaag aangereikt. Hij plaatste zijn hand op het been om vervolgens met de andere hand de zaag erop te drukken. Even hield hij in, alsof hij zich schrap moest zetten voor een grote krachtsinspanning. Daarna begon hij te zagen. Ik hoorde het lugubere geluid van de zaag die moeizaam in het bot drong en af en toe grommend vastliep. Toen hoorde ik mijn vader schreeuwen alsof hij vermoord werd. Het was de schreeuw die ik de rest van mijn leven zou blijven horen. Ik rende weg.

Buiten voor het ziekenhuis liepen mensen rond op het stoffige terrein. Sommigen staarden me aan. Pas toen drong het tot me door dat ik als een kleuter hardop stond te huilen. En ik proefde een misselijkmakende bloedsmaak in mijn mond. Al op jonge leeftijd had ik de gewoonte ontwikkeld om op spannende momenten op mijn onderlip te kauwen. Ik spuugde op de grond en zag het met bloed vermengde speeksel.

Ik nam plaats op een bankje onder een oude boom en duwde mijn gezicht in mijn handen. In die houding bleef ik zitten tot iemand me bij mijn handen vastpakte en ze wegtrok van mijn gezicht. Het was mijn moeder. Haar ogen waren rood en vochtig. Ze drukte mijn hoofd tegen zich aan. Zonder iets te zeggen ging ze naast me zitten en sloeg een arm om mijn schouder. En even leek het of we allebei in de koelte van de schaduw het moment uitstelden dat we weer naar binnen moesten. We luisterden naar de krekels en hielden zwijgend elkaars hand vast.

Er was misschien wel een uur voorbijgegaan toen we terugliepen. Op zijn kamer wachtten we tot mijn vader ontwaakte. Ondanks de verdoving had hij tijdens de operatie iedere haal van de zaag gevoeld. Elke vezel in zijn lichaam had geprotesteerd tegen de marteling. Op een gegeven moment was het hem te veel geworden en was hij bewusteloos geraakt. Er lag een laken over zijn onderlichaam. Ik probeerde me voor te stellen hoe zijn gehalveerde been eruitzag. Ik zag een rauwe klomp vlees voor me waar een stuk bot uitstak, en aderen en witte zenuwen zoals ik dat zo vaak had gezien bij een geslachte koe. Ik werd misselijk van het beeld.

Pas na vier uur ontwaakte mijn vader. Hij kreunde en keek om zich heen. Met een breekbare stem vroeg hij om een glas water. Ik wilde zijn been niet zien, maar toen de dokter het laken zonder aankondiging weghaalde om het mijn moeder te tonen, werd mijn blik er meteen naartoe getrokken. Aan het uiteinde van zijn bovenbeen, boven de plek waar zijn knie had gezeten, bevond zich geen rauwe klomp vlees, maar een stompje dat uit wit verband bestond. Dat was wat er van zijn onderbeen over was: een stompje wit verband.

'Mag hij naar huis?' vroeg mijn moeder na een tijdje.

De dokter schudde zijn hoofd. 'We moeten hem hier houden tot hij is hersteld.'

'Hoelang?'

'Als de wond niet gaat ontsteken en hij goed eet, verwacht ik dat het ongeveer een week duurt.'

'Kunnen we bij hem blijven?'

De dokter schudde zijn hoofd.

'Moet ik mijn man een week alleen laten?'

'Maakt u zich geen zorgen, hij is in goede handen.'

We hadden geen familie of kennissen in Muş, noch beschikten we over genoeg geld om zolang een onderkomen te regelen. De dokter streek over zijn hart en zei dat we een nacht op de kamer van mijn vader mochten doorbrengen. Mijn moeder kreeg het bed naast dat van mijn vader en voor mij werd een veldbedje neergezet. Ibrahim moest de nacht doorbrengen in een zaal op een andere verdieping.

Ik had verwacht dat mijn ouders zouden praten in bed, maar na een paar woorden viel mijn vader in slaap en deed mijn moeder het licht uit. Die nacht werd ik plotseling wakker en had moeite om weer in slaap te komen. Thuis was ik gewend aan de totale duisternis als ik in bed lag, maar hier scheen het licht van de gang naar binnen van onder de deur en door het raampje boven de deurpost. Ik staarde naar het plafond en werd overvallen door de angst dat mijn vader jong zou sterven, net als zijn vader en broers, en dat hij ons niet zou zien opgroeien. Ik vreesde dat ik een halve wees zou worden en nooit meer naar zijn verhalen zou kunnen luisteren. Vermoeid sloot ik mijn ogen en probeerde de sombere gedachten te verbannen. Ik probeerde het beekje achter ons dorp voor me te zien, maar hoe hard ik ook mijn best deed, het gekreun van mijn vader verdreef de beelden nog voordat ze me konden kalmeren.

14

De volgende ochtend stonden we aan de rand van mijn vaders bed toen de dokter de kamer binnenkwam. Hij vroeg hoe mijn vader zich voelde.

Hij schraapte zijn keel moeizaam. 'Het gaat...'

'Het is belangrijk dat u goed rust,' zei de dokter kalm. 'Alleen zo zult u voorspoedig herstellen.'

Met een trieste blik staarde mijn moeder voor zich uit. Ze stond op het punt haar man achter te laten en leek een innerlijke strijd te voeren om dat voor zichzelf te rechtvaardigen.

Mijn vader hief zijn hand traag op en zei nauwelijks hoorbaar: 'Aşme... maak je alsjeblieft geen zorgen.'

Ze pakte zijn hand. Ik dacht dat ze er een kus op zou drukken zoals ik haar dat zo vaak had zien doen, maar ze wreef er alleen over. 'Lieve Selim,' zei ze. 'O lieve Selim.' En ze bleef over de rug van zijn hand wrijven totdat Ibrahim zei dat we moesten gaan. Ik keek naar mijn vader en wist niet wat ik moest doen, hoe ik afscheid van hem moest nemen. Hij wenkte me en bracht zijn wang naar mijn hoofd. Hij voelde stoppelig aan en ik rook de zware geur van zijn zweet, het angstzweet dat over zijn hele lichaam gestroomd moet hebben bij het afzetten van zijn been. En terwijl mijn ogen begonnen te prikken en hij me aankeek met een blik waar een droefheid in school die ik niet eerder bij hem had gezien, kuste ik hem ook op zijn voorhoofd.

Hij glimlachte en zei: 'Alles komt goed.'

'Ja?'

'Alles komt goed, mijn zoon.'

In de laadruimte van de paardenwagen legde ik mijn hoofd op mijn moeders schoot. Ze streelde mijn haar en natte wangen. Pas toen we wegreden, begon mijn moeder te huilen. Haar huilbui was zo hevig en overweldigend dat mij ineens de angst overviel dat ze me hadden voorgelogen, dat mijn vader in werkelijkheid stervende was. Ik vreesde dat mijn moeder een paar dagen later naar me toe zou komen en zeggen: 'Apo is dood, een dag nadat we zijn vertrokken uit het ziekenhuis is hij overleden.' Misschien huilde ze daarom zo hard. Maar ik durfde het haar niet te vragen.

Ik vroeg me vertwijfeld af of mij nu hetzelfde overkwam als mijn vader in zijn jeugd. Zou ik mijn vader ook op jonge leeftijd verliezen? Ik dacht terug aan de dag dat we samen naar de grasvelden gingen. Mijn vader keek ernstig toen hij zei dat het tijd was om me een belangrijk hoofdstuk uit onze familiegeschiedenis te vertellen. 'Je bent nu oud genoeg.'

Mijn vader werd in de winter van 1910 in het dorp Hemgin geboren als vierde zoon van Miran en Şare Uslu. Zijn vader bezat het meest uitgestrekte stuk grond van Hemgin en was de dorpswijze aan wie iedereen raad vroeg. Tot ver buiten de omgeving van het dorp stond hij in hoog aanzien.

Mijn grootmoeder Şare was bijzonder op mijn vader gesteld. Ze onderhield een speciale band met hem en noemde hem haar 'verlate prins'. Zijn drie broers, die al tieners waren bij zijn geboorte, overlaadden hem met aandacht. Toen mijn vader bijna vijf jaar was, werd zijn moeder tot ieders verbazing opnieuw zwanger. Na een moeizame bevalling zette ze een meisje op de wereld dat de naam Gulsor kreeg. Mijn vader vertelde me dat hij nog nooit zoiets wonderlijks had gezien. Hij was op slag verliefd op zijn zusje.

Terwijl we naar het grazende vee keken, zei mijn vader: 'We waren zo gelukkig, maar alles veranderde toen de oorlog uitbrak.' Het geboortedorp van mijn vader bevond zich vlak bij de grens met het Russische Rijk, de grootste tegenstander van de Ottomanen in de Eerste Wereldoorlog. Eind oktober 1914 vielen de eerste Russische troepen het Ottomaanse Rijk binnen. Het strijdgewoel ging aan het begin van de oorlog aan het dorp van mijn vader voorbij. Slechts af en toe berichtte een bezoeker opgewonden over gevechten elders in het oosten. Eind 1915 vonden er echter steeds dichterbij veldslagen plaats en nam de onrust toe. Mijn grootvader waarschuwde iedereen waakzaam te zijn. Geheel volgens zijn voorstel bereidden de dorpelingen zich voor op een snelle vlucht uit het dorp. Bij een aanval van de Russen dienden de vrouwen zo snel mogelijk samen met de jongste kinderen de bergen in te trekken, om te schuilen in de grotten. De mannen en hun oudere zoons moesten zo laat mogelijk een riskante vlucht richting het westen ondernemen om te voorkomen dat de Russische soldaten de achtervolging zouden inzetten op de vrouwen en kinderen. De meesten gaven gehoor aan het advies van mijn grootvader en hadden voorraden en kleren ingepakt voor een mogelijke vlucht. Maar toen er wekenlang niets gebeurde en een aanval uitbleef, verslapte de aandacht en werden de voorraden gedachteloos verbruikt.

Tot het onafwendbare gebeurde in de barre winter van 1916.

Terwijl op een ochtend de sneeuw neerdwarrelde op het ontwakende dorp, klonken er in de verte artillerieschoten. Mijn grootvader wekte zijn gezin en ging daarna samen met zijn drie oudste zoons langs alle huizen om te waarschuwen voor het naderende onheil. Hoewel mijn vader toen nog maar vijf jaar was, vertelde hij me dat hij het gekrijs van de vrouwen nog altijd kon horen als hij terugdacht aan die zwarte dag.

Met een stem die anders klonk dan bij zijn andere verhalen, zei hij: 'Mijn moeder verzamelde vlug wat kleren en een voorraad eten die ze in twee katoenen zakken deed waarvan er een voor mijn vader en broers bestemd was. Vluchtig omhelsde ze hen. Ik weet niet meer of ik afscheid van mijn broers heb genomen, ik weet alleen dat mijn vader me bij mijn hoofd pakte en een kus op mijn beide wangen drukte. Daarna vluchtte ik samen met mijn moeder en zusje richting de bergen.'

Mijn vader zweeg even. Zijn ogen werden vochtig, maar hij ging verder met vertellen: 'Mijn moeder had de katoenen zak op haar rug gebonden en hield Gulsor met een hand tegen zich aangedrukt. Met haar andere hand trok ze mij voort door de hoge sneeuw. Mijn zusje was toen nog maar een paar maanden oud. Ik zakte op sommige stukken tot aan mijn heupen weg in de sneeuw en dacht dat we nooit de bergen zouden bereiken. Je moet begrijpen dat die zelfs in de zomer slecht begaanbaar waren en in de winter door iedereen, op een paar waaghalzen na, gemeden werden. Voordat we de voet van de bergen bereikten, moesten we een kilometerslange vlakte oversteken die bezaaid lag met stenen en rotsen. Dit deel van de tocht was voor sommigen al te zwaar. Oude vrouwen haakten een voor een af en bleven kermend in de sneeuw achter. Hun dochters en kleinkinderen probeerden hen overeind te helpen, maar de meesten hadden zich op dat moment verzoend met hun lot. Anderen krabbelden overeind om een paar honderd meter verder weer in elkaar te zakken en hun ogen niet meer te openen. Mijn moeder vertelde me later dat ze zich tijdens de vlucht probeerde af te sluiten voor de hartverscheurende taferelen om haar heen. Ze schreeuwde steeds dat ik sterk moest zijn en moest doorlopen. Toen ze na ruim een uur merkte dat ik moeite had het tempo bij te benen, trok ze een paar keer hard aan mijn arm. Maar op een gegeven moment verstapte ze zich en viel languit in de sneeuw. Ze kwam met haar voorhoofd op een steen terecht, waarna ze roerloos bleef liggen. Ik keek vertwijfeld naar mijn moeder en probeerde haar wakker te schudden. Toen ze niet reageerde dacht ik dat ze dood was.'

Mijn vader zweeg. Hij keek een tijd voor zich uit en zei toen: 'Mijn zusje lag op de grond en krijste hard. Ik pakte haar op en probeerde haar te kalmeren door haar in mijn armen te wiegen zoals ik mijn moeder dat zo vaak had zien doen. Ik verwachtte dat mijn vader ons elk moment te hulp zou schieten en alles weer goed zou maken, dat hij mijn moeder met zijn sterke armen zou oppakken en naar een veilige plek zou brengen. En ik verwachtte de vertrouwde stemmen van mijn broers te horen. Ze zouden mijn naam roepen en een warme deken om mij en mijn zusje wikkelen. De gedachte aan mijn vader en broers maakte me kalm en voorkwam dat ik in huilen uitbarstte. Een vrouw die met haar twee jonge dochters op de vlucht was geslagen, passeerde. Ze wierp zich meteen op de grond, draaide mijn moeder op haar rug en gaf haar een paar klappen in het gezicht. Langzaam kwam ze weer bij. Haar voorhoofd lag open en ze leek even niet te beseffen waar ze was, tot ze om zich heen keek en de rennende vrouwen en kinderen zag. De vrouw hielp haar overeind en ging er toen snel vandoor met haar dochters. Mijn moeder nam mijn zusje van me over en we vervolgden onze tocht. Ze kwam nu moeizamer vooruit, viel weer een paar keer en jammerde wanhopig omdat ze wist dat de dood ons op de hielen zat. De uitputting nabij smeekte ze me of ik mijn zusje kon tillen, opdat ze haar laatste krachten kon benutten om overeind te blijven en ons de berg op te leiden. Honderden meters droeg ik mijn krijsende zusje terwijl ik me vertwijfeld afvroeg waar mijn vader en broers bleven. Het begon steeds harder te sneeuwen en de wind geselde ons van alle kanten. Hij boorde zich in mijn borst en sneed als een mes in mijn gezicht terwijl ijskoude lucht mijn longen vulde. Mijn benen zakten steeds dieper weg in de sneeuw en ik moest steeds grotere stappen nemen om vooruit te komen. Toen mijn benen me niet meer konden dragen, gaf ik het op en ging met mijn zusje Gulsor in mijn armen in de sneeuw zitten. Mijn moeder knielde bij me neer en hield haar grote lichaam als een tent boven mijn kinderlijf. Ze leek in slaap te vallen terwijl ze ons beschermde tegen de sneeuw en de wind, tot een passerende vrouw haar met overslaande stem maande verder te gaan. Hoewel ze niet meer kon, stond ze op en probeerde me vertwijfeld overeind te krijgen. Toen ik niet reageerde, gaf ze me een paar klappen op mijn wang. Het lukte me om in een ultieme krachtsinspanning op te krabbelen, maar daarbij liet ik mijn zusje uit mijn armen vallen. Gulsor rolde meters de heuvel af. Als versteend en met bevroren ledematen keken mijn moeder en ik toe hoe ze zo'n vijftien meter verderop roerloos in de sneeuw bleef liggen.'

Mijn vader stopte met praten en wreef met zijn handen over zijn gezicht.

'Hoe... hoe ging het verder?' vroeg ik aarzelend.

'Niet nu,' zei hij. 'Misschien later.' Hij keek stil voor zich uit, maar na een tijdje schraapte hij zijn keel en begon toch verder te vertellen.

'Mijn zusje was de heuvel afgerold en bleef roerloos in de sneeuw liggen. Mijn moeder stond voor een onmenselijke keuze. Me niet bewust van de innerlijke strijd die haar leek te verlammen, keek ik haar aan. Er leek een eeuwigheid voorbij te gaan terwijl er niets anders te horen was dan de jagende wind en de geweerschoten in de verte van de Russische soldaten. Ineens begon ze als een razende de heuvel af te rennen terwijl ze de naam van mijn zusje uitschreeuwde. Daarbij viel ze een paar keer maar ze stond meteen weer op. Ze pakte mijn zusje, dat met haar gezicht in de sneeuw lag, op en drukte haar snikkend tegen zich aan. Mijn zusje begon te huilen alsof ze pas op dat moment besloten had verder te leven. Haar gezichtje was blauw geworden. Mijn moeder klom met stevige stappen weer naar boven en leek nieuwe krachten te hebben gevonden. "Ik kom, Selim, wacht daar!" riep ze, maar nadat ze na een flinke inspanning hijgend bij me stond, sloeg de uitputting weer toe en kwam ze nauwelijks vooruit in de hoge sneeuw. Ze hield mijn zusje stevig tegen zich aan gedrukt en liep stap voor stap omhoog. Ik hield haar bij haar hand vast en liet me door haar vooruit trekken. Steeds langzamer kwamen we vooruit, alsof onze voeten waren vastgeketend aan loden ballen. Toen de harde wind aanzette en in korte tijd in een storm veranderde, werden we bijna volledig tot stilstand gebracht. Een muur van sneeuw daalde op ons neer en duwde ons omlaag. Ik zag niets meer en kon nauwelijks ademhalen. Ik begon radeloos te huilen en schreeuwde naar mijn moeder dat ik bang was en mijn vader wilde: "Waar is apo?" gilde ik. "Waar is apo? Ik wil dat hij komt!" Terwijl haar stem nauwelijks boven de storm uitstak, antwoordde ze dat ik vol moest houden en loog dat mijn vader elk moment kon komen. Ze bleef die zin voor zich uit prevelen alsof het een gebed was en ze ook zichzelf ervan wilde overtuigen dat mijn vader ons zou komen redden. "We moeten volhouden, apo kan elk moment komen. We moeten volhouden! Toe, Selim!" Ze keek machteloos toe hoe ik me uitgeput in de sneeuw liet vallen, me rillend van de kou oprolde en mijn bevende handen onder mijn oksels duwde. Ik liep blauw aan terwijl zich een laag sneeuw op mijn lichaam begon te vormen als een deken waar ik zo naar verlangde. Gulsor kreunde nauwelijks hoorbaar in de armen van mijn moeder. Haar gezichtje werd steeds blauwer. Mijn moeder knielde bij me neer en schudde me door elkaar, maar ik reageerde nauwelijks. Ze begon te schreeuwen dat ik niet in slaap mocht vallen. "Selim, blijf wakker! Hoor je me? Hou je ogen open. Je mag niet in slaap vallen!" Ik hoorde haar maar kon nauwelijks nog reageren. Toen ze me vertwijfeld op mijn hoofd en schouders begon te slaan, kreunde ik even zachtjes, maar daarna onderging ik haar gestomp gelaten. Het leek wel een droom waarin ik me niet kon verroeren of iets kon zeggen. Verschrikt legde ze even later Gulsor, die geen geluid meer maakte en ijskoud aanvoelde, neer en wierp zich op mij. Ze pakte me op en schudde me wild door elkaar. Pas toen ze me een paar klappen in mijn gezicht gaf, opende ik een oog. Ik begreep niet waarom ze me niet liet slapen.

"Daye," zei ik zwakjes. "Is apo... al gekomen? Koud... ik... ik wil... slapen." Daarna deed ik mijn ogen weer dicht en reageerde niet meer op het geschreeuw dat vanuit de verte klonk. Het was alsof ze van me afdreef. Mijn moeder vertelde me later dat haar hart in haar keel klopte terwijl ze haar blik tussen mij en mijn zusje heen en weer liet gaan. Haar hoofd draaide van links naar rechts terwijl het beeld van haar twee uitgeputte kinderen zich op haar netvlies brandde en haar met wanhoop vervulde. Telkens wanneer ze het me vele jaren later vertelde, dropen de tranen over haar wangen.'

Mijn vader stond op en liep weg. Na zo'n tien meter stopte hij. Ik keek hem op zijn rug toen hij zijn handen tegen zijn gezicht aandrukte. Zo bleef hij een tijdje staan terwijl de schapen om hem heen cirkelden en een bries het hoge gras deed ritselen. Na een paar minuten ging hij weer naast me zitten. Ik keek hem niet aan omdat ik hem niet wilde zien huilen. Hij zei: 'Mijn moeder nam toen een beslissing die haar haar verdere leven onmetelijke gewetenswroeging zou bezorgen. Ze pakte mij op. Met de laatste reserves waarvan ze niet vermoedde dat ze die nog bezat, nam ze mij in haar armen en strompelde centimeter voor centimeter omhoog terwijl het gevoel in haar ledematen verdween. Ze dacht dat ze elk ogenblik kon vallen om voor altijd weg te zakken in de sneeuw. Jaren later vertelde ze met bevende stem dat ze er op dat moment van uitging dat we het geen van allen zouden overleven, dat we al door de dood waren ingehaald. Ze had zich erbij neergelegd dat we levenloos in de sneeuw zouden achterblijven, of door oprukkende Russische soldaten zouden worden afgeschoten. Maar het was haar moederinstinct dat nog een laatste keer opspeelde en haar zo nuchter mogelijk een onmenselijke keuze liet maken.'

Mijn vader wreef over zijn ogen. Hij zuchtte diep en vervolgde toen zijn verhaal. 'Ik viel uit haar armen maar ze sleepte me over de ijskoude grond. Af en toe klapte ik met mijn knie tegen een steen waardoor ik uit een diepe slaap ontwaakte, maar ik had niet meer de kracht om te kreunen. Mijn moeder moet me zo uren omhoog hebben gesleurd tot we eindelijk een grot bereikten waar zich nog zo'n dertig vrouwen en kinderen schuilhielden. Ze legde mij op een droge plek en liet zich toen uitgeput op de grond vallen. We ontwaakten pas de volgende dag. Ik at wat en sliep onmiddellijk weer in. Mijn moeder vertelde later dat ze niet precies wist hoelang we in de grot waren gebleven. De ene keer wist ze zeker dat het een week was, een ander moment zei ze stellig dat het minstens twee weken waren. In de grot teerden we op de voorraad die wij en de anderen met ons mee hadden gesleept. We probeerden er zo min mogelijk van te eten en kregen vocht binnen door sneeuw te eten. Om onze krachten te sparen hielden we ons zo rustig mogelijk en bleven we dicht tegen elkaar aan zitten om geen warmte te verliezen. Het gesnik van de vrouwen in de grot hield eindeloos aan. Zelfs 's nachts, als de meesten sliepen en van betere tijden droomden, werd er onophoudelijk gejammerd. Niemand durfde de grot te verlaten. We hoopten op een wonder. Maar toen bij velen de hoop vervlogen was en sommigen zich bij de dood hadden neergelegd, hoorden we op een ochtend vertrouwde stemmen in de verte. We dachten dat we droomden. Mannen uit het dorp hadden de berg beklommen in de hoop hun gevluchte vrouwen en kinderen te vinden. Ze hadden eindeloos gebeden dat hun dierbaren waren ontkomen aan de Russische soldaten en de tocht hadden overleefd. Opgelucht ondernamen we die middag de afdaling. De meeste vrouwen sloten hun ogen toen ze langs de bevroren lichamen van vrouwen en kinderen liepen. Sommigen wierpen zich huilend op de ontzielde lichamen van hun moeders of grootmoeders. Tussen de hartverscheurende kreten keek mijn moeder recht voor zich uit en bedekte mijn ogen. Ze vreesde het lichaam van haar dochtertje te zien liggen, maar die ervaring bleef haar godzijdank bespaard.

Bij terugkomst troffen we in het dorp een enorme chaos aan. De huizen in Hemgin waren geplunderd of in vlammen opgegaan en overal lagen nog de kadavers van het vee. Later hoorden we dat de vrouwen die het dorp niet op tijd hadden kunnen verlaten, verkracht waren door Russische soldaten. Ons huis stond nog overeind, het was beschadigd, maar bewoonbaar.

Mijn moeder bad dag en nacht voor de terugkeer van mijn vader en broers. Jarenlang bleef ze hoop koesteren. Maar we hebben ze nooit meer gezien.'

Het paard brieste hevig maar Ibrahim gaf hem geen tijd om op adem te komen en sloeg hem met de zweep op zijn achterwerk. Ik staarde naar de grijze wolkenmassa die de zon de hele reis voor ons verborgen hield. Misschien hadden de mensen die de originele versie van het liedje over Muş zongen toch gelijk, en kwam degene die naar Muş ging nooit meer terug. Terwijl ik naar het gesnik van mijn moeder luisterde, was ik ervan overtuigd dat ik mijn vader nooit meer zou zien.

15

De reis terug met de paardenwagen duurde eindeloos. Ik dacht terug aan het verhaal van mijn vader over zijn jeugd in het verscheurde Hemgin.

Mijn vader groeide op in het dorp dat grotendeels door weduwen en wezen werd bevolkt. Zijn moeder knapte het huis eigenhandig op en hielp mee met de wederopbouw van het dorp. Het enorme stuk grond dat mijn grootmoeder was nagelaten, werd met de hulp van een paar boeren bewerkt. Maar de kwaliteit en de omvang van de oogst werden snel minder door het ontbreken van het strenge toezicht van mijn grootvader.

Mijn grootmoeder bleef volhouden dat haar man en zoons zouden terugkeren. Iedere dag bad ze voor hun terugkeer en ze deed dat met zoveel toewijding dat ze steeds meer begon te geloven in een wonder. Ze raakte ervan overtuigd dat ze op een dag het dorp zouden binnenwandelen alsof er niets aan de hand was. Haar man zou er nog precies hetzelfde uitzien als de ochtend waarop hij het dorp was ontvlucht. En haar zoons zouden veranderd zijn in krachtige jongemannen met een onverzettelijk karakter.

Voor mijn vader was het een verwarrende periode. Het levendige en drukke huis waarin hij zijn eerste levensjaren had doorgebracht, was veranderd in een stille plek, in een dorp waar geluiden werden gesmoord, alsof het verleden het beste door stilte kon worden vergeten. Mijn grootmoeder zocht troost bij mijn vader en drukte hem regelmatig tegen zich aan, ook toen hij al een tiener was. Als hij voor de deur zat en met een lege blik voor zich uitstaarde, woelde ze met haar handen door zijn haar en sloeg haar armen om hem heen. Op die momenten hoorde mijn vader haar snikken en kon hij niet anders dan met haar meehuilen.

Mijn vader veranderde van een stil kind in een open en nieuwsgierige tiener die een belofte van voorspoed met zich meedroeg. Hij besloot de tijd die hij met zijn vrienden doorbracht tot een minimum te beperken en zich dienstbaar op te stellen. Hij hielp in het huishouden en bij het verzorgen van de dieren en als een buurman of oudere hulp nodig had, was hij de eerste die zijn mouwen opstroopte. Zijn behulpzaamheid en loyaliteit deden de herinnering aan zijn vader en broers voortleven in het dorp. Met zijn charisma en toewijding was hij voorbestemd om op termijn een belangrijke positie in het dorp te bekleden, om zo de leegte op te vullen die zijn vader had achtergelaten.

Maar wat velen toen niet zagen, was dat mijn vader in wezen een verlegen jongeman was. Hij probeerde zich slechts te laten gelden om zijn moeder vertrouwen te geven in de toekomst en haar trots te maken op hem, haar laatste kind. Daarom spiegelde hij zich zo goed mogelijk aan het beeld van zijn vader dat zijn moeder hem liefdevol en met eindeloos geduld had geschetst.

Ze leunde steeds meer op hem en haar verwachtingen over zijn ontwikkeling stegen tot onrealistische hoogten. Af en toe sloeg haar de schrik om het hart als mijn vader zich bij het werken op het land bezeerde of als hij niet voor het donker thuis was. Toen hij een jaar of veertien was, vertelde ze hem dat ze alleen voor hem leefde en dat het haar enige doel in het leven was om van hem een goede en zelfredzame man te maken. Het was toen dat ze om zich heen begon te kijken om een geschikte vrouw voor hem te vinden. Maar mijn vader vertelde haar aarzelend dat hij niet wilde trouwen omdat de vrouwen in het dorp hem te koppig waren. Het was de enige keer dat hij tegen haar in zou gaan. Zijn moeder hoorde hem aan en vervolgde onverstoorbaar haar zoektocht.

Mijn vader was met zijn blauwe ogen, rossige baardstoppels en slanke postuur een opvallende verschijning in het dorp. Zijn uiterlijk gecombineerd met zijn zachtaardige karakter en status van grootgrondbezitter maakten van hem de meest gewilde man van het dorp. Alle meisjes hoopten dat hij om hun hand zou vragen. Op straat wierpen ze hem onbeschaamde blikken toe. Maar mijn vader wist zich geen raad met die aandacht en begon steeds harder te werken op het land om zich ervoor af te sluiten. Geen meisje uit het dorp kon hem genoeg bekoren om haar tot zijn vrouw te maken.

Toen hij net achttien was geworden, wandelde hij op een dag met zijn vriend Hasan naar een naburig dorp. Ze zouden hun bestemming nooit bereiken: op een zandweggetje werden ze aangehouden door twee soldaten in een jeep die vroegen waar ze heen gingen. Mijn vader sprak toen nauwelijks drie woorden Turks en wees naar het gebied achter de heuvels. Zijn instinct vertelde hem dat ze het beste konden vluchten, maar hij vreesde dat ze in de rug geschoten zouden worden. Ze werden meegenomen naar een kazerne om te controleren of ze zich onttrokken aan de dienstplicht. Dezelfde dag nog werden ze uitgezonden naar het westen waar ze vier jaar lang werden gestationeerd op een kazerne in Çanakkale.

Toen mijn vader die dag niet thuiskwam was mijn grootmoeder ervan overtuigd dat hem iets ernstigs was overkomen. Ze bad vurig dat hij voor het ochtendgloren zou terugkeren. De volgende ochtend liep ze jammerend door het dorp en vroeg iedereen die ze tegenkwam of ze haar zoon hadden gezien. Ze stuitte op een oude herder die verklaarde dat hij de vorige dag twee jonge mannen uit het dorp door soldaten afgevoerd had zien worden. Mijn grootmoeder klampte zich vast aan zijn woorden. Ze bad eindeloos tot Allah maar de vrees dat haar zoon door bandieten was vermoord en dat zijn lichaam door roofdieren was verscheurd, kreeg met de tijd de overhand.

Er ging geen dag voorbij dat mijn vader niet aan zijn moeder dacht. Hij brak zijn hoofd over de mogelijkheden om haar van zijn verblijf in het leger op de hoogte te stellen. Sommige soldaten schreven brieven naar hun geliefden of ouders, maar mijn vader beheerste het geschreven woord niet. Door het minimale Turks dat hij sprak, had hij al moeite om zich verstaanbaar te maken te midden van de Turken, Lazen en Koerden met wie hij in dienst zat. Bovendien had hij nog nooit een brief bezorgd zien worden in zijn geboortedorp, wat hem sterkte in de overtuiging dat de postbodes in het land niet beschikten over een kaart waar zijn dorp op voorkwam. Om moeilijkheden te voorkomen en geen dag langer dan was voorgeschreven zijn dienstplicht te hoeven verrichten, leefde hij teruggetrokken. Vol verlangen dacht hij aan zijn dorp met zijn schone berglucht en uitgestrekte velden. Af en toe verdiende hij een zakcentje door kleren van anderen te wassen of schoenen te poetsen. Terwijl anderen sigaretten kochten of heimelijk alcohol naar binnen smokkelden, spaarde hij geduldig om de terugreis naar zijn dorp te kunnen bekostigen.

In het begin telde hij de dagen, later alleen de weken en op een gegeven moment hield hij alleen nog maar de maanden bij. 's Ochtends deed hij mee aan de urenlange veldlopen met zware bepakking en 's middags hielp hij gedachteloos mee bij het uitgraven van diepe kuilen waar hij zich het liefst in zou werpen om een einde aan alles te maken. Het was de gedachte aan zijn moeder en de hoop dat hij haar ooit weer zou zien die hem op zulke momenten van radeloosheid overeind hielden.

Hoewel het voor hem aanvoelde als acht lange jaren, zat zijn dienstplicht er na vier jaar op. Het geld dat hij bij elkaar had gespaard, was net voldoende voor een busreis naar Varto. Vlak na zonsopkomst bereikte hij zijn bestemming waarna hij te voet het stuk naar zijn dorp Hemgin aflegde. Mijn vader vertelde me dat hij tijdens deze tocht tranen van blijdschap huilde. Af en toe stond hij stil om er zeker van te zijn dat hij niet het gebrul hoorde van de sergeants. Maar het indrukwekkende gekrijs van een steenarend en de goudbruine bergen die aan de horizon gloorden, deden hem beseffen dat hij bijna thuis was. Hij liep langs een groene heuvelrug waar honderden klaprozen door de wind werden gewiegd. Geduldig plukte hij de mooiste exemplaren. Pas toen hij het dorp in de verte zag liggen, kwam hij de eerste mens tegen. Het was een oude man met een ingevallen gezicht. De man stak zonder iets te zeggen zijn hand naar hem uit waarop mijn vader die met gebogen hoofd vastpakte en de rug ervan kuste. Daarna drukte hij de hand tegen zijn voorhoofd.

'Niemand verwachtte het meer,' zei de man zuchtend. 'Ze hadden de hoop allang opgegeven.'

Mijn vader keek hem vragend aan.

'Weet je wel hoelang je bent weggeweest?'

'Vier jaar.'

'Dorpen worden verwoest en herbouwd in vier jaar, jongen,' zei de man plotseling fel. Hij zweeg even en zei toen kalm: 'Het is voor sommigen te lang geweest.'

'Wat bedoel je?'

'Je moeder is dood, jongen.'

De klaprozen vielen op de grond. Het was alsof een sabel recht door zijn hart werd gestoken en een paar keer werd rondgedraaid, vertelde mijn vader me.

'Twee maanden geleden is ze begraven.'

Mijn vader liet zich op zijn knieën vallen en schreeuwde: 'Nee! Nee! Zeg me dat het niet waar is. Nee, alstublieft!'

Hij trok de oude man, die geschrokken terugdeinsde, aan zijn broekspijpen.

'Het was de wil van Allah,' zei de man achteruitlopend. 'Hij heeft haar teruggenomen.'

Mijn vader strompelde jammerend verder en nam even later plaats op een rots langs de weg. Urenlang zat hij daar, onophoudelijk huilend. Hij was een jonge wees zonder broers of zussen. Hij wist niet hoelang hij daar gezeten had toen een bekende hem tegemoet liep. Het was Hemo, die een dierbare vriend van zijn ouders was geweest. Hij zag er nog net zo uit als vroeger met zijn lange krachtige postuur, stugge gitzwarte haar en zijn ogen die net zo vriendelijk keken als toen hij mijn vader als kind optilde om hem bij de hoge takken met peren te kunnen laten komen.

'Selim! Ben jij het echt?' Hij rende naar mijn vader die roerloos op de rots bleef zitten. 'Wat ben ik blij je weer te zien!' zei hij met een stem vol vaderlijke warmte. 'Ik heb altijd geloofd dat je terug zou keren.' Mijn vader omhelsde de man die hem in zijn jeugd zo vaak aan zijn vader had doen denken. Hemo had hem schapen leren hoeden en was regelmatig langsgekomen om te controleren of het goed ging met zijn moeder en hem.

Hij vertelde Hemo dat hij radeloos was en dat hij zich geen leven zonder zijn moeder kon voorstellen.

'Maar je bent niet alleen, Selim,' zei Hemo met overtuiging. 'Ik heb je moeder beloofd dat ik voor je zou zorgen als haar wat zou overkomen.'

'Ik... ik heb nooit afscheid van haar kunnen nemen,' zei mijn vader met een stem zo zacht en breekbaar dat hij ieder moment door een opstekende bries kon worden overstemd. 'Ik weet niet... wat de laatste woorden zijn die ik tegen haar heb gesproken... wanneer ik haar voor het laatst heb vastgehouden... of heb zien lachen.'

'Ze heeft altijd voor je welzijn gebeden, Selim. Ze had het iedere dag over je en vertelde iedereen die het maar wilde horen hoe eindeloos veel ze van je hield.' Hemo wreef over mijn vaders arm. 'Ze klampte zich lange tijd vast aan haar moederinstinct dat haar vertelde dat jij nog leefde.'

'Maar... wat is er gebeurd?'

'Ze werd plotseling ziek, vlak daarna overleed ze. Ik denk dat het ondraaglijk werd voor haar. Na vier jaar had ze zich erbij neergelegd dat ze je niet meer zou zien. Het verdriet werd te groot en vrat haar op.'

Mijn vader sloeg zijn handen voor zijn ogen.

'Selim, ga met me mee, ik zal je helpen.'

'Nee, ik kan het niet... het heeft geen zin meer.'

'Je moet doorgaan, dat is wat je moeder ook wilde.'

'Maar wat moet ik doen?'

'Selim, je beschikt over veel land, en ik zal je helpen.'

Hemo sloeg een arm over mijn vaders schouder. Zo liepen ze samen naar het dorp. Toen hij voor zijn huis stond, had hij het gevoel dat de deur elk moment kon openzwaaien en dat zijn moeder hem met een brede glimlach tegemoet zou treden.

Maar de deur bleef gesloten.

Door zijn militaire discipline werd mijn vader iedere ochtend voor zonsopkomst wakker. Hij liep dan naar buiten om de koele ochtendlucht te inhaleren en op een heuveltop het dorp te zien ontwaken. Tijdens het ontbijt vertelde Hemo zijn dromen zo levendig mogelijk na om de stilte aan tafel te doorbreken. Veel van die verhalen waren zo gedetailleerd en uitgebreid dat mijn vader vermoedde dat het geen dromen maar oude verhalen waren. Maar hij zei er niets van en liet zich meevoeren naar de werelden die Hemo hem schetste. Waarschijnlijk keek hij toen de techniek af die later van hem zo'n uitzonderlijke verhalenverteller zou maken.

De grond die mijn vader had geërfd, werd onder zijn leiding door de boeren bewerkt. Uit zucht naar een zinnig tijdverdrijf besloot hij mee te helpen op het land. Hij stelde niet de vragen die Hemo verwachtte over de tijd dat zijn moeder op hem wachtte. Hij werkte alleen maar en sprak over algemeenheden. Voor het overige zweeg hij. Hij zag niet hoe de jonge vrouwen in het dorp zijn aandacht probeerden te trekken. Ze keken hem aan met blikken die niet eerder in het dorp waren vertoond en stelden alles in het werk om voor hem op te vallen, zonder daarbij de grenzen van het betamelijke te overschrijden. Ze deden rode bloesjes aan die hun olijfkleurige huid accentueerden en maakten hun hoofddoeken iets losser als mijn vader langsliep opdat hij een glimp van hun weelderige haar kon opvangen. Voor een buitenstaander zonder hartstocht in het hart bleven deze unieke opvoeringen onopgemerkt, maar een enkeling die in zijn jeugd door begeerte was geraakt, keek instemmend toe.

Jaren verstreken waarin Hemo tevergeefs vroeg wanneer mijn vader wilde trouwen. Toen mijn vader de leeftijd van achtendertig jaar had bereikt, riep Hemo hem tot de orde. Hij benadrukte dat het ongebruikelijk en ongepast was voor een man van zijn leeftijd om ongetrouwd door het leven te gaan. Mijn vader herhaalde wat hij jaren daarvoor tegen zijn moeder had gezegd: 'Ik wil niet met een meisje uit Hemgin trouwen. Ze zijn zo koppig als een ezel.'

Hemo glimlachte. 'Maar wie zegt dat je met een meisje uit Hemgin moet trouwen? Ik neem je wel mee naar een dorp waar de vrouwen allesbehalve stijfhoofdig zijn. In Sobyan ken ik een mooi meisje dat als geen ander bij jou past. Net als jij heeft ze niemand meer. En net als jij heeft ze iets wat haar bijzonder maakt.'

Mijn vader werd nieuwsgierig.

Een paar dagen later vertrokken ze naar Sobyan. Ze klopten aan bij een huis met een plat dak en een moestuin. Hüseyin, een gezette man met een kalend hoofd, deed de deur open en riep met groot enthousiasme Hemo's naam uit alsof hij jarenlang vergeefs naar zijn komst had uitgekeken. Hemo kwam snel ter zake. Hij legde uit wie mijn vader was en vertelde dat hij door onfortuinlijke omstandigheden wees was geworden. Hij prees hem om zijn bescheiden karakter en goede inborst en stak de loftrompet over zijn werkethiek. Mijn vader was het niet gewend dat er in zijn bijzijn zo lovend over hem werd gesproken en keek ongemakkelijk naar de grond. 'Het wordt tijd dat Selim een gezin sticht. Ik ben op zoek naar een goede en degelijke vrouw voor hem.'

Hüseyin reageerde niet. Er volgde een lange en ongemakkelijke stilte die pas werd verbroken toen een prachtige jonge vrouw in de deuropening verscheen.

Het was Aşme. Mijn moeder.

16

Ibrahim stopte voor ons huis. De hele reis had niemand een woord gesproken. Mijn moeder was opgehouden met huilen. Ibrahim hielp haar uit de laadruimte en zei: 'Sterkte, Aşme.' Tegen mij zei hij niets, alsof het niet mijn vader was die we hadden achtergelaten in het ziekenhuis.

Elida stond voor het huis en keek ons verbaasd aan.

'Waar waren jullie?' zei ze verontwaardigd. 'Waarom zijn jullie zo lang weggebleven?'

Mijn moeder pakte haar zachtjes bij haar schouders. 'Het spijt me, Elida, we konden niet anders. Gaat het goed? Waar is je broer?'

'Weg.'

'Waarheen?'

'Weet ik niet.' Ze keek zoekend rond. 'Waar is baba?'

Mijn moeder zweeg even en keek mij aan terwijl ze lichtjes haar hoofd schudde alsof ze me iets duidelijk wilde maken. 'Baba is nog in Muş, de doktoren zijn hem aan het verzorgen. Over een paar dagen gaan we terug om hem op te halen.'

'Is zijn been nog niet beter?'

'Zijn been...' mijn moeder dacht even na, 'is nog niet helemaal beter. Hij moet nu goed uitrusten.'

Ik zag aan mijn zusje dat ze het niet begreep. 'Maar hij kan hier toch ook rusten?'

'Ja, maar wij hebben geen medicijnen,' zei mijn moeder. 'Kom, maak je maar geen zorgen.'

Binnen liet ik me op bed vallen. Ik pakte mijn schrift en schreef: *De dokter heeft baba's been eraf gesneden. Hij is in Muş gebleven. Ik weet niet of hij terugkomt.* Daarna sloot ik mijn ogen en zakte weg in een diepe slaap. Voor het eerst sinds een week droomde ik niet over mijn vader.

De dagen zonder mijn vader vlogen om. Tot mijn verbazing dacht ik soms uren niet aan hem, alsof hij gewoon aan het werk was op het land of de dieren verzorgde. Maar als hij op onverwachte momenten mijn gedachten binnendrong, overviel me een brandend schuldgevoel en had ik het gevoel dat ik hem verraadde.

Bij het beekje achter het dorp vertelde ik Ali voor het eerst wat er was gebeurd in het ziekenhuis. Ik zag dat hij niet wist hoe hij moest reageren. Hij zocht naar woorden die bij de situatie pasten, woorden die hij niet eerder had hoeven gebruiken. Na lang nadenken zei hij op bedroefde toon: 'Wat erg.' Hij slikte. 'Ik vind het heel erg voor je vader.' Ik had het niet zien aankomen: toen hij die woorden uitsprak, voelde het alsof het allemaal veel erger was. Ik zag voor me hoe mijn vader, eenzaam in het ziekenhuis, met een droevige blik naar zijn gehalveerde been keek. De tranen stroomden over mijn wangen. Ali zei niets, hij legde alleen een hand op mijn been. Een hele tijd zaten we daar zonder iets te zeggen. Toen ik zag dat zijn ogen vochtig waren, drong het pas tot me door dat hij niet aan mijn vader dacht maar aan zijn eigen vader, aan de man die hij op te jonge leeftijd had verloren.

'Ali,' zei ik aarzelend. 'Je vader.'

Hij reageerde niet.

'Wat is er met hem gebeurd?'

Hij gaf opnieuw geen antwoord.

Niet eerder had ik hem ernaar gevraagd. Mijn moeder had me lang geleden verzocht er niet over te beginnen tegen hem. Ze had van zijn moeder gehoord dat hij er nog altijd mee worstelde en thuis regelmatig werd overvallen door huilbuien. Zijn moeder had verteld dat zijn herinneringen aan zijn vader tot Ali's frustratie met het jaar schimmiger werden.

Even later liepen Ali en ik over de heuvels achter het dorp toen hij uit het niets riep dat hij een slang wilde vangen, iets wat we nooit hadden gedurfd. Toen ik hem vroeg waarom, zag ik woede in zijn ogen branden. 'Om zijn kop eraf te hakken!' zei hij. Maar nadat we eindeloos door het hoge gras hadden gestruind en tientallen stenen van hun plek hadden gelicht, hadden we niet meer gevonden dan een paar wegschietende hagedissen. Vermoeid gingen we onder een boom zitten.

'Ik ben bang,' zei ik na een tijdje.

Hij reageerde niet.

'Ali, ik ben bang dat mijn vader niet meer beter wordt.'

'Jouw vader leeft tenminste nog,' zei hij vinnig.

'Ja, maar hij is gewond en heeft veel pijn.'

'Hij ligt in het ziekenhuis, Mehmet. Daar zijn honderden dokto-ren. Mijn vader heeft nooit in zijn leven een dokter gezien. Hij werd ziek en ging meteen dood.'

Ik wist niet wat ik moest zeggen. Voor het eerst vertelde hij meer over zijn vader, maar het stak me want hij gebruikte het tegen mij, en mijn vader.

'Maar hij heeft vreselijk veel pijn gehad,' riep ik terwijl ik merkte dat mijn stem trilde. 'Hij schreeuwde zo hard dat ik naar buiten ben gerend.'

Ali haalde zijn schouders op. 'Hij gaat niet dood aan een beetje pijn. Ik heb liever een kreupele vader dan een dode vader die niets voor me heeft gedaan.'

Een moment was ik sprakeloos. Ik begreep niet wat hem bezielde om zo kleinerend over mijn vader te praten en hem kreupele te noe-men. Ik haatte dat woord meteen.

'Ali, waarom zeg je zoiets? Waarom doe je alsof hij zich aanstelt? Ik wil dat je je woorden terugneemt!'

Hij reageerde niet.

'En ik wil niet dat je hem kreupele noemt.'

Hij keek strak voor zich uit. 'Waarom niet?'

'Omdat het vreselijk is.'

'Maar hij is toch kreupel?'

Ik gaf hem een duw. 'Nee, zeg dat niet. Neem het terug!'

'Nee!'

Ik gaf hem een hardere duw. 'Neem het terug!'

Hij stond op. Ik zag nu pas hoe kwaad hij was. 'Nee, ik neem het niet terug!'

Ik stond ook op. 'Ali!'

'Laat me met rust!' Zijn stem sloeg over en er stroomden tranen over zijn wangen. 'Jij hebt tenminste nog een vader.'

Voordat ik kon reageren, liep hij met snelle passen weg.

'Ali, loop niet weg. Waar ga je heen?'

Hij luisterde niet. Ik rende om hem in te halen, maar hij begon ook te rennen, sneller dan ik hem ooit had zien doen. Ik kon hem slechts op een paar meter naderen. Vlak voor zijn huis stopte hij eindelijk. Zijn moeder zat op een krukje voor de deur. Ik was bang dat ze zou vragen hoe het met mijn vader ging, omdat ik geen idee had wat ik dan moest antwoorden. Tot mijn opluchting zei ze alleen: 'Maak je geen zorgen, Mehmet. Je vader zal snel herstellen. Met welbevinden van Allah zal hij snel herstellen.' Ik knikte. Ali was naar binnen gelopen zonder verder iets te zeggen.

De volgende ochtend werd ik vroeg gewekt. Iemand porde hard in mijn zij. Toen ik mijn ogen moeizaam opende, zag ik dat het mijn broer was. Hij had zijn gezicht dicht bij het mijne gebracht.

'Sta op, luilak! Je moet de dieren naar de weide brengen.'

De zware ochtendlucht die uit zijn mond kwam, bedwelmde me. Ik wreef de slaap uit mijn ogen. 'Bao, ik ben gisteren en eergisteren ook al geweest.'

'En vandaag ga je weer. De dieren moeten eten. Opstaan!' Hij trok het dekbed van me af. 'Waar wacht je op?'

Ik kwam overeind. 'Ga je vandaag met me mee net als vroeger?'

'Nee.'

'Alsjeblieft, bao.' Ik haatte de smekende toon die in mijn stem sloop als ik mijn broer iets vroeg. Het klonk zwak en zwakke mensen kregen niets gedaan, zeker niet bij hem.

'Nee. Apo ligt in het ziekenhuis en jij gedraagt je meteen als een kind. Sta op!'

Ik wist dat dit het verkeerde moment was om dwars te gaan liggen, maar ik deed het toch.

'En als ik niet opsta?' vroeg ik.

Er verscheen een grijns op zijn gezicht. 'Dan zul je het voelen.'

Hij zou niet schromen om me een klap te verkopen, ik wist het, toch besloot ik vol te houden. 'Ik vind dat we samen moeten gaan, bao.'

'Sta op, mijn geduld raakt op.'

'Nee, ik ga niet!' schreeuwde ik.

'Mehmet!'

'Ga zelf maar.'

En meteen nadat ik die woorden uitsprak, zette ik me schrap. Ik wist wat er zou volgen, ik wist dat hij zou uithalen, maar ik wist niet dat het zo hard zou aankomen. Hij raakte me op mijn bovenarm. Het ging zo snel dat ik hem niet eens zag uithalen met zijn rechtervuist, die voor een jongen van achttien behoorlijk groot was. Ik viel achterover en hoewel ik me ertegen verzette, begon ik te huilen. Ik kon de stroom aan tranen niet bedwingen. Maar meer dan de pijn was het de afwijzing die ik voelde branden.

'Wat is er aan de hand?' riep mijn moeder vanonder haar dekbed. Toen ik haar stem hoorde, begon ik nog harder te huilen. 'Wat is er gebeurd? Heeft hij je geslagen, Miran?'

Ik zei niets.

'We waren wat aan het stoeien,' zei mijn broer.

'Is dat zo, Miran?'

Zonder iets te zeggen stond ik op en liep naar buiten. Mijn broer kwam achter me aan en even hoopte ik dat hij berouw zou tonen, dat hij zou zeggen dat het hem speet en me zou bedanken dat ik hem niet had verlinkt. Maar hij zei alleen: 'Denk maar niet dat je er nu vanaf bent. Jij gaat die beesten straks voeren! Begrepen?' Hij gaf me een harde duw waardoor ik bijna voorover viel. Nooit eerder had ik bij hem zoveel afkeer jegens mij bespeurd. Ik had geen idee waar die vandaan kwam. Hoe zag mijn broer mij? Als een verwend jongetje dat te lang onder de veilige vleugels van zijn ouders was blijven hangen en zijn handen weigerde uit te steken? Als een zwakkeling waarin hij zich geen moment herkende? Ik wist het niet, ik wist alleen dat ik mijn vader miste.

17

De dagen erop bracht ik de schapen alleen naar de grasvelden. Ik stond vroeger op dan iedereen in het huis en begaf me met de beesten naar het verlaten gebied waar mijn vader en broer me hadden geleerd hoe je een herder moet zijn. 'Het is een eenzaam maar eerbaar beroep,' had mijn vader eens gezegd. 'Maar niet iedereen is er geschikt voor. Het vee zou zonder herders ondervoed raken en uiteindelijk sterven. En zonder vee is een dorp ten dode opgeschreven. Vergeet dat nooit. Behandel de dieren daarom alsof het je kinderen zijn.' Toen ik klein was, begreep ik niet goed wat hij daarmee bedoelde maar later bouwde ik een hechte band met de dieren op. Ik leerde de schapen en kalveren zelfs herkennen en merkte dat ze allemaal een eigen karakter hadden en reageerden op mijn stem en instructies. Ik begreep toen pas wat herder-zijn inhield en ontleende er een zekere trots aan dat mij die grote verantwoordelijkheid werd gegeven.

Tot mijn spijt was mijn broer sinds zijn terugkeer uit Muş niet meer bereid om mee te gaan naar de weide, zelfs wanneer mijn vader het hem smekend vroeg. Het liet hem koud.

'De stad is niet goed voor hem geweest,' verzuchtte mijn vader een keer.

Ik had mijn broer het liefst geconfronteerd met zijn wispelturige houding maar ik wist dat het onverstandig was. Hij zou het niet accepteren en mij uitmaken voor brutale hond. 'Is dat hoe je tegen je grote broer praat?' zou hij met opgeheven hand zeggen.

Op de grasvelden was ik alleen met de schapen en de natuur.

Slechts één keer had ik Ali en Bilal zover gekregen om mee te gaan, maar eenmaal bij de grasvelden wisten ze uit pure verveling niet wat ze moesten doen. Ze hadden geen oog voor de schoonheid om ons heen en begonnen de schapen met steentjes en takken te bekogelen. Daarna vroeg ik hen nooit meer mee. Zonder hen genoot ik van de geur van het hoge gras en de stilte. En bij een gunstige wind rook ik de lavendel die aan de andere kant van het dorp bloeide.

Terwijl ik daar languit in het gras lag, dacht ik aan Ali. We hadden nooit zo heftig ruzie gemaakt. Het was zijn schuld, hij was te ver gegaan en als hij wilde dat het goed kwam, moest hij de eerste stap zetten en zeggen dat het hem speet. Niemand had het recht mijn vader kreupel te noemen. Niemand.

Ik vroeg me af of mijn vader op dat moment ook aan mij dacht. Of was hij te zeer in beslag genomen door de pijn? Ik besloot dat het tijd was om hem op te halen.

Ik keerde vroeger terug naar het dorp dan gewoonlijk. Het was alsof de schapen merkten dat ik afweek van mijn routine. Ze stelden zich dwars op toen ik mijn stok ophief en tegen hun achterwerk sloeg terwijl ik het geluid maakte dat ze normaal altijd tot bewegen aanzette. Moeizaam lieten ze zich terug naar het dorp dirigeren. Nadat ik ze in de stal had gekregen, liep ik langs de witte moerbeibomen aan weerszijden van de straat. De moerbeien waren zacht en rijp om geplukt te worden. Ik greep naar een laaghangende tak en trok er een handvol vanaf. Het plakkerige sap droop over mijn hand en de zoete smaak wekte mijn eetlust op.

'Nu al weer terug, Mehmet?' De zware stem van mijn broer voelde als een ruwe stomp in mijn rug.

Traag draaide ik me om. 'Ja, bao,' zei ik met volle mond. Ik kauwde gejaagd op de moerbeien en slikte ze veel te snel door. 'Ze waren niet zo hongerig vandaag.'

'Is dat zo? Heb je het ze gevraagd soms?'

'Ik... ik zag dat ze niet zoveel meer aten na een tijdje. Toen dacht ik...'

'Toen dacht je dat je meer zin had om te spelen. Toch?'

'Nee, bao.'

'Ik zou je eigenlijk moeten terugsturen, jij luilak!'

‘Ik ben geen luilak.’ Mijn stem trilde.

‘Spreek me niet tegen. In al die jaren heb ik niet één keer meegemaakt dat de beesten niet meer wilden eten. Niet één keer ben ik eerder teruggegaan naar het dorp. Laat dit de laatste keer zijn, Mehmet!’

Ik vroeg me af waar hij zich zo druk om maakte. Het kon in ieder geval geen oprechte bezorgdheid om de dieren zijn. Wilde hij me soms discipline bijbrengen? Of treiterde hij me? Ik wist het niet. Mijn broer was sinds zijn terugkeer uit Muş een raadsel voor mij. Ik liet mijn hoofd zakken en staarde naar de grond.

‘Kijk me aan als ik tegen je praat!’ Hij boorde zijn wijsvinger hard in mijn borstbeen. Ik zette me schrap omdat ik verwachtte dat er elk moment een oorvijg kon volgen. Maar dat gebeurde niet.

‘Apo ligt in het ziekenhuis en jij maakt je er gemakkelijk van af. Schaam je! Ik ben blij dat hij dit niet hoeft te zien. Je stelt hem teleur. En je stelt mij teleur.’ Hij keek me vol weerzin aan en liep toen weg.

Hoewel ik vond dat hij overdreef, werd ik overvallen door een brandend schuldgevoel. Ik had mijn vader teleurgesteld. En terwijl ik aan hem dacht, alleen achtergelaten in een kil ziekenhuis, werd ik verdrietig.

Ik passeerde een paar spelende kinderen en een oude man die met gebogen rug op zijn wandelstok leunde. Ali en ik noemden hem de bedelaar, omdat hij altijd zijn hand ophield en om eten of geld vroeg. Hij staarde me verwachtingsvol aan, alsof ik ondanks mijn verdriet iets voor hem kon betekenen.

‘Huil maar niet, jongen,’ zei hij met een krakende stem. En terwijl ik naar hem keek, vroeg ik me ineens af hoe mijn grootvaders eruit hadden gezien. Ik vond het verschrikkelijk dat ik hen nooit had gekend, dat ik nooit hun stem had gehoord of hun hand tegen mijn wang had gevoeld. Ik moest het doen met de heroïsche verhalen die mijn vader over hen had verteld. De verhalen die me ervan overtuigden dat ze, als ze nog geleefd hadden, trotse en sterke mannen zouden zijn die op hun oude dag nimmer voor bedelaar zouden worden uitgemaakt.

Toen ik verder liep zag ik in de verte het massieve lichaam van Hakan opdoemen. Van schrik trokken mijn spieren zich meteen samen. Hij had mij ook opgemerkt, de domme krachtpatser, en begon wild naar me te zwaaien. Ik had hem al een tijd niet gezien en wist dat hij me niet zomaar zou laten ontkomen. Hij wilde vast met me vechten en als ik pech had zou hij, zoals vaker, mijn hoofd in een houdgreep nemen en me pas loslaten als ik wanhopig naar adem hapte. Maar ik had geen zin in Hakan na de uitbrander van mijn broer en dat zou ik hem laten weten ook. Voor eens en voor altijd. Ik haalde diep adem en balde mijn vuisten. Hij rende met zijn enorme lichaam onhandig op me af. Van een afstand hoorde ik zijn gehijg al. Toen hij voor me stond, steunde hij eerst even met zijn handen op zijn knieën om op adem te komen. Ik wachtte op de eerste zet van mijn kwelduivel.

'Mehhhmeeet.... Mehhhmeeet! Waar was je al die tijd?'

'Hier en daar.'

'Ha, ik heb je hier niet gezien en daar ook niet. Verstop je je voor mij?'

Ik wilde niet over mijn vader praten met hem, want het was niet te voorspellen hoe hij zou reageren. 'Nee hoor.'

'Weet je dat zeker?'

'Ja, ik was thuis.'

Er was iets in zijn papperige brein wat hem vertelde dat ik informatie voor hem achterhield. 'Kom op, Mehmet. Waar was je nou?'

Toen was ik het zat. Het maakte me niet uit hoe hij zou reageren. 'Zoals je weet heeft jouw vader het been van mijn vader gespalkt. Daarna hebben we mijn vader naar het ziekenhuis in Muş gebracht. Zijn been...' Ik zweeg even omdat ik merkte dat mijn stem begon te trillen. 'Ze hebben zijn been... eraf gezaagd. Hij is daar nog steeds.'

'Zijn been eraf gezaagd?' Hakan keek alsof hij het niet begreep. 'Ze hebben het eraf gesneden?' Hij wreef over zijn dikke kin en mompelde wat in zichzelf. Toen keek hij me ineens opgewekt aan: 'Bedoel je dat hij nu maar één been heeft? Hij is nu dus kreupel, toch? Ha!'

Hij zei het alsof hij zojuist een bijzondere ontdekking had gedaan, maar het was het lachje erachteraan dat mij stak. Een nerveus lachje dat hij misschien niet zo bedoelde maar in al zijn domheid toch liet horen. Plotseling voelde ik geen angst meer voor Hakan. Voor het eerst in mijn leven vreesde ik de jongen die mij en Ali zo vaak had toegetakeld niet, maar verlangde ik ernaar hem eens flink in zijn gezicht te stompen.

'Vind je dat grappig, Hakan?' vroeg ik op een toon die hij niet van mij kende, op een toon die ik niet van mezelf kende. Het was mijn broer die ik hoorde spreken.

Hij keek geschrokken. Brede plooien verschenen op zijn bolle gezicht. 'Grappig? Dat hij kreupel is bedoel je? Nee... nee. Alleen ja...'

Kreupel. Weer dat woord. Ik zag dat hij niet wist wat hij moest zeggen. De logge beer was in de war. 'Alleen wat? Je moest er toch om lachen?'

'Het was niet... het was niet omdat ik het grappig vond... want ik vind het wel erg dat hij kreupel is. Het is heel erg dat hij kreupel is.'

Kreupel! Steeds weer dat woord. Als hij het nog één keer in zijn smerige mond zou nemen, zou ik erop stompen. Dan zou ik hem op zijn vieze varkenssmoel rammen en net zo lang doorgaan tot hij om vergiffenis zou smeken.

'En dat is grappig?'

'Nee, nee... dat niet.'

Nu zou ik doorzetten. Ik zou hem niet laten ontkomen. 'Waarom moest je dan verdomme lachen, Hakan?' Zelfs de woede in mijn stem leek op die van mijn broer.

Opnieuw schrok hij. 'Ik... ik weet het niet, Mehmet. Ik lachte, maar het was niet... niet een echte lach. Ik bedoel, ik dacht ineens... dat je vader kreupel...'

Hij had er al zijn aandacht bij nodig om een fatsoenlijke zin te kunnen formuleren en zag de klap niet aankomen. Mijn rechtervuist raakte hem vol op zijn mond. Het geluid dat vrijkwam was dof en hard. Hakan zakte voorover en was een moment stil, alsof zijn trage brein het signaal nog moest verwerken dat hij pijn had, dat zijn mond een beuk te verwerken had gekregen die zijn lip had gescheurd en een paar tanden losser had doen zitten. Hij begon te jammeren en gaf mij vrij spel door zijn hoofd omlaag te houden. Het was een ideale hoogte om nog een keer vol op de zijkant van zijn hoofd te beuken. Dit keer landde mijn rechtervuist onder zijn linkeroog. Het klonk alsof er iets brak, een stuk bot, een jukbeen misschien. Hakan viel traag achterover, eerst op zijn forse billen en toen languit op zijn rug. Ik had het beest geveld. Mijn instinct nam het toen over. Ik wierp me op het grote lichaam en begon als een bezetene op zijn gezicht in te slaan. Hakan probeerde mijn vuisten af te weren en zijn gezicht te beschermen, maar hij was te veel overdonderd door het geweld dat ik had ontketend.

'Stop!' jammerde Hakan. 'Stop, Mehmet!'

Maar ik ging door. Ik sloeg hem op zijn bebloede varkenssmoel terwijl ik mijn vuisten niet meer voelde. Hij moest boeten voor alles wat hij had gedaan, voor alles wat hij had gezegd en voor het leed dat zijn vader had veroorzaakt.

Hakan greep met zijn handen wanhopig naar mijn gezicht maar ik weerde ze af. Ik glunderde van het overwicht dat ik had, van het gevoel van macht over mijn treiteraar. Maar plotseling pakte hij mijn handen stevig vast. Ik verstarde toen ik zijn enorme kracht voelde. Ik wist dat hij mijn handen kon vermorzelen als hij dat wilde, ik wist dat dit een beslissend keerpunt in het gevecht kon zijn. Maar hoezeer ik me ook verzette, het lukte me niet om mijn handen los te krijgen. Hakan had het door. Hij zag de angst in mijn ogen en wist dat hij het gevecht nu kon doen kantelen.

In gedachten zocht ik naar ontsnappingsroutes. Hoe kon ik zonder al te veel schade uit deze situatie ontsnappen? Hoe kon ik mezelf hieruit redden? Ik vreesde dat het te laat was, dat ik het monster razend had gemaakt en dat hij me zou verscheuren. Het was onvermijdelijk, ik zou pijn lijden en mocht van geluk spreken als ik niets zou breken. Hakan begon te grijnzen met zijn bebloede mond. Hij stelde het moment van executie uit, hij liet me spartelen. Met grote kracht duwde hij me van zich af. Ik kwam met een harde klap op mijn rug terecht. De lucht werd uit mijn longen geperst. Eén duw en ik was al bijna uitgeschakeld. Hakan stond traag op en stormde toen met verrassende snelheid op me af. Ik had hem nog nooit zo snel zien bewegen. Hij wierp zich met zijn volle gewicht op me en drukte met zijn knieën mijn armen op de grond. Ik was volkomen weerloos. Er was een kort moment van oogcontact waarin hij leek aan te geven dat het spel uit was en dat ik me moest neerleggen bij een afranseling van mythische proporties. Daarna barstte het los: een waanzinnige vuistenregen daalde neer op mijn gezicht. De pijn schoot door mijn lichaam, tot ik het na een paar seconden niet meer voelde en verdoofd leek. Ik hoopte dat hij zou stoppen uit schuldgevoel, uit begrip en misschien wel uit medelijden. Dat hij zou inzien dat ik om menselijke redenen de controle had verloren en later, op een helder moment, berouw zou tonen. Maar het beest had bloed geroken en bleef als een waanzinnige op me inbeuken. Ik dacht dat mijn hoofd uit elkaar zou barsten van de klappen en op een gegeven moment vreesde ik dat ik het niet zou overleven, dat Hakan pas zou stoppen als ik niet meer bewoog. Ik raakte in paniek en begon te schreeuwen en met mijn benen in de lucht te trappen. Maar wat ik ook deed, het lukte me niet me te bevrijden uit zijn greep. Ik schreeuwde voor mijn leven en hoopte dat Ali en Bilal me zouden horen, maar Hakan drukte mijn mond dicht. Ik beet op zijn vlezige hand en voelde hoe mijn voortanden door het ruwe vlees drongen. Hij schreeuwde het uit en begon toen nog harder op mijn hoofd in te slaan, mijn weerloze hoofd dat ik radeloos heen en weer bewoog om de klappen af te weren. Maar het was zinloos. Elke klap was een voltreffer. Het leek alsof mijn schedel op barsten stond. Toen gaf ik me over. Mijn spieren ontspanden zich volledig. Niet langer probeerde ik de klappen te ontwijken. Ik dacht aan de lammetjes in onze stal, aan het uitzicht op de uitgestrekte grasvelden en ik zag mijn moeder die het tapijt voor het huis uitklopte. Het geluid ervan leek op het geluid dat de vuisten van Hakan veroorzaakten toen ze mijn hoofd torpedeerden. Ik had me erbij neergelegd dat ik ten dode was opgeschreven en wachtte op het moment dat ik het bewustzijn zou verliezen.

Hier hield het leven dus voor mij op. Nooit meer zou ik mijn vader zien.

Een luide schreeuw.

'Hakan! Stop!' Het was mijn broer. Een warme gloed trok door mijn lichaam. Als iemand me uit deze situatie kon verlossen, was hij het. 'Laat hem los, Hakan. Nu!'

Maar Hakan bleef stoïcijns op me inslaan. Vanaf de grond zag ik de schop die mijn broer uitdeelde. Zijn scheenbeen dat Hakans neus vol trof, een krakend geluid en het lichaam dat als een zak meel ter aarde stortte. Hakan rolde van me af waarna mijn broer, die een kop groter was dan Hakan, hem bij zijn armen vastpakte en hem in één beweging van me wegtrok. Plotseling schoot Hakan overeind en greep mijn broer bij zijn middel. Terwijl het bloed uit zijn neus gutste, duwde hij mijn broer hard achteruit. Hij viel op zijn rug. Ik schrok, even vreesde ik dat Hakan nu mijn broer zou toetakelen want hij wierp zich op hem. Hakan haalde een paar keer uit met zijn vuisten maar mijn broer verdedigde zich goed. Voor ik het wist had mijn broer hem van zich afgeslagen en lag Hakan op zijn rug. Met zijn enorme rechtervuist haalde mijn broer uit. De gecontroleerde slag op de linkerkaak van Hakan was voldoende om hem uit te schakelen. Het beest was nu definitief geveld.

Mijn broer liep rustig naar me toe en stak zijn hand naar me uit om me overeind te helpen. Maar ik bleef liggen terwijl ik zwakjes mijn hand ophief ten teken dat hij me even moest laten liggen.

'Gaat het?' vroeg mijn broer.

'Nee.... pijn... pijn,' zei ik kreunend terwijl ik tevergeefs overeind probeerde te komen. 'Overal pijn.' Mijn ogen waren gezwollen en mijn neus bloedde. En er was een paar keer een tand door mijn lip gegaan.

'Hij heeft je ongelooflijk toegetakeld zeg. Wat is er gebeurd?' Mijn broer knielde bij me neer en keek me oprecht bezorgd aan.

'Hakan... hij zei wat stoms... over baba. Hij... hij ging maar door.'

'Wat zei hij?'

'Kreupel... dat baba kreupel is,' ik veegde met de rug van mijn hand het bloed van mijn bovenlip. 'Hij lachte hem uit.'

'Wat heb jij toen gedaan?'

'Ik heb hem geslagen.'

'Jij haalde als eerste uit?'

'Ja, hij ging maar door, ik kon er niet meer tegen.'

'En daarom besluit je iemand te slaan die veel groter is dan jij?'

Ik schoot overeind. 'Hij had baba beledigd!'

Mijn broer zuchtte. 'Dat was heel stom van je. Laten we gaan. Je moet je opfrissen, want daye mag je zo niet zien. Ze schrikt zich dood. Kun je opstaan?'

Ik schudde mijn hoofd terwijl ik een steek door mijn rug voelde schieten.

'Vooruit dan maar,' zei hij terwijl hij door zijn knieën zakte, zijn armen onder mijn lichaam schoof en me voorzichtig optilde. En op dat moment voelde ik me weer een vijfjarige die beschermd wordt door zijn grote broer. Een gevoel van veiligheid overviel me terwijl ik uit mijn ooghoek Hakan kreunend weg zag strompelen.

'Bij de kraan kunnen we je gezicht wassen.'

Ik voelde de gespierde armen van mijn broer en rook zijn zware lichaamsgeur. Bij de dorpskraan waste hij geduldig en met zachte hand het bloed van mijn gezicht. Heimelijk hoopte ik dat ik wat in zijn achting was gestegen omdat ik voor onze vader was opgekomen. Mijn broer wist dat ik Hakan vreesde en dat hij me meerdere malen had afgetuigd, en hij wist ook dat ik geen vechtersbaas was.

Ik proefde het bebloede water, terwijl zijn natte hand keer op keer over mijn gezicht ging.

18

Mijn moeder zag mijn opgezette gezicht niet toen mijn broer en ik thuiskwamen. 'We gaan apo morgen ophalen,' zei ze zonder op te kijken.

Ik had hem gemist en verlangde naar zijn gezang waarmee ik iedere ochtend ontwaakte, zijn geur als hij me tegen zich aandrukte en zijn zachte stem als hij mij vroeg hoe het was gegaan met het vee. Maar het idee hem weer te zien joeg me ook schrik aan. Ik vreesde de confrontatie met zijn verminkte been. En ik zag ook op tegen de lange tocht naar Muş met de zwijgzame Ibrahim en het ziekenhuis met de mysterieuze geur.

Mijn moeder keek me aan. Ze zag het nu pas. 'Miran! Wat is er met je gezicht gebeurd?'

Een ogenblik twijfelde ik of ik moest zeggen dat ik Hakan had geslagen omdat hij baba belachelijk had gemaakt, maar ik wist dat ze het zou afkeuren en besloot te liegen. Ik zei dat ik gevallen was en kon me niet voorstellen dat ze me zou geloven, hoewel ik gedecideerd had geklonken voor iemand die slecht was in liegen.

'Gevallen?'

'Ja, toen ik achter Ali aan rende.'

Ze pakte me bij mijn hoofd. 'Wees toch voorzichtig! Op een dag breek je je hoofd nog. Ga maar snel naar bed. We staan morgen vroeg op.'

Ik had verwacht dat ze mijn antwoord in twijfel zou trekken en zou doorvragen tot ik haar woord voor woord had verteld wat er werkelijk was gebeurd. Maar ze nam genoegen met mijn slappe leugen en keek afwezig voor zich uit. Ik vroeg me af of ze er ook tegen opzag om baba weer te zien. Wat voor man zou ze terugkrijgen? Wat voor vader zou ik terugkrijgen?

Ze aaide me over mijn hoofd. Haar ogen waren vochtig.

'Waarom kijk je zo verdrietig?' vroeg ik.

'Ik mis apo.'

Die avond lag ik met open ogen in bed. Naast me hoorde ik mijn broer snurken. Elida lag aan mijn andere kant, opgerold als een klein diertje. Ze sliep zo geluidloos dat ik me afvroeg of ze nog leefde. Ik bracht mijn oor dicht bij haar gezicht en hoorde haar tot mijn geruststelling zachtjes ademhalen. Het lukte me niet om in slaap te vallen. De reis naar Muş hield me te veel bezig. Ik zou mijn vader weer zien in het ziekenhuis dat voor mij meer weg had van een slachthuis waar mensen van hun ledematen werden ontdaan. De doktoren met hun nette kapsels zagen er vriendelijk uit maar waren in werkelijkheid botte slagers die iedere kans aangrepen om hakwerk te verrichten. Muş was voor mij veranderd in een duivels oord waar mijn vader voor het leven was getekend, en ons gezin onverwacht een dosis gif toegediend had gekregen van het kwaad.

Na urenlang piekeren viel ik in slaap en droomde levensecht. We vertrokken de volgende ochtend in alle vroegte. De zon scheen fel en de paardenwagen was omringd door vlinders in de wonderlijkste kleuren en prachtige zangvogels die uit volle borst floten. Ze vergezelden ons vanaf het vertrek uit ons dorp. Mijn moeder zat dit keer tussen mij en Ibrahim in. Hij leek nu een heel andere persoon: hij praatte eindeloos en maakte aan een stuk door grappen. Iedere grap besloot hij met een daverende lach waarna hij onbeschaamd een hand op mijn moeders been legde. Ik keek haar verbaasd aan, maar ze zei er niets van en keek naar Ibrahim met ogen die betoverd leken. Uit het niets verschenen er donkere wolken aan de hemel. Het leek ineens nacht. De vogels en vlinders hadden plaatsgemaakt voor kraaien en vleermuizen die over de paardenwagen heen scheerden. Plotseling bevonden we ons voor het ziekenhuis. De bomen en struiken op het terrein stonden in brand en overal krioelden slangen en schorpioenen. Het volgende moment stonden we voor de kamer van mijn vader. De dokter schudde Ibrahim zwijgend de hand. Op zijn gezicht en jas zaten bloedvlekken en onder zijn rechteroog zat een zwerende wond. 'Er waren wat complicaties,' zei hij. 'Maar het gaat nu weer beter met Uslu bey.' Toen we de kamer betraden, zag ik dat mijn vader een enorme baard had laten staan. Hij lachte naar ons. Zijn witte laken zat onder de bloedvlekken en was tot onder zijn kin opgetrokken. Zonder iets te zeggen, trok de dokter het laken van hem af. Er ging een huivering door me heen. Al zijn ledematen waren afgezet. Op de plek waar zijn armen en benen hadden gezeten, zaten nu vier korte stompjes die hij wild op en neer bewoog. De ingreep leek kort ervoor te zijn uitgevoerd want aan de uiteinden van de stompjes was rauw rood vlees zichtbaar. Mijn moeder begon vol afgrijzen te schreeuwen waarop mijn vader in lachen uitbarstte. Ik keek naar de grond en zag daar het rechterbeen en de armen van mijn vader liggen.

Schreeuwend werd ik wakker. Mijn broer pakte me vast en zei dat ik een nachtmerrie had. Ik was drijfnat. Toen ik enigszins tot mezelf was gekomen, wist ik zeker dat de droom een waarschuwing was. Als ik mee zou gaan, was het niet te voorspellen wat er voor nare gebeurtenissen in gang gezet zouden worden. Ik mocht onder geen beding meegaan naar Muş.

Een paar uur later streelde een hand mijn wang. Ondanks de tedere beroering voelde het pijnlijk aan. 'Miran, sta op, we moeten gaan,' fluisterde een stem. Het was mijn moeder.

Mijn rechteroog was opgezet en mijn hele gezicht deed pijn. De onrust van de nachtmerrie zat nog in mijn lichaam. Het schoot door mijn hoofd dat ik in geen geval mee mocht gaan naar Muş. Maar wat moest ik tegen mijn moeder zeggen?

'Wat is er, Miran? Heb je pijn?'

Ze bood me een uitweg.

'Ja,' zei ik zwakjes. 'Ik voel me niet lekker.'

Ze keek me onderzoekend aan. Haar hand ging weer naar mijn gezicht en toen ze mijn wang beroerde, deed ik alsof ik ineenkromp van de pijn.

Ze keek bezorgd. 'Het ziet er niet goed uit. Je rechteroog is dik en je hele gezicht is gezwollen.' Even later legde ze een natte doek op mijn gezicht. Ik bleef liggen tot ze vroeg of de pijn minder was geworden. Ik schudde mijn hoofd.

Mijn broer lag naast me in bed. Hij was wakker geworden maar bleef liggen. Mijn moeder vroeg hem of hij in mijn plaats mee wilde naar Muş. Maar hij reageerde niet. Toen ze het hem nogmaals vroeg, zei hij kortaf: 'Nee.'

'Maar wil je apo niet steunen?'

'Jij steunt hem toch al,' zei mijn broer.

Mijn moeder keek hem een ogenblik verbaasd aan, alsof ze niet haar eigen zoon maar een vreemde man naast mij in bed zag liggen en ontstak in woede. Ze vervloekte hem en schreeuwde dat ze niets aan hem had. 'Allah zal je dit betaald zetten! Wat ben je voor een zoon? Neem een voorbeeld aan Miran!'

Hij keek me vol verachting aan. Ik wist dat hij deze kans om mij te kleineren niet zou laten liggen. Ik durfde bijna niet te luisteren naar zijn antwoord.

'Als hij een man wil worden, kan hij beter een voorbeeld aan mij nemen. Jullie maken een watje van hem.'

Mijn moeder stond op en liep stampvoetend naar buiten. Vanuit de deuropening zag ik haar even later in de paardenwagen stappen.

19

Het liefst was ik in bed blijven liggen tot ik mijn vader in de deuropening zag staan. Ik zou op hem afrennen en hem stevig omhelzen. En vanaf dat moment zou alles beter worden. Dat wist ik zeker, daar zou mijn vader voor zorgen, ook al had hij maar één been. Hij was sterk en had in zijn leven voor grotere uitdagingen gestaan. Als kind had hij een vlucht naar de besneeuwde bergen overleefd, zijn vader en broers verloren en na terugkomst uit het leger was hij wees geworden. Maar hij was er telkens bovenop gekomen. En zo zou het met zijn been ook gaan. Hij zou een manier vinden om ermee om te gaan en als het nodig was, zou hij twee keer zo hard werken. En ik zou geen seconde van zijn zijde wijken. Ik zou hem bijstaan als hij mij nodig had.

Ik voelde een stomp in mijn rug. 'Opstaan, luilak! Het vee wacht op je.'

'Bao... alsjeblieft, mag ik nog een beetje slapen?'

'Dat je een beetje pijn hebt, is geen reden om de dieren te laten verhongeren. Sta op!'

Ik kwam overeind, wreef in mijn ogen en keek in het kwade gezicht van mijn broer.

'Ik wil hier op baba blijven wachten,' zei ik zo vastberaden mogelijk.

'Apo komt pas laat in de middag terug.'

'Dat weet je niet,' zei ik fel. 'Ik wil hier zijn als hij terugkomt.'

Hij zuchtte. 'De tocht naar Muş alleen duurt al uren. Je hebt dus tijd genoeg.'

'Nee, ze komen snel terug, dat voel ik en dan wil ik hier zijn,' zei ik terwijl ik nadacht over een manier om eronderuit te komen. 'Bao,' zei ik ineens op een zachte toon. 'Wil jij het vandaag niet van me overnemen? Dan doe ik het de komende maanden iedere dag. Dat beloof ik.'

Ik was bang dat mijn broer zou zeggen dat het toch al tot mijn taak behoorde om de schapen te hoeden. Hij keek me een hele tijd aan zonder iets te zeggen.

'Alsjeblieft, bao. Ik wil hier op baba wachten.'

Misschien kwam het door mijn gehavende gezicht, of doordat ik in zijn achting was gestegen door het tegenover Hakan op te nemen voor onze vader. Hij verbaasde me in ieder geval met zijn reactie toen hij zei: 'Goed, blijf dan maar thuis. Maar dan ga je niet buiten spelen. Je blijft thuis en let op Elida. Begrepen?'

Ik knikte en kon een glimlach niet onderdrukken.

Die ochtend en middag wachtte ik vol verwachting op het krukje voor ons huis waarop mijn moeder altijd rond zonsondergang zonnepitten kraakte. Ik bladerde door mijn schrift en zag dat ik het al bijna had volgeschreven. Ik besloot voor de zoveelste keer het eerste boek over Küçük Mehmet te herlezen. Elida speelde de hele tijd in mijn buurt. Ze praatte in zichzelf terwijl ze met een stok figuren op de stoffige grond tekende. Ik had er niet eerder over nagedacht, maar ineens vroeg ik me af of ze op Zilda leek, de zus die zij nooit gekend had. Het drong tot me door dat het wazige beeld dat ik jarenlang van Zilda had gekoesterd, verder was vervaagd. Ik kon me haar gezicht niet meer voor de geest halen. Wel hoorde ik haar lieve meisjesstem en zag ik voor me hoe ze een kleine hand zwarte aarde naar haar mond bracht. Ik schrok. Plotseling vroeg ik me af of Elida misschien ook van de zwarte aarde at, of ze er ook heimelijk een voorliefde voor had ontwikkeld.

Ik schreeuwde: 'Elida!'

Ze keek me geschrokken aan. 'Bao, wat is er?'

Ik keek haar aan en besefte dat ze nu veel ouder was dan Zilda ooit was geweest. Het was Zilda niet gegund om uit te groeien tot de zus die ik mij vaak had gewenst.

'Niets,' zei ik opgelucht. 'Ik wilde je laten schrikken.'

Ze keek me niet-begrijpend aan. Even later zei ze dat ze baba miste. Ik had er niet bij stilgestaan hoe het voor haar was om plotseling haar vader dagenlang niet te zien en haar moeder 's avonds in bed te horen huilen. Ik voelde me schuldig dat ik niet beter op mijn zusje had gepast. Elida vroeg nooit om veel aandacht, ze kon zichzelf altijd goed bezighouden en was gehoorzaam. Van jongs af aan luisterde ze ademloos naar de gesprekken van onze ouders. Wat dat betreft leek ze meer op mij dan op mijn broer.

Terwijl ik zat te wachten, kwam het me ineens vreemd voor: mijn moeder ging mijn vader halen, zoals hij haar jaren geleden eigenlijk ook had gehaald. En hoewel de omstandigheden niet vergelijkbaar waren, moest ik denken aan hun bizarre liefdesgeschiedenis.

Mijn vader had mij eens verteld dat hij voor het eerst zijn hart voor een vrouw had voelen overslaan toen hij mijn moeder zag. Het was toen hij samen met Hemo op bezoek was bij haar oom Hüseyin. Mijn vader raakte op slag bedwelmd door haar overstelpende schoonheid toen ze de woonkamer binnenstapte.

'Dit is Aşme, mijn nicht,' had haar oom Hüseyin gezegd. 'Maar het voelt alsof ze mijn bloedeigen dochter is. Ik heb haar opgevoed vanaf haar vijfde jaar.'

Met haar amandelbruine ogen keek ze mijn vader verlegen aan en glimlachte zo onopvallend naar hem dat alleen hij het op dat moment gezien kon hebben.

Toen mijn moeder de kamer weer verliet, bekende Hüseyin dat ze al zo goed als weggegeven was. Hij wachtte op de komst van een welvarende kennis uit Varto die om haar hand zou komen vragen. Mijn vader verstarde. Het vooruitzicht dat het mooiste meisje dat hij ooit had gezien een ander zou toebehoren, vervulde hem met afschuw. Hemo vroeg of er een mogelijkheid was om Hüseyin van gedachten te doen veranderen. Hüseyin schudde zijn hoofd.

Toen ze weer buiten stonden, toonde mijn vader een vastberadenheid die Hemo niet eerder bij hem had gezien. 'We gaan haar schaken,' zei hij.

In mijn kinderjaren zei mijn vader vaak lacherig dat hij mijn moeder had ontvoerd. Hij zei dat hij 's ochtends op haar deur had geklopt en ze er samen vandoor waren gegaan. Meer gaf hij niet prijs waardoor het mij niet alleen romantisch maar ook mysterieus in de oren klonk. Later begon ik te twijfelen aan zijn verhaal. Toen ik hem hiermee confronteerde, ontweek hij mijn blik en zei: 'Het hele verhaal moet je moeder je maar vertellen.'

Het duurde lang voor ik de moed had verzameld mijn moeder ernaar te vragen. 'Goed,' zei ze op een dag, 'ik ga je dit één keer vertellen om te voorkomen dat je later net zo zult handelen.' Tijdens het vertellen keek ze af en toe weg alsof ze moeite had om de gebeurtenissen te herbeleven. Ze zei dat Hemo het aanvankelijk geen goed plan vond, maar hij liet zich overhalen. Mijn vader en hij broedden twee dagen lang op een plan. Ze besloten Nandar, de jongere broer van Hemo, erbij te betrekken omdat hij de omgeving goed kende. De volgende ochtend gingen ze voor het ochtendgloren met drie paarden op pad. Die maakten ze vast aan een boom op zo'n honderd meter van het huis van Hüseyin, dat zich aan de rand van het dorp bevond en beschut werd door fruitbomen. Ze splitsten zich op en wachtten aan weerszijden van het huis tot mijn moeder naar buiten kwam.

'Nandar en je vader stonden aan de kant van het huis die ik zou moeten passeren als ik water zou halen, en Hemo stond aan de andere kant, bij het moestuintje.'

Toen de zon al een tijdje op was, was mijn moeder nog niet verschenen. Mijn vader werd steeds nerveuzer. Plotseling klonk gerommel uit het huis waarna de voordeur openging. Het was pas de tweede keer dat mijn vader haar zag, maar hij kon zich toen al niet voorstellen dat hij zonder haar zou kunnen leven.

'Ik wilde groenten plukken in ons moestuintje voor het ontbijt. Toen ik de voordeur opende, had ik het gevoel dat ik bekeken werd, maar ik kon niets verdachts zien.'

Met iedere stap kwam ze dichter bij Hemo. Toen mijn moeder bukte, stoof hij als een roofdier naar voren en trok haar bij haar middel naar zich toe.

'Ineens werd ik van achteren vastgepakt door iemand. Ik schrok en wilde schreeuwen maar een doek werd tegen mijn mond gedrukt en mijn ogen werden met een grote hand bedekt.'

Nandar kwam toegesneld. Hij deed een blinddoek voor de ogen van mijn moeder, duwde de doek in haar mond en legde er een dunnere doek overheen die hij achter haar hoofd vastknoopte. Mijn vader bleef vanaf een afstand als versteend kijken, ook toen Nandar hem wenkte. Nandar rende daarop naar hem toe en schudde hem door elkaar. Strompelend liet mijn vader zich door hem meetrekken.

'Ik voelde hoe ik werd opgetild en dat iemand me stevig bij mijn benen vastpakte.'

Ze schuifelden richting de paarden. Mijn vader liep verdwaasd achter hen aan.

'Ze bonden mijn handen vast met een ruw stuk touw. Daarna werd ik opgetild en op een paard gezet.'

Hemo sprong bij haar achterop en kwam met zijn lichaam dicht tegen dat van haar.

'De man achter me herhaalde steeds opgewonden dat ze me geen kwaad zouden doen, maar ik bleef me verzetten.'

Voor haar gevoel reden ze uren. Er werd niet gepraat. Ze stopten bij een klein dorp waar ze een lege stal van een vriend van Nandar betraden.

'"Niemand vindt ons hier," zei Nandar.'

Binnen in de stal haalde Hemo de doek van haar mond. Hij zei dat ze stil moest blijven, maar ze begon meteen om zich heen te trappen en te schreeuwen dat ze haar moesten laten gaan. Toen ze in het luchtledige schopte, viel ze achterover. Haar handen waren nog steeds vastgebonden en haar ogen geblinddoekt.

'Ik sloeg wild met mijn voeten op de grond en liet mezelf toen helemaal gaan. Ik schold ze de huid vol. "Vuile schoften! Hier krijgen jullie spijt van. Mijn oom zal jullie afmaken!" En ik zei nog veel ergere dingen.'

Hemo dreigde de doek meteen weer in haar mond te duwen als ze niet ophield met schreeuwen. Daarna legde hij een paar dekens op de stoffige grond en legde mijn moeder erop.

'"Wees maar niet bang, Aşme," zei hij plotseling vaderlijk. "We zullen je geen kwaad doen."'

De stal vulde zich met de transpiratiegeur van Hemo, Nandar en mijn vader.

'De geur die ik toen rook, maakte me angstig.'

Ze had het gevoel dat ze als een knaagdier gevangenzat in een nauw hol en dat ze ieder moment door de uithaal van een scherpe klauw verscheurd kon worden. De blinddoek raakte doordrenkt van zweet. Ze voelde een hand op haar hoofd en sloeg hem meteen weg waarna ze verschrikt achteruit schoof.

'"Wat wil je?" schreeuwde ik.'

Er kwam geen antwoord.

'"Zeg me wat je wilt?"

Een trillende stem zei: "Ik wil alleen maar je ogen zien. Laat me de blinddoek verwijderen." Omdat ik wilde weten wie het was, stond ik het toe. Toen ik mijn ogen opende, keek ik in de onschuldige lichtblauwe ogen van je vader. Ik dacht dat hij met zijn jongensachtige blik niet de ontvoerder kon zijn. Hij keek al snel weg en wist zich geen houding te geven. Ik zag Hemo en Nandar op een afstandje staan met in elkaar gevouwen handen. Ik vertelde je vader aarzelend dat ik hem herkende. Hij knikte alleen. Zijn verlegenheid gaf me de moed te vragen wat hij van me wilde. Hij zei dat het hem speet. Toen ik hem vroeg wat hem speet zei hij dat het hem speet dat hij dit moest doen. Ik begreep hem niet en vroeg hem wat hij moest doen. Hij vertelde me dat hij met me wilde trouwen en dat dit de enige manier was om dat mogelijk te maken. Toen ik hem vertelde dat ik onder geen beding met hem zou trouwen, zei hij dat hij van me hield. Ik antwoordde dat hij niet van me kon houden omdat hij me niet kende. En toen zei hij iets wat ik nooit meer zou vergeten. Hij zei: "Ik weet zeker dat je mettertijd hetzelfde voor mij gaat voelen." Hij vertelde me dat we de volgende dag terug zouden gaan naar mijn dorp en dat ik dan zijn vrouw zou worden. Ik geloofde hem niet en zei dat mijn oom dat nooit zou toestaan. Ik schrok toen hij zei: "Je oom heeft geen keus." En hij kreeg gelijk. Ik was te jong om dat op dat moment te begrijpen.'

De volgende dag gingen ze in alle vroegte terug naar het dorp van mijn moeder. Ze brachten haar terug naar haar oom die buiten zinnen was toen hij mijn vader en Hemo met zijn nicht zag. Hemo stapte naar voren om hem te kalmeren maar werd hardhandig bij zijn kraag vastgepakt door Hüseyin die zei dat hij hem eigenlijk zou moeten vermoorden. Maar hij had volgens de gebruiken geen andere keus dan zijn nicht, die door vreemde mannen was meegenomen, weg te geven. Een week later trouwden mijn ouders.

Een tijd lang bekeek ik mijn vader met andere ogen. Ik verweet hem dat hij mijn moeder met geweld tot zijn vrouw had gemaakt. Maar toen ze dat merkte, zei ze dat ik hem niets mocht verwijten omdat het een andere tijd was.

'We waren voor elkaar voorbestemd,' voegde ze er met een glimlach aan toe. 'Dat weet ik zeker. Want net als ik, had hij niemand meer.' Ze zweeg even. 'En hij heeft gelijk gekregen.'

'Waarin?'

'Dat ik hetzelfde voor hem ben gaan voelen.'

In de middag was mijn vader nog steeds niet teruggekeerd. Er daalde een druilregen neer op het dorp. Ik voelde hoe mijn haren en gezicht nat werden, maar ik ging niet naar binnen. Ik keek omhoog, naar de grijze hemel en vroeg me af waar mijn vader op dat moment was. Zat hij al in de paardenwagen en werd hij net als ik nat van de regen? Toen het even later was opgeklaard zag ik Ali en Bilal langs ons huis lopen. Ze zagen me niet. Toen ik hen groette, keken ze betrapt alsof ze niet verwacht hadden dat ik voor het huis zat.

'We gaan naar het beekje,' zei Bilal op verontschuldigende toon. Ali staarde naar de grond.

'Ik wacht op mijn vader, hij kan elk moment thuiskomen,' zei ik en wachtte tevergeefs op een vraag over mijn blauwe oog. 'Willen jullie niet even bij me blijven?'

Ik keek naar Ali, maar hij staarde nog steeds naar de grond.

'Ehm... we gaan kikkers vangen,' zei Bilal, en opnieuw klonk het als een excuus.

Ali trok hem aan zijn arm en zei zachtjes: 'Laten we gaan.'

Ik hield mezelf voor dat het belangrijker was om mijn vader te ontvangen dan met mijn vrienden te spelen, maar het idee dat Ali en Bilal zonder mij eropuit trokken, maakte me toch onrustig. En het stak me dat Ali me niet had aangekeken.

Mijn benen begonnen te slapen en ik kreeg honger. Terwijl de zon doorbrak pakte ik binnen wat brood uit de aarden pot en nam een hap. Terwijl ik op het taaie brood kauwde, bedacht ik dat het goed was Elida ook een stuk te geven. Nu mijn ouders en broer er niet waren, kwam het op mij aan om op haar te passen. Op haar stuk deed ik wat kaas en een stuk komkommer. Ze at het gulzig op. Voor mijn moeder moest het heerlijk zijn om zo'n makkelijke dochter te hebben. Toen ik opkeek zag ik mijn broer terugkomen van de grasvelden. Onbewogen leidde hij de schapen de stal in. Toen het laatste schaap binnen was, keek hij me even aan. Ik verwachtte dat hij zou vragen hoe het ging en of baba al was gekomen, maar hij zei niets. Zonder een woord te zeggen liep hij weg.

De zon naderde de horizon. Het werd langzaam donker. Hoe zou Ibrahim in de duisternis de paardenwagen naar het dorp kunnen leiden? Ik keek naar de flauwe heuvel in de verte die ze als laatste obstakel naar het dorp moesten beklimmen en dacht aan mijn vader, aan zijn vriendelijke gezicht en schitterende blauwe ogen die meer hadden gezien dan een mens kon verdragen.

Ik keek naar de hemel en zag dat de zon achter de heuvel wegzakte en de hemel bloedrood kleurde. En toen voltrok zich daar, op die plaats, een magisch tafereel: mijn vader stapte uit de zon. Ik keek met ingehouden adem toe hoe hij op de heuvel stond en een hand opstak. Ik dacht dat ik droomde, maar het was levensecht. Met een rode gloed achter zich en krukken onder beide armen daalde mijn vader langzaam de heuvel af.

20

Mijn vader glimlachte van oor tot oor. Zijn wangen waren gladgeschoren en zijn zwarte haar met grijze vegen was kortgeknipt. Maar er was iets vreemds aan hem wat ik niet kon plaatsen. Hij legde zijn hand op mijn hoofd en trok me naar zich toe. En terwijl hij op de kruk onder zijn arm steunde, kuste hij me op mijn wang. 'Ik heb je gemist, mijn zoon,' zei hij met opwinding in zijn stem.

Toen hij me aandachtiger bekeek, vroeg hij geschrokken wat er met mijn gezicht was gebeurd. Ik vertelde hem dat ik was gevallen en sloeg snel mijn armen om hem heen. Hij voelde anders aan. Waar mijn handen elkaar voorheen niet raakten wanneer ik hem omhelsde, lukte dat nu moeiteloos. Geschrokken liet ik hem los en bekeek hem aandachtiger. Nu pas zag ik dat zijn wangen waren ingevallen en dat zijn hoofd leek te zijn geslonken. Zijn broek zat wijder en hing losjes om zijn middel. Mijn blik gleed naar beneden, naar de plek waar ooit zijn linkerbeen had gezeten maar waar de broek nu zorgvuldig was omgeslagen bij het bovenbeen en met spelden was vastgezet. Het zou nu niemand meer kunnen ontgaan dat hij een been miste.

Hij zag me staren en zei: 'Ik kan al aardig op krukken lopen,' en om het te bewijzen liep hij een heel stuk voor me uit. Het verbaasde me hoe bedreven hij er nu al mee omging. Hij plantte ze zo'n halve meter voor zich in de grond en zwaaide met zijn rechterbeen ernaartoe. Vanuit de paardenwagen, die achter ons de heuvel afreed, schreeuwde mijn moeder dat hij voorzichtig moest zijn. 'Je hebt nog maar één been Selim, pas in vredesnaam op!'

Maar mijn vader luisterde niet, hij ging juist steeds sneller alsof hij wilde bewijzen dat we ons om hem geen zorgen hoefden te maken. Ik liep naast hem en zag de zweetdruppels op zijn voorhoofd parelen. Hij ademde zwaar bij iedere stap die hij met zijn rechterbeen zette, het been dat nu voor twee moest werken. We stopten voor ons huis. Elida staarde als bevroren naar de vermagerde man die met zijn krukken en gehalveerde been voor haar stond.

'Elida, kom naar apo. Laat me je omhelzen.'

Aarzelend deed ze een stap naar voren. 'Baba,' zei ze ontzet. 'Wat... wat is er met je been gebeurd?'

'Apo's been was niet meer gezond,' zei hij. 'Maar het doet geen pijn meer en ik kan heel goed op krukken lopen.' Hij glimlachte, maar het was een gemaakte glimlach. Nadat hij Elida op haar voorhoofd had gekust, schuifelde hij naar binnen. Ze bleef verwonderd staan en keek hem met open mond na. Even was ik bang dat ze in huilen zou uitbarsten, maar ze hield zich groot, mijn kleine zusje. Binnen snoof mijn vader de geur van het huis op alsof hij was vergeten hoe het rook. 'Wat ben ik blij om weer thuis te zijn.' Hij keek even om zich heen, bestudeerde het tapijt alsof hij het voor het eerst zag en liet toen zijn krukken vallen om te gaan zitten op een kussen op de grond. Voorzichtig balanceerde hij op zijn been en liet zich vervolgens langzaam omlaag zakken. 'Mehmet, breng me wat *ague*.'

Ik pakte een tinnen kopje en vulde dat haastig met het water uit de emmer die ik die ochtend bij de dorpskraan had gevuld. Dorstig sloeg mijn vader het kopje in één keer achterover. 'Nog een,' zei hij. 'Nog een, ik sta in brand!'

Mijn moeder liep naar binnen en begon meteen een maaltijd voor hem te bereiden. Ze deed yoghurt met knoflook in een kommetje, sneed wat komkommer en tomaten, belegde een flink stuk brood met geitenkaas en legde het voor hem neer op het kleed. 'Eens zien hoeveel honger je hebt, Selim.' We keken toe hoe hij minutenlang naar het eten staarde. Pas toen mijn moeder hem aanstootte, nam hij een paar muizenhapjes van het brood en beet lusteloos op een stuk komkommer. Daarna schoof hij naar achteren en zei dat hij later verder zou eten. Voordat mijn moeder kon reageren, begon hij te vertellen over zijn tijd in het ziekenhuis. Telkens zei hij dat het erg zwaar was geweest en dat de pijn hem af en toe gek maakte. 'Maar jullie afwezigheid was zwaarder te verdragen. Daarmee vergeleken was de pijn kinderspel.' Af en toe viel hij stil en leek hij in gedachten weer in die kamer met het witte bed om daarna enthousiast te vertellen over de arts met wie hij een goede band had opgebouwd, en die hem eindeloos had geadviseerd om goed te oefenen met de krukken zodat hij zijn mobiliteit zou behouden. Glimlachend beschreef hij hoe hem werd geleerd de krukken te hanteren. Maar het was een glimlach zonder glinstering in zijn ogen, overvleugeld door de pijn die voor ons duidelijk hoorbaar was. Een ander had het misschien niet gemerkt, maar wij wisten hoe zijn stem klonk als hij vertelde in de intimiteit van zijn gezin. Dan bezat hij een warmte en levendigheid die me direct een gevoel van gelukzaligheid bezorgden. Maar de stem die nu zijn mond verliet, deed de pijn die zich sinds zijn ongeluk in mijn hart had genesteld alleen maar oplaaien.

Toen hij klaar was met zijn verhaal, viel er een stilte. Ik had verwacht dat mijn moeder geruststellende woorden zou spreken, maar ze bleef met een droevige blik voor zich uitkijken. De stilte werd doorbroken door mijn vader die vroeg waar zijn oudste zoon was. Mijn moeder keek me aan, maar ik haalde mijn schouders op. Met een zwak glimlachje zei ik dat hij waarschijnlijk elk moment thuis kon komen. Toen zweeg iedereen weer. Het was alsof een kille schaduw over het gezin Uslu was gevallen. Geen van ons wist hoe we eraan moesten ontsnappen en weer in het schijnsel van het warme licht konden stappen dat altijd zo uitbundig over ons had geschenen.

De duisternis was inmiddels ingetreden en binnen schenen de olielampjes uitbundig toen de voordeur ineens open werd gesmeten en mijn broer met zijn grote gestalte naar binnen stapte. Zijn lange haren waren verwilderd, zijn kleren hingen slordig om zijn lijf en hij hijgde zwaar. Hij keek naar mijn vader. Ik zag dat hij zich geen houding wist te geven, dat hij niet goed wist wat hij moest zeggen of doen. En op dat moment besefte ik meer dan ooit hoezeer mijn broer was veranderd sinds hij uit Muş was teruggekeerd. Hij straalde een afstandelijkheid uit die hem eerst van onze ouders en toen van mij had vervreemd. Langzaam maar zeker had hij zich buiten het gezin geplaatst.

'Yusuf,' zei mijn vader terwijl hij hem wenkte om naar hem toe te komen.

'*Selam*,' zei mijn broer terwijl hij aarzelend naar hem toe liep en bij hem neerknielde. Hij pakte mijn vaders hand ongemakkelijk vast en bracht zijn mond ernaartoe. Maar het kussen van de rug van de hand was een gewoonte waar mijn vader zich altijd tegen had verzet. Hij vond het ouderwets en hiërarchisch en vond het niet passen bij de warmte van ons gezin. 'Sjeiks en ouderen die hun positie ten opzichte van een ander willen benadrukken, laten anderen hun hand kussen,' had hij vaak gezegd als kennissen of bezoekers van het dorp wilden weten waarom mijn broer en ik hun hand niet kusten bij de begroeting. Mijn broer deed ons versteld staan.

Mijn vader trok zijn hand weg voordat mijn broer er een kus op kon drukken, en zei: 'Yusuf! Zo begroet je mij toch niet?' Hij pakte hem bij zijn hoofd, kuste hem op zijn wangen en drukte hem daarna tegen zich aan. Ik zag dat het mijn vader ontroerde om zijn oudste zoon weer in zijn armen te sluiten. Misschien voelde hij ook dat hij hem terug moest halen voordat hij te ver afdreef van het veilige nest waar hij uit was gevallen. Hij keek hem bezorgd aan. Hun gezichten bevonden zich vlak bij elkaar. Mijn broer keek als eerste weg. Zijn blik viel op het been met het stompje.

'Hoe is het met u?' Hij sprak hem pas sinds kort met 'u' aan. Het was een ander teken van de afstand die hij had genomen. Als hij al iets aan mijn vader vroeg, zorgde hij ervoor dat hij zich eerst in zijn blikveld bevond zodat hij niet zijn aandacht hoefde te trekken door 'vader' te zeggen.

Mijn vader vertelde opnieuw het verhaal over het afzetten van zijn been, maar mijn broer staarde afwezig naar de grond. Geen moment wekte hij de indruk dat de woorden tot hem doordrongen. Nadat mijn vader was uitgepraat, knikte hij en zei voor de vorm: 'Rust u maar goed uit.' Daarna liep hij naar buiten, naar het wc-hokje.

Ik wist niet wat de aanleiding was voor de verandering in zijn gedrag. Ik kon me niet voorstellen dat het uitsluitend kwam door zijn gedwongen terugkeer naar Sobyan. Eén keer had ik mijn ouders afgeluisterd toen ze op gedempte toon over hem spraken. Zo wist ik dat ze zijn gedrag weten aan puberale rebellie die het beste niet te veel kon worden bestreden om escalatie te voorkomen. Het was een misrekening met verstrekkende gevolgen.

21

De dag van de terugkeer van mijn vader luidde het begin in van ons nieuwe leven: het andere gezin Uslu, met de kreupele vader, de vertwijfelde moeder, de onhandelbare oudste zoon, de zwijgzame jongste zoon en de ideale dochter.

Die nacht kon ik de slaap niet vatten. Ik dacht aan de tijd die voor ons lag en merkte dat mijn aanvankelijke optimisme aan het wankelen was gebracht door de broze verschijning van mijn vader. Zou hij nog kunnen werken op het land? En zou hij de verzorging van de dieren weer kunnen oppakken? Het kon niet allemaal op mijn moeder aankomen. Zij had het voor het ongeluk al te druk met het huishouden, de zorg voor ons, en het helpen op het land. Slechts bij het ondergaan van de zon gunde ze zichzelf een moment van rust en stortte ze zich uitgeput op het krukje voor het huis. Ik zou meer moeten bijdragen, ook omdat ik betwijfelde of we op mijn broer konden rekenen. Maar de gedachte dat ik in ieder geval weer wakker zou worden met het gezang van mijn vader, stelde me gerust. Hij zou ons vast het vertrouwen geven dat alles goed zou komen.

Maar de volgende ochtend werd ik niet gewekt door zijn gezang. Toen ik mijn ogen opende, zag ik mijn vader met gebogen hoofd op dezelfde plek zitten als waar hij de vorige avond zat. Hij rookte een sigaret en wreef over zijn met verband omhulde stomp. Ik had hem nooit eerder zien roken, ook niet toen hij verhalen vertelde in het huis van de oude Ilyas waar de kamer blauw zag van de sigarettenrook. Het paste niet bij hem. Als hem een sigaret werd aangeboden, weigerde hij altijd beleefd en zei dat hij er keelpijn van kreeg. Toen ik beter naar hem keek, schrok ik: hij trok een van pijn verwrongen gezicht toen hij over zijn stomp wreef. Hij hield er meteen mee op toen mijn moeder kwam aanlopen. Ze gaf hem een stuk brood dat hij op het kleed legde zonder ernaar te kijken. Het verbaasde me dat ze er niets van zei dat hij rookte.

'Je moet wel wat eten, Selim,' zei ze op een toon alsof ze mijn zusje toesprak.

Hij keek lusteloos naar zijn eten. 'Rustig, Aşme, het loopt niet weg.'

Ze brak een stuk van het brood. 'Doe je mond open!' beval ze. 'Kom, je moet aansterken.'

Weerloos opende hij zijn mond waarna zij het brood erin duwde. Nadat ze was weggelopen, begon hij weer over zijn stomp te wrijven.

Toen ik terugkwam van de grasvelden en de schapen weer naar hun stallen had geleid, zag ik dat mijn vader nog steeds op dezelfde plek zat. Ik vroeg hem of hij al buiten was geweest. Hij keek me aan alsof hij toen pas mijn aanwezigheid opmerkte, waarop ik mijn vraag herhaalde.

'Ik doe het rustig aan,' antwoordde hij vermoeid. 'Als ik naar buiten ga, moet ik iedereen steeds hetzelfde verhaal vertellen. Kun je me overeind helpen en me de krukken aanreiken?' Hij stak zijn handen naar me uit. Voorzichtig trok ik hem overeind. Terwijl hij op zijn rechterbeen balanceerde, reikte ik hem de krukken aan die hij meteen onder zijn armen duwde.

'Ik ga naar de wc,' zei hij op een toon alsof hij er de hele tijd tegenop had gezien.

Hij wilde niet dat ik hem begeleidde naar het kleine houten hokje. Het was een stuk van nog geen tien meter vanaf de voordeur, maar toch keek ik hem bezorgd na omdat hij zich minder gemakkelijk leek voort te bewegen met de krukken dan een dag eerder. Voorzichtig schuifelde hij vooruit alsof hij bang was om te vallen. Af en toe stopte hij, raapte mompelend een steentje op dat hij op het pad naar de wc aantrof en gooide het richting de bomen. Toen hij eindelijk voor het hokje stond, keek hij even om zich heen en trok toen het krakende deurtje open. De deur klapte tegen hem aan, waarna hij mopperend een stap opzij deed om hem helemaal te kunnen openen. Hij plantte zijn krukken op de grond van de wc en was toen in een zwaai binnen. Vervolgens moest hij de deur achter zich dichttrekken. Vloekend zette hij weer een stap uit de wc om bij de deur te komen. Hij hing in zijn krukken terwijl hij met zijn rechterarm met moeite naar het houten knopje van de deur reikte. Luid zuchtend trok hij het deurtje dicht. Vanuit de deuropening bleef ik naar het houten hokje staren. Terwijl ik wachtte, zag ik op straat een oude man met gebogen rug voorbijlopen. Hij steunde op een wandelstok. Het drong tot me door dat die oude man misschien wel beter ter been was dan mijn vader.

Mijn vader was nog steeds niet naar buiten gekomen. Ik was bang dat hij was gevallen en niet meer overeind kon komen. Maar als dat het geval was, zou hij niet willen dat zijn zoon hem op de smerige grond van de wc zag liggen. Ik besloot mijn moeder erbij te halen. Ondanks zijn protesten had ze hem sinds zijn terugkeer al een paar keer naar de wc begeleid.

'Waarom vraagt die koppige man ook niet om hulp?' riep mijn moeder nadat ze mij had aangehoord. Met grote stappen liep ze naar het hokje terwijl ze onderweg zijn naam schreeuwde. Ik bleef in de deuropening staan en vroeg me af waarom ze zo overspannen reageerde. Als het op mijn vader aankwam, was ze erg ongeduldig en reageerde ze vaak kortaf. Ze verweet hem dat hij traag was en koppig bovendien, maar ik was het daar niet mee eens. Ik vond haar juist koppig. Ze duldde nimmer tegenspraak en kon flink van leer trekken als ze haar zin niet kreeg.

Ze trok de deur van de wc met een ruk open en bleef een paar seconden roerloos staan. Daarna zei ze iets wat ik niet kon verstaan. Ze liep naar binnen en trok de deur achter zich dicht. Een hele tijd gebeurde er niets. Hoewel ik niet wist of ik het aankon om te zien wat zich in het hokje afspeelde, twijfelde ik of ik moest helpen. Na een tijdje ging de deur eindelijk open en kwamen mijn ouders naar buiten. Mijn vader steunde met zijn ene arm op een kruk en had zijn andere arm om mijn moeder geslagen. Zij hield de andere kruk vast. Instinctief rende ik naar hen toe om te helpen, maar mijn moeder sommeerde me om me uit de voeten te maken. Mijn vader keek beschaamd naar de grond. Zonder eenmaal op te kijken, liet hij zich uitgeput naar huis slepen. Het was de laatste keer dat hij van mijn moeder zonder haar hulp het houten hokje mocht betreden.

De dagen erop werd mijn vader nog zwijgzamer. Hij verkoos alleen nog maar op het vroegste uur van de dag naar buiten te gaan of als het aardedonker was en het pad naar het wc-hokje verlicht moest worden met een olielamp. Geheel tegen de gebruiken van ons dorp hield mijn moeder in het begin elk bezoek voor mijn vader af. Vrienden en kennissen van mijn ouders stonden telkens onaangekondigd voor de deur, maar omdat mijn moeder niet wilde dat ze hem op zijn somberst aantroffen, zei ze keer op keer dat hij sliep. Alleen Ibrahim liet ze toe omdat hij wist wat mijn vader had doorgemaakt. Maar de vierde dag na zijn terugkeer kon ze het niet langer opbrengen om het bezoek te weigeren. Ze vroeg mijn vader of hij er klaar voor was. Hij schudde haastig zijn hoofd en zei dat hij niet in staat was om iemand te zien of te spreken.

'Maar Selim,' zei mijn moeder zonder haar onbegrip te verbergen. 'Ik kan toch niet de deur in hun gezicht blijven dichtsmijten? Wat zullen ze wel niet denken? Je krijgt er alleen maar verhalen van en dat wil ik niet.'

Mijn vader kon weinig anders doen dan zich neerleggen bij haar beslissing. Als eerste kwam Ali's moeder langs. Ali was niet meegekomen. Ze had gebonden soep gemaakt waar de damp nog vanaf kwam. Mijn moeder stelde voor hem meteen samen op te eten. Pas nadat iedereen zijn kom leeg had gegeten, nam mijn vader zijn eerste hap. Hij had een verkorte versie van het ziekenhuisverhaal ingestudeerd die hij bij ieder bezoek vertelde alsof hij nooit verhalenverteller was geweest. Monotoon en zonder de bezoekers ook maar een keer aan te kijken, deed hij zonder onderbreking zijn verhaal. Het viel me op dat hij het presteerde om ieder verhaal precies op dezelfde manier te vertellen. Ieder woord en iedere zin kwamen letterlijk overeen. En steeds zat ik naast hem. Ik genoot ervan zijn stem weer langdurig te horen. Hij merkte het, want nu eens legde hij een hand op mijn knie, dan weer keek hij me met een vermoeid glimlachje aan alsof hij wilde zeggen: 'Nog even mijn zoon, dan hebben we dit gehad en kunnen we samen leuke dingen doen.' Maar er leek geen einde aan de stroom bezoekers te komen. De meesten brachten warm eten mee, anderen een paar gebreide sokken of honing. Ze gingen pas weg wanneer het volgende bezoek zich aandiende.

Zonder dat mijn moeder het vroeg, hielp mijn zusje met het opdienen van de thee aan de gasten. Ik had haar dat niet eerder zien doen. Alsof ze voelde dat ze een andere rol had in het 'nieuwe gezin'. Ik keek met trots naar haar. Mijn broer was er niet. Ik was er zeker van dat hij het huis meed vanwege de eindeloze stroom bezoekers.

Misschien kon mijn vader op een gegeven moment zijn eigen verhaal niet meer aanhoren en gaf hij daarom de ruimte aan de oude Erol, die samen met zijn vrouw was gekomen, om het woord te nemen en het niet meer af te staan. Hij vertelde met grote armgebaren en stemverheffingen over alle gevallen van botbreuken die hij in zijn leven van dichtbij had meegemaakt. Zijn zes broers hadden in hun kinderjaren ieder wel een ledemaat gebroken en hijzelf had op zijn veertiende zijn rechterarm gebroken bij een val uit een perenboom. Hij stelde geen enkele vraag aan mijn vader. Net toen ik dacht dat ze pas zouden vertrekken als we drie keer zijn levensverhaal hadden aangehoord, stond Erol plotseling op en zei: 'Maar nu moeten we echt opstappen. Het was ons een genoegen. Kom vrouw, we gaan.'

Stilte vulde het huis. We zaten uitgeput rond het kleed, opgelucht dat er geen bezoek meer zou komen die avond. Mijn vader en ik keken elkaar glimlachend aan. 'Ben je moe?' vroeg hij.

'Nee,' loog ik.

'Ik wel,' zei hij. 'Ik kan mijn eigen stem niet meer aanhoren en mijn keel is droog.'

Hij pakte het bekertje water van het kleed en nam er een paar slokken van.

Terwijl mijn moeder en zusje de theeglazen opruimden, werd er hard op de deur gebonkt. Aarzelend deed mijn moeder open. Het was Atilla de slager. Met ineengevouwen handen bukte hij zich naar haar toe en zei: 'Ma be gerdi, ik wil Selim bey graag zien. Hopelijk schikt het.' Het was verwarrend om Atilla op zo'n zachte en beheerste toon te horen spreken. Mijn moeder knikte en deed een stap opzij. Aan haar gezicht was duidelijk te zien dat ze niet blij was met zijn komst.

Met zijn handen nog steeds ineengevouwen en bukkend voor de deurpost, liep Atilla naar binnen. Net toen mijn moeder de deur wilde dichtdoen, verschenen Hakan en zijn moeder vanuit de duisternis in de deuropening en liepen zonder iets te zeggen naar binnen. Atilla knikte naar mijn vader en zei: 'Ma be gerdi, Selim bey.'

Mijn vader knikte terug. 'Selam, Atilla.' Ik hoorde de vermoeidheid in zijn stem. Het was een lange dag geweest die veel van hem had gevergd en uitgerekend nu moest Atilla langskomen. Hij ging dicht tegen mijn vader aan zitten. Hakan nam naast hem plaats. Zijn moeder ging ver uit hun buurt zitten met de blik naar de grond gericht.

Atilla grijnsde naar mijn vader en legde een hand op zijn goede been. '*Se kena rında?*'

'Het gaat.' Mijn vader zuchtte. 'Het lopen met krukken lukt steeds beter en de pijn wordt minder.'

'Gelukkig maar,' zei Atilla, terwijl hij met zijn vrije hand een paar snorharen tussen zijn wijsvinger en duim nam en er zachtjes aan trok. 'Want het is niet niets om je been... eh... te verliezen.'

Op dat moment dacht ik dat Atilla was gekomen om zijn excuses aan te bieden, om te zeggen dat het hem speet dat hij mijn vaders been te strak had gespalkt en had geweigerd ernaar te kijken toen mijn moeder het hem had gesmeekt. Maar hij zei alleen: 'U heeft veel pech gehad.'

Als mijn moeder het had gehoord, had ze Atilla waarschijnlijk fijntjes aan zijn rol in het geheel herinnerd. Maar ze was voor de zoveelste keer die dag thee aan het zetten. Mijn vader hoorde de woorden van Atilla gelaten aan alsof het inderdaad niet meer was dan botte pech dat hij de rest van zijn leven een been moest missen. Mijn bloed kookte en even wilde ik opstaan en zo hard mogelijk in Atilla's gezicht brullen dat het zijn schuld was. Maar ik stond niet op. In werkelijkheid durfde ik hem niet eens aan te kijken als hij sprak. Hakan keek ik evenmin aan maar ik voelde wel zijn brandende blik. Zijn gezicht zag er net als het mijne nog gehavend uit. Na de vechtpartij was zijn vader geen verhaal komen halen. Ik schrok, misschien kwam hij dat nu alsnog doen.

Mijn moeder zette de glaasjes met thee op het kleed en nam plaats naast de moeder van Hakan, die haar glimlach niet beantwoordde.

Atilla slurpte van zijn hete thee en liet daarna een langgerekte zucht van genot horen.

'Ahhh, dit is heerlijke thee, mevrouw Uslu. Zo heb ik het al een hele tijd niet meer gehad.'

Mijn moeder reageerde niet op het compliment, maar zijn vrouw keek voor het eerst op en wierp hem een geërgerde blik toe. Ik was opgelucht dat mijn vader niet opnieuw het verhaal vertelde over het ziekenhuis. Ik wilde niet dat Atilla gedetailleerd hoorde hoe hij had afgezien. Niemand zei wat. Alleen het lichte snurken van mijn zusje klonk. Ze was op mijn schoot in slaap gevallen.

Hoewel de kopjes van Atilla en zijn vrouw snel leeg waren, schonk mijn moeder hun niet bij. Terwijl Atilla uit het niets de stilte doorbrak met een oninteressant verhaal over zijn vak, keek ik met een schuin oog naar Hakan. Hij pulkte geconcentreerd aan een velletje aan zijn linkerhand. Ik probeerde me voor te stellen hoe het voor hem moest zijn om zo'n vader te hebben. Een vader die de hele dag dieren slachtte, zijn vrouw als een lijfeigene behandelde, naar hem brulde en door het hele dorp gevreesd werd om zijn driftbuien. Ik kon het niet helpen dat ik medelijden voor hem voelde opkomen.

Net toen ik me afvroeg wanneer ze zouden vertrekken, stond Atilla ineens op en zei: 'We moesten maar weer gaan. Vrouw, Hakan, opstaan!' Hij keek mijn moeder aan. 'Bedankt voor de thee, mevrouw Uslu. En sterkte, Selim bey.' Hij bleef mijn vader aankijken en voegde er met een ernstige blik aan toe: 'Eigenlijk wilde ik vanavond nog iets met u bespreken. Het is een zakelijk voorstel. Maar ik denk niet dat dit het juiste moment is, of u moet zeggen dat u het graag wilt horen.'

Mijn vader keek hem vermoeid aan. 'Wat?'

'Mijn zakelijke voorstel.'

Hij zuchtte diep. 'Het is een lange dag geweest, voor ons allemaal. Dus als je het niet erg vindt, doen we dat niet vanavond.'

'Dat is goed. Maar ik zal dan op korte termijn weer langskomen. Mijn voorstel zal u interesseren.'

'Als het weer gaat over je oude voorstel, dan weet je hoe ik erover denk.'

'Gelooft u me, Selim bey, gezien uw situatie wilt u mijn voorstel graag horen.'

'Goed,' zei mijn vader.

Zonder mijn vader de hand te schudden en mij ook maar een blik waardig te gunnen, liep Atilla naar de deur. Hakan en zijn moeder liepen met gebogen hoofd en onhandige passen achter hem aan. Ze leken wel zwakbegaafde wezens zonder spraakvermogen. Het ontbrak er nog aan dat ze gromden.

Mijn vader had een sombere blik in zijn ogen. Toen hij een slok water nam, dacht ik dat ik zijn hand zag trillen. Het speet me dat ik niets tegen de woorden van Atilla had ingebracht, dat ik het niet voor hem had opgenomen. Ik was een lafaard. En op dat moment had ik gewenst dat er iets van het felle vuur in mij brandde dat zo vaak onverwacht vanuit het binnenste van mijn moeder en broer oplaaide.

22

De volgende ochtend zag ik mijn vader weer over zijn stompje wrijven. Het verband was eraf waardoor ik het voor het eerst goed kon zien. Ik schrok: het stompje was vuurrood en er zat in het midden een dikke korst die mijn vader bij het wrijven omzichtig meed. Misschien werd de pijn minder als hij er zachtjes overheen wreef of jeukte het heel erg. Ik durfde het hem niet te vragen.

Nadat ik terug was gekeerd van de dorpskraan met twee volle emmers, zat mijn vader niet meer op zijn plek. Hij was nergens te bekennen in huis en ook bij het moestuintje zag ik hem niet. Even later ging het deurtje dat toegang gaf naar de stal open en schuifelde hij traag naar binnen.

'Ik was even bij de dieren,' zei hij hijgend. Er zat wat stro op zijn hoofd en een bruine vlek op zijn wang. 'Laat je ze grazen?' Hij trok een pijnlijk gezicht alsof hij zich bezeerd had.

Ik knikte. 'Of wil je dat ik bij je blijf?'

'Nee, dat hoeft niet.' Hij legde zijn krukken neer en ging naast me zitten. 'Wil je dat ik Yusuf vraag om met je mee te gaan?'

'Nee, ik ga liever alleen.' Ik veegde het stro van zijn hoofd en verwijderde met een doek de bruine vlek van zijn wang. Het zag eruit als mest.

Ik liep even later naar de stal en begeleidde de schapen naar buiten. Anders dan normaal waren ze heel volgzaam. Ik hoefde niet één keer mijn stok te heffen. Misschien had de terugkeer van mijn vader een positieve uitwerking op de dieren. Op de weide dacht ik de hele tijd aan hem. Er was iets aan mijn vader veranderd, maar ik wist niet goed wat. Ik bedacht dat ik misschien meer moest doen dan alleen herder zijn. Misschien moest ik ook helpen op het land en in het huishouden, hoewel dat niet iets was wat jongens behoorden te doen in ons dorp.

Ik bedacht dat ik met mijn broer moest praten. We konden afspreken dat we om beurten zouden helpen op het akkerveld. Maar ik wist niet of hij zou meewerken, ik wist helemaal niet wat hij van de hele situatie vond. Hij hield zich afzijdig van alle problemen. 's Ochtends ging hij vroeg op pad zonder te zeggen waar hij heen ging om pas na zonsondergang weer thuis te komen. Hij zou zich vast afvragen wat mij bezielde om me als jongste zoon te bemoeien met zaken waar ik me niet druk om hoorde te maken. Hij zou het gooien op mijn streven om bij mijn ouders in het gevlei te komen. Maar dat was niet zo. Hij wist helemaal niet wat er in me omging.

Toen ik de schapen terug had gebracht naar de stal, zag ik mijn vader in het moestuintje staan. Hij liep met zijn krukken voorzichtig langs de gewassen. Af en toe zakten zijn krukken weg in de zachte aarde waarna hij ze met een paar moeizame bewegingen lostrok. Hij murmelde wat en liep weer verder. Bij de kroppen sla stond hij stil, gooide een van zijn krukken neer en zakte, de andere kruk vasthoudend, voorzichtig door zijn knie. Met zijn vrije hand probeerde hij bij een krop sla te komen. Het kostte hem meer moeite dan ik verwachtte. Toen het hem eindelijk gelukt was, hield hij even in, alsof hij zich schrap moest zetten voor een grote krachtsinspanning, en gaf toen een ruk aan de krop sla, waarna hij voorover viel. Hij belandde met zijn gezicht in de aarde. Ik hoorde hem luid vloeken terwijl hij met zijn hand op de grond sloeg. Geschrokken rende ik op hem af. Ik pakte hem onder zijn armen om hem overeind te trekken en merkte meteen dat hij nog lichter was dan ik dacht. Mijn vader, die ooit de sterkste man van het dorp was in mijn ogen en moeiteloos mijn broer en mij tegelijkertijd optilde, leek nu minder te wegen dan ik. Het was alsof ik Ali van de grond raapte.

'Baba, gaat het?'

'Ja... laat me maar, ik kom zelf wel overeind. Ik verloor even mijn evenwicht.'

Ik gaf hem zijn krukken aan. 'Je moet nog uitrusten, het is volgens anne nog te vroeg voor je om te werken.'

'Daye is veel te bezorgd,' zei hij waarna hij een paar keer spuugde om de aarde uit zijn mond te krijgen. 'Er is hier genoeg werk te doen.'

Ik stelde voor dat ik hem hielp met het plukken van de sla. Na wat aandringen ging hij akkoord en wees een paar kroppen aan die ik uit de grond trok. Daarna liepen we samen naar binnen. Ik bekeek hem vanuit mijn ooghoek. De grijze haren op zijn hoofd waren in korte tijd sterk in aantal toegenomen waardoor hij er ouder uitzag. Ik moest ineens denken aan een uitspraak van mijn moeder: 'Als mensen veel piekeren, vallen er sterren in hun haar.' Ik begreep niet wat ze bedoelde. 'Sterren, witte kleine sterren, zoals ik die ook heb. Hier kijk maar.' En ze wees een paar grijze haren op haar hoofd aan. Toen ik vroeg of ze veel zorgen had, antwoordde ze: 'Nee, sinds Elida er is niet meer.'

Mijn vader ging op het kleed zitten en vroeg hoe het die ochtend was gegaan met het vee. Ik vertelde hem dat de schapen goed hadden gegeten, net als op andere dagen.

Hij keek me aan met een glimlach. 'Het gaat je steeds makkelijker af. Ik hoor dat je het heel goed hebt gedaan in mijn afwezigheid en dat veel mensen hun bewondering daarover hebben uitgesproken.' Hij legde zijn hand op mijn hoofd. 'Ik ben trots op je.'

'Ik wil net als jij een goede herder worden,' zei ik glunderend. 'En ik wil ook verhalen vertellen.'

'Dat weet ik, mijn zoon.' Mijn vader keek voor zich uit alsof hem iets dwarszat. 'Maar veel liever zou ik zien dat je broer en jij iets anders zouden doen. Iets wat niemand in dit dorp ooit heeft kunnen doen.'

Ik keek mijn vader vragend aan. Hij had nooit eerder zoiets gezegd. Ik had altijd gedacht dat hij wilde dat we in zijn voetsporen traden.

'Er is meer dan het dorp alleen. In de stad is veel meer mogelijk. Er zijn daar andere beroepen dan landbouwer en herder.' Hij keek me aan. 'Mehmet, je kunt in de stad dokter worden en mensen genezen. Je zou zelfs de eerste dokter in Sobyan kunnen worden. De mensen zouden dan bij jou aankloppen als iemand ziek of gewond is. Je zou levens kunnen redden.'

Misschien had de dokter in het ziekenhuis op hem ingepraat en hem gewezen op het grote tekort aan medici in de dorpen.

'Maar ik wil helemaal geen dokter worden.'

'Waarom niet?'

'Dan moet ik ook benen afzagen, net als die dokter in Muş.'

'Maar hij heeft mijn leven gered.'

Ik wilde zeggen dat hij hem ook kreupel had gemaakt, maar ik zei: 'Ik wil herder worden, en dengbej.'

'Je bent al herder. Meer dan dit is er niet.'

'Maar ik wil nog beter worden, net als jij! En ik wil verhalen vertellen.'

Mijn vader haalde zijn handen door zijn haar en wreef vermoeid over zijn ogen. 'Je kunt een mooiere toekomst hebben in de stad. Je hoeft geen dokter te worden als je niet wilt, je kunt ook een eethuis beginnen of handelaar worden of vrachtwagenchauffeur. Er zijn zoveel mogelijkheden in de stad. Je broer is nu terug in Sobyan, hij moest even weg uit de stad, maar als ik vind dat hij er klaar voor is, wil ik dat hij weer teruggaat.'

Ik begreep niet waar mijn vader heen wilde, waarom hij plotseling wilde dat mijn broer en ik later iets anders zouden doen dan hij. Wie moest er dan voor het vee zorgen? Hij zou het niet meer kunnen in z'n eentje. Bovendien was mijn broer als een andere persoon teruggekeerd uit Muş. Nee, ik wilde niet naar de stad. Plotseling was ik bang dat mijn vader alles al had geregeld voor mijn vertrek.

'Ik wil niet naar de stad! Ik wil in het dorp blijven. Alsjeblieft, baba.'

Mijn vader wreef over zijn kin en keek voor zich uit.

23

Het regende en rook naar natte aarde toen ik vanuit de deuropening Atilla met grote stappen op ons huis zag aflopen. Ik schrok. Hij zag eruit alsof hij verhaal kwam halen. Toen hij voor me stond, dacht ik even dat hij me zou oppakken en wegsmijten omdat ik de toegang tot ons huis versperde. Maar hij vroeg waar mijn vader was. Zijn luide stem joeg me angst aan. 'Hij... hij is binnen,' mompelde ik.

'Roep hem snel, jongen. Ik moet hem spreken!' Atilla keek alsof hij me elk moment een oorvijg kon geven. Ik wilde eigenlijk zeggen dat mijn vader nu geen tijd voor hem had en de komende weken en maanden ook niet, maar in plaats daarvan liep ik als een volgzame hond naar binnen.

'Laat hem maar binnen,' zei mijn vader terwijl hij opkeek van het kussen waarop hij zat.

Atilla wachtte niet tot ik hem naar binnen liet.

'Ma be gerdi, Selim bey.'

'*Ger be sılamet*, Atilla. Wat brengt jou hier zo vroeg in de middag?'

'We moeten ons gesprek over mijn voorstel voortzetten.'

'Je wilt nu over zaken praten?'

'Ja, ik heb er speciaal mijn werk voor onderbroken. Het is belangrijk dat we het over uw vee hebben.'

Mijn vader glimlachte. 'Waarom ben ik niet verbaasd, Atilla?'

'Ik had ook niet gedacht dat u verbaasd zou zijn, Selim bey. Na al onze gesprekken over dit onderwerp en na al mijn inspanning zou het niet goed zijn als u nog verbaasd was.'

Ik stond vol spanning te wachten op wat er gezegd ging worden toen mijn vader me vroeg waarom ik Atilla niets te drinken aanbood. Voor ik kon reageren, zei Atilla: 'Ik ben niet gekomen om gezellig wat te drinken, Selim bey. Laten we elkaars tijd niet verspillen.'

'Goed, ik luister.' Mijn vader probeerde een strenge blik op te zetten, maar ik zag nog steeds zijn zachte ogen die er niet voor gemaakt waren om harde onderhandelingen te voeren. Ik wist zeker dat Atilla dat ook zag, dat hij voelde dat hij met een gemakkelijke prooi te maken had die hij op het juiste moment in zijn hals moest bijten en niet meer los moest laten.

'Het is simpel: verkoop me uw vee,' en hij maakte meteen een gedecideerd gebaar met zijn hand waarmee hij wilde uitdrukken dat mijn vader hem niet moest onderbreken. 'En voordat u weer roept dat ik toch al weet wat uw antwoord is, wil ik zeggen dat de situatie nu veranderd is en dat u volgens mij niet zoveel meer te kiezen heeft.' Atilla grijnsde even en zei: 'U moet uw vee wel verkopen, want hoe moet u uw dieren verzorgen als u niet eens normaal kunt lopen?' Hij wees naar mij. 'Moet die kleine jongen soms de verzorging van het vee op zich nemen? Daarom zeg ik u, noem uw prijs.'

Mijn vader keek naar het kleed, veegde er met zijn handpalm de broodkruimels vanaf en zei met een flauwe glimlach: 'Niet alleen kinderen morsen bij het eten.'

'Selim bey, laten we...'

Mijn vader onderbrak hem: 'Atilla, je bent niet iemand die makkelijk opgeeft. Ik weet niet hoe vaak je me al hebt gevraagd mijn vee aan je te verkopen.'

'Ik weet wat ik wil. En ik weet ook dat uw situatie niet in uw voordeel spreekt.'

Mijn vader vouwde zijn handen in elkaar. 'Je denkt dat ik mijn vee aan jou zal verkopen omdat ik een been mis.'

'Ik begrijp niet waarom u doet alsof er niets aan de hand is.'

Mijn vader schudde zijn hoofd.

'Selim bey, het is ook in uw belang. Verkoop me uw vee.'

Mijn vader reageerde niet.

'Verkoop me uw vee!'

'Nee... nee... ik kan het niet.' Er was plotseling radeloosheid in zijn stem geslopen. En even dacht ik dat hij zou vragen of hij alsjeblieft zijn vee mocht houden, alsof er al voor hem besloten was, alsof Atilla het gewoon van hem zou afpakken zonder naar zijn argumenten te luisteren. 'Wat moet ik zonder mijn vee? Vertel me, wat is een herder zonder zijn vee?'

'Ik wil u niet beledigen in uw eigen huis, in het bijzijn van uw zoon, maar u bent geen herder meer. U bent nu een man die niet meer zonder de zorg van zijn vrouw kan. En dat spijt me voor u, dat meen ik oprecht. Wat u zonder uw vee moet, zijn uw zaken. Maar als u op mijn voorstel ingaat, levert u dat in ieder geval geld op waarmee u uw gezin een tijd kunt onderhouden.'

Juist op dat moment liep mijn moeder naar binnen samen met Elida. Ze zag de slager staan en zei zonder aarzelen: 'Atilla bey, valt u mijn man weer lastig over het vee?'

'Zo zou ik het niet willen omschrijven, mevrouw Uslu, maar we hebben het inderdaad over het vee. Ik denk dat Selim bey me goed begrijpt als ik zeg dat zijn situatie is veranderd en dat hij er verstandig aan doet mijn voorstel te accepteren.'

Mijn moeder stond recht voor Atilla met haar handen in haar zij. 'Wat verstandig is voor ons bepalen we zelf wel. Ik denk dat het beter is als u mijn man met rust laat. Hij moet rusten van de dokter.'

'Goed, maar misschien kunt u hem dan aan zijn verstand brengen dat hij het vee aan mij moet verkopen.'

'U heeft blijkbaar niet goed naar mijn man geluisterd. Ik wil het best nog een laatste keer herhalen.' Ze stak haar rechterwijsvinger dreigend op. 'We-verkopen-het-vee-niet! Is dat duidelijk, Atilla bey?'

Op dat moment bewonderde ik mijn moeder meer dan ooit.

'Maakt u zich toch niet zo druk, mevrouw Uslu,' zei Atilla met opgeheven handen. 'Ik was net van plan te vertrekken. Maar ik waarschuw u: mijn aanbod geldt niet eeuwig.'

Mijn moeder schudde opzichtig haar hoofd. Ze zette een stap opzij waarna Atilla naar buiten liep. Bij de deuropening draaide hij zich om. 'Ik wens jullie veel wijsheid toe.'

Ik keek hem na vanuit de deuropening terwijl hij zijn grote lichaam weer richting het slachthuis sleepte. Binnen praatte mijn moeder in op mijn vader. Ze zei op felle toon dat ze buiten had staan luisteren en moeite had met de manier waarop hij zich had verweerd.

'Maar wat had ik dan moeten zeggen?' Hij keek onschuldig. 'Ik heb hem toch verteld dat ik het vee niet verkoop?'

'Je gaf hem reden om aan te dringen, je gaf hem het gevoel dat er wat te halen viel.'

'Lieve Aşme, ik...'

'Nee, Selim, je moet die vreselijke man niet het idee geven dat wij zaken willen doen. Je moet je een keer duidelijk uitspreken!'

'Maar dat heb ik toch gedaan?'

Mijn moeder zuchtte. 'Het klonk meer alsof je smeekte om met rust gelaten te worden. Ik kon het niet meer aanhoren en moest wel ingrijpen.'

Mijn vader boog zijn hoofd. Ik had met hem te doen en hoewel ik weinig had kunnen inbrengen tegen Atilla, voelde ik me schuldig. 'Anne,' zei ik op zachte toon, maar ze hoorde me niet. 'Anne!'

Mijn moeder keek om. 'Wat is er, Miran? Je vader en ik zijn aan het praten, zie je dat niet?'

'Baba heeft echt gezegd dat hij het vee niet wil verkopen.'

'Bemoei je er niet mee!'

'Maar anne, ik...'

'Laat ons alleen, Miran! Ga buiten spelen met Ali en neem Elida mee.'

Ik wilde mijn vader bijstaan en haar duidelijk maken dat ze het verkeerd zag, maar ze was koppig en ik wist dat ze niet naar mij zou luisteren. Terwijl het opnieuw begon te regenen, liepen Elida en ik richting het dorpsplein.

24

Ik had gehoopt dat het de dagen erna beter zou gaan, maar het tegendeel was het geval. Het nieuwe gezin Uslu was er een met veel ruzie en een gestaag groeiende onvrede. Met de dag leek de spanning in huis te stijgen. Mijn vader trok zich steeds meer terug en rookte op zijn vaste plek in de woonkamer de ene na de andere sigaret. Hij veranderde in een sombere en lijdzame man die nauwelijks at en niet wist wat hij met zichzelf aanmoest.

Mijn moeder reageerde steeds slechter op zijn gemoedstoestand en zijn onvermogen om een bijdrage te leveren aan de dagelijkse bezigheden in en om het huis. In het begin was ze geduldig met hem en nam ze zijn voorzichtigheid en aarzelingen bij het lopen en het verrichten van onbelangrijke klusjes voor lief. Maar naarmate de tijd vorderde en zijn herstel niet ging in het tempo dat zij voor ogen had, werd ze kortaf en viel hoe langer hoe meer tegen hem uit. Af en toe beschuldigde ze hem er zelfs openlijk van dat hij misbruik maakte van de situatie en zich maar al te graag liet verzorgen. Het kwetste hem zichtbaar. Waar mijn vader haar vroeger weerwoord gaf, kromp hij nu weerloos ineen als zij hem de les las. Het deed me pijn het ongelijke gevecht te aanschouwen, hoewel ik merkte dat mijn moeder zich vaak inhield en af en toe in tranen wegliep omdat ze het niet kon aanzien om hem te zien wegkwijnen. Ze vroeg hem niet meer om mee te helpen in de moestuin, maar als hij toch een poging waagde, sneerde ze naar hem als hij iets verkeerd deed of te traag was. Ook met de verzorging van de dieren had hij grote moeite. Hij durfde niet meer dicht bij de koeien te komen omdat hij bang was om onderuit te gaan.

Ik hoopte dat hij met me zou praten. Maar wat moest een boer die het fundament onder zijn bestaan weggeslagen zag worden, bespreken met zijn zoon van dertien? Misschien was het anders geweest als mijn broer zich als oudste zoon van het gezin had gedragen en zich met de situatie had bemoeid. Hij wist heel goed wat zich in huis afspeelde, maar hij greep niet in. Hij ontvluchtte de spanning door soms hele dagen weg te blijven zonder dat we wisten waar hij uithing. En ondanks aandringen van mijn moeder, hielp hij nauwelijks met de verzorging van de dieren. Mijn moeder en ik hebben hem daar eindeloos om vervloekt, alleen deed ik dat nooit openlijk.

Het gevolg was dat mijn moeder niet alleen mijn vader verzorgde maar ook alle taken van hem overnam. We zagen allemaal dat het haar te veel werd, zelfs Elida merkte het op. Af en toe liep mijn moeder hysterisch schreeuwend het huis uit terwijl ze alles en iedereen in het dorp vervloekte. En als een dorpeling haar tot kalmte probeerde te manen, kreeg hij daar onmiddellijk spijt van. Met ogen die vuur spuwden en een stem die een orkaankracht bereikte, brulde ze dat hij zich met zijn eigen zaken moest bemoeien. Ze maakte mijn vader openlijk steeds grotere verwijten. Daarbij beperkte ze zich niet alleen tot het werk dat hij niet meer kon uitoefenen, maar betrok ze ook zijn afgenomen sociale activiteiten. Ze had er grote moeite mee dat hij zich sinds zijn terugkeer had teruggetrokken en de hele dag binnen zat. Ze noemde hem mensenschuw omdat hij zijn vrienden niet opzocht en zelden bereid was hen te ontvangen. Als hij al met zijn krukken over straat liep, was dat met gebogen hoofd. En als iemand hem op straat groette, strompelde hij snel verder alsof hij niets had gehoord.

Mijn vader was slechts een schim van de man van voor het ongeluk, en mijn moeder liet geen kans onbenut om hem dat in te wrijven. Ook nam ze het hem steeds kwalijk dat hij geen verhalen meer vertelde. Hij hoorde haar zwijgend aan, tot hij een keer in een opwelling schreeuwde: 'Er valt niets meer te vertellen! Alles is zinloos.'

Mijn moeder begon te gillen. Overstuur sprak ze de woorden uit die ze nooit had mogen uitspreken. 'Je bent geen herder meer, je bent geen dengbej meer en je gedraagt je ook niet meer als mijn man. Wat ben je dan? Vertel me dat, Selim, wat ben je dan?'

Mijn vader antwoordde met trillende stem: 'Niets. Ik ben niets meer.'

25

Ik werd midden in de nacht wakker van het gefluister van mijn ouders. Eerst hoorde ik de stem van mijn vader, daarna die van mijn moeder. Zij reageerde steeds in korte zinnetjes op zijn woorden. Ze spraken zo zacht dat ik hen niet verstond.

Plotseling hoorde ik mijn vader de naam van zijn geboortedorp uitspreken. 'Hemgin,' zei hij helder en duidelijk. Hij had me er lang geleden wel eens over verteld, maar alleen toen ik er zelf naar vroeg en pas na lang aandringen. Als hij over Hemgin vertelde, werd zijn gezicht altijd grauw en hield hij het kort.

'Waarom zeg je dat?' vroeg mijn moeder ineens op luide toon.

Er volgde een stilte. Toen sprak mijn vader de naam van zijn geboortedorp letter voor letter uit alsof hij een magische spreuk aanhief.

'Selim, zeg dat niet!' zei mijn moeder hardop waarna ze haar stem weer dempte. Ze sprak met hetzelfde toontje waarmee ze hem zo vaak de les las.

Ik werd de volgende ochtend wakker toen ik mijn moeder aan Elida hoorde vragen waar baba was. 'Waar is die man toch? Zelfs met krukken verdwijnt hij zomaar.'

Het was vreemd mijn vader niet op het kussen bij het kleed te zien zitten. Sinds zijn terugkeer was het zijn vaste plek geworden. Ik liep om het huis heen, klopte op de deur van het wc-hokje en liep door de moestuin omdat ik vreesde dat hij weer was gevallen en niet meer overeind kon komen. Maar hij was nergens te bekennen. Daarop liep ik richting het dorpsplein. Toen ik langs het huis van Ali liep, zag ik tot mijn verbazing dat de voordeur dicht was. Ik bleef staan en hoopte even dat de deur ineens zou opengaan en Ali naar me toe zou komen om het goed te maken. Ik wachtte een paar seconden, maar er gebeurde niets. Ik liep verder en passeerde een paar vrouwen bij de dorpskraan toen ik plotseling mijn vader in de verte zag. Met zijn hoofd naar de grond gericht en telkens langzaam een stap zettend met zijn krukken, bewoog hij zich voort in mijn richting. Af en toe stond hij stil, bukte zich voorover en raapte een steentje op dat hij mompelend in de struiken wierp. Ik rende naar hem toe.

'Baba, waar was je? Anne is ongerust.'

Hij keek verbaasd op. 'Ik was een stukje gaan lopen. Heeft ze je gestuurd om mij te zoeken?'

'Nee, ik was onderweg naar Bilal,' loog ik. 'Waar ben je geweest, baba?'

Mijn vader keek me een tijdje aan zonder iets te zeggen. Hij pakte zijn krukken steviger vast, schraapte zijn keel en zei: 'Ik heb het vee verkocht.'

En terwijl allerlei gedachten door mijn hoofd schoten, trok een ijzige rilling over mijn lichaam. Ik zag onze koeien voor me die me met hun grote ogen aankeken, ik hoorde onze schapen blaten en ik zag Atilla. Hij haalde schaterlachend zijn enorme mes over de hals van onze kalveren waarna hun koppen een voor een over de bebloede grond van zijn slachthuis rolden. Wat moest er nu van mij worden? Hoe kon ik ooit nog herder worden als we geen vee hadden? Was dit soms mijn vaders manier om mij tot de stad te veroordelen?

Plotseling vroeg ik me af of ik het wel goed had gehoord. Het klonk zo belachelijk dat het niet waar kon zijn. Ik wist hoe mijn vader over het verkopen van het vee dacht. Hij had Atilla zo vaak afgewezen en mijn moeder had eindeloos op hem ingepraat. Ik moest hem wel verkeerd begrepen hebben.

'Wat zei je?'

'Mehmet, ik heb het vee verkocht.'

Ik zweeg een hele tijd omdat ik niet wist wat ik moest zeggen, hoe ik moest reageren op iets wat mijn wereld deed instorten. Ik wilde mijn vader het liefst vastpakken en door elkaar schudden tot hij zijn woorden terugnam.

'Ik had geen keus, Mehmet.'

Ik schudde mijn hoofd vol ongeloof.

'Het ging niet meer. Ik kan de dieren niet meer verzorgen en ze de aandacht geven die ze nodig hebben, en je moeder kan ze er ook niet bij hebben. Ze heeft het nu al zwaar. Zonder de dieren kan ik haar misschien beter helpen, want nu ben ik haar alleen maar tot last.' Hij keek me bedroefd aan alsof hij twijfelde of hij verder moest vertellen. 'Jij doet het goed met de dieren, maar ze hebben nog meer aandacht nodig die alleen ik ze kan geven. Ik moet de hoeven van de beesten bekappen, de schapen scheren en helpen bij de geboorte van de kalveren. Je broer is er nooit.' Hij zuchtte. 'En... we hebben het geld hard nodig. Mijn verblijf in het ziekenhuis heeft ons veel gekost. We hebben bijna niets meer.'

'Maar ik kan toch meer doen?'

'Je doet al zoveel.'

De slager had gewonnen. De man die het been van mijn vader verkeerd had gespalkt en daarmee zijn lot had bezegeld, had nu ons vee van ons afgepakt.

'Maar wat vindt anne ervan?'

Hij richtte zijn blik op de grond. 'Ze weet het nog niet.'

Er ging een steek door me heen. 'En... heb je alle dieren verkocht?'

'Ja.'

'Allemaal? De kalveren... de schapen?'

'Ja.'

'De geiten?'

'Die ook.'

Ik voelde de tranen over mijn wangen stromen. Ik wilde niet dat mijn vader me zag huilen, maar ik kon me niet bedwingen. Terwijl hij iets zei wat ik niet hoorde, draaide ik me om en rende weg. Ik rende zo hard ik kon, langs de dorpskraan, het huis van Ali en voorbij ons eigen huis. Ik rende tot ik bij de grasvelden was. Daar schreeuwde ik net zo lang tot alle lucht uit mijn longen verdween. Uitgeput nam ik plaats op de steen waarop ik zo vaak had gezeten toen ik de kalveren en schapen liet grazen en uitkeek over de uitgestrekte grasvelden. De zon klom langzaam steeds hoger aan de hemel terwijl het gras ritselde door de lauwwarme ochtendbries. Ik deed mijn ogen dicht en rook de lavendel, ik hoorde de kalveren briesen en voelde hun hoeven op de grond trappen. En even had ik het gevoel dat als ik mijn ogen opende, ze voor me zouden staan.

Ik moest iets doen om de verkoop van ons vee ongedaan te maken, maar ik wist niet wat. Wat zouden we zonder dieren moeten beginnen? Hoe zouden we aan vlees, melk, eieren en wol moeten komen? Hoe kon ik toestaan dat Atilla onze dieren een voor een afslachtte?

Toen de zon op mijn hoofd brandde en mijn maag begon te rommelen, stond ik op. En terwijl ik terugliep naar het dorp, vreesde ik de reactie van mijn moeder. Ze zou mijn vader vervloeken en misschien met spullen gooien. En ze zou me vast een klap verkopen omdat ik zonder iets te zeggen zo lang van huis was weggebleven. Maar toen ik voor ons huis stond, hoorde ik niets. Tot mijn verbazing was het doodstil. Vanuit de deuropening zag ik mijn vader op het witte kleed zitten. Hij had zijn knie opgetrokken en sloeg er met zijn hoofd steeds tegenaan. Mijn moeder stond in de keuken met haar rug naar hem toe. Haar handen rustten in haar zij.

Hij keek niet op toen ik naar hem toe liep. 'Baba,' fluisterde ik. 'Heb je het anne al verteld?'

Hij keek me met rooddoorlopen ogen aan en knikte.

Mijn moeder liep steeds van het keukentje naar de deur en terug zonder ons aan te kijken. Plotseling draaide ze zich om en zei met opgeheven wijsvinger: 'Niet alleen heeft je baba zonder met mij te overleggen iets heel stoms gedaan, hij heeft zich ook nog eens laten afzetten door die achterlijke slager.' Ik keek haar verbaasd aan maar durfde niet te vragen wat ze bedoelde.

'Je baba...' mijn moeder hield even in. 'Dit is onverdraaglijk! We zijn niet alleen ons vee kwijt. Nee, alsof dat niet erg genoeg is, is je baba ook nog eens akkoord gegaan met minder geld dan Atilla eerst bood.'

Ik begreep er niets meer van. Waarom zou hij akkoord zijn gegaan met minder geld? Zelfs toen Atilla voor het ongeluk zijn bod wekelijks met tientallen lira verhoogde, weigerde mijn vader akkoord te gaan.

Met een nauwelijks hoorbare stem en met zijn hoofd achter zijn knie verscholen, zei mijn vader: 'Ik had geen keus.'

Mijn moeder keek me aan met ogen die in brand leken te staan. 'Wat zegt hij? Heb jij hem verstaan?'

Ik twijfelde of ik zijn woorden moest herhalen.

'Miran!' schreeuwde ze. 'Ik vroeg je wat!'

'Baba... zei... dat hij geen keus had.'

'Geen keus?' Mijn moeder begon nu te brullen terwijl ze me woedend aankeek. 'Geen keus? Heeft Atilla soms zijn slagersmes op zijn keel gezet? Ja, vraag hem dat maar. Heeft hij hem soms met de dood bedreigd?'

Vertwijfeld keek ik eerst mijn moeder en toen mijn vader aan. Hij hield zijn hoofd nog steeds tegen zijn knie gedrukt.

'Miran! Waar wacht je op? Vraag het hem!'

Ik wist dat mijn stem zou trillen, ik wist dat ze het zouden horen. 'Baba... anne... anne vraagt of...'

Mijn vader hief zijn hand op zonder op te kijken en zei op rustige toon. 'Stil maar, Mehmet. Ik heb het gehoord.' En toen keek hij mijn moeder aan alsof hij de situatie zat was. 'Aşme, laat Mehmet er alsjeblieft buiten!'

Mijn moeder ontplofte. 'Hij heet Miran! Onze zoon heet Miran! M-I-R-A-N! Wij hebben hem bij zijn geboorte naar jouw vader genoemd, weet je nog? En zo zal ik hem altijd blijven noemen. Heb je dat begrepen, Selim?'

Ze wachtte op een reactie van mijn vader, maar hij zweeg.

'Maar er is nog meer. Het is onvoorstelbaar,' zei ze terwijl ze vertwijfeld met haar handen op haar hoofd sloeg. 'Atilla heeft de kalveren en schapen al meegenomen terwijl hij baba nog niet eens heeft betaald. Kun je je dat voorstellen? Zomaar je vee weggeven en dan maar hopen dat je je geld ooit krijgt.'

Ik wist niet wat ik hoorde, het werd steeds erger. De man die zijn vee nooit wilde verkopen, had zijn kalveren en schapen weggegeven zonder er een cent voor gekregen te hebben.

'Atilla betaalt wel.' Zoals mijn vader die woorden uitsprak, klonk het alsof Atilla door de jaren heen een solide reputatie had opgebouwd in Sobyan.

'Hoe weet je dat zo zeker, Selim?'

'We hebben een akkoord, en Atilla is een man van zijn woord.'

'Een man van zijn woord? Een man van zijn woord? Hij is de meest onbetrouwbare man die ooit voet in ons dorp heeft gezet! Ik veracht hem, zeker na wat hij jou heeft aangedaan.'

Mijn vader ging onverstoorbaar verder. 'Hij betaalt me overmorgen. Hij krijgt nog geld van iemand.'

'Dat is mooi,' zei mijn moeder terwijl ze hardop begon te lachen. 'Dat is heel mooi. Hij betaalt jou pas als hij geld van iemand heeft gekregen. En daar moeten we dan op wachten en er het beste van hopen?'

'Het komt goed, Aşme. Alles komt goed.'

'Dat roep je verdomme altijd, "alles komt goed, alles komt goed", maar hoe, Selim? We hebben geen cent meer en ook geen vee. We hebben niets meer behalve een zielig moestuintje en wat tarwe op het land.'

'Daarom gaan we ook weg.'

'Wat?'

'We gaan naar Hemgin.'

'Wat bezielt je, Selim? Ik heb je toch gezegd dat ik niet naar Hemgin wil? Hoe haal je het in je hoofd? Op dat dorp rust een vloek, het wordt onze dood!' schreeuwde ze. 'Je hebt daar je familie verloren, en nu wil je er terug met je gezin? Dat kan ik niet toestaan. De kinderen en ik gaan niet mee.'

'Ik heb al besloten,' zei mijn vader kalm. 'We vertrekken binnen twee dagen.'

Ik kon het niet geloven. Wat was er met mijn vader aan de hand?

Mijn moeder stampte met haar voet op de grond. 'Nee, we blijven hier, we gaan nergens heen!'

'Aşme, luister naar me, er is hier niets meer wat ik kan doen. Hier ben ik een kreupele die niets voorstelt. Ik kan me nauwelijks op straat vertonen en ik durf de stal niet meer in te gaan uit angst om door de koeien vertrapt te worden.'

'Maar wat hebben we daar te zoeken?'

'In Hemgin heb ik een groot stuk land. We kunnen er opnieuw beginnen.'

'Nee, Selim.'

'Nogmaals, ik heb al besloten.'

Mijn moeder zweeg even en begon toen weer te schreeuwen. '*Hek belaye to bıdo*, moge Allah je vervloeken, Selim!'

'Aşme, beheers je.'

Maar ze bleef tekeergaan. 'Ik luister niet meer naar jou. Je bent gek geworden!'

'Alsjeblieft, Aşme.'

'Je bent helemaal gek geworden!'

Mijn vader beukte met zijn vuist op de grond. 'Hou je mond, vrouw! Ik ben je geschreeuw zat!' Hij schreeuwde zoals ik hem nooit eerder tegen mijn moeder had horen schreeuwen. En niet eerder had hij haar 'vrouw' genoemd. 'Nu ga jij naar mij luisteren. Begrepen? Mijn besluit staat vast. Ik wil er niets meer over horen.'

Mijn moeder draaide zich om en begon te snikken.

Hoewel we het er nooit over hadden gehad, vroeg mijn vader: 'Mehmet, jij wilt toch wel naar Hemgin?'

Hij zocht steun bij mij. Maar ik kon niet liegen, ik moest eerlijk zijn zonder hem af te vallen. Ik dacht even na en zei toen: 'Baba, ik wil Hemgin heel graag zien... maar ik wil niet weg uit Sobyan... hier heb ik mijn vrienden, hier ken ik alles.'

Mijn vader glimlachte naar me. 'Geloof me, je zult in Hemgin snel nieuwe vrienden maken en je er thuis voelen.'

Zonder zich naar mijn vader om te draaien, zei mijn moeder dat we niet wisten in welke staat het stuk grond van mijn vader was.

'Maak je daarover maar geen zorgen,' zei hij kalm.

Ik liep naar de stal en dacht aan de verhalen die mijn vader me over zijn geboortedorp had verteld, over het afscheid van zijn broers en vader toen ze moesten vluchten voor de Russische soldaten. Maar ik moest vooral denken aan zijn vlucht met zijn moeder en zusje naar de bergen. Ik zag haar liggen in de sneeuw, zijn zusje, en mijn hart kromp ineen.

In de stal zag ik dat we alleen nog maar een paar geiten hadden. Alle kalveren en schapen waren al weg. Het besef dat ik ze nooit meer naar de grasvelden zou kunnen leiden, maakte me intens droevig. Ik moest aan Ali denken. We hadden elkaar al dagen niet gezien. Plotseling voelde ik de behoefte om hem alles te vertellen. Ik zou eerst zeggen dat het me speet. Maar toen ik voor zijn huis stond, was de deur opnieuw gesloten. Aarzelend klopte ik aan. Toen er niet werd opengedaan, duwde ik mijn oor tegen de deur en hoorde niets dan stilte. Ik klopte nogmaals aan en verwachtte dat de deur elk moment open kon zwaaien en het ronde hoofd van Ali in de opening zou verschijnen. Maar hij bleef gesloten.

Ik liep richting het dorpsplein waar ik Hakan en Bilal zag. Ze lachten hardop. Ik begreep niet wat mijn vriend bezielde om rond te hangen met onze grote vijand. Toen Bilal me zag en ongemakkelijk naar me knikte, liep ik er met tegenzin heen.

Ik groette hem zonder Hakan aan te kijken en vroeg of hij wist waar Ali was.

'Hij is bij familie, geloof ik,' antwoordde hij.

De laatste tijd had ik Bilal weinig gesproken. Ik voelde een verwijdering sinds ik terug was uit het ziekenhuis en begreep niet waarom hij me meed.

'Weet je wanneer hij terugkomt?'

Bilal schudde zijn hoofd terwijl hij naar de grond staarde.

'Se kena rında?'

'Goed,' zei hij zonder me aan te kijken. Hij vroeg niet hoe het met mij of mijn vader ging en leek te wachten op het moment dat ik weg zou lopen. Ik wilde hem zeggen dat ik niet begreep waarom hij zo afstandelijk deed en waarom hij met Hakan omging. Maar ik durfde het niet en vervloekte mezelf erom. Daarom wilde ik op z'n minst weglopen zonder hem te groeten zodat hij zou voelen dat hij me had teleurgesteld. Maar ook daar was ik te laf voor. Ik keek hem aan, glimlachte naar hem alsof er niets aan de hand was en zei: 'We zien elkaar.'

Zonder Hakan aan te kijken liep ik weg, met gebogen hoofd, terwijl ik bang was een trap in mijn rug te krijgen van hem. Ik wist niet waar ik heen moest lopen. Ali was er niet en Bilal was overgelopen. Ik voelde me alleen en dacht op dat moment dat ik alles kwijt was: mijn broer, mijn vrienden, onze dieren, en straks ook ons huis. Maar bovenal was ik mijn vader kwijt.

Toen ik terug naar huis liep, hoorde ik geschreeuw. Het was mijn broer die zijn stem tot zulke hoogten verhief dat het tot op straat te horen was. Geschrokken rende ik naar huis.

Mijn broer ging tekeer tegen mijn vader. 'Ik ga niet met jullie mee!' brulde hij terwijl hij boos met zijn armen zwaaide en een aarden pot met meel omver schopte. 'Als jullie naar Hemgin gaan, ga ik terug naar Muş!'

Mijn vader probeerde hem te kalmeren: 'Yusuf, blijf alsjeblieft rustig,' smeekte hij. 'Luister toch naar me, we hebben geen keus.'

'Jullie misschien niet, maar ik wel.' Hij sprak alsof hij niet bij ons hoorde, alsof hij een landarbeider was die het voor gezien hield. 'Wat heb ik te zoeken in Hemgin?'

Mijn vaders stem klonk steeds zwakker terwijl hij zijn oudste zoon om begrip vroeg. 'Wees toch verstandig, we kunnen jou hier toch niet achterlaten?'

'Ik ga terug naar Muş. Ik kan voor mezelf zorgen,' zei mijn broer terwijl hij met zijn grote lichaam driftig door de woonkamer beende.'

'Mijn zoon, wat moet je in je eentje toch beginnen?' Mijn vader sprak zo krachteloos dat ik medelijden met hem kreeg. Toen mijn broer niet reageerde, zei hij: 'Ik begrijp het niet. Wat hebben we verkeerd gedaan dat je ons zo behandelt sinds je terugkeer? Wat is er toch met je aan de hand?'

Op dat moment dacht ik dat mijn broer eindelijk openheid van zaken zou geven en zou verklaren waarom hij zich sinds zijn terugkeer zo vreemd had gedragen. Misschien zou hij ons verrassen door te onthullen dat hij zijn hart had verloren aan een jong meisje uit Muş en dat hij daarom niet mee wilde naar Hemgin.

'Wat er met mij aan de hand is? Wat is er met jou aan de hand?' vroeg mijn broer fel. 'Jij bent degene die zo dom is geweest het vee voor een belachelijke prijs te verkopen.'

Mijn moeder veegde het meel bij elkaar tot een klein hoopje en schepte het met haar hand weer in de pot. Ze kwam briesend overeind en keek mijn broer woedend aan. 'Wat heeft apo gedaan om zo'n brutale reactie van jou te krijgen? Toon eens wat respect!' Ze zag dat haar zoon haar niet aankeek. 'Yusuf! Kijk me aan als ik tegen je praat!'

Zonder zijn minachting te verbergen, zei hij: 'Waarom zou ik? Hij respecteert mij toch ook niet?'

Mijn moeder riep: 'O, Allah, geef mij geduld. Omdat hij je vader is en jij zijn zoon bent! Zo simpel is het. Begrepen?'

Hij keek haar aan alsof ze een vreemdeling was die zich ongevraagd in zijn leven mengde. 'Laat me met rust. Laten jullie me allemaal met rust. Ik heb genoeg van jullie!'

Niet eerder had ik mijn broer zo tekeer zien gaan tegen mijn ouders. Even was ik bang dat hij hen zou aanvliegen, en toen hij met dreigende stappen op mij afliep vreesde ik dat hij bij mij zou beginnen. Ik deed snel een stap opzij maar kon niet verhinderen dat hij me in het voorbijgaan hard aanstootte met zijn schouder. Met grote kracht sloeg hij de deur achter zich dicht.

Die avond pakte ik mijn schrift. Ik schreef een paar woorden op en kraste ze meteen door. Ik bleef net zo lang krassen tot het papier scheurde. Daarna sloeg ik mijn schrift dicht. Ik vreesde dat ik binnenkort opnieuw afscheid moest nemen van mijn broer.

26

Ik zat op een krukje voor het huis en zag hoe de hemel roze kleurde. Straks zou het dorp alleen door een sterrenhemel verlicht worden. Dan bekroop me altijd een griezelig gevoel. Ik was bang in het donker, van kleins af aan al.

Ik hoorde mijn vader naderen op zijn krukken. 'Kom, we gaan naar Atilla,' zei hij. Ik draaide me om en keek hem verbaasd aan. 'We gaan het geld halen.'

Met het olielampje in mijn hand liepen we naar het huis van Atilla. In het donker liep mijn vader nog langzamer. Ik vroeg me af of het door mijn moeders woorden kwam dat we nu naar het huis van Atilla liepen, want ik vond het niets voor mijn vader om op dit tijdstip de nakoming van een afspraak te eisen. Het had iets akeligs om in het donker naar het huis van de slager te gaan. Misschien had hij zojuist een van onze schapen geslacht en was zijn vrouw nu het vlees aan het bakken.

Toen we voor het huis stonden, liep ik met slappe benen naar de deur en klopte aan. Hakan deed open en keek mij verbaasd aan. Hij leek iets te willen zeggen maar bedacht zich toen hij zag dat ik niet alleen was gekomen.

'Is je vader thuis?' vroeg mijn vader.

Hakan knikte. 'Wilt u binnenkomen?'

Ik volgde zwijgend mijn vader naar binnen. In de woonkamer zat Atilla onderuitgezakt als een vorst op een paar kussens. Hij dronk luid slurpend van zijn thee. Toen hij mijn vader zag, zei hij: 'Ah, wat een onverwacht genoegen, Selim bey. Neemt u toch plaats. Vrouw! Vrouw! Breng wat thee voor onze gasten. Hoor je me?' Toen er geen reactie kwam, gaf hij een klap op het achterhoofd van Hakan. 'Jongen, ga snel kijken waar die vrouw uithangt.' Hakan rende de kamer uit.

We namen plaats op de kussens tegenover Atilla.

'Zo, Selim bey, vertelt u eens, wat brengt u hier?'

Mijn vader wreef over de ruwe stoppels op zijn wangen. Ik verwachtte dat hij er eerst omheen zou draaien om daarna voorzichtig het doel van zijn bezoek toe te lichten. Maar hij kwam meteen ter zake. 'Ik kom mijn geld halen, Atilla.' Hij zei het in één adem. Had mijn moeder hem soms voorgedaan wat hij moest zeggen?

'Uw geld, aha.' Atilla nam weer luid slurpend een slok van zijn thee. 'Dat heb ik nu niet.'

'De afspraak was dat ik het vandaag zou krijgen.'

'Ja, maar ik heb het nu niet. De persoon van wie ik geld zou krijgen is niet komen opdagen. Ik verwacht dat ik hem morgen of overmorgen zie. Dus daar zult u op moeten wachten.' Hij grijnsde voldaan terwijl hij aan zijn weelderige snor plukte.

'Ik heb geen tijd, Atilla.'

'Waarom niet?'

'Ik heb het geld nu nodig.'

'Waarvoor?'

'We gaan over twee dagen verhuizen.'

'Ah, dat is een wijs besluit,' zei Atilla met een brede grijns.

Mijn vader reageerde niet.

'Ik vind het heel verstandig en moedig van u.'

'Het is zoals het is.'

'Ja,' zei Atilla met een verheugde blik.

De vrouw van Atilla holde de kamer in met een dienblad. Zonder iets te zeggen, zette ze twee kopjes thee neer voor mij en mijn vader en liep toen snel de kamer weer uit.

'Begrijp je dat ik mijn geld daarom nu nodig heb?'

'Natuurlijk, maar zoals ik al zei, ik ben daarvoor afhankelijk van een ander. U kent hem wel, Gazi. Hij bezoekt ons dorp zo nu en dan voor zaken. Die man is me een hoop geld verschuldigd.'

‘Atilla, het maakt me niet uit van wie je dat geld krijgt. Ik heb het nu nodig.’

‘U zult geduld moeten hebben.’

Ik dacht dat mijn vader het erbij zou laten en Atilla hem zou mogen betalen als hij het geld ontving. Maar hij zette door.

‘Geef me dan tenminste een deel van het geld.’

Atilla’s blik verstarde en zijn wenkbrauwen vertoonden een ongebruikelijke frons.

‘Geef mij nu een deel van het geld,’ herhaalde mijn vader dwingend. ‘Dan kom ik de rest later halen.’

‘Dat wordt lastig, vrees ik.’

‘Waarom?’

‘Ik kan weinig missen.’

‘Hoeveel?’

‘Hoogstens honderd lira.’

‘Atilla, dat is niets vergeleken met wat ik van je krijg.’

‘Maakt u zich geen zorgen, de rest krijgt u overmorgen.’

‘Beloof je dat?’ De stem van mijn vader klonk weer zwak, alsof hij zelf niet kon geloven dat hij het geld zou krijgen.

De grijns was weer terug op het gezicht van Atilla. ‘Natuurlijk beloof ik dat, Selim bey.’ Het geluid van zijn zware ademhaling vulde de woonkamer. Hij duwde een wijsvinger en duim in een neusgat en trok er vervolgens met een korte ruk een paar dikke neusharen uit. Zijn vingertoppen veegde hij af aan het kussen waarop hij zat waarna hij luid zijn neus ophaalde. ‘Vrouw! Breng de geldkist. Hoor je me? Vrouw!’ Weer kwam er geen reactie. Daarop brulde Atilla zo hard dat het leek of er een orkaan opstak in huis, maar mijn vader keek stoïcijns voor zich uit alsof hij alleen in de woonkamer zat en over zijn jeugd mijmerde.

Atilla’s vrouw holde de kamer in met een klein kistje. Ze overhandigde het hem met een vreemd soort ritueel waarbij ze door een knie zakte en met gebogen hoofd beide handen vooruitstak. Zonder iets te zeggen pakte Atilla de kist aan en haalde er een paar biljetten uit.

‘Hier heeft u vast honderd lira, Selim bey.’ Hij strekte zijn hand uit, maar mijn vader kon er onmogelijk bij komen zonder op te staan.

Zonder op een teken te wachten en voordat hij zich zou bedenken, schoot ik overeind en griste het geld in een snelle beweging uit Atilla's hand. 'Rustig maar, jongen,' zei hij.

Snel overhandigde ik het geld aan mijn vader en knikte naar hem ten teken dat ik weg wilde. Hij stond moeizaam op en zei: 'Ik kom de rest overmorgen halen.'

'Natuurlijk, Selim bey.'

Hakan was met zijn handen achter zijn rug in de hoek van de kamer blijven staan, wachtend op een nieuw bevel van zijn vader. Er school een zekere triestheid in zijn blik. Ik vroeg me af wat er van hem moest worden.

Zodra we buiten stonden, smeet Atilla de deur dicht zonder iets te zeggen. Opgelucht inhaleerde ik de koele geur van de avond. Ik hoorde het gesjirp van de krekels, en even had ik er vertrouwen in dat ons betere tijden wachtten en keek ik met minder zorgen naar de toekomst. In een opwelling kuste ik mijn vader op zijn wang. Hij grinnikte.

Langzamer dan op de heenweg liepen we terug naar huis. Het was verlaten op straat. Af en toe hoorde ik een deur dichtslaan en in de verte hoorde ik steeds een hond blaffen. Een man met een olielampje naast zich op de grond, rookte een sigaret voor een huis.

'Het kan met Atilla ook nooit gemakkelijk gaan hè,' zei mijn vader. 'Maar het komt goed.'

'Ja,' zei ik en hoewel ik blij was dat we een deel van het geld hadden gekregen, was ik er nog niet gerust op. 'Maar ik vertrouw hem niet. Zoals hij naar jou keek met die grijns van hem.'

'Ach, zo kijkt die man altijd.'

'Wat doen we als hij toch niet meewerkt?'

'Mehmet, in dit dorp houden we ons aan ons woord,' hij hijgde lichtjes. 'Bij Atilla kost het misschien iets meer moeite, maar hij zal uiteindelijk meewerken.' Hij stopte ineens met lopen. 'En, heb je al zin om naar Hemgin te gaan?' Hij wilde vast horen dat ik mijn aanvankelijke aarzeling had losgelaten. Maar als ik eerlijk was kon ik me er niets bij voorstellen. Het drong nog helemaal niet tot me door dat we Sobyan gingen verlaten, dat we ons huis zouden achterlaten om in Hemgin opnieuw te beginnen.

‘Ik... ik weet het niet, baba. Ik heb hier mijn vrienden.’ Toen ik dat zei, dacht ik aan Ali en aan de verrader Bilal die nu met Hakan optrok, en vroeg ik me af of dat nog wel waar was.

‘Zoals ik al zei, in Hemgin zul je nieuwe vrienden maken. Je zult zien hoe snel dat gaat.’

Misschien had mijn vader gelijk en was het tijd om nieuwe vrienden te maken. Vrienden die er altijd voor me zouden zijn en me niet hun rug toekeerden als het moeilijk werd. Maar toch voelde ik een steek in mijn borst bij de gedachte dat we ons dorp zouden verlaten.

Thuis had mijn moeder de bruine leren koffer tevoorschijn gehaald. De weinige kleren die we bezaten, had ze op een hoop gegooid om ze gevouwen in de koffer te leggen. Ze keek gespannen op en vroeg: ‘En, heb je het geld?’

Ik was benieuwd naar het antwoord van mijn vader.

‘Ja.’

Ik zag de verbaasde blik in haar ogen. ‘Echt waar?’

‘Ja, maar ik krijg nog een deel van het bedrag. Hij...’

‘Waarom zeg je dat niet meteen?’

‘Atilla geeft het me overmorgen.’

‘Overmorgen? Maar dan vertrekken we toch?’

‘Atilla krijgt nog geld van Gazi.’

Ze zuchtte. ‘Ik had ook gewoon mee moeten gaan.’

‘Aşme, hij had het geld nu niet. Wat had ik dan moeten doen?’

Vanuit de deuropening klonk ineens de ruwe stem van mijn broer. ‘Dat geld kun je wel vergeten.’

27

Midden in de nacht stond ik voor ons huis met een olielamp in mijn hand. In de verte hoorde ik gegrom maar ik kon niet naar binnen omdat de deur op slot was. Ik sloeg wild met mijn handen op de deur en probeerde om hulp te schreeuwen, maar er kwamen alleen gesmoorde keelklanken uit mijn mond. Plotseling kwam er vanuit de duisternis een donkere schim op me afgestormd. Ik verstijfde en drukte mijn lichaam tegen de deur. Maar toen de schim mijn naam riep, voelde ik opluchting en blijdschap tegelijk. In het schijnsel van de olielamp zag ik pas dat zijn kleren gescheurd waren. Zijn gezicht en hals zaten onder de diepe schrammen.

'Ali,' riep ik verschrikt. 'Wat is er met je gebeurd?'

'O Mehmet, het was vreselijk. Ik ben onderweg aangevallen door wilde beesten. Ik dacht dat ik dood zou gaan.'

Ik keek vertwijfeld naar de deur. 'Als mijn ouders eindelijk opendoen, kunnen we naar binnen en zijn we veilig. Ali, waar was je al die tijd? Ik heb je gemist.'

'Ik was op zoek naar mijn vader,' zei hij. 'Ik was niet boos op jou.'

Op het moment dat ik hem naar me toe wilde trekken om hem te omhelzen, hoorde ik een enorm gebrul. Toen ik verschrikt opkeek zag ik een beer met wijd opengesperde bek boven Ali uit torenen. Vlak voordat hij zich op Ali wierp, werd ik schreeuwend wakker.

Die ochtend rende ik na het ontwaken meteen naar het huis van Ali. Het was een wolkeloze ochtend en ondanks dat het vroeg was, was het al warm. Toen ik voor zijn huis stond, trof ik opnieuw een dichte deur. Zonder me te bedenken begon ik hard op de deur te kloppen terwijl ik luid 'Ali! Ali!' riep. Maar hoelang ik ook klopte, er gebeurde niets. Verslagen ging ik met mijn rug tegen de deur zitten. Na een tijdje bedacht ik dat ik de ruzie had kunnen voorkomen door geduldiger te zijn. Ik had moeten weten dat het voor Ali moeilijk was om over zijn overleden vader te praten, dat het anders was om je vader nooit gekend te hebben dan je vader gewond te zien. Uit wroeging legde ik mezelf de straf op om net zo lang voor zijn deur te wachten tot hij zou terugkeren. Maar al snel deed mijn achterwerk pijn van de harde grond en begon mijn maag te rommelen. Ik vroeg me af wanneer ik mezelf zou toestaan om op te geven, wanneer ik ongestraft mocht weglopen zonder voor altijd met een brandend schuldgevoel te blijven zitten. Misschien waren er twee uren verstreken toen ik besloot dat ik er niet meer tegen kon. Ik stond op en slenterde naar huis.

Mijn moeder rende opgewonden door het huis. Ze verzamelde het bestek en de borden en schoof de potten met fruit en brood onrustig heen en weer. Elida achtervolgde haar door het hele huis. Mijn broer zat onderuitgezakt op het witte kleed met zijn rug tegen de muur. Hij was tot mijn verbazing niet vroeg vertrokken zoals gewoonlijk. Mijn vader zat naast hem en wreef over zijn stompje. Toen hij me opmerkte vroeg hij of ik al wat gegeten had. Ik schudde mijn hoofd.

'Ga snel zitten, dan maakt daye wat voor je klaar. We kunnen ieder moment bezoek krijgen.'

'Bezoek?'

'Ja, mensen die afscheid van ons willen nemen.'

Daar had ik niet bij stilgestaan. Nu Ali er niet was, had ik het liefst het dorp in alle vroegte verlaten zonder ook maar iemand te zien of de hand te schudden.

Terwijl ik op een droog stuk brood kauwde, stond het oude echtpaar Kaya ineens in de deuropening. De twee breekbare mensen groetten ons en schuifelden zonder op een reactie te wachten naar binnen. Meneer Kaya had een rond buikje en pretoogjes, maar zijn vriendelijke voorkomen was bedrieglijk want hij kon genadeloos uitvallen naar wie het waagde hem tegen te spreken. Hij was nauwelijks groter dan zijn vrouw, die een dik wollen vest droeg hoewel het buiten snikheet was.

'Selam,' zei mijn vader. Hij fluisterde dat ik mevrouw Kaya moest helpen te gaan zitten. Ik stond snel op en pakte de oude vrouw bij haar arm en begeleidde haar naar een kussen waarop ze moeizaam plaatsnam. Toen ik omkeek, zag ik dat mijn broer er niet meer zat. Hij was weggelopen zonder iets te zeggen. Mijn moeder onderbrak haar werkzaamheden om het echtpaar welkom te heten. Hoewel ze wist dat mijn vader er een hekel aan had, kuste ze hun hand. Toen mijn vader haar er een keer op aan had gesproken, zei ze dat hij zich daar niet mee moest bemoeien. 'Ik kus niet zomaar ieders hand, maar alleen die van oude mensen die ik respecteer.'

Terwijl mijn moeder thee inschonk, wisselde mijn vader beleefdheden uit met meneer Kaya, die somber knikte. Op een gegeven moment viel er een stilte die zo lang aanhield dat het ongemakkelijk werd.

'Waarom gaan jullie eigenlijk weg?' vroeg de oude man plotseling.

Mijn vader schraapte zijn keel overdreven en zei op opgewekte toon: 'Het is tijd voor iets anders. In Hemgin heb ik een groot stuk land.' Hij zweeg even en zei: 'Ik heb het vee verkocht aan Atilla.'

'Aan die bedrieger?'

'Hoe bedoel je?'

'Hij is een bedrieger,' bromde meneer Kaya streng. 'Wat valt daar niet aan te begrijpen? Een grotere schurk heb ik niet ontmoet in mijn leven. Met zo iemand doe je geen zaken!'

Ik zag dat mijn vader naar woorden zocht. 'Misschien niet onder eh... normale omstandigheden. Maar nu heb ik niet veel keus.'

'Onzin, je hebt altijd een keus, Selim!'

'Gelooft u me, ik had het liever ook niet gedaan.'

Toen werd er weer een hele tijd gezwegen. Meneer Kaya keek voor zich uit. Mijn vader wreef zo nu en dan onopvallend over zijn stomp. Plotseling stond meneer Kaya op, boog zich voorover en gaf mijn vader een hand. 'Je maakt een grote fout, jongen. En je gezin zal er het slachtoffer van worden. Denk goed na, er is nog een weg terug.' Hij zweeg even alsof hij de woorden goed tot mijn vader wilde laten doordringen. 'En als je toch zo koppig bent om te gaan, moge Allah er dan voor zorgen dat jullie weg open en zonder hindernissen zal zijn. Moge Allah jullie zegenen.'

Toen ze weg waren, merkte ik dat mijn vader er vermoeid uitzag. Hoewel ik het antwoord op de vraag wist, vroeg ik of hij ooit was teruggekeerd naar zijn geboortedorp.

'Nee, Mehmet. Ik ben al heel lang niet meer in Hemgin geweest.'

'Wonen er nog mensen die je kent?'

'Hemo,' zei mijn vader terwijl hij afwezig voor zich uitkeek. Het leek alsof hij een weggestopte herinnering herbeleefde. 'Hemo woont er nog.'

Natuurlijk. Hemo had mijn vader meegenomen naar Sobyan en de hand van mijn moeder gevraagd, en haar daarna met hem en zijn broer geschaakt. Mijn vader had altijd gezegd dat Hemo een soort vader voor hem was, de vader die hij eigenlijk nooit had gehad. In al die jaren was hij slechts een keer bij ons op bezoek geweest. Ik was toen een jaar of vijf en kon me er weinig van herinneren.

'Weet hij dat je komt?'

Mijn vader keek me verbaasd aan en zei toen onverwacht fel: 'Natuurlijk niet! Ik heb hem toch al jaren niet gezien.'

Ik schrok van zijn reactie, maar wilde het niet laten merken. Snel stelde ik er een onschuldige vraag achteraan. 'Hoe oud is Hemo?'

'Hemo is oud, mijn zoon. Hij is denk ik net zo oud als je grootvader Miran nu geweest zou zijn.'

Ik durfde het niet te vragen maar dacht het wel. Leefde Hemo nog?

'Ik weet wat je denkt,' zei mijn vader. 'Maar Hemo is een sterke man. Ik weet zeker dat hij nog leeft.'

Een echtpaar dat ik alleen van gezicht kende, stond in de deuropening. Maar ik had geen zin om nog een gesprek over ons vertrek aan te horen en liep snel naar de gang richting de stal. De zware geur van mest en hooi kwam me tegemoet. De stal waar ik vele uren van mijn leven had doorgebracht, was leeg en voelde niet meer warm en broeierig. De stilte paste niet bij de ruimte waar altijd het hoefgetrappel van de koeien en het geblaat van de schapen had geklonken. Ik ging op het krukje zitten waarop mijn moeder altijd zat als ze de geiten molk en dacht aan de keren dat Ali en ik in de stal hadden gespeeld. Met gesloten ogen inhaleerde ik de geur van de stal. Ik zag de beelden die voor mij bij deze plek hoorden, en ik hoorde de geluiden van de beesten weer. Meer dan alles zou ik de stal en de dieren missen. Ik duwde mijn gezicht in mijn handen en huilde terwijl ik alles en iedereen vervloekte: Atilla, Ibrahim, de dokter en alle dorpelingen die mijn vader niet hadden tegengehouden toen hij de steen optilde die zijn been zou verbrijzelen. Zij hadden allemaal een aandeel in wat hem was overkomen. En ik was boos op God. Hij had het laten gebeuren. Hij had ons in de steek gelaten en zich geen moment om ons bekommerd. En nu moesten we ons dorp verlaten om opnieuw te beginnen.

'Wat doe je, bao?' Elida was stilletjes de stal ingeslopen.

'Niets,' zei ik terwijl ik wegkeek.

'We gaan morgen weg hè?' zei ze verheugd.

Ik knikte terwijl ik me moest bedwingen om niet te zeggen dat ik bang was voor wat ons te wachten stond. De waarschuwing van meneer Kaya dat mijn vader een grote fout maakte, weerklonk nog in mijn hoofd. En hoewel ik op dat moment het liefst mijn twijfels had uitgeschreeuwd, speelde ik de verstandige broer.

Nadat alle gasten waren vertrokken, stond mijn moeder op en zei dat ze zo terug zou komen. Zonder antwoord te geven op mijn vaders vraag waar ze heen ging, liep ze de deur uit.

Terwijl we bleven zitten, vroeg ik me af of mijn vader ook opzag tegen ons vertrek of zich er juist op verheugde om Hemo weer te zien.

'Waar is Yusuf?'

Ik haalde mijn schouders op.

'Als hij maar niet te laat thuiskomt. We vertrekken morgenvroeg.'

Voor mijn broer zou het waarschijnlijk weinig uitmaken als hij ons niet meer zou zien, dat was tijdens zijn verblijf in Muş wel duidelijk geworden. Maar hoewel we uit elkaar waren gegroeid, hoopte ik dat hij mee zou gaan naar Hemgin. In een nieuwe omgeving waar we allebei niemand kenden, zouden we misschien weer naar elkaar toe groeien.

Stampvoetend liep mijn moeder naar binnen. Ze was doorweekt van de regen. 'Ongelooflijk, wat een hond!'

Mijn vader schoot overeind. 'Aşme, wat is er gebeurd? Over wie heb je het?'

'Atilla, die schurk.'

'Heeft hij je wat aangedaan?' Mijn vader probeerde snel op te staan maar verloor zijn evenwicht en viel terug op zijn kussen.

'Ik ben naar hem toegegaan om ons geld op te eisen, maar die bedrieger weigerde me te woord te staan.' Haar stem sloeg over. 'Hij zei: "Ik doe alleen zaken met uw man." Kun je het geloven? Kun je het geloven, Selim?'

Mijn vader sloeg met zijn vlakke hand op de grond. 'Waarom ben je ook naar hem toe gegaan, Aşme? Dit zijn mijn zaken. Ik handel dit af!'

'Hoe, Selim? Door hier te zitten wachten tot hij het geld in je zakken komt duwen? Word wakker, als we nu niets doen, krijgen we het geld nooit!'

'Je maakt je zorgen om niets.'

Mijn moeder hief haar armen ten hemel. 'Jij domoor! Doe niet alsof er niets aan de hand is. Jij wilt morgen vertrekken terwijl die man ons heel veel geld verschuldigd is. Morgenochtend staat Ibrahim hier met de paardenwagen. Morgen vertrekken we. Het moet nu gebeuren. Nu!'

Mijn vader staarde naar de grond en wreef zachtjes over zijn stompje. Hij kuchte en zei: 'Goed, goed, dan ga ik nu wel naar Atilla.'

'Baba, ik ga mee,' zei ik.

'Nee,' zei hij resoluut. 'Ik ga dit keer alleen. Dit is iets tussen Atilla en mij.'

'Maar baba, ik...'

'Nee, Mehmet!'

Hij kwam moeizaam overeind. Ik reikte hem zijn krukken aan waarna hij traag naar buiten schuifelde. Mijn moeder liep hem achterna.

'Maar Selim, het regent hard, wacht tot het ophoudt.'

Zonder te reageren liep hij verder.

'Selim!'

Mijn moeder en ik keken hem vanuit de deuropening na. Mijn gekrompen en verzwakte vader ging in de stromende regen verhaal halen bij de beul van het dorp.

'Zal ik achter hem aan gaan?' vroeg ik.

'Nee,' antwoordde ze. 'Jij blijft hier.'

We bleven in de deuropening wachten in de hoop dat hij snel zou terugkeren. Ik probeerde me voor te stellen hoe zijn bezoek zou verlopen. Mijn vader zou in de deuropening van het slachthuis wachten tot Atilla hem zou opmerken. Pas na een tijd zou hij zijn keel schrapen en de naam van de slager nauwelijks hoorbaar uitspreken. Atilla zou traag opkijken, zijn grijns tonen en op zijn karakteristieke manier vragen: 'Selim bey, wat brengt u hier?' Mijn vader zou hem opnieuw vriendelijk uitleggen dat we morgenvroeg vertrokken en dat hij zijn geld nodig had. Hij zou alsjeblieft zeggen. Twee keer. Aan wat er daarna zou gebeuren, durfde ik niet te denken.

De hemel brak open zoals ik dat niet eerder had gezien. Ik ging in kleermakerszit zitten en keek naar de donkere wolken en de dikke druppels die overal diepe plassen veroorzaakten. Het ging steeds harder regenen. En er stak een ijzige wind op die de regen in mijn gezicht blies. Ik begon te rillen en liep naar binnen om een trui aan te trekken. Toen ik weer in de deuropening stond, zag ik dat de plassen een stroompje hadden gevormd dat vlug begon uit te dijen. Binnen de kortste keren was het veranderd in een riviertje dat steeds sneller door de straten stroomde en alles op zijn weg met zich mee leek te spoelen.

Mijn moeder keek onrustig om zich heen. 'O Selim,' jammerde ze. 'O Selim, waar blijf je toch?'

'Ik ga kijken voordat hem wat overkomt,' zei ik.

'Nee, Miran!'

Ze probeerde me vast te grijpen maar ik was haar te snel af. Ik sprong de regen in en voelde meteen hoe mijn voeten wegzakten in de modder en mijn slofjes bleven steken. Ik rende op blote voeten verder terwijl het leek of alle regen die op ons dorp viel zich in een dikke bundel op mij had geconcentreerd. Ik was al snel doorweekt en waadde huiverend door de kleine rivier die plotseling door de dorpsstraat stroomde. Het koude water kwam tot aan mijn schenen en hoewel het nog middag was, was het aardedonker. Hijgend rende ik verder tot ik een silhouet in de verte zag. Toen ik dichterbij kwam, zag ik dat de donkere figuur stilstond en op krukken steunde. Ik rende nog harder dan ik al deed. Het was alsof mijn vader wachtte tot de rivier hem zou meesleuren en van al zijn problemen zou verlossen. Zijn gezicht zat onder de modder en hij klappertandde hevig.

Ik pakte hem bij zijn arm. 'Baba, gaat het?'

Uitgeput wierp hij zich op me. Ik voelde hoe zijn lichaam beefde.

'Wat is er gebeurd?'

Hij reageerde pas toen ik de vraag herhaalde. 'Gevallen...' zei hij terwijl hij zijn hoofd in mijn hals duwde alsof hij zich aan me wilde warmen. 'Naar huis, Mehmet... naar huis.'

Ik pakte een kruk zodat hij met zijn linkerarm op mij kon steunen. En terwijl de stortregen op ons neerdaalde, voelde ik hoe zijn magere lichaam schokte. Het drong toen pas tot me door dat hij veel minder goed van de ingreep was hersteld dan hij ons wijs had gemaakt. En ik besefte dat hij ondanks mijn moeders smeekbeden nog minder at dan voor zijn ongeluk.

Mijn moeder schreeuwde toen ze ons zag naderen. 'Selim, Selim! Wat is er gebeurd?'

'Rustig... Aşme,' zei mijn vader met een krachteloze stem.

Binnen sloeg ze een deken over zijn schouders en met een doek veegde ze zijn gezicht schoon. Daarna wreef ze krachtig over zijn rug tot hij kreunend riep dat ze moest ophouden. Ze zette een pot thee, deed er flink veel honing en citroen in en dwong hem, ondanks zijn protesten, het zo warm mogelijk op te drinken.

'Goed,' zei ze na een tijdje. 'Wil je nu vertellen wat er gebeurd is bij Atilla?'

Mijn vader nam een slok van zijn thee. Hij begreep dat ze net zo lang zou doorgaan tot hij woord voor woord vertelde wat zich bij de slager had afgespeeld.

'Ik heb gezegd dat ik het geld nu wil hebben,' zei hij rustig. 'En zoals ik verwachtte antwoordde hij dat hij het niet had. Hij gaat vanavond naar het dorp van Gazi om het te halen. Ik zei daarop dat ik morgenvroeg weer langskom.'

'En jij gelooft hem?' vroeg mijn moeder.

'Wat moet ik anders?'

'O Allah, geef ons toch wijsheid!' Mijn moeder sloeg haar handen vertwijfeld op haar hoofd. 'Ik weet het ook niet. Ik hoop dat die vuile bedrieger zijn woord nakomt.'

En terwijl mijn vader zijn thee opdronk, vreesde ik dat ik geen afscheid van Ali zou kunnen nemen. Ik kon me niet voorstellen dat hij tijdens het noodweer zou terugkeren. Er moest een wonder gebeuren, wilde ik hem nog zien.

28

Er werd op de deur geklopt. Ik schoot overeind in bed en dacht dat het mijn broer was die midden in de nacht thuiskwam. Maar toen ik me omdraaide, zag ik dat hij naast me lag te slapen. Ik had hem niet horen thuiskomen.

'Goedemorgen, Ibrahim,' zei mijn moeder. 'Kom binnen.'

Het was zover. Opgewonden stootte ik mijn broer aan, maar hij kreunde en zei dat ik hem met rust moest laten. Toen ik hem een tweede keer aanstootte, mompelde hij dat hij me een klap zou verkopen als ik hem nog een keer aanraakte. Ik draaide me om naar mijn andere kant waar Elida opgerold als een egeltje lag te slapen. Ik bracht mijn mond naar haar oor en fluisterde: 'Opstaan, Elida. Het is tijd.' Daarna gaf ik haar een kus op haar wang. Mijn eigen opgewektheid verbaasde me.

'Opstaan, kinderen!' schreeuwde mijn moeder terwijl ze hard in haar handen klapte. 'Maak je klaar voor vertrek.'

Mijn vader rookte een sigaret op zijn vertrouwde plek alsof er niets aan de hand was, alsof we niet op het punt stonden ons leven om te gooien omdat hij had besloten te verhuizen. Ik keek hem verwonderd aan. Waar was hij met zijn gedachten?

Ik rende naar de deur. De zon scheen uitbundig en van het riviertje in de straat was geen spoor meer te bekennen. Hier en daar waren er alleen een paar plassen. Het paard van Ibrahim stond ongeduldig voor de wagen te trappelen. Hij brieste en schoof met zijn hoeven over de modderige grond.

'Miran,' zei mijn moeder. 'Jij en apo gaan straks naar Atilla.'

Het leek alsof iemand ineens mijn keel dichtkneep: de laatste confrontatie met de slager wachtte nog. Het moment was aangebroken om de beul van Sobyan aan zijn belofte te houden.

'Hij hoeft niet mee,' zei mijn vader.

'Selim, je ziet wat er gisteren is gebeurd.'

'Gisteren was het noodweer, ik red het nu wel in mijn eentje.'

'Maar Selim...'

'Nee, Aşme! Dit is iets tussen Atilla en mij.'

Hoewel ik geen zin had om Atilla te zien, gaf ik mijn moeder gelijk. Er moest iemand met hem meegaan. Toen hij naar de deur liep, waar Ibrahim als een standbeeld was blijven staan, besloot ik hem zo onopvallend mogelijk te volgen. Mijn vader gaf Ibrahim een hand en omhelsde hem toen ineens. Het zag er vreemd uit, alsof hij zich als een gewonde op hem wierp. Ibrahim klopte hem ongemakkelijk op zijn rug.

'Zal ik meegaan?' vroeg hij.

'Nee, dat is niet nodig,' zei mijn vader waarna hij naar buiten schuifelde en zijn hoofd naar de zonnige hemel hief. 'Het is een mooie dag voor een reis,' zei hij. Ibrahim knikte.

Toen hij een eind de straat in was gelopen, liep ik zonder iets tegen Ibrahim te zeggen achter hem aan. De hitte van de ochtendzon overviel me. Ik hield een hand voor mijn ogen, tuurde de straat in en zag mijn vader in een kalm tempo richting het slachthuis lopen. Af en toe stond hij stil en veegde met zijn hand over zijn voorhoofd, daarna liep hij verder alsof hij de tijd aan zijn zijde had en wij niet op het punt stonden aan een ongewis avontuur te beginnen. Toen ik langs het huis van Ali liep, stopte ik even. De deur was nog steeds dicht. Ik kon me niet voorstellen dat hij nu wel thuis was. Toch twijfelde ik een moment of ik moest aankloppen. Misschien was hij wel vroeg in de ochtend teruggekeerd of was hij gisteren vlak na het noodweer thuisgekomen. Ik keek om in de richting van mijn vader en zag tot mijn schrik dat hij al bijna bij het huis van Atilla was. Zonder me te bedenken rende ik snel achter hem aan. Vlak voordat ik bij hem was, klopte hij op de deur. Vol onschuldig vertrouwen wachtte mijn vader voor het huis dat altijd naar kadavers stonk en waar ledematen van gewonden werden gespalkt. Gespannen hield ik mijn adem in. Ieder moment kon Atilla de deur opentrekken en hem vragen wat hem bezielde om hem zo vroeg te wekken. Ik zette me schrap, maar er gebeurde niets. Mijn vader deed weer een stap naar voren en klopte nu drie keer hard aan. Mijn hartslag versnelde en ik voelde dat mijn hemd aan mijn rug plakte, maar er gebeurde weer niets. Mijn vader klopte voor de derde keer op de deur en riep nu ook de naam van de slager.

'Atilla! Doe open,' schreeuwde hij. 'Ik weet dat je thuis bent. Ik kom mijn geld halen!'

Hij had niet door dat ik achter hem stond.

'Atilla! Atilla!'

Hij bleef zijn naam hardop uitschreeuwen tot zijn lichaam lichtjes begon te schokken. Weer stapte hij naar voren, maar dit keer klopte hij niet aan maar sloeg hij met zijn krukken tegen de deur. Eerst met zijn rechterkruk en daarna met de linker. Om beurten beukten zijn krukken op de deur. Het waren doffe dreunen tegen het massieve hout. 'Atilla! Je hebt het me beloofd! Doe open!' De wanhoop klonk door in zijn stem.

Ik wilde mijn vader vastpakken en zeggen dat het geen zin had, maar ik bleef lijdzaam toekijken hoe hij keer op keer met zijn krukken tegen de deur sloeg.

'Atilla, wat moet ik mijn vrouw en kinderen vertellen? Doe open!' Hij begon te snikken. Mijn vader begon hardop te snikken.

'ATILLA!'

Voordat hij zijn rechterkruk had neergezet, leunde hij er met zijn volle gewicht op. De kruk schoot onder hem vandaan waardoor hij hard op zijn rechterschouder viel en met zijn hoofd tegen de grond klapte. Het leek alsof er iets in mij scheurde, alsof mijn ingewanden van hun plaats schoven en tegen elkaar werden gedrukt.

'Baba! Baba!' schreeuwde ik en bracht mijn gezicht naar het zijne. 'Baba, gaat het?' Ik streelde over zijn wang.

Hij kreunde terwijl hij zijn ogen opende en overeind probeerde te komen. Ik hield hem tegen. 'Baba, wacht, je bent gevallen. Heb je veel pijn?'

'Nee... het gaat. Help me overeind.'

Ik trok hem overeind. Op zijn rechterslaap had hij een flinke schram.

'Daye zal woest zijn als ze hoort dat hij er niet was.'

'Maar je kunt er niets aan doen.'

'Jawel, ik ben stom geweest,' zei hij. 'Ik had hem nooit zonder betaling de dieren mogen geven. Ik had hem nooit mogen vertrouwen. Verdomme!'

'Baba, we krijgen ons geld wel.'

Terwijl de zon steeds feller begon te schijnen, liepen we met gebogen hoofd terug naar huis.

'We gaan niet weg,' zei mijn vader even later tegen mijn moeder. 'Atilla was er niet.'

Zelden had ik haar zo verbijsterd zien kijken. 'Die schoft! Die onbeschaamde schoft! Wat moeten we nu beginnen, Selim?'

'We wachten tot hij er weer is,' zei mijn vader. 'Het kan niet lang duren. Hij is nooit lang weg.' Hij keek Ibrahim aan. 'Kunnen we misschien later op de dag vertrekken?'

Ibrahim nam een diepe trek van zijn sigaret en fronste zijn dikke wenkbrauwen. Het was alsof hij iets duidelijk wilde maken wat hij niet hardop durfde uit te spreken. 'Selim, Hemgin is ver. Als we later vertrekken, lukt het me niet om voor de avond terug te zijn in Sobyan. Laten we morgen vertrekken.'

Mijn vader keek alsof hij zojuist te horen had gekregen dat zijn andere been er ook af moest. Ik begreep niet waarom hij het zo erg vond later te vertrekken. Had hij soms zo'n afkeer ontwikkeld jegens ons dorp dat hij er geen dag langer wilde doorbrengen?

'Dat is mooi,' zei mijn moeder. 'Dat geeft ons genoeg tijd. We moeten er alles aan doen om het geld vandaag te krijgen. We mogen niet weer tot de ochtend wachten.'

Ik liep de hele dag door het dorp om Atilla te vinden. Maar waar ik ook keek, nergens kwam ik hem tegen. Meerdere malen liep ik langs zijn huis en het slachthuis, maar telkens trof ik een gesloten deur aan. Ook de deur van Ali's huis bleef gesloten. Mijn vader zat op het krukje voor ons huis. Hij keek steeds in de richting van het slachthuis zonder een moment met zijn ogen te knipperen, alsof hij bang was het grote lichaam van Atilla juist op dat moment te missen.

’s Avonds, toen een deken van stilte over het dorp was gevallen en zelfs het geluid van de krekels was uitgestorven, sommeerde mijn moeder mijn vader en broer om naar Atilla te gaan. Maar mijn broer maakte zonder op te kijken een hooghartig wegwerpgebaar alsof hij een opdringerige bedelaar van zich afhield. Zelfs mijn vader keek hem versteld aan. Voordat mijn moeder de kans kreeg hem tot de orde te roepen, greep ik de olielamp en knikte naar mijn vader. Even later liepen we zwijgend naar het huis van de slager. Ik vermoedde dat mijn vader op dat moment hetzelfde dacht als ik: dat het zinloos was, dat er toch niet opengedaan zou worden, maar dat we het moesten proberen om later te kunnen zeggen dat we er alles aan gedaan hadden. Ik sloeg een paar keer zonder angst op de deur, maar er gebeurde niets.

‘Zie je wel,’ zei ik. ‘Hij is er niet.’

‘Klop nog een keer aan,’ zei mijn vader.

Ik klopte aan, maar er kwam geen enkel geluid uit het huis. Mijn vader sloeg vloekend met zijn kruk op de grond en net toen we wilden weglopen, ging de deur ineens open.

‘Selim bey,’ mompelde Atilla verbaasd kijkend. Het leek of hij net uit bed was gekomen. De reusachtige man had een strakke pyjama aan die op elke mogelijke plek knelde, alsof hij per ongeluk de pyjama van zijn zoon had aangetrokken. Zijn haar stak alle kanten uit en hij wreef verward over zijn hoofd.

‘Atilla, ik vind het vervelend je zo laat nog lastig te moeten vallen,’ zei mijn vader. ‘Maar je was er vanochtend niet om onze zaken af te ronden.’

‘Het spijt me,’ zei Atilla met een bedrukt gezicht. Ik wist niet wat ik hoorde, het leek of hij het meende. ‘We waren in het dorp van Gazi, maar die schoft heeft zijn woord niet gehouden. Hoe ik ook op hem heb ingepraat, hij heeft me niet betaald.’

‘Ik kan niet wachten op Gazi,’ zei mijn vader ineens stellig. ‘Ik wil mijn geld nu hebben.’

Atilla keek mijn vader onderzoekend aan. ‘Ik begrijp het niet, Selim bey. Waarom wilt u Sobyan eigenlijk zo snel verlaten? Waarom heeft u zoveel haast?’

‘Dat zijn mijn zaken,’ zei mijn vader. Hij zuchtte. ‘Het is al laat,

Atilla, laten we elkaar niet langer ophouden. Geef me mijn geld, dan laat ik je verder met rust.'

'Zoals ik al zei, Gazi...'

Mijn vader onderbrak hem meteen. 'Nee, Atilla, ik heb niets met Gazi te maken. Gazi is jouw probleem, niet het mijne. Ik heb niets meer om mijn gezin mee te onderhouden, geen geld, geen vee, niets. Kom je afspraak na zodat we kunnen vertrekken.'

'Ik weet niet wat ik moet zeggen, Selim bey.'

'Je hoeft niets te zeggen. Geef me gewoon alles wat je hebt.'

Atilla zuchtte diep en zei toen: 'Goed, blijf hier, ik pak de geldkist.'

Hij riep zijn vrouw dit keer niet maar pakte het geld zelf. Sneller dan ik had verwacht, keerde hij terug. Hijgend zei hij: 'Hier heb je tweehonderd lira, meer heb ik niet.'

'Dat is niet genoeg, Atilla. Ik krijg nog veel meer van je.'

'Dat weet ik, maar dit is alles wat ik op dit moment heb.'

Atilla liet ons het geldkistje zien en keerde hem zelfs om. 'Kijk maar, hij is helemaal leeg.' Hij legde een hand op de schouder van mijn vader en zei: 'Pak alsjeblieft dit geld, Selim. Samen met het bedrag dat ik je laatst gaf, redden jullie het hier voorlopig wel mee. Als ik de rest van het geld heb, kom ik het persoonlijk naar Hemgin brengen. Dat beloof ik. Ik moet daar toch zijn voor zaken.'

Mijn vader keek hem met samengeknepen ogen aan. Ik zag dat hij hem niet geloofde. 'Ik heb niets aan een belofte.'

Atilla keek hem niet-begrijpend aan.

Mijn vader was vastbesloten. Hij zou nu niet loslaten, hij drukte door. 'Zweer het op het leven van je zoon.'

Atilla slikte even. 'Ik zweer het zelfs op het leven van mijn vrouw.'

Mijn vader knikte opgelucht. 'Goed, Atilla. Ik verwacht je dan snel in Hemgin. Laat me niet terugkeren naar Sobyan voor mijn geld.'

En toen was er weer die grijns bij Atilla. 'Natuurlijk, Selim bey,' zei hij en hij stak zijn hand uit naar mijn vader. 'Goede reis!'

29

Het was opnieuw een stralende ochtend. Mijn moeder had de bruinleren koffer en een paar potten en kruiken in de paardenwagen geladen. En in de hoek van de wagen had ze een paar dekbedden en matrassen op elkaar gestapeld. We stonden op mijn broer te wachten.

Tot mijn vaders schrik had mijn moeder de avond ervoor gedreigd om niet mee te gaan naar Hemgin. Ze vond dat we pas konden vertrekken als we al ons geld hadden ontvangen. Mijn vader voerde aan dat het juist van goede wil van Atilla getuigde dat hij een tweede deel van zijn schuld had betaald, en dat hij op het leven van zijn vrouw had gezworen dat hij de rest van het geld naar Hemgin zou komen brengen. Mijn moeder had gezegd dat dat niet zo moeilijk was met zo'n vrouw. Daarop had mijn vader haar streng aangekeken en gezegd dat het verkeerd was om zo over die onschuldige vrouw te praten. Hij voegde er strijdvaardig aan toe dat hij naar Sobyan zou teruggaan als Atilla het geld niet zou komen brengen. Daarna speelde hij zijn laatste troef uit. Hij zei dat Ibrahim ons alleen de volgende dag kon vervoeren omdat hij de dag erop met zijn gezin naar familie in een ander dorp zou gaan, en daar een week en mogelijk langer zou blijven. Ik wist niet of dat waar was. Ik wist ook niet of mijn vader Atilla vertrouwde. Ik wist alleen dat hij Sobyan zo snel mogelijk wilde verlaten.

'Alsjeblieft, Aşme, zo lang houd ik het hier niet meer uit,' had hij gezegd zonder de wanhoop in zijn stem te verbergen. 'Ik kan elk moment doordraaien.'

Tot mijn verbazing had mijn moeder daarop hoofdschuddend ingestemd.

'Vertrekken we zo?' vroeg Ibrahim.

Mijn vader knikte. 'Ja, we wachten alleen nog op Yusuf.' Hij glimlachte naar mijn moeder, maar ze wendde haar blik af en riep mijn broer.

Even later verscheen hij in de deuropening. 'Ik ga niet mee!' schreeuwde hij terwijl hij naar voren stapte. 'Ik ga terug naar Muş. Hebben we al die jaren zo hard gewerkt om de dieren voor niets weg te geven?' Hij wees naar mijn vader. 'Ja, vlucht maar voor je problemen! Vlucht maar terwijl die schurk ons nog geld verschuldigd is. Achter je rug om lacht hij je uit. Het hele dorp lacht je uit, ik heb ze wel gehoord. Je bent een lafaard!'

Ik zag hoe mijn vader voor mijn ogen kromp alsof hij geslagen werd met een riem. Hij stamelde: 'Nee, Yusuf... dat... dat is niet waar.' Meer wist hij niet uit te brengen. Hij was niet voorbereid op deze verachtelijke uithaal van zijn eerstgeborene.

'Ontken het niet! Wij moeten ons dorp verlaten omdat jij wegloopt voor je problemen,' zei hij. 'Je bent een lafaard!'

Ik wilde naar mijn broer schreeuwen dat hij op moest houden, en dat hij het recht niet had onze vader zo toe te spreken. Maar ik durfde niet. Zijn woede beangstigde me.

'Yusuf, wat bezielt je! Zo praat je niet tegen je vader!'

'Ik zeg de waarheid. Hij is een lafaard en hij heeft er een puinhoop van gemaakt!'

'*Lanet bo*, domme ezel! Hou je mond!' schreeuwde mijn moeder. 'Waag het niet je vader nogmaals zo grof toe te spreken, want Allah verhoede, anders sta ik niet voor mezelf in.'

Mijn broer ging voor haar staan. 'Jij moet zelf je mond houden en je ogen openen. Ik wil helemaal niet naar dat klotedorp van die lafaard!'

De klap die op zijn rechterwang neerdaalde, klonk als een zweepslag. Geschrokken drukte mijn broer zijn hand tegen zijn wang. Even was ik bang dat hij met zijn brute kracht zou terugslaan. Maar hij keek mijn moeder woedend aan en liep toen zonder iets te zeggen met grote passen naar binnen. Mijn moeder trilde op haar benen.

Ibrahim liep naar haar toe en legde een hand op haar schouder.

'Ik ga wel met hem praten,' zei hij gedecideerd.

De man die nooit een woord sprak tenzij hij geen andere uitweg zag, wierp zich op als vredestichter. Met een rechte rug en kalme passen liep Ibrahim naar ons huis en zei: 'Ga maar vast in de paardenwagen zitten. We vertrekken zo.'

Mijn vader liet zijn krukken vallen waarna mijn moeder hem oppakte alsof hij een kind was. Zo droeg ze hem een paar stappen zonder zichtbare moeite. Voorzichtig legde ze hem in de wagen waarna hij zichzelf met zijn handen naar achteren duwde.

Zo'n tien minuten later hoorde ik een deur dichtslaan en zag toen mijn broer en Ibrahim naar buiten komen. Ibrahim legde een hand op mijn broers schouder terwijl ze samen naar de paardenwagen liepen. Zwijgend namen ze voorin plaats waarna we wegreden uit Sobyan.

30

Het paard brieste. Met moeite trok hij de wagen de heuvel op die mijn vader, na zijn terugkeer uit het ziekenhuis, vol bravoure op zijn krukken was afgedaald. We reden langs het beekje waarin Ali en ik altijd zwommen en op kikkerjacht gingen. En terwijl de purperen lavendelvelden aan ons voorbijtrokken, zag ik in de verte de grasvelden waar ik ons vee altijd naartoe leidde.

Ik zou mijn dorp nooit meer zien. En het drong toen pas tot me door dat ik niet een laatste keer door ons huis was gelopen, dat ik niet nog een keer de geur van de stal had opgesnoven en niet door het dorp was gewandeld om afscheid te nemen van iedereen. Maar het ergste van alles was dat ik Ali niet meer had gezien. Wie moest er nu voor hem opkomen als Hakan of de andere jongens hem afranselden? Wie zou er nu over hem waken? Ik had mijn vriend in de steek gelaten.

Ik wilde uit de paardenwagen springen en terugrennen naar ons dorp om voor het huis van Ali te wachten. En als hij eindelijk zou terugkeren, zouden we het goedmaken. Mijn ogen werden vochtig. Ik keek om me heen of iemand het zag, maar mijn moeder en zusje keken in de richting van de lavendelvelden en mijn vader staarde met een lege blik naar de vloer van de wagen. Niemand had oog voor mij, niemand vroeg hoe ik me voelde. En op dat moment wilde ik net als mijn broer naar mijn ouders schreeuwen dat ik niet naar Hemgin wilde, ik wilde zeggen dat we het samen wel zouden redden in Sobyan en weer als echte broers met elkaar zouden omgaan als zij er niet bij waren. Wat gaf hun het recht om ons zomaar weg te halen uit ons dorp? Wat gaf hun het recht?

Maar ik zei niets. Zoals altijd bleven de grote woorden in mijn hoofd hangen en gingen ze geleidelijk over in gefluister totdat ik ze op een gegeven moment zelf niet meer hoorde. Ik vroeg me af waarom ik niet op mijn broer leek. Hij zei altijd wat hij dacht, hij schreeuwde als hij boos was en liep weg als iets hem niet zinde. Zou ik ooit op hem gaan lijken?

Ik ging op mijn knieën zitten en steunde met mijn handen op de zijschotten van de wagen. Ik zag hoe alles aan mij voorbijtrok, de grond, de struikgewassen en dorre bomen langs de weg. Alles flitste voorbij, alsof de tijd een zet had gekregen en in een stroomversnelling was geraakt. Dat was niet gebeurd toen we in de paardenwagen stapten, maar veel eerder, maanden geleden al, toen een steen het been van mijn vader had verbrijzeld. Ik keek naar hem, mijn arme vader. Met zijn vermagerde lijf, dunne haar, grijsrode baard en verslagen blik, zag hij eruit als een eenzame weduwnaar. Hij was toen zesenvijftig jaar maar het leek of hij tien jaar van zijn leven had verloren toen hij even niet oplette.

Mijn broer was veranderd van een voorbeeldige zoon in een botte, onverschillige jongeman. Ik keek naar mijn moeder. Hoewel ze ondanks haar zesendertig jaar nog steeds de uitstraling van een twintiger had, had ook zij een gedaanteverwisseling ondergaan. Ze was ongeduldiger geworden en verloor vaak zonder aanleiding haar zelfbeheersing. En terwijl ik naar haar bleef kijken, drong het besef tot me door dat ze aan het zoveelste donkere hoofdstuk van haar leven was begonnen. Net als mijn vader had ze een zware jeugd gehad waarin haar weinig bespaard was gebleven. Toen mijn vader me haar levensverhaal had verteld, had ik medelijden met mijn moeder, maar dat gevoel maakte met de tijd plaats voor bewondering. Soms vroeg ik me af hoe mijn vader wist wat zich precies had afgespeeld. Ik vermoedde dat hij had geput uit de overlevering, maar later verdacht ik hem ervan dat hij de verhalenverteller in hem de ruimte had gegeven om de gaten in haar geschiedenis op te vullen.

Ondanks de smeekbeden van haar vader om een sterke zoon die in zijn voetsporen zou treden, werd mijn moeder geboren als het eerste kind van Begali en Esmamperi Damla. Mijn vader vertelde me dat ze op de wereld kwam na een zware bevalling. Haar moeder had zoveel bloed verloren dat Begali zich al verslagen had neergelegd bij een leven als weduwnaar.

Toen Esmamperi na een paar jaar opnieuw zwanger werd, besloten ze niet opnieuw te bidden voor een zoon, niet alleen omdat ze kennis hadden gemaakt met het voorrecht een levenslustige dochter te hebben, maar vooral omdat ze het lot niet ongunstig wilden stemmen. Het werd een zoon die de naam Heci kreeg.

In die tijd vielen soldaten van het leger regelmatig de dorpen in de omgeving binnen om jonge mannen op te pikken die hun dienstplicht ontvluchtten. Het lot was mijn grootvader Begali echter steeds gunstig gezind geweest, want iedere keer dat het leger zijn dorp bezocht, bevond hij zich op de verre grasvelden met het vee. In het dorp had hij iedereen verteld dat hij niet vier jaar van het leven van zijn kinderen wilde missen omdat machthebbers met wie hij niets te maken had, besloten hadden dat hij in een vreemd leger moest dienen. 'Ik zal me tot aan mijn dood tegen hen verzetten,' riep hij hardop, en eenieder die op dat moment zijn vurige woorden had gehoord en zijn imposante gestalte door de smalle dorpsstraten had zien denderen, was er op slag van overtuigd dat geen enkele macht op aarde in staat zou zijn om Begali Damla ook maar een seconde van zijn gezin te verwijderen.

De zon was nog niet opgekomen toen er op een dag op de voordeur werd gebonkt. Mijn grootvader hoorde meteen aan de stemmen buiten dat het moment van het beslissende duel uit zijn leven was aangebroken. Het was eerder dan hij had verwacht en even overviel hem een intense angst die hij niet eerder had gevoeld. Terwijl zijn bloed steeds sneller begon te stromen, wekte hij zijn vrouw en liep daarna snel naar zijn kinderen om hen te omhelzen. Mijn moeder begon te snikken omdat ze de onrust van haar vader voelde. Mijn grootvader pakte zijn geweer en stormde als een edelhert op de vlucht via de achterdeur richting de bossen. Vier soldaten zetten de achtervolging in.

Volgens de legende begon mijn grootvader Begali toen aan een vlucht waarmee hij zich twee dagen uit handen van de soldaten zou weten te houden. Hij vluchtte door bossen, over heuvels en langs beekjes, maar de soldaten hadden zijn spoor te pakken en waren vastberaden hem dit keer niet te laten ontkomen. In het begin werd er niet op hem geschoten, maar toen de soldaten merkten dat hij niet van plan was zich over te geven en het tot hen doordrong dat ze in een gevecht op leven en dood waren beland, losten ze hun eerste kogels. Ze misten hem telkens op een haar na. Daarna vonden er een aantal gebeurtenissen plaats die in uiteenlopende versies zijn overgeleverd. Sommigen beweren dat mijn grootvader zich na die eerste schoten dagenlang als een bang dier schuilhield onder een deken van bladeren. Maar anderen vonden dat niet met zijn heroïsche karakter stroken en stelden verontwaardigd dat het onmogelijk was dat hij niet had getracht de soldaten een voor een uit te schakelen. Het enige waar in de mythe overeenstemming over bestond, is dat het noodlot de tweede dag toegeslagen moet hebben. Een kogel die door een vermoeide soldaat op goed geluk werd afgeschoten, raakte mijn grootvader in zijn bovenarm. Het was het eerste schot dat doel trof. Mijn grootvader, die verzwakt was door honger en slaapgebrek, stortte neer. Hij scheurde een stuk van zijn hemd af en bedekte er het kogelgat in zijn bovenarm mee om het bloeden te stelpen. Vanaf dat moment was hij een gemakkelijke prooi. Even later raakte een tweede kogel hem in zijn dijbeen. Ook dit kogelgat bond hij af met de rafels van zijn overhemd. Hij strompelde richting de heuvels in de overtuiging dat ontkomen niet meer mogelijk was, maar weigerde op te geven omdat hij de wereld strijdend wenste te verlaten. Zo nu en dan draaide hij zich plotseling om en vuurde in het wilde weg een paar kogels af, maar in feite fungeerde hij toen als een eenvoudige schietschijf. Hij werd een derde en een vierde keer getroffen, maar bleef richting de heuvels strompelen tot zijn benen hem niet meer konden dragen. Hij wierp zich tegen de stam van een boom en liet zich op de grond zakken. Daar probeerde hij tevergeefs de verse wonden te verbinden. In die houding, met zijn kin op zijn borst en zijn armen langs zijn enorme lichaam, werd hij een dag later gevonden door enkele mannen uit het dorp die gehoor hadden gegeven aan de smeekbede van mijn grootmoeder om haar man te zoeken.

Mijn vader vertelde dat mijn grootvader volgens de legende de dapperste man ooit in het gebied rond Varto was. Het was echter niet op die manier dat mijn moeder zich haar vader zou herinneren. Wanneer ze vele jaren later aan hem dacht, herbeleefde ze telkens het moment dat ze hem voor de laatste keer zag en hij een afscheidskus op haar voorhoofd drukte. En telkens hoorde ze zijn stem die zei: 'Wees maar niet bang, lieve Aşme, ik kom terug.'

Op haar tweeëntwintigste was mijn grootmoeder een ontroostbare weduwe. Zes lange maanden rouwde ze om haar man. In die periode sprak ze nauwelijks en kwam ze niet buiten. Haar bezorgde broer Hüseyin bracht haar iedere dag eten en haar vriendinnen wasten de kinderen en zagen erop toe dat Esmamperi de kleine Heci op gezette tijden de borst gaf.

Het leven voor een vrouw was in die tijd in de dorpen van Oost-Turkije al zwaar met een krachtige echtgenoot aan haar zijde. Zonder echtgenoot, en met twee kleine kinderen, had het veel weg van een heilloze missie. Mijn grootmoeder miste de fysieke aanwezigheid van haar man en begon steeds meer te verlangen naar een uitweg, naar een manier om haar leven een andere wending te geven. Maar haar mogelijkheden waren beperkt. De traditie schreef voor dat een weduwe op bescheiden en sobere wijze haar leven diende voort te zetten.

Toen op een middag de welgestelde landeigenaar Osman te paard een bezoek bracht aan het dorp, viel zijn oog op mijn grootmoeder. Zij was ook als weduwe met haar sierlijke tred en amandelvormige ogen de opvallendste vrouw van het dorp. En hoewel ze veel had doorstaan in haar leven, had ze nog immer een meisjesachtige oogopslag. Toen Osman langsreed op zijn paard, zat ze op een kruk voor haar huis. Zijn blik werd getrokken door haar zeldzame schoonheid. Hij hield halt en staarde onbeschaamd naar haar, alsof hij wilde tonen dat hij eigenzinnig was en zich weinig aantrok van de starre gebruiken van de streek. Zij voelde de brandende blik van de vreemdeling en hoorde het paard briesen, maar durfde haar hoofd nauwelijks op te richten omdat ze het nog steeds ongepast vond om als weduwe naar mannen te kijken.

Aangekomen bij Musa, zijn kennis in het dorp, deed Osman meteen navraag naar mijn grootmoeder en toen hij haar tragische levensverhaal hoorde, kon hij zijn enthousiasme maar moeilijk verhullen. Hij was al lang op zoek naar een echtgenote en had het voor die tijd ongebruikelijke idee dat hij bij de eerste blik getroffen moest worden door de schoonheid van een vrouw. Osman kon zich niet voorstellen dat zijn geloofsovertuiging een probleem zou opleveren bij het vragen om de hand van Esmamperi. Hij was geen godvrezend persoon en hechtte niet aan het strenge onderscheid dat in die tijd tussen soennieten en alevieten werd gemaakt. In Sobyan woonden uitsluitend alevitische Zaza's en was het ondenkbaar dat een alevitisch meisje weggegeven zou worden aan een soenniet.

Toen hij vertelde dat hij Esmamperi tot zijn vrouw wilde maken, verklaarde Musa hem voor gek. 'Het eerste meisje dat aan een soenniet wordt weggegeven, moet nog geboren worden in Sobyan.'

Het maakte weinig indruk op Osman. Hij klopte aan bij de broer van Esmamperi om om de hand van zijn zusje te vragen. Overvallen door de directheid van Osman, vroeg Hüseyin uit welk dorp hij kwam. Toen hij de naam van het soennitische dorp hoorde, ontstak hij in woede. 'Heb je je verstand soms verloren? Als je niet maakt dat je wegkomt, kun je een dreun voor je hoofd krijgen.'

Osman liet zich echter niet ontmoedigen. Hij haalde Musa over om zijn vrouw bij het complot te betrekken en mijn grootmoeder uit te nodigen voor een diner. Mijn grootmoeder dacht dat de uitnodiging verband hield met haar onfortuinlijke situatie, en nam haar kinderen mee. Maar toen ze op het kleed de schalen vol gebraden kip, gebakken groente, bulgur, knoflookyoghurt, vijgen en perziken zag, bleef ze even vertwijfeld staan. Niet eerder had ze zo'n rijkgedekte dis gezien. Even later aten mijn grootmoeder en moeder zo gulzig dat ze niet hoorden dat er op de deur werd geklopt. Osman liep de kamer binnen. Hij had een hoed op en een pak van fijn beige linnen aan en zijn voeten waren in handgemaakte bruinleren schoenen gestoken. Hij bekeek mijn grootmoeder direct met een verrukkelijke glimlach en een innemende voorkomendheid, en zei op een toon alsof hij op audiëntie was bij een Arabische koning: '*Şew baş*, mijn naam is Osman Çolak. Laat het u goed smaken en trekt u zich van mijn plotselinge aanwezigheid niets aan. Ik zal rustig een sigaret roken en geduldig wachten tot u allen uitgegeten bent.'

Mijn grootmoeder was overdonderd door zijn verschijning en welbespraaktheid. Ze voelde dat haar leven op het punt stond een verrassende wending te nemen.

De volgende middag verscheen Osman met rozen aan de deur van mijn grootmoeder en deed het ondenkbare door haar ten huwelijk te vragen. Ze zei meteen ja.

Hij vroeg of ze nog die dag met hem mee wilde gaan naar zijn dorp en opnieuw hoefde ze er niet over na te denken. Ze zag het als een tweede kans, als een mogelijkheid om opnieuw te beginnen. Maar toen Osman koel een dwingende voorwaarde stelde, verstarde ze. Hij eiste dat ze mijn moeder zou achterlaten. Hoe mijn grootmoeder ook smeekte, hij was onvermurwbaar. Het besluit dat ze daarop onder grote druk nam, tekende mijn moeder voor de rest van haar leven. Mijn grootmoeder stuurde haar dochter naar haar broers huis. Even later zette ze samen met Osman en haar zoon koers naar haar gedroomde leven, zonder verder nog van iemand afscheid te nemen.

Na een bruiloft in het dorp Gömbe die in alles de sfeer uitademde van de somberste rouwceremonie die ooit in Anatolië werd gehouden, maakte mijn grootmoeder kennis met de gruwelijke wetten van het dorpsleven. De soennitische inwoners lieten haar op onbarmhartige wijze merken dat ze als alevitische vrouw niet welkom was. Als ze over straat liep, maakten de mannen opzichtige wegwerpgebaren. Maar de vrouwen gingen veel verder. 's Ochtends bij de waterput werd ze door hen bespuwd en voor 'ongelovige hond' en 'vuile indringster' uitgemaakt. Mijn grootmoeder probeerde zich groot te houden en stond zo vroeg mogelijk op om narigheid te voorkomen, maar altijd stonden de vrouwen haar met vijandige blikken op te wachten. Zonder aanleiding trokken ze aan haar haar en werd ze omvergeduwd. Iedere dag gingen ze een stap verder. Een paar weken na haar bruiloft sloegen en schopten ze haar op een dag zo hard dat ze roerloos op de grond bleef liggen. Zo vond Osman haar.

Vier dagen later hoorden de vrouwen bij de waterput plotseling een enorme brul die aan een opgejaagd beest had kunnen toebehoren, maar toen ze verschrikt omkeken, zagen ze dat die van mijn grootmoeder kwam. Ze had een enorme bijl in haar hand en stormde met bloeddoorlopen ogen op hen af. 'Ik maak jullie af!' schreeuwde ze woest terwijl ze met de bijl zwaaide. 'Wie nog één hand naar me uitsteekt, maak ik af.'

Sommigen dachten dat ze bezeten was door de duivel en renden meteen weg, anderen bleven als versteend staan en baden dat de vrouw met de schuimende mond hen niet zou afslachten als pluimvee. De daad van mijn grootmoeder wierp zijn vruchten af. Ze werd niet meer lastiggevallen bij de waterput. Vlak daarna vroeg ze Osman haar naar haar dorp te brengen. Ze miste haar dochter.

Dit luidde het volgende duistere hoofdstuk in haar leven in.

Ze stopten voor haar oude huis waarna ze te voet verder liep naar het huis van haar broer. Even later keek ze in zijn diepdonkere ogen die niet oplichtten toen ze haar in zich opnamen.

'Je bent hier niet meer welkom,' zei haar broer met opeengeklemde tanden. 'Hoe durf je je hier te vertonen?'

'Ik wil Aşme zien,' zei ze aarzelend.

'Zij wil jou niet zien. Ze zegt dat ze geen moeder meer heeft.' Hij smeet de deur dicht in haar gezicht.

Drie jaar lang meed ze haar dorp. In die periode kreeg ze een zoon van Osman en begon ze steeds vaker te dromen van haar dochter. Ze smeekte haar man haar weer naar haar dorp te brengen. Dit keer gingen ze in alle vroegte. Er was niemand op straat toen ze naar het huis van haar broer liep. Alleen bij de waterput stond een vrouw. Met gebogen hoofd schuifelde Esmamperi verder tot ze het geluid van sloffende sandaaltjes hoorde. Ze keek op en zag een jong meisje met een sierlijke tred in haar richting lopen. Met haar rechterhand hield ze een emmer bij het handvat vast terwijl ze haar vrije hand telkens door haar kastanjebruine haar haalde dat glansde in de ochtendzon. Zonder een ogenblik de mogelijkheid te overwegen dat haar blik misschien was vertroebeld door het juk van het heimwee, riep ze haar naam.

'Aşme, mijn dochter! Ik ben het, je moeder!'

Ze snelde naar Aşme en pakte haar gezicht vast en kuste haar op haar voorhoofd, haar oogleden en haar wangen alsof ze al die verloren jaren in één keer goed wilde maken. Mijn moeder stond het even toe, tot ze ineens schreeuwde dat ze haar moest loslaten. 'Blijf van me af!' zei ze alsof een vreemdeling aan haar zat. 'Jij bent mijn moeder niet.'

'Maar Aşme, ik ben het...'

'Nee, ik heb geen moeder. Mijn moeder is overleden toen ik vier jaar was. Laat me met rust!' Ze rende naar de waterput waarna haar moeder haar achtervolgde en bij haar arm vastpakte.

'Aşme, ik ben het!'

Mijn moeder rukte zich los en rende richting de waterput terwijl ze om hulp riep. De vrouw die mijn grootmoeder eerder bij de waterput had gepasseerd, herkende haar en begon hard te schreeuwen als een torenwachter die de vijand ziet naderen. 'De afvallige hoer is weer terug! Kom snel!'

Binnen enkele seconden was mijn grootmoeder omsingeld door een woeste menigte van zo'n vijftien mannen en vrouwen die meteen met stenen begonnen te gooien. Ze werd overal geraakt en ging brullend neer. Ze sloegen genadeloos op haar in en trapten op haar hoofd en in haar buik, ook toen mijn grootmoeder niet meer bewoog. Een oude man wierp zich toen op haar en riep dat het afgelopen moest zijn.

'Stop,' schreeuwde hij. 'Wat ze jullie ook aangedaan heeft, het rechtvaardigt jullie beestachtige gedrag niet!'

Juist op dat moment kwam Osman aangerend. Hij vreesde dat hij deze keer te laat was om haar uit de klauwen van de dood te redden. Maar een paar dagen later ontwaakte ze. Osman schreef dit tweede wonder toe aan zijn hervonden vroomheid en aan zijn God die niet wilde dat zijn zoon zonder moeder zou opgroeien. Mijn grootmoeder herstelde langzaam en keerde niet meer terug naar haar geboortedorp.

Ze heeft haar dochter nooit meer gezien.

31

Iedereen zweeg. Ook toen we een paar keer stilstonden om te eten en drinken, werd er nauwelijks gepraat. Het leek of er een warme deken over ons was neergedaald. Tijdens het rijden vocht mijn vader tegen de slaap, maar al snel rustte zijn kin op zijn borst.

Ik probeerde me voor te stellen hoe Hemgin eruitzag en dacht aan de woorden van mijn moeder. In betere tijden probeerde ze mijn vader vaak te prikkelen door te roepen dat ze blij was dat we niet in Hemgin woonden. Daarop roemde ze Sobyan uitgebreid om zijn schoonheid, groene heuvels en gastvrije mensen. Ik stelde me Hemgin daardoor voor als een dorre en grijze plek waar kinderen ongelukkig rondliepen en de volwassenen elkaar niet groetten.

Ik schrok wakker toen de paardenwagen ineens stilstond. Ik dacht dat we waren gestopt om te rusten, maar toen ik Ibrahim hoorde roepen dat we er waren, keek ik opgewonden om me heen. Hij was aan het begin van het dorp gestopt. Het viel me meteen op dat de huizen aan weerszijden van de straat er armoedig uitzagen en kleiner waren dan die in ons dorp. En ik zag zo weinig bomen dat ik me afvroeg of de grond in het dorp wel vruchtbaar was. Straathonden vol zwerende wonden keken ons met droevige ogen aan en verderop speelden een paar jongens met vodden om hun lijf.

Ibrahim draaide zich om. 'Welk huis is het, Selim?'

Mijn vader reageerde niet. Hij keek in stilte naar zijn geboortedorp alsof hij ter plekke een paar dierbare jeugdherinneringen ophaalde. We keken hem zwijgend aan.

'Daar,' sprak hij eindelijk terwijl hij naar links wees. 'Daar verderop. We zijn er bijna.'

We reden het dorp in. Een magere straathond liep een paar meter met ons mee en hield het toen voor gezien. Ondanks de opwaaiende stofwolken rende een groep kinderen achter ons aan. Ze schreeuwden opgewekt alsof ze verwachtten dat we zoetigheid zouden uitdelen. Dorpelingen die mijn vader zagen, stootten elkaar fluisterend aan. Hij stak zijn hand naar hen op, maar zijn groet werd niet beantwoord. Het verbaasde me, want om de een of andere reden had ik verwacht dat hij als een verloren zoon zou worden onthaald, dat ze naar hem zouden zwaaien en dat er massaal geklapt zou worden.

'Hier is het,' zei mijn vader. Hij wees naar een huis dat eruitzag alsof het in geen twintig jaar was betreden. Ibrahim hielp hem de paardenwagen uit. Mijn vader keek aarzelend om zich heen en liep toen naar het huis dat hij had aangewezen. Maar toen hij ervoor stond, bleef hij niet staan maar schuifelde hij verder naar een huis dat zo'n dertig meter verder stond en passeerde daarbij een open stuk terrein. Hij klopte aan. De deur ging meteen open alsof de bewoner ons verwachtte. Een lange grijze man keek ons vragend aan met zijn donkere ogen. Hij was een kop groter dan mijn vader en hoewel hij al oud was, straalde hij een ongekende vitaliteit uit. 'Selim... ben jij dat?' vroeg hij aarzelend.

Mijn vader knikte. 'Ja, Hemo. Ik ben het.'

Hemo stapte naar voren en pakte mijn vader stevig vast.

'Selim! Eindelijk ben je gekomen. Mijn gebeden zijn verhoord.'

Ze omhelsden elkaar lang. Zo lang had ik mijn vader niet eerder een andere man zien omhelzen. Toen ze elkaar eindelijk loslieten, gaf Hemo mijn vader twee zoenen op zijn wang en bekeek hem van top tot teen. Zijn blik viel op de krukken en het gehalveerde been.

'Je been... wat is er gebeurd, Selim?' vroeg hij op een toon zoals alleen bezorgde vaders klinken.

Mijn vader zuchtte. 'Ach, Hemo, wat zal ik zeggen, het geluk was niet aan mijn zijde.'

'Een ongeluk?'

Mijn vader knikte.

Hemo staarde vol ongeloof naar het linkerbeen van mijn vader. Na een korte stilte zei hij: 'Vertel me er later meer over.' Hij keek ons een voor een aan. 'Wie hebben we hier allemaal?' Hij stapte naar voren en omhelsde mijn moeder. Ik begreep niet waarom ze meteen begon te huilen. Hemo klopte haar zachtjes op de rug. 'Rustig maar, Aşme,' zei hij. 'Rustig maar, lieverd.' Toen keek hij mijn broer en mij aan. 'Wat zijn jullie al groot.' Hij trok mij naar zich toe. Ik viel in zijn armen en rook zijn zware lichaamsgeur. Het was de bedwelmende geur van een man die zich nauwelijks baadt. Ik hield mijn adem in. Hij gaf me twee zoenen. 'Jouw vader is als een zoon voor mij. Dat maakt mij eigenlijk jouw opa.' Ik glimlachte schaapachtig omdat ik niet wist wat ik moest zeggen.

'Hij heeft veel over jou gehoord,' zei mijn vader. 'Zoveel dat hij jou graag weer wilde zien.'

Het was niet waar. Ik had dat nooit gezegd, maar ik bleef glimlachen en hoopte dat Hemo me niets zou vragen. Hij liep door en omhelsde mijn broer die nauwelijks reageerde en zijn tegenzin om door een vreemde vastgepakt te worden niet verborg. Elida tilde hij op van de grond. 'En wie is dit mooie meisje?' vroeg hij. Waarop mijn zusje haar naam uitriep. Ibrahim schudde hij op formele wijze de hand.

'Selim, jullie komen zeker niet op de thee hè?' vroeg Hemo op een toon die verraadde dat hij in staat was een situatie snel in te schatten. 'Er is wat aan de hand, niet?'

Mijn vader knikte gelaten. 'Dat klopt.'

Hij keek bezorgd. 'Zijn jullie soms op de vlucht?'

'Nee, nee,' zei mijn vader hoofdschuddend. 'We hebben Sobyan verlaten. Voorgoed. We gaan hier opnieuw beginnen.'

Hemo wreef even over zijn kin en zei: 'Goed, jullie zijn nu vast moe en hongerig van de reis. Ik zal theezetten en wat eten klaarmaken, dan kun jij me bijpraten.'

'Dat zou fijn zijn,' zei mijn vader.

Terwijl Ibrahim het paard vastzette, betraden wij het huis van Hemo. Het was er donker en benauwd en er hing een zware geur die nog het meest leek op een combinatie van schimmel en oud zweet. We namen plaats op harde kussens die rond een laag tafeltje opgesteld stonden. Toen we ons erop lieten zakken, kwamen er stofwolken vrij.

Hemo wilde geen hulp van mijn moeder bij het zetten van de thee en het opdienen van het brood. 'Jullie zijn mijn gasten,' zei hij. Even later serveerde hij thee in kleine glaasjes en brood met druivenstroop en tahini. De thee was de bitterste die ik ooit had gedronken, maar de zoete druivenstroop en tahini, waar ik niet eerder van had gegeten, vergoedden veel. Terwijl ik ervan at, begon mijn vader aan een lang verhaal. Zonder ook maar een slok van zijn thee te nemen of van het brood te eten, vertelde hij over de jaren die achter ons lagen. En ineens, na een afwezigheid van maanden, was daar weer de virtuoze verhalenverteller uit Sobyan die met zijn prachtige stem landschappen tevoorschijn toverde en figuren tot leven wekte. Het was alsof hij nooit was weggeweest.

Terwijl Hemo ademloos naar hem luisterde, vertelde mijn vader vol kracht en warmte over de geboorte van Elida, die hem veel vreugde had geschonken, over onze jeugd, over de fijne en onbezorgde jaren met de dieren, over het vertrek van mijn broer naar de school in Muş en langzaam, toen onvermijdelijk het moment van het ongeluk naderde, sloop er een intense droefheid in zijn stem die de verhalenverteller in hem deed verschrompelen. De steen die zijn linkerbeen had verbrijzeld, het spalken van het been door Atilla, de helse nachten vol pijn, de reis naar het ziekenhuis en de zaag die zijn been halveerde. Hij vertelde het met een stem die zo nu en dan kraakte en trilde. Af en toe stopte hij met praten en keek hij met vochtige ogen voor zich uit. Hij sprak steeds zachter toen hij vertelde over het leren lopen met krukken, over de terugkeer in Sobyan. En voor het eerst vertelde hij uitgebreid over de wanhoop die zich van hem meester maakte toen hij besefte dat hij veranderd was in een man die niet meer voor de dieren kon zorgen, die niet meer op het land kon werken. Een man die de lust had verloren om verhalen te vertellen en het huis niet meer uitkwam. We keken hem verbaasd aan. We hadden niet verwacht dat hij zijn ziel zo zou blootleggen.

'Ik keerde terug als een andere man, een schuwe man met krukken, een kreupele die medelijden bij de mensen opwekte en een blok aan het been was van zijn gezin.' Bij die laatste woorden keek mijn moeder geschrokken op. 'Selim, wil je alsjeblieft niet zo praten in het bijzijn van de kinderen?' Maar mijn vader schonk geen aandacht aan haar woorden. Hij vertelde over de twijfel en de onzekerheid die aan hem vraten en over de eenzaamheid die hij voor het eerst sinds het verlies van zijn moeder voelde. Hij zei dat hij zich steeds minder thuis voelde in Sobyan, en veranderde in een vreemdeling die door voorbijgangers aangestaard werd als hij zich een keer buiten begaf. Hij keek mijn moeder aan. 'Ik zag dat het voor jou steeds zwaarder werd, Aşme. Jij kon het niet meer aan in je eentje.' En toen vertelde hij over Atilla die al jaren onvermoeibaar zijn interesse voor ons vee kenbaar had gemaakt. 'We hadden nauwelijks geld meer en ik kon niets meer doen in Sobyan. Atilla bood me een uitweg, een ontsnapping. Ik moest het vee verkopen en Sobyan verlaten. Ik moest terug naar mijn geboortedorp.'

Hemo wendde zijn hoofd af en haalde zijn neus op, mijn moeder hield haar gezicht achter haar handen verborgen. En voor het eerst zag ik mijn broer bedroefd voor zich uitkijken. Niet eerder had ik mijn vader zo horen praten. Het leek of hij zich bij de eerste stappen in zijn geboortedorp wilde verlossen van de last die hij zo lang met zich mee had gedragen, die hem naar de grond had gedrukt. Het was alsof de ontboezeming een nieuw begin moest markeren.

32

'We moeten snel aan de slag gaan,' zei Hemo. 'Het huis van je moeder is al te lang overgeleverd aan mieren en nachtvlinders.' Hij liet op de woorden een harde lach volgen die vroeger misschien aanstekelijk had geklonken. 'Ik ben er al tijden niet geweest. We zullen flink moeten schoonmaken voor jullie erin kunnen trekken.'

Even later duwde Hemo de deur van het huis moeizaam open. We staken onze hoofden naar binnen, maar zagen niets dan complete duisternis. Een vreemde indringende geur drong uit het huis naar buiten. Hemo stak twee olielampen aan, overhandigde er een aan Ibrahim en stapte met de andere voor zich uitgestoken naar binnen. Het leek of hij een donkere grot betrad die nu zwakjes van binnenuit werd verlicht.

'Voorzichtig, let op waar je je voeten neerzet,' zei Hemo alsof we op het punt stonden iets gevaarlijks te doen. Nachtvlinders fladderden door de ruimte en overal werden spinnenwebben zichtbaar. De geur in huis was zo penetrant dat ik mijn hand voor mijn neus hield. Voorzichtig schuifelde mijn vader op zijn krukken door de ruimte en zei daarbij steeds 'ach, ach.'

Ik volgde hem door het huis waar hij veel te kort met zijn broers en vader had gewoond en probeerde me voor te stellen hoe het vele jaren geleden moest zijn geweest toen de Russen het dorp binnendrongen. Het huis had achter de voorste ruimte nog twee kleine ruimtes die niet door een deur waren afgesloten. Mijn vader vertelde dat hij als kind in de ene ruimte sliep met zijn broers terwijl zijn ouders de andere deelden met zijn zusje. Mijn moeder begon het huis driftig schoon te vegen met een takkenbezem, Ibrahim volgde haar voorbeeld. Ze beval mijn zusje en mij buiten te wachten omdat het binnen te stoffig werd. En terwijl het stof van jaren door het huis dwarrelde, doolde mijn vader door de gangen alsof hij iets hoopte terug te vinden wat hij lang geleden kwijt was geraakt.

'Is dit ons nieuwe huis?' vroeg Elida.

'Ja, hier gaan we nu wonen,' antwoordde ik.

'Ik vind het een eng huis,' zei ze.

Je hebt gelijk, het is een lelijk en eng huis dat bovendien verschrikkelijk stinkt, wilde ik zeggen, maar in werkelijkheid zei ik: 'Het valt best mee, Elida. Ze maken het nu schoon, straks zal het er een stuk beter uitzien.'

Mijn broer stond niet meer naast ons. In de verte zag ik hem door de lange straat lopen met zijn handen in zijn zakken. Ik zei tegen Elida dat ze moest blijven staan en rende achter hem aan. Toen ik vlak achter hem liep, draaide hij zich in een ruk om en snauwde naar me. 'Waarom achtervolg je me?'

'Bao, ik... ik wilde alleen maar met je meelopen.'

Hij wuifde me weg. 'Nee, blijf bij Elida, straks loopt ze weg en verdwaalt ze.'

'Elida is verstandig,' zei ik en hoewel ik een tweede sneer vreesde, voelde ik dat ik niet moest toegeven. 'Ze loopt niet weg, bao.'

Tot mijn verbazing liet hij het erbij. Hij knikte. Opgelucht liep ik aan zijn zijde. Ik had het gevoel dat het ijs gebroken was. Misschien zou hij me wel in vertrouwen nemen en me vertellen wat hem dwarszat.

'Bao, wilde je echt terug naar Muş?' Ik had meteen het gevoel dat het de verkeerde vraag was.

'Ja,' antwoordde hij zonder me aan te kijken.

'Waarom?'

'Omdat ik niets te zoeken heb hier in Hemgin.'

'Maar...'

'Hou erover op, Mehmet. Ik wil er niet over praten.'

We liepen zwijgend verder. Honden lagen in de schaduw van de huizen. Ze scholen voor de brandende zon. Overal waar ik keek, zag ik ze liggen, de magere en lusteloze straathonden waarvan de ribben bijna uit hun lijven staken. Dit dorp stikte ervan en het maakte me misselijk. Oude mannen en vrouwen zaten op krukjes voor hun huis. Net als de honden scholen ze voor de zon. Maar waar de arme beesten met de zwerende wonden onschuldig lagen te dommelen, staarden de oude mensen ons aan en fluisterden tegen elkaar. Ik voelde hun stekende blikken, maar mijn broer besteedde geen aandacht aan hen. Hij keek voor zich uit en schopte af en toe nonchalant een steentje weg en om de paar meter rochelde hij op de stoffige grond. Het maakte dat hij iets onaantastbaars uitstraalde, alsof de blikken hem niet deerden, alsof hij aan iedereen duidelijk wilde maken dat dit dorp en zijn inwoners hem volledig koud lieten.

Voor een huis zag ik een man staan met grijze slapen en een dunne snor. Hij had zijn brede armen over elkaar geslagen en leunde tegen de deurpost. Tussen zijn lippen hield hij een sigaret geklemd die niet brandde. Hij stak een hand naar ons op. Ik wist niet hoe ik moest reageren en keek naar mijn broer, die terugknikte.

'Ma be gerdi, welkom in Hemgin,' zei de man vriendelijk. 'Waar komen jullie vandaan?' Ik had verwacht dat zijn stem vijandig zou klinken.

Mijn broer stopte met lopen en zei: '*Gerbe sılamet*, we komen uit Sobyan. Mijn naam is Yusuf. Yusuf Uslu. En dit is mijn broertje Mehmet.' Hij legde zijn hand op mijn schouder en op dat moment voelde het alsof mij niets kon gebeuren.

'Mijn naam is Raywan,' zei de man terwijl hij een hand op zijn borst legde. 'Sobyan zei je? Dat is een heel stuk uit de buurt. Wat brengt jullie hier?'

'We komen Hemo opzoeken,' zei mijn broer tot mijn verrassing.

'Zijn jullie alleen gekomen?'

'Nee, met onze ouders en zusje.'

'Wie zijn je ouders als ik vragen mag?'

'Selim Uslu is onze vader. En onze moeder heet Aşme.'

'Selim Uslu zei je?' Het leek alsof Raywan schrok van de naam van mijn vader.

Mijn broer knikte.

'Selim Uslu, de zoon van Miran en Şare Uslu?'

'Dat klopt.'

Zijn blik verstarde. Hij trok de onaangestoken sigaret uit zijn mond en keek om zich heen. Hij leek iets te willen zeggen, maar bedacht zich. Daarna haalde hij zijn hand door zijn haar, zei '*gatere to*' en liep haastig het huis in. Mijn broer en ik keken elkaar verbaasd aan.

Toen we even later terug waren bij het huis, zagen we dat de paardenwagen er niet meer stond. Ibrahim was vertrokken zonder afscheid van ons te nemen. Er was nu geen weg meer terug. We waren achtergelaten in dit dorp.

In huis waren de spinnenwebben verdwenen en er was geen nachtvlinder meer te bekennen. De grond was verlost van het decennia oude stof en onze matrassen, dekens, kussens en potten hadden al een plaats gekregen. Mijn moeder kneep een citroen uit in een kommetje water en sprenkelde het citroensap over de grond. Toen ik vroeg wat ze aan het doen was, antwoordde ze met een tevreden blik dat ze de scherpe geur die in het huis hing wilde verdrijven. 'Straks ruikt het hier frisser dan de lavendelvelden achter Sobyan.'

Die avond lag ik met open ogen op het matrasje in de kleine ruimte achter in het huis. Alles aan het huis stoorde me. De kleine benauwde ruimtes, het gebrek aan licht en boven alles de doordringende geur. De geur van vroeger liet zich niet zomaar verdringen door wat citroensap. Misschien was het wel de geur van de dood die het huis in was geslopen op het moment dat mijn grootouders met hun kinderen het huis uit waren gevlucht voor de Russische soldaten.

Mijn broer snurkte en Elida lag zoals gewoonlijk opgekruld te slapen. Het stoorde me dat zij wel konden slapen in dit vreemde huis en deden alsof er niets aan de hand was. Ik kon me niet voorstellen dat de veranderingen geen vat op hen hadden.

Midden in de nacht werd er op de deur geklopt. Ik stond op en deed open. Tot mijn schrik zag ik een enorme menigte voor ons huis staan die mij zwijgend aanstaarde. Ik herkende de oude mensen die ik die dag op krukjes voor hun huis had zien zitten. Ze stonden vooraan. Plotseling wezen ze allemaal tegelijkertijd naar mij en liepen zonder iets te zeggen op me af. Ik liep achteruit om niet vertrapt te worden tot ik een muur achter me voelde. Ik schreeuwde dat ze weg moesten gaan, maar ze bleven op me aflopen en prikten me met hun wijsvingers in mijn gezicht, buik en armen. Wanhopig probeerde ik om hulp te schreeuwen maar er kwam geen geluid uit mijn keel.

Ik voelde een stomp tegen mijn arm. 'Mehmet! Mehmet!'

Ik schoot overeind en keek om me heen. Waar was ik? De donkere ruimte kwam me niet bekend voor. Toen rook ik de geur van het huis weer en hoorde ik de vertrouwde stem van mijn broer.

'Rustig maar,' zei hij. 'Rustig, Mehmet. Ga maar weer slapen.'

De opluchting dat ik droomde, maakte snel plaats voor het besef dat we in dit huis zaten, in het dorp waar ik niet wilde zijn, in het dorp waar we niet welkom waren.

33

Hemo keek mijn vader bezorgd aan. De zon scheen fel op zijn dikbegroeide schedel. 'Weet je dat zeker, Selim?'

Mijn vader sloeg met zijn rechterkruk op de grond. 'Natuurlijk weet ik het zeker, het is mijn grond!'

Ik hoorde iets wat mij helemaal niet beviel. Er was een probleem en mijn vader had nagelaten er iets over te zeggen toen we Sobyan verlieten.

Hemo schudde zijn hoofd. 'Selim, je kunt die mensen niet zomaar na al die jaren van het land verjagen. Hoelang is het geleden dat je bent vertrokken? Twintig jaar?'

'Achttien!' Mijn vader verhief zijn stem weer. 'En ze maken gebruik van mijn grond. Mijn grond!' Ik was verrast dat hij zo fel reageerde en zo'n toon tegen Hemo aansloeg.

'Selim, rustig, schreeuw niet zo, straks hoort iedereen je nog.'

'Ze mogen me horen, het is de waarheid.'

'Kom, kom, we gaan naar binnen,' zei Hemo terwijl hij mijn vader zachtjes richting de deur duwde.

'Nee, we gaan nu naar mijn grond en laten de mensen weten dat ik terug ben.'

'Selim, dat is geen goed plan. Die mensen gebruiken al jaren een stuk grond waarvan zij dachten dat het niemand meer toebehoorde.'

'Maar heb jij er niets van gezegd dan? Heb jij niet gezegd dat het land aan Selim Uslu toebehoort? Aan de zoon van Miran Uslu! Heb je ze niet tegengehouden?'

Hemo keek mijn vader met een onschuldige blik aan. 'Wie luistert er naar een oude man als ik? En bovendien, had ik daar soms al die tijd als een bewaker moeten staan om mensen weg te sturen? Ze zouden me in mijn gezicht uitgelachen hebben.'

'Ze moeten daar weg, Hemo,' zei mijn vader beslist. 'Al die mensen moeten daar weg!'

Hemo schudde zijn hoofd. Ik keek naar zijn verweerde gezicht vol rimpels. Over zijn voorhoofd liepen diepe horizontale groeven die werden doorkruist door verticale lijnen. Het leek alsof iemand met een mes kriskras diepe kerven op zijn voorhoofd had aangebracht. 'Dat gaat niet zomaar,' zei hij. 'Die mensen en hun gezinnen zijn voor hun voortbestaan afhankelijk van die grond.'

'Maar mijn vrouw en kinderen zijn er ook van afhankelijk.' Er klonk wanhoop door in mijn vaders stem. 'Waar moet ik hen anders van voeden?'

Ik verstarde en wenste dat we hier nooit naartoe waren gekomen. Wist mijn moeder dit?

'Selim, ze zullen de grond niet zomaar afstaan. Ze zullen zich ertegen verzetten. Het wordt heel vervelend. Begrijp je dat?'

Mijn vader knikte terwijl hij naar de grond staarde. Wat ging hij nu doen? Wat kon de vroegere verhalenverteller die een been miste en ernstig vermagerd was doen?

Hemo verbrak het stilzwijgen. 'Laat mij eerst met hen praten. Ik zal hen van je terugkeer op de hoogte stellen, daarna zal ik met een paar belangrijke mensen de gevolgen voor de grond bespreken. Wat zeg je ervan?'

Mijn vader zuchtte. 'Goed, goed, ga jij maar eerst met die mensen praten. Zeg ze dat dit niet kan, dat ze niet zomaar de grond die ik van mijn vader heb geërfd kunnen innemen.'

'Ik zal zoeken naar een oplossing. Maar dit heeft tijd nodig.'

'Dat begrijp ik. Ik wil nu graag mijn grond zien.'

'Maar Selim...'

Mijn vader hief zijn hand. 'Maak je geen zorgen, ik zal niets zeggen. Ik wil alleen zien hoe het er nu voorstaat.'

Ik wilde ook graag de grond zien die van mijn grootvader op mijn vader was overgegaan. Met z'n drieën liepen we dezelfde kant op als mijn broer en ik een dag eerder. Maar dit keer staarden de mensen ons niet vreemd aan. Ze knikten en staken een hand op naar Hemo. Af en toe stopten we wanneer bekenden van Hemo hem de hand schudden en een praatje met hem maakten. Hemo stelde mijn vader en mij voor en vroeg of ze de zoon van Miran Uslu nog kenden. Bijna iedereen schudde beslist zijn hoofd om daarna verder te lopen, maar bij een man die vier voortanden miste, brak een onverwachte glimlach door toen hij de naam van mijn grootvader hoorde. Hij hield de hand van mijn vader even vast en omhelsde hem toen stevig. Hij vertelde dat hij lang geleden voor zijn vader had gewerkt en mijn vader nog als kleine jongen had gekend.

We liepen verder dan mijn broer en ik de vorige dag waren gekomen. Ik zag overal spelende kinderen, ze renden als jonge geiten achter elkaar aan. Sommigen waren van mijn leeftijd. Ik vroeg me af of ik ooit vrienden met hen zou worden. Toen we voor de laatste huizen van het dorp stonden, draaide Hemo zich om. Hij wees naar de richting waar we vandaan kwamen en vroeg aan mijn vader of het hem bekend voorkwam. Zonder enthousiasme in zijn stem zei mijn vader: 'Ja, het is hier helemaal niet veranderd.'

'Dat klopt,' zei Hemo. 'In Hemgin verandert nooit wat.'

We gingen na het laatste huis rechtsaf. Even later strekte zich een enorm tarweveld voor ons uit. De goudgele tarwe danste in de wind die vrij spel had op het uitgestrekte veld, en in de verte doemden bergen op met besneeuwde toppen. Ze deden me denken aan de yayla vlak bij ons dorp en de zorgeloze zomers die we er doorbrachten toen we de hitte van het dorp ontvluchtten. Naast het tarweveld bevond zich een kleurrijke akker waarop sla, tomaten, courgettes en komkommers werden verbouwd. Arbeiders stonden onder de brandende zon over de gewassen gebogen of ploegden in de grond met werktuigen. Ik had nooit eerder zo'n grote akkergrond gezien en vroeg me af hoe we het in vredesnaam zelf moesten bewerken.

De boeren op het land merkten ons niet op terwijl we keken naar de grond van mijn vader. De grond die hij had verloren.

34

We zaten op de kussens in de woonkamer terwijl mijn moeder het avondeten boven de haard bereidde met de groenten en bulgur die Hemo ons had gegeven. Het was genoeg voor de eerste dagen. Mijn broer en ik keken toe hoe mijn vader de stapel bankbiljetten telde die hij van Atilla had gekregen. Hoewel ik nog nooit zoveel geld bij elkaar had gezien, besefte ik dat het veel meer had moeten zijn.

'Baba, krijgen we onze grond terug?' vroeg ik.

'Natuurlijk, Mehmet. Wat is dat voor vraag?'

'Maar wat als die mensen het niet terug willen geven?'

'Ze moeten wel, het is mijn grond!' riep mijn vader met een plotselinge stemverheffing. Hij legde de bankbiljetten neer. 'Iedereen weet dat in het dorp. Ze hebben het een tijd mogen gebruiken, en nu moeten ze het weer teruggeven.'

Maar de woorden van Hemo spookten door mijn hoofd. Hij had gelijk, de dorpelingen zouden de grond nooit zomaar afstaan. Ze hadden het land nodig om hun gezinnen te voeden. Wat moesten ze eten als ze het land aan ons teruggaven? Maar wat moesten wij eten als zij het niet aan ons teruggaven?

We schoven aan rond het lage houten tafeltje en lepelden met z'n allen de gebakken groenten en bulgur uit de grote pan. Alleen mijn vader kreeg zijn eten op een apart bord. Hij wachtte zoals altijd geduldig tot het helemaal afgekoeld was alvorens hij er ook maar van proefde. Het contrast met mijn broer was groot. Hij at als een landarbeider die voor het eerst in dagen te eten kreeg en de pan hem alleen toebehoorde. Iedere keer als hij voorover bukte om een hap uit de pan te nemen, stootte hij met zijn knie tegen mijn knie aan en kwam zijn elleboog gevaarlijk dicht bij mijn hoofd.

'Bao, rustig!' zei ik geërgerd. Het was eruit voordat ik het wist.

Mijn broer keek me aan zoals een hond kijkt als je het bot waarop hij kluift van hem afpakt. Ik dacht dat hij me een stomp zou verkopen, maar hij ging snuivend verder met eten.

Hemo groette ons vanuit de deuropening. 'Ma be gerdi!'

'Gerbe sılamet, Hemo, kom binnen,' zei mijn vader hartelijk, 'schuif aan.'

Mijn moeder stond meteen op en maakte plaats voor hem. Hij ging op haar plek zitten, brak een stuk van het brood en drukte het in de pan.

'En, heeft u al met ze gepraat?' vroeg mijn moeder.

Mijn vader stootte haar aan en fluisterde: 'Aşme, laat hem eerst rustig eten.'

'Dat maakt niet uit hoor,' zei Hemo luid smakkend. 'Ik snap dat ze nieuwsgierig is.'

Ik dacht dat Hemo zou vertellen wat er gebeurd was, maar hij ging gewoon verder met eten. Zijn tafelmanieren waren verschrikkelijk. Hij smakte net zo erg als Atilla en zat breeduit. Mijn broer had eindelijk zijn meerdere gevonden. We staarden elkaar met open mond aan terwijl Hemo de pan in korte tijd leeg at en daarna een daverende boer liet.

'*Hek şen kero*, het was heerlijk,' zei Hemo terwijl hij met de rug van zijn hand zijn vettige lippen afveegde.

'*Helal bo*,' zei mijn moeder met een tevreden blik.

Hemo zuchtte even alsof hij iets heel moeilijks ging zeggen. 'Ik heb alleen met de muhtar gepraat.' Daarna zweeg hij weer alsof daarmee genoeg was gezegd.

'Nou, wat zei hij dan?' vroeg mijn moeder. 'Laat ons niet zo in spanning.'

'Hij zei dat hij geen moeilijkheden in het dorp wil, hij...'

Mijn moeder onderbrak hem en alsof een machtig leger achter haar stond, zei ze strijdvaardig: 'Dat zal niet gebeuren als ze onze grond teruggeven. Anders hebben ze een groot probleem!'

‘Aşme, laat hem alsjeblieft uitpraten,’ zei mijn vader.

‘De muhtar zei dat hij je vader goed heeft gekend, en dat hij altijd veel respect voor hem en zijn werk voor het dorp heeft gehad.’ Hemo wreef over zijn stoppelige wangen. ‘Maar hij zei ook dat de tijden zijn veranderd en waarschuwde me dat we rekening moeten houden met de mensen die het land nu gebruiken. Hij zei: “Er zal veel onrust in het dorp ontstaan, het zal tot chaos en misschien wel geweld leiden.”’

Ik schrok. Mijn ouders keken met een zorgelijke blik naar Hemo, maar mijn broer keek onaangedaan voor zich uit alsof de woorden van Hemo hem niet deerden. En plotseling was ik blij dat hij was meegegaan naar Hemgin. Mijn broer kende geen angst en kon goed vechten. Als we samen over straat liepen, zag ik dat de mensen in Hemgin onder de indruk waren van zijn krachtige postuur. Ik zag hem ervoor aan dat hij een volwassen man tegen de grond kon werken als het moest. Maar iemand als Raywan, met zijn brede armen, zou het hem waarschijnlijk erg moeilijk maken in een gevecht. Er was iets aan die man wat me niet beviel. Inmiddels had hij mijn vader waarschijnlijk door het dorp zien schuifelen met zijn magere lichaam. Een oudere man die in alles uitstraalde dat hij moeizaam aan het opkrabbelen was na een zware periode, een gewezen verhalenverteller die voor niemand een bedreiging kon vormen. Wat konden we doen als het op een confrontatie aankwam? Hoe moesten we ons verdedigen?

Het kwam aan op mijn broer. Hij moest ons verdedigen. Maar hij kon het niet alleen. Wie moest hem helpen? Hemo zou, net als mijn vader, niets voor ons kunnen betekenen. Hij was een oude man die in zijn jonge jaren waarschijnlijk zijn mannetje stond, maar zich nu gedeisd moest houden. Het kwam dus aan op mijn broer. En ik zou naast hem staan. Samen zouden we ons gezin verdedigen tegen de belagers in dit vijandige dorp. Ik was alleen bang dat mijn moeder zich als een razende in de confrontatie zou mengen en haar leven zou wagen. We moesten voorkomen dat het zover kwam.

Ik keek naar Elida. Ze kauwde op een stuk brood als een knaagdiertje, een knaagdiertje dat beschermd moest worden tegen de inwoners van Hemgin. Ik strekte me naar haar uit en pakte haar vast.

‘Bao, wat is er?’ vroeg ze onschuldig.

‘Niets hoor,’ zei ik terwijl ik een kus op haar hoofdje drukte, dat zoet rook.

Mijn moeder keek Hemo niet-begrijpend aan. ‘Zal het echt tot geweld leiden?’

‘Dat is wat de muhtar zei.’

‘Dus moeten we maar doen alsof er niets aan de hand is en ons land niet terugvragen? Is dat wat hij voorstelt in al zijn wijsheid? Is die man soms gek geworden?’

‘Kalm aan, Aşme,’ zei Hemo. ‘Ik zal nog een keer met hem praten. Ik denk dat hij het ook moet laten bezinken. Hij is natuurlijk ook verrast door de terugkeer van Selim.’

‘Is dat hoe de dingen in Hemgin werken?’ vroeg mijn moeder. ‘Dat zodra iemand weggaat iedereen op zijn bezittingen duikt? Wat is dit voor ellendig dorp?’

Mijn vader legde een hand op haar been. ‘Alsjeblieft, Aşme, zeg dat soort dingen niet. Hemo kan er toch ook niets aan doen?’

‘En wij wel? Ach Selim, hoe moet het nu verder?’

‘Laten we alsjeblieft rustig blijven,’ zei mijn vader. ‘De muhtar komt vast met een redelijk voorstel. Ik wil graag met je mee, Hemo.’

‘Ik denk dat ik hem beter alleen kan spreken.’

‘Waarom wilt u niet dat Selim meegaat?’ vroeg mijn moeder. ‘Heeft u soms wat te verbergen?’ Ik schrok van haar directe verwijt. Mijn vader wierp haar een boze blik toe.

‘Natuurlijk niet,’ zei Hemo. ‘Ik ken de muhtar en weet dat hij er slecht op reageert als hij onder druk wordt gezet.’

‘Wanneer spreekt u hem?’ vroeg mijn moeder.

‘Over een paar dagen zoek ik hem weer op.’

‘Waarom niet vandaag of morgen?’ vroeg mijn moeder.

Hemo zuchtte. ‘Zo werkt dat hier nu eenmaal niet. We moeten geduld hebben.’

‘En wat moeten wij in de tussentijd doen? Ons tot Allah richten en hopen dat onze gebeden verhoord worden?’ vroeg mijn moeder theatraal. Ik vond dat ze Hemo te hard aanpakte. Hij deed zijn best voor ons.

‘Aşme, alsjeblieft,’ zei mijn vader, maar hij klonk machteloos.

‘Ik denk dat het goed is als ik jullie de komende dagen aan een paar mensen voorstel, zodat ze aan jullie wennen en zien wie jullie werkelijk zijn,' zei Hemo. 'Maar dan mogen we het niet over het land hebben. Dat zorgt alleen maar voor onrust.'

'Wat zeg je ervan, Aşme?' vroeg mijn vader.

'Wat kan ik ervan zeggen? Ik weet alleen dat we bestolen zijn en dat jullie rustig willen wachten tot de muhtar dat misschien ook inziet.'

'We geven het een kans,' zei mijn vader. 'Het is goed als we wat handen schudden en de mensen spreken. De meesten ken ik niet.' Ik zag weer een sprankje enthousiasme in zijn ogen.

Plotseling stond mijn broer op. 'Ik begrijp het niet. Waarom gaan we nu niet naar het land en verjagen we die schoften niet met stokken? Laten we ze een lesje leren!'

We keken hem allemaal verbaasd aan.

'Roep niet zulke belachelijke dingen, Yusuf,' zei mijn moeder. 'We hebben het hier over serieuze zaken.'

'Belachelijk?' Mijn broer wees met grote ogen naar mijn ouders. 'Jullie willen op de thee bij de mensen die ons land bezet houden. Dat is pas belachelijk!'

'Yusuf, wees toch verstandig,' zei mijn vader. 'Met stokken los je niets op.'

'En met theedrinken en wachten op een bange muhtar wel?'

'We moeten die mogelijkheid een kans geven,' zei Hemo. 'We moeten geduld hebben.'

Mijn broer maakte een wegwerpgebaar. 'Ach, jullie zijn gewoon angsthazen!'

'Pas op Yusuf!' riep mijn moeder. 'Let op je woorden. Zo praat je niet tegen je ouders en je oom!'

Ik was bang dat mijn broer tegen haar zou ingaan en de zaak weer uit de hand zou lopen. Maar hij liep zonder iets te zeggen naar buiten.

'Laat hem maar even afkoelen,' zei mijn vader.

35

De dagen erop gingen we samen met Hemo op bezoek bij onze nieuwe buren. Mijn broer weigerde mee te gaan. Hij had geen goed woord over voor de beslissing van mijn ouders om op de thee te gaan bij de bezetters van ons land. Ik geloofde niet dat de oplossing van mijn broer de juiste was. Het zou alleen maar kwaad bloed zetten als we met stokken gingen zwaaien. Bovendien zou niemand onder de indruk raken van een kreupele man met zijn twee zoons. Maar was het wel een goed idee om thee te gaan drinken met de bezetters? Ik wist het niet.

Om de een of andere reden verwachtte ik dat we hartelijk zouden worden ontvangen bij de mensen thuis. Misschien had ik nog het beeld van de visites in Sobyan voor ogen waar we iedere keer pas het huis mochten verlaten als we naar de zin van de gastvrouw genoeg hadden gegeten. Maar in Hemgin werden we met veel argwaan ontvangen, alsof ze voorvoelden dat we iets terug kwamen eisen. En waarschijnlijk konden ze aan onze sombere blikken zien dat we door ongunstige omstandigheden naar Hemgin waren gedreven. Hemo probeerde op visite bij de dorpelingen telkens het ijs te breken door mijn grootvader te roemen en te wijzen op al het goeds dat hij voor het dorp had gedaan. Maar weinigen hadden hem persoonlijk gekend. Ik werd bang als ik naar de mensen keek die ons nors ontvingen. Ze spraken nauwelijks en nipten zwijgend van hun thee, alsof ze wachtten op een onheilspellende mededeling van onze kant. Zelfs de grappen van Hemo, waarmee hij eerder mijn broer aan het lachen had gekregen, werden zwijgend aangehoord. Ook de kinderen die bewegingloos naast hun ouders zaten, hielden hun lippen stijf op elkaar. Misschien waren ze geïnstrueerd om afstand te houden van mijn zusje en mij.

Een man met borstelige wenkbrauwen en een weerbarstige baard vroeg wat mijn vader van plan was te gaan doen in het dorp. Mijn vader keek Hemo even aan en antwoordde toen dat hij het nog niet wist en dat hij in ieder geval blij was dat hij weer terug was in zijn geboortedorp. Hemo knikte instemmend, maar aan de blik in de ogen van de man zag ik dat hij hem niet geloofde. Hij was niet de enige. Bij ieder bezoek kreeg ik het gevoel dat onze komst de achterdocht bij de mensen alleen maar versterkte.

Na het derde huis kon ik de spanning niet langer verdragen. Tot mijn verbazing gaf mijn moeder me toestemming om thuis te blijven. Ze zei alleen dat ik me moest gedragen en niets verkeerds mocht zeggen tegen de kinderen op straat. 'Praat met hen in geen geval over het land en laat je niet meeslepen door je broer.'

Toen mijn ouders op pad waren met mijn zusje en Hemo, en mijn broer weer eens spoorloos was, was ik voor het eerst alleen in ons nieuwe huis. Een ongemakkelijk gevoel bekroop me. De vreemde geur die er hing leek doordringender dan ooit. Ik kreeg steeds sterker het gevoel dat de geur een overblijfsel was van vroeger, dat het onlosmakelijk verbonden was met de wrede gebeurtenissen ten tijde van de oorlog. Ik durfde niet lang alleen in huis te blijven en liep naar buiten. Een straathond strompelde voorbij. Het arme beest zag eruit alsof hij elk moment in elkaar kon zakken. Zelfs de honden waren ongelukkig in Hemgin. Ik stak een hand uit naar hem, maar hij schrok zo van mijn plotselinge beweging dat hij meteen weghinkte.

Drie jongens van rond mijn leeftijd liepen voorbij. Ik moest meteen denken aan Ali en Bilal en hoe we altijd samen door Sobyan slenterden op zoek naar vertier. De warme herinnering riep een glimlach bij me op waardoor ik instinctief een hand naar de jongens opstak. Ze beantwoordden mijn groet niet en liepen verder zonder iets te zeggen. In dit dorp wilden niet alleen de straathonden maar zelfs de jongens van mijn leeftijd niets met mij te maken hebben. Wat was dit voor miserabele plek?

Ik wilde het liefst wegrennen, ik wilde net zo lang rennen tot ik weer in Sobyan was. Dan zou ik Ali en zijn moeder en zusje aanbieden om samen met mij in ons huis te gaan wonen. We zouden nieuwe dieren houden en ik zou weer iedere ochtend naar de grasvelden gaan. En dit keer zou Ali mij wel vergezellen. Iedere ochtend zouden we samen naar de grasvelden trekken en uren praten en stoeien. En als we moe werden, zouden we onder de boom waar ik altijd met mijn broer had gezeten een dutje doen, terwijl het vee ongestoord graasde.

Ik liep door de stoffige straten van Hemgin en negeerde de priemende blikken van de mensen die voor hun huizen in de schaduw zaten. Ik negeerde ook de felle zon die op mijn hoofd brandde. Mijn keel was droog, maar ook de dorst besloot ik te negeren. Dit treurige dorp met zijn ongelukkige mensen en armzalige straathonden kon mij niet klein krijgen. Ze konden mij, Miran Uslu uit Sobyan, zoon van Selim en Aşme Uslu, niet klein krijgen!

36

In Hemgin rook het niet naar de bloesems van de boomgaarden zoals in Sobyan, maar naar droge aarde. En hoewel ik nauwelijks vee zag, rook het er ook naar mest.

Inmiddels herkende ik de sombere gezichten als ik langs de huizen liep. Het waren veelal oude mensen die in de schaduw zaten te wachten tot hun tijd in dit dorp erop zat. De jonge mannen en vrouwen werkten op het land en de kinderen trokken zich van de hitte niets aan en dreven stofwolken door de straten, terwijl ze onvermoeibaar achter elkaar aan renden.

Vlak bij het plein stond de dorpskraan. 's Ochtends stonden de dorpsvrouwen er in alle vroegte in de rij om water te halen. Het leek altijd alsof ze verschrikkelijke ruzie hadden. Hun gekrijs galmde door het hele dorp. In Sobyan speelden we met mooi weer vaak met het water uit de dorpskraan, maar de kraan in Hemgin stond er in de verzengende hitte van de vroege middag verlaten bij. Ik duwde mijn hoofd onder de kraan en gaf een duw aan het hengsel. IJskoud water stroomde over mijn gezicht. Even had ik hetzelfde gevoel als wanneer ik in de zomer met Ali in het beekje achter ons dorp sprong. Het water verkoelde mijn hoofd en stroomde langs mijn hals naar mijn rug. Met gesloten ogen onderging ik de aangename tinteling die door mijn lichaam trok. Ik had daar voor altijd kunnen staan, daar bij die kraan die voor mij op dat moment het enige positieve aan het armzalige Hemgin vertegenwoordigde, tot iemand riep: 'Zo is het genoeg!'

Ik schrok, liet het hengsel van de kraan los en kwam snel overeind. Door mijn natte haren die voor mijn ogen vielen, zag ik dat het Raywan was.

'Je hebt genoeg water verspild. Weet je wel hoe kostbaar het is?'

Ik schudde mijn hoofd. Mijn hart begon sneller te kloppen.

'Mehmet was het toch?'

Ik knikte terwijl ik me afvroeg waarom hij weer een onaangestoken sigaret tussen zijn lippen geklemd hield.

'Ik wilde je niet laten schrikken, maar in dit dorp gaan we zuinig om met water. Begrijp je dat?'

Ik zei niets, waarop hij op luide toon herhaalde: 'Begrijp je dat, Mehmet?'

Wat was dit voor dwaas die me hier op het dorpsplein de les las? Dat deed mijn eigen vader niet eens. Toen hij me bleef aankijken zei ik 'ja' om van hem af te komen.

'Waar zijn je ouders?'

'Op visite.'

'Bij wie?'

'Weet ik niet.'

'Doe je moeder de groeten van me,' zei hij grijnzend. 'En zeg haar maar dat ik ernaar uitzie haar te spreken.' Hij knipoogde naar me en liep toen weg. Ik keek hem verbaasd na terwijl ik mijn hand door mijn natte haar haalde.

Een warme windvlaag blies stof door de straten. Ik bedekte mijn ogen met mijn hand en liep langzaam verder terwijl de woorden van Raywan door mijn hoofd schoten. Net toen de wind ging liggen en ik opkeek, zag ik voor een huis een meisje van mijn leeftijd staan. Ze had betoverend blauwe ogen en lang donkerblond haar met grote krullen. Ik had nooit eerder een meisje met zulke flonkerende ogen gezien. Ze droeg een rood rokje met daaronder een lange donkere broek. Een blauw bloesje met korte mouwen onthulde haar honingbruine armen. Een magisch moment troffen onze blikken elkaar. Het duurde slechts enkele seconden, maar het was lang genoeg om een visioen te beleven waarin ik lachend met haar door een grasveld vol klaprozen rende en ze mijn naam liefdevol in mijn oor fluisterde.

Ze glimlachte naar me. Niet eerder had een meisje op die manier naar me gelachen. Ik wist niet wat ik moest doen en keek weg. Ik was bang dat ze kon zien dat ik bloosde.

'Zweet je altijd zo?' In mijn visioen had haar stem anders geklonken, minder hard en niet zo brutaal, maar toch beviel het me. Ik moest nu wat terugzeggen, het prachtige meisje wachtte op mijn antwoord. Maar mijn hart klopte in mijn keel.

'Het... het is geen zweet... het is... wa-water.' Ze zou vast denken dat ik altijd zo was, dat ik geen fatsoenlijke zin kon uitspreken zonder te blozen en te stotteren. Ik vervloekte mezelf.

Ze begon op vertederende wijze te lachen en terwijl ik alleen maar dacht dat ik voor die lach kon sterven, zei ze: 'Ik maakte een grap hoor. Het lijkt me heerlijk, het is zo warm.'

'Ja, ja,' grinnikte ik en staarde naar de grond.

'Hoe heet je?'

'Ik?'

'Ja, jij.'

Misschien kwam het door haar volmaakte glimlach dat ik niet kon nadenken, dat ik even niet wist wat ik moest antwoorden. Miran? Mehmet? Hoe werd ik genoemd?

'Mi-Mehmet,' stamelde ik.

Ze keek me verbaasd aan. 'Mi-Mehmet?'

'Nee, nee... Mehmet.'

En terwijl ze naar me toe liep, zei ze: 'Ik plaag je een beetje.' Ze stak haar hand naar me uit. 'Ik ben Besila.'

Zo heette ze dus, dat was dus de naam die ik voortaan zou uitspreken in mijn dromen en gedachten.

Besila.

Ik pakte haar hand die warm en zacht aanvoelde en mooi in de mijne paste alsof hij voor mij gemaakt was. En terwijl we elkaars hand bleven vasthouden en een onbekend gevoel van opwinding vanaf mijn liezen omhoog trok, vroeg ze: 'Jij bent niet van hier hè?'

Ik schudde mijn hoofd.

'Waar kom je vandaan?'

'Sobyan.'

'Sobyan?'

'Ja,' zei ik en hoewel ik het gevoel had dat onze handen verhit raakten, hoopte ik dat ze me nooit meer los zou laten, dat ik eeuwig haar hand in de mijne zou voelen branden. 'We... we zijn hier nu een paar dagen.'

Op dat moment klonk er een luide vrouwenstem vanuit het huis waar ze voor stond. 'Besila, met wie sta je daar te praten? Kom naar binnen!'

Ze trok snel haar hand terug en voordat ze naar binnen dook, schonk ze me een laatste glimlach. Hoewel mijn benen slap aanvoelden, bleef ik als versteend naar de deuropening staren waarin ze was verdwenen, in de hoop dat ze zou terugkeren. Ik rook aan de hand die de hare had vastgehouden en snoof een zoete geur op die me een licht gevoel in mijn buik bezorgde.

Ik liep verder terwijl een metershoge golf van vreugde me overspoelde. Besila had mijn leven betreden. Ze had voor een lichtpunt gezorgd in Hemgin.

37

We zaten in de woonkamer toen de voordeur zonder kloppen opengeduwd werd. Een kleine dikke man liep met korte pasjes en zwaar ademend op mijn vader af en stak zijn hand naar hem uit.

'Ma be gerdi, ik ben de muhtar,' zei hij op luide toon alsof hij daarmee zijn autoriteit wilde onderstrepen.

'Gerbe sılamet, mijn naam is Selim Uslu,' zei mijn vader, opkijkend vanaf het kleed. 'Ik had u niet verwacht.'

'Heeft Hemo u niet verteld dat ik langs zou komen?'

'Nee.'

Voordat mijn vader hem een plek kon aanbieden, nam de muhtar plaats op een kussen op de grond. Zijn hoofd was rond en kaal, op een paar plukken op de zijkanten en achterkant na. Onder zijn vermoeide ogen zaten diepgrijze kringen. We verwachtten dat hij eerst iets over zichzelf zou vertellen of mijn vader zou vragen hoe het met hem ging, maar hij stak meteen van wal: 'Selim bey, hoelang geleden bent u uit Hemgin vertrokken?' en voordat mijn vader kon antwoorden zei hij: 'Twintig jaar, is het niet?'

'Achttien jaar,' corrigeerde mijn vader hem.

'Dat is een lange periode, misschien wel een kort mensenleven.' Hij zweeg even. 'Goed, u besluit na achttien jaar onaangekondigd terug te keren en u wilt terug wat al die tijd niet meer van u is. En u...'

Mijn moeder kon het niet aanhoren. 'Waar heeft u het over? Mijn man heeft de grond van zijn vader geërfd. Het is nog steeds zijn grond!'

De muhtar keek mijn moeder voor het eerst aan. Hij verborg zijn verontwaardiging niet en trok een stalen gezicht. 'Het spijt me, maar ik praat met uw man over belangrijke zaken. Misschien kunt u me wat te drinken aanbieden in plaats van me midden in mijn verhaal in de rede te vallen. In Hemgin zwijgt een vrouw en zorgt voor de gasten.'

Er laaide meteen een fel vuur op in de ogen van mijn moeder dat de ruimte zo in brand had kunnen zetten. Ik wist dat ze het niet kon verdragen om door een man tot stilte gemaand te worden. In Sobyan had ik haar voor minder iemand furieus de les zien lezen zonder daarbij een grove vloek of fel handgebaar te schuwen, en waarschijnlijk had ze niets liever gedaan dan naar de muhtar uit te vallen, maar ze zweeg. Misschien kwam het door de hand die mijn vader op haar been legde. Even koesterde ik de hoop dat mijn vader het voor haar zou opnemen en de muhtar van een gepast weerwoord zou dienen, maar hij verviel in zijn oude gewoonte de situatie beheersbaar te willen houden en zei: 'Aşme, zou je alsjeblieft wat te drinken willen halen voor onze gast?'

Mijn moeder perste haar lippen op elkaar en liep weg zonder de muhtar aan te kijken of hem te vragen wat hij wilde drinken.

Mijn vader kuchte ongemakkelijk en zei aarzelend: 'Mijn vrouw heeft gelijk, muhtar bey. Sorry, ik weet uw naam niet eens.'

'Zegt u maar gewoon muhtar bey. Zo noemt iedereen me hier.'

'Goed. Muhtar bey, ik heb de grond van mijn vader, Miran Uslu, geërfd. U heeft hem vast gekend.'

'Ja, ja, ik heb uw vader gekend. Een goedhartige en eerlijke man die ons veel te vroeg is ontvallen.' De muhtar zweeg even en staarde voor zich uit alsof hij overvallen werd door een herinnering die hij lang geleden in de diepste krochten van zijn ziel had weggestopt, maar die nu onverwacht was aangeroerd. Hij liet een gemaakt kuchje horen en vuurde toen een spervuur van woorden op mijn vader af: 'Hoe dan ook, Selim bey, we zijn het erover eens dat u dit dorp heel lang geleden de rug heeft toegekeerd. U bent weggelopen zonder enig bericht achter te laten, voor hetzelfde geld was u al die tijd dood geweest. En in plaats van dat u eerst naar mij toekomt om over deze ingewikkelde kwestie te spreken, keert u onaangekondigd terug en verwacht u dat u iets kunt afpakken van de mensen.' Hij zweeg een moment alsof hij de woorden op mijn vader wilde laten inwerken. 'Begrijpt u dat mij dat heel erg verbaast? Begrijpt u dat?'

Ik zag dat mijn vader naar woorden zocht. Hij wist zich geconfronteerd met iemand die tegen elke prijs de belangen van zijn dorpsgenoten zou verdedigen. Mijn vader begreep dat zijn vriendelijkheid nu niets zou opleveren. Hij moest laten zien dat hij geen angstige kreupele was maar een vastberaden man die voor de belangen van zijn gezin opkwam.

'Allereerst ben ik niet weggelopen maar verhuisd naar Sobyan waar ik met Aşme ben getrouwd.' Hij wees trots naar mijn moeder die in het keukentje stond. 'Daarnaast blijf ik volgens de wet eigenaar van het land dat ik van mijn vader heb geërfd. Dat anderen er zonder mijn toestemming gebruik van maken, verandert daar niets aan!' Hij sprak de woorden fel en zonder aarzeling uit. Zijn terughoudendheid had plaatsgemaakt voor overtuiging. Alsof hij lang op dit moment had gewacht en eindeloos op de woorden had geoefend.

De muhtar verhief meteen zijn stem. 'U creëert onrust in mijn dorp en dat wil ik niet hebben!' Klodders speeksel vlogen uit zijn mond. 'Dit is geen Istanbul! U kunt hier niet met een papiertje zwaaien dat u recht heeft op een stuk grond. Dit is Hemgin, hier gelden andere regels, hier gaan wij anders met elkaar om!' Hij zweeg even alsof hij voelde dat hij zijn beheersing moest hervinden. Hij wreef met zijn hand over zijn bezwete hoofd en zei toen grijnzend: 'Ik weet niet of u het gemerkt heeft, maar u wordt hier niet met open armen ontvangen. Geruchten verspreiden zich snel in een dorp, Selim bey. Dat moet u ook weten.'

'Ik heb daar helemaal niets van gemerkt. Met mijn gezin heb ik al meerdere huisbezoeken afgelegd en we werden telkens vriendelijk ontvangen.' Mijn vader glimlachte tevreden alsof hij met zijn weerwoord het ongelijk van de muhtar had aangetoond. Maar ik was het niet met hem eens, had hij soms niet gemerkt dat iedereen afstandelijk tegen ons deed en we vreemd werden aangekeken op straat?

Mijn moeder zette een beker water voor de muhtar neer.

'Ik als muhtar moet opkomen voor mijn mensen,' zei hij waarna hij de beker in een teug leegdronk en met de rug van zijn rechterhand zijn druipende mond afveegde. 'En ik moet voorkomen dat er onrust optreedt. Begrijpt u dat?'

'Natuurlijk, dat willen wij ook,' zei mijn vader. 'Maar wij zijn afhankelijk van het land. Waar moet mijn gezin anders van leven?'

'Dat weet ik niet, Selim bey. Dat is niet mijn probleem.'

'Waarom komt u niet op voor mijn belang?' vroeg mijn vader. 'Dit is toch ook mijn dorp?'

'Niet meer.'

'Lanet bo!' vloekte mijn moeder. 'U kunt toch niet ontkennen dat het onze grond is?' Iedereen in huis schrok van haar stemverheffing. 'U moet als muhtar deze onrechtvaardige situatie herstellen. U moet zorgen voor een oplossing. Anders bent u uw positie niet waard!'

Hoewel haar stem krachtig door het huis galmde, reageerde de muhtar deze keer helemaal niet op haar. In plaats daarvan keek hij mijn vader aan alsof er niemand anders aanwezig was in de woonkamer, en zei met een stem die om begrip vroeg: 'Selim bey, ik vraag u om verstandig te zijn, ook in het belang van uw gezin, en af te zien van de grond. U moet ook begrijpen dat het zinloos is.' Hij stond moeizaam op en voegde eraan toe: 'Denkt u er goed over na, voordat er hier onplezierige dingen gebeuren. Denkt u goed na over mijn woorden.'

Terwijl ik me afvroeg wat hij bedoelde met 'onplezierige dingen' zei mijn vader: 'Wacht, muhtar bey!'

Maar de muhtar liep met onhandige pasjes het huis uit zonder om te kijken of gedag te zeggen. Mijn moeder staarde mijn vader aan zoals alleen zij iemand kon aanstaren. Met zijn vlakke hand wreef hij over de grond en wachtte gelaten op haar reactie.

'Waar was je in godsnaam mee bezig, Selim?' riep ze woest. 'Waarom stelde je je zo slap op?'

Mijn vader zweeg.

'Ik begrijp je niet, je gaf hem nauwelijks weerwoord. Je had net zo goed zijn handen en voeten kunnen kussen en zeggen dat we vandaag vertrekken.'

Mijn vader bleef voor zich uitkijken. Ik had met hem te doen. Ik vond dat hij zich voor zijn doen goed staande had gehouden, maar mijn moeder zag het zoals zo vaak anders.

‘SELIM!’ Ze sloeg zo hard met haar hand op de grond dat Elida en ik van onze plek opveerden. ‘Lanet bo! Zeg wat!’

‘Aşme... alsjeblieft, blijf rustig. Wat had ik nog meer moeten zeggen? Ik heb toch gezegd dat het mijn grond is? Ik heb toch gezegd dat we er afhankelijk van zijn?’

‘Het was een slappe vertoning. Die man nam jou niet serieus, geen moment.’

Ik keek naar mijn arme vader en wilde op dat moment niets liever dan het voor hem opnemen. Ik wilde zeggen dat ik het met hem eens was, dat hij voor ons was opgekomen, maar ik durfde niet.

Ze schudde driftig haar hoofd. ‘Waarom wilde je zo nodig terug naar dit verrekte dorp?’ Haar stem trilde. ‘Waarom heb je je gezin dit aangedaan, Selim? Wat moeten we nu beginnen? O, o, moge Allah ons bijstaan. Moge Allah ons wijsheid schenken. *Ya Ali, Ya Ali!*’

Ze begon te huilen. De sterke vrouw die mijn vader en velen in Sobyan zo vaak angst had ingeboezemd met haar krachtige stem en genadeloze uithalen, brak. Was onze situatie echt zo uitzichtloos dat zelfs mijn moeder het niet meer zag zitten?

Mijn vader legde een hand op haar been. ‘Rustig maar, Aşme. Alles komt goed,’ zei hij terwijl hij voorzichtig de tranen van haar gezicht veegde. ‘Alles komt goed.’

‘Hoe dan?’

‘Ik heb een plan.’

‘Wat voor plan?’

‘Het is al laat, we zijn allemaal moe. Ik vertel het morgen.’

38

Besila is het mooiste meisje van de wereld, had ik voor het slapengaan in mijn schrift geschreven. Ik lag met open ogen in bed. De zware ademhaling van mijn broer vulde de benauwde ruimte.

Ik dacht aan Besila en zag haar sprookjesachtige verschijning voor me. Haar bloesje vertoonde een welving bij haar borsten en haar heupen waren breder dan die van de giechelmeisjes in Sobyan naar wie Ali en ik nooit omkeken. Ik vroeg me af hoe Besila er naakt uit zou zien. Zouden haar borsten en billen ook een honingbruine gloed hebben?

In mijn verbeelding streelde ik haar warme lichaam en kuste ik haar zachte lippen, en zij streek over mijn buik met haar kleine handen en lachte naar me. Ik voelde een oerdrift in me opkomen zoals ik die nooit eerder had gevoeld. Het was een drang die steeds hartstochtelijker uit mijn binnenste opborrelde, die me verraste en tegelijkertijd een onbekende sensatie bezorgde. Ik gaf me eraan over tot ik ineens schrok en me ervan bewust werd dat ik iets verbodens deed waar mijn broer en zusje bij waren. Mijn hart klopte in mijn keel, maar ik wist niet of het kwam door de drang of door de schrik. Ik wist alleen dat ik niet kon stoppen. De drang was sterker dan ikzelf en duwde mijn handen onder de lakens richting mijn onderlichaam en stuwde mijn ademhaling op. Ik sloot mijn ogen en ervoer een genot waar ik tot dan toe verstoken van was gebleven. Het was alsof er een luik in mij openging en alles met iedere ademteug lichter aanvoelde. Het was alsof de drang zich langzaam een weg naar buiten baande.

Ik voelde een stomp in mijn zij. 'Hé, heb je weer een nachtmerrie?' vroeg mijn broer.

Een ruwe schok trok door mijn lichaam terwijl het koude zweet me uitbrak en ik meteen mijn handen vanonder het laken terugtrok. Doodsbenauwd hield ik mijn adem in.

'Mehmet, ben je wakker?' zei hij nu harder.

Als ik al niet wakker was geweest, was ik dat nu zeker. Ik moest wat terugzeggen. Zo geruisloos mogelijk liet ik de lucht uit mijn longen ontsnappen.

'Ja... ja,' zei ik.

'Is er iets?'

Had hij me gehoord?

'Nee... nee.'

'Je ademt zo zwaar. Ik dacht dat je een nachtmerrie had.'

'Ja, ja... ik had een nachtmerrie.'

'Mehmet.'

'Ja?'

'Ik wil hier weg.'

Ik wilde ook weg. Maar Besila dan? Ik zou haar hart dan niet meer kunnen veroveren.

'Maar bao,' zei ik snel. 'Hier kunnen we het toch ook goed hebben?'

'Ben je gek? We zijn niet welkom in dit klotedorp. We hebben hier niets te zoeken!'

'Maar baba heeft een plan,' probeerde ik.

'Ha! Het lijkt me beter als baba geen plannen meer maakt. Daar komt alleen maar meer narigheid van. Ik wil zo snel mogelijk weg uit dit dorp.'

Ik moest weer aan de dreigende woorden van de muhtar denken. Misschien had mijn broer gelijk en moesten we dit dorp zo snel mogelijk verlaten, voordat er onplezierige dingen zouden gebeuren.

39

Mijn broer was die ochtend niet vroeg vertrokken. Hij was ook benieuwd naar het plan van mijn vader. Elida zat naast me en keek alsof ze aanvoelde dat er iets belangrijks gezegd zou worden.

'Selim, houd ons alsjeblieft niet langer in spanning.' De nieuwsgierigheid die in mijn moeder brandde, klonk door in haar stem.

Mijn vader stak een sigaret op en nam een diepe trek. Zijn ogen verloren aan vriendelijkheid als hij rookte. Bij het inhaleren kneep hij ze samen alsof het hem moeite kostte de rook in zijn longen toe te laten, en er daalde een grijze gloed neer op zijn gezicht waardoor hij iets hards uitstraalde wat niet bij hem paste.

Hij tikte de sigaret tegen de rand van de asbak en zei: 'Goed, ik heb lang over de situatie nagedacht.'

Hij had een meesterplan en als hij het zou uitvoeren, zouden al onze zorgen tot het verleden behoren. Ik wist het zeker. Niet langer zouden we als indringers worden beschouwd. Mijn moeder keek hem gespannen aan en zelfs mijn broer leunde ongeduldig voorover op zijn kussen.

'Vooruit, Selim,' riep mijn moeder. 'Wil je soms wachten tot er weer onkruid in het huis groeit?'

Mijn vader blies met gevoel voor dramatiek een rookwolk uit en zei op gewichtige toon: 'We gaan naar de akkers om te praten met de boeren op ons land.'

Er viel een stilte. Was dit waar hij zo lang op had gebroed?

'Is dat je plan?' vroeg mijn broer met ongeloof. 'Praten met de schurken die ons land bezet houden?' Hij barstte in lachen uit. Het was een spottende lach die luid door het huis galmde en zo lang aanhield dat hij iets angstaanjagends kreeg.

'Yusuf, hou daarmee op,' zei mijn moeder. 'Zo is het genoeg geweest.' Ze zuchtte diep en keek mijn vader aan. 'Selim, hoe zie je dat voor je?'

'Jij en ik gaan samen naar de akkers en praten met de boeren die op het land aan het werk zijn. De kinderen blijven thuis.'

'Selim, dat begrijp ik, ik ben niet dom. Maar wat zeg je dan? Ga van mijn land af? Maak dat jullie wegkomen?'

Mijn broer begon weer te lachen, zachter dit keer, maar stopte meteen toen mijn moeder hem kwaad aankeek.

'Nee, Aşme, het zal niet werken als we zo'n toon aanslaan.'

En weer zweeg mijn vader alsof hij wilde dat we ieder woord uit zijn mond trokken. Ik begreep niet waarom hij dat deed. Had hij soms geen plan? Hoopte hij er ter plekke een te verzinnen?

'Maak je zinnen toch eens af,' zei mijn moeder. 'Ik kan hier niet meer tegen! Vertel wat je plan is!'

'Goed,' zei mijn vader. 'Ik ga ze vertellen dat ze op het land mogen blijven.'

We keken elkaar verbaasd aan.

'Wat? Ik begrijp het niet,' zei mijn moeder. 'Waar heb je het over? Selim, hoor je wel wat je zegt?' Ze keek mijn vader aan alsof hij gek geworden was. 'Geef je het soms nu al op? Zijn we hiervoor naar dit vervloekte dorp afgereisd?'

'Natuurlijk niet, Aşme. Ze mogen op het land blijven, maar alleen op mijn voorwaarden, alleen als ze een deel van de opbrengst aan ons geven.'

Mijn moeder liet de woorden tot haar doordringen. 'Ze moeten ons dus betalen. Hoeveel?' vroeg ze. 'Hoeveel moeten ze aan ons afstaan?'

'De helft.'

Nu begon mijn moeder te lachen en op dat moment begreep ik van wie mijn broer zijn spottende lach had afgekeken.

'Belachelijk, dat lukt nooit!' riep mijn broer.

'Waarom niet? Ze gebruiken een stuk land dat niet van hen is.

Door een deel van hun opbrengst aan ons af te staan, betalen ze ervoor. Mijn vader liet ook mensen op zijn land werken en gaf hun een klein deel van de opbrengst.'

'Dat was een andere tijd,' zei mijn broer. 'Deze mensen hebben de afgelopen achttien jaar niet hoeven betalen voor het land. Zij beschouwen het als hun land.'

Ik schrok van de overtuigingskracht van mijn broer. Zoals hij het stelde, viel er weinig tegen in te brengen. Plotseling zag ik ook weinig heil in het plan van mijn vader.

'Dat kan wel zo zijn, maar ze weten allemaal dat het land mijn vader toebehoorde. Niemand kan mij wijsmaken dat ze het niet wisten.' Mijn vader zweeg even. 'Bovendien is het land toch te groot voor ons alleen. We hebben mensen nodig die het voor ons bewerken en het oogsten voor hun rekening nemen. We hebben arbeiders nodig.'

'Yusuf heeft gelijk,' zei mijn moeder vermoeid. 'Het zal niet lukken. Ze zullen nooit de helft van de opbrengst aan ons afstaan.'

'Alsjeblieft, Aşme, dat weet ik ook wel,' zei mijn vader, en hij begon bevlogen te gebaren. 'Je moet het zien als het eerste bod bij een onderhandeling, net als op de markt in Varto. Ze zullen afdingen en uiteindelijk akkoord gaan met het afstaan van een kleiner deel van hun oogst. Misschien een kwart, of iets minder. Daar komen we wel uit. Van die inkomsten kunnen we goed leven en zij mogen op het land blijven. Ik ben wel kreupel maar niet gek!' Hij moest lachen om zijn eigen woorden.

'Ik ben het met baba eens,' riep ik ineens. Ik schrok van mijn eigen woorden want ik was niet van plan geweest hardop mijn steun te betuigen. Maar toen alle blikken op mij gericht waren, besloot ik door te zetten terwijl ik mijn hart in mijn keel voelde kloppen. 'Ik vind het... een goed plan, en... en ik denk ook dat we eruit komen... met de boeren. We moeten gewoon rustig met ze praten.'

Niet eerder had ik me zo duidelijk uitgesproken in het gezin en partij gekozen voor mijn vader. Het voelde vreemd de rol van zwijgzame luisteraar van me af te werpen. Mijn vader keek me verbaasd aan, maar in zijn blik gloeide ook onmiskenbaar trots. Hij wist nu dat hij niet meer alleen stond in het gevecht met zijn koppige vrouw en ongehoorzame oudste zoon. Hij was niet meer alleen in de strijd tegen de boeren, tegen het hele dorp. Zijn jongste zoon stond nu aan zijn zijde.

'Wat weet jij er nou van, Mehmet!' riep mijn broer. 'Wees verstandig en duw een duim in je mond zoals Elida, dan komt er geen onzin uit. Zij weet tenminste dat ze moet luisteren wanneer volwassen mensen praten.'

Zijn aanval kwam onverwacht. Het was alsof hij me met een stuk hout op mijn achterhoofd sloeg. Ik dacht dat we in Hemgin nader tot elkaar waren gekomen. En nu veegde hij me onderuit terwijl ik het alleen maar opnam voor mijn vader.

'Mehmet mag ook zeggen wat hij vindt,' zei mijn vader streng. 'Waarom val je zo naar hem uit? Jij bent zijn grote bao.'

'Dan moet hij maar geen onzin uitkramen,' antwoordde mijn broer.

De steun van mijn vader gaf me de moed om tegen mijn broer in te gaan. 'Ik kraam geen onzin uit! Ik... ik ben het alleen met baba eens.' Ik voelde de adrenaline naar mijn hoofd stijgen en zei met trillende stem: 'Je vindt het vervelend dat ik je tegenspreek omdat je weet dat ik gelijk heb. Jij kunt... jij kunt gewoon niet tegen je verlies!'

Mijn broer veerde op van zijn plek en stormde met opgeheven hand op me af. Vlak voordat hij kon uithalen, trok mijn moeder hem stevig aan zijn broekspijp en riep: 'Ga zitten jij! Gedraag je. Je lijkt wel een wild beest.'

Hij bleef staan. Zijn blik was vernietigend. 'Let op je woorden, Mehmet. Ik waarschuw je.'

Er volgde een lange stilte waarin ik me vertwijfeld afvroeg hoe het verder moest. Ik hoopte dat mijn vader iets verstandigs zou zeggen waarmee hij mijn moeder over de streep zou trekken. Maar hij wreef alleen met gebogen hoofd over zijn stompje.

'Goed,' zei mijn moeder, de stilte doorbrekend. 'Ik betwijfel of de dorpelingen zullen meewerken, maar ik weet ook niet wat we anders moeten doen. Ik geef je het voordeel van de twijfel na de verstandige woorden van onze jongste zoon. Miran luistert altijd geduldig en denkt goed na over de dingen. Hij roept nooit zomaar wat. Als hij het eens is met jou, durf ik het wel aan om mijn twijfels voor even aan de kant te schuiven. Voor even, Selim.'

Mijn woorden hadden voor haar de doorslag gegeven. Niet eerder had mijn moeder zich in mijn bijzijn zo lovend over mij uitgelaten. Nu was het mijn beurt om van trots te gloeien.

Die middag liepen mijn broer en ik naar de dorpskraan. Het was de grauwste dag sinds we in Hemgin waren gearriveerd. Een druilregen daalde traag neer op het dorp en zo nu en dan stak er een kille wind op die me verkleumde. Hoewel het rond het middaguur was, waren de straten uitgestorven.

Na het gesprek over het plan van mijn vader, was mijn moeder overstuur en met twee lege emmers teruggekeerd van de dorpskraan. Ze vloekte dat ze Hemgin meteen wilde verlaten. 'In dit dorp wonen alleen maar beesten! Beesten zijn het! De vrouwen bij de dorpskraan duwden me zonder aanleiding en scholden me uit voor indringster. En ze beschuldigden me ervan dat ik hun mannen wilde verleiden. Ze zeiden dat ze me in de gaten hielden. Kun je het je voorstellen? Maar dat is nog niet alles. Toen ik terug naar huis liep, werd ik ook door een paar mannen lastiggevallen, ze riepen van alles naar me. Het was verschrikkelijk, Selim!'

Ik zag de woede in mijn vaders ogen. 'Wat zeiden ze? Wat zeiden ze, Aşme?'

'O Selim, het was zo erg, ik kan het onmogelijk herhalen in het bijzijn van de kinderen. Het zijn beesten, het zijn allemaal beesten in dit dorp!'

Mijn vader stond op en greep naar zijn krukken. 'Ik zal met Hemo praten. Dit kan zo niet langer!'

Terwijl mijn broer en ik naar de dorpskraan liepen, vroeg ik me af wat de mannen van het dorp tegen mijn moeder hadden gezegd. Het moest iets ergs zijn geweest, want mijn moeder was niet snel van haar stuk te brengen. Maar hier kenden ze haar reputatie niet. Hier in Hemgin was ze een indringster. Hier waren we allemaal indringers.

Terwijl we onze emmers vulden, bedacht ik dat op die plek mijn moeder enkele uren eerder was uitgescholden door een paar vrouwen. Het drong toen pas tot me door dat haar hetzelfde overkwam als haar moeder jaren geleden. Zoals mijn grootmoeder niet werd geaccepteerd door de vrouwen in het soennitische dorp en het iedere ochtend bij de dorpskraan tot confrontaties kwam, zo was mijn moeder nu ook lastiggevallen. En plotseling was ik bang dat mijn moeder ook bewusteloos zou worden geslagen om op een ochtend met een bijl terug te keren en haar belagers een lesje te leren. Maar wat zou er met ons gebeuren als ze de schedel van een van hen zou splijten?

Met een emmer in de hand keek ik naar het huis waarin ik Besila een paar dagen eerder had zien verdwijnen. Ze had voor een lichtpunt kunnen zorgen op deze ellendige dag, maar de voordeur was dicht. Ik vroeg me af of Besila 's ochtends ook bij de dorpskraan had gestaan. Was ze erbij toen ze mijn moeder hadden belaagd? Ik durfde er niet aan te denken. Ik wilde niet dat het enige positieve dat Hemgin me te bieden had, van me afgepakt zou worden.

Toen we thuiskwamen, waren Hemo en mijn vader in een discussie verwikkeld.

'Selim, dat lijkt me een slecht plan,' zei Hemo. 'Jullie gaan niet met de boeren praten.'

'Maar er is geen andere mogelijkheid,' zei mijn vader opgewonden. 'We kunnen zo niet doorgaan en onze hand bij jou blijven ophouden. Ik heb bijna geen geld meer.'

'Praat geen onzin,' zei Hemo. 'Alles wat van mij is, is ook van jullie. Ik heb je moeder jaren terug beloofd dat ik voor je zou zorgen, en voor mij geldt die belofte nog steeds.'

'Ik ga terug naar Sobyan om ons geld op te eisen bij Atilla,' zei mijn broer plotseling. 'Die bedrieger moet niet denken dat hij ermee kan wegkomen.'

'Nee, Yusuf,' zei mijn vader. 'Jij blijft hier. We krijgen ons geld nog wel van Atilla.'

'Selim,' zei Hemo. 'Laat me nog een keer met de muhtar praten.'

Mijn vader legde een hand op zijn schouder. 'Het is zinloos. We laten hem volledig koud.'

Ik keek naar Hemo, naar de oude man die zijn beste jaren achter zich had liggen, en vroeg me af wat voor leven hij had geleid, hoe het kwam dat hij geen vrouw en kinderen had. En plotseling besefte ik dat ik weinig meer van hem wist dan de verhalen die mijn vader over hem had verteld. Hij was voor mij lang een mythisch figuur geweest, tot het lot ons naar dit vervloekte oord had gedreven waar vele zwarte bladzijden in ons familieboek waren geschreven.

Mijn vader nam een lange trek van zijn sigaret. 'Waar ben je bang voor, Hemo?'

Hemo zuchtte. 'Ik ben helaas goed bekend met de minder mooie eigenschappen van mijn dorpsgenoten. Ze zijn eenvoudige en hardwerkende mensen met wie ik nooit problemen heb gehad, maar als ze zich bedreigd voelen, dan kunnen ze heel vervelend worden. Dan worden het andere mensen.'

Mijn vader keek hem geschrokken aan. 'Hoe bedoel je?'

'Selim, ze zullen geen middel schuwen om op te komen voor hun belangen.'

'Ben je bang dat ze gewelddadig worden?'

Hemo knikte. De groeven op zijn voorhoofd werden dieper toen hij zei: 'Ik heb hier kleine meningsverschillen uit zien lopen op vreselijke familiedrama's waarbij gezinnen voor altijd verwoest werden. Jonge mannen die nog een heel leven voor zich hadden, werden in onzinnige familievetes gesleurd en vermoord.' Hij nam even de tijd om de duistere herinneringen die boven waren komen drijven, weg te stoppen. 'Selim, er hoeft maar weinig te gebeuren om het wankele evenwicht te verstoren. Heel weinig. Het lijkt erop dat de wolven nu langzaam uit hun holen komen. Aşme heeft een waarschuwing gehad bij de dorpskraan. Het valt niet te voorspellen wat er hierna zal gebeuren.'

Koude rillingen liepen over mijn rug. Deze mensen waren in staat te moorden. In dit dorp liepen moordenaars rond. Ik had gewild dat mijn moeder Hemo's woorden had gehoord. Ze had vast haar hand voor haar mond geslagen en erop aangedrongen dat we het dorp meteen zouden verlaten, maar ze stond buiten op het erf.

'Hemo, ik kan me niet voorstellen dat ze me iets zullen aandoen, een kreupele man wiens vader veel voor het dorp heeft betekend.' Mijn vader glimlachte nerveus. 'Ik wil alleen maar met ze praten over het delen van het land. Dat is alles. Wie kan daar wat op tegen hebben?'

Hemo stak zijn vinger op onheilspellende wijze op. 'Zoals ik al zei, er is niet veel voor nodig om het evenwicht te verstoren, Selim. Vergeet dat niet.'

Maar ik zag dat Hemo's woorden hun uitwerking misten, ik zag dat mijn vader op zijn onschuldige voorkomen en afkomst rekende. Het was onvermijdelijk: op dat moment moest ik denken aan mijn broer, die een onverschrokkenheid toonde die in dit dorp levensgevaarlijk kon zijn. Stond mijn vader daar niet bij stil? Zag hij het niet?

'Baba,' zei ik. 'Ik ben bang.' Ik voelde dat ik het moest zeggen, ik voelde dat we gevaar liepen.

'Dat is niet nodig, Mehmet,' zei mijn vader. 'Alles komt goed.'

Dat had mijn vader zo vaak gezegd. Maar alles was daarna niet goed gekomen. Alles was alleen maar erger geworden. Veel erger.

40

Op de ochtend dat mijn ouders met de boeren gingen praten, moesten mijn broer en ik plechtig beloven dat we hen niet zouden volgen naar het land. Ze bleven net zo lang op ons inpraten tot mijn broer nauwelijks zichtbaar knikte.

Hemo had ons daarvoor verteld over zijn tweede gesprek met de muhtar, die zich onvermurwbaar had getoond. 'Ik heb Selim bey gewaarschuwd,' had hij gezegd. 'Als hij niet wil luisteren, zijn de gevolgen voor zijn rekening.' Daarop had Hemo hem openlijk vervloekt.

Vlak nadat onze ouders het huis hadden verlaten, pakte mijn broer me stevig bij mijn schouders en keek me indringend aan. 'We kunnen ze niet alleen laten gaan!' zei hij. Ik schrok van de felheid en gejaagdheid waarmee hij sprak. Niet eerder had ik hem zo verontrust meegemaakt. 'Je hebt toch gehoord wat Hemo zei?'

Ik was verbaasd. Mijn broer had afwezig voor zich uitgekeken toen Hemo had verteld over de gevaren van het dorp, alsof de woorden niet tot hem doordrongen. Maar nu liet hij blijken dat hij begreep wat mijn vader weigerde te zien. Zijn reactie stelde me gerust, want we hadden hem nodig. Meer dan ooit hadden we mijn broer nodig in dit vijandige dorp.

'We gaan ze achterna,' zei mijn broer beslist.

En hoe bang ik ook was, ik wist dat hij gelijk had. Ik voelde dat het tijd was dat de broers Uslu openlijk achter hun ouders gingen staan.

'Gaan ze anne en baba pijn doen?' vroeg Elida.

We draaiden ons naar haar om. Door de opwinding hadden we ons nauwelijks om ons zusje bekommerd. Mijn broer tilde haar op en zei rustig dat ze zich geen zorgen moest maken. 'Niemand gaat anne en baba pijn doen. Mehmet en ik gaan met hen mee.' Hij streek over haar wang en legde haar weer op de grond.

Ze keek mij nu aan met haar onschuldige bruine ogen. 'Ik ben bang.'

Het liefst had ik gezegd dat ik ook bang was en dat het mij beter leek om meteen dezelfde dag terug te gaan naar Sobyan, maar mijn broer knikte naar me. Ik begreep wat hij bedoelde. 'Elida, alles komt goed,' zei ik zoals ik mijn vader dat zo vaak had horen zeggen, en ik gaf haar een kus op haar voorhoofd. Maar ik wist helemaal niet of alles goed zou komen. Ik durfde er niet aan te denken wat ons te wachten stond. 'Wacht hier maar op ons. We zijn niet lang weg.'

Mijn broer liep naar de voordeur. 'Kom, Mehmet!'

Het was de warmste dag sinds we in Hemgin waren aangekomen. Het dorp sudderde. Toch stonden veel mensen vol in de zon voor hun huis. Ze keken alsof ze wisten wat er ging gebeuren: ze waren het publiek bij een onaangekondigde maar langverwachte voorstelling. Zo'n vijftig meter voor ons zag ik mijn ouders lopen. Af en toe stopten ze even en steunde mijn vader op zijn krukken. Het leek of de zon hem deze dag te machtig was. Ik vroeg me af wat er door hem heen ging. Was hij bang of vertrouwde hij er werkelijk op dat ze hem niets zouden doen?

Mijn moeder liep naast hem. Ze straalde een onverzettelijkheid uit die nauwelijks in groter contrast had kunnen staan met de broosheid van mijn vader. Af en toe maakte ze wilde gebaren met haar handen naar de mensen die voor hun huizen stonden, maar ik kon niet horen wat ze zei.

Een groep van zo'n twaalf boeren en boerinnen was aan het werk op het land. De mannen oogstten de tarwe. Met snelle lange halen van hun blinkende zeisen, maaiden ze het hoge gras. Ze hadden doeken om hun hoofd geslagen tegen de Anatolische zon die vrij spel had op het open veld. Op de akkergrond naast het tarweveld stond een groepje vrouwen over gewassen gebogen. Ze hadden lange rokken aan en hun armen waren bedekt.

Mijn broer en ik stelden ons op in de schaduw van een oude boom vanwaar we uitkeken op het tarweveld. We stonden voor een beslissend moment in Hemgin, een beslissend moment in ons leven. Ik voelde het.

Onze ouders stonden ongeveer tien meter voor ons en keken naar de boeren die aan het werk waren. Minutenlang keken ze naar hen zonder iets te zeggen, alsof ze niet wisten wat ze nu moesten doen en bang waren om in gang te zetten waar ze zo voor waren gewaarschuwd.

Een eeuwigheid leek te zijn verstreken toen mijn vader zijn hand opstak en riep: 'Vrienden, beste vrienden! Mag ik alsjeblieft jullie aandacht!' Zijn stem klonk helder en krachtig en zonder angst. De boeren keken gelijktijdig op, en een moment leek de tijd stil te staan. De boeren stonden als standbeelden op het gouden tarweveld en mijn vader hield zijn hand opgeheven alsof hij in die houding verstijfd was.

'Mijn naam is Selim Uslu, ik ben in dit dorp geboren. Miran Uslu, Allah hebbe zijn ziel, was mijn vader. Sommigen van jullie hebben hem gekend.' Met zijn rechterhand wees mijn vader naar het tarweveld. 'Dit stuk land, deze grond, was van hem. Hij heeft het mij nagelaten.'

Vanaf het tarweveld steeg gemompel op. De boeren gebaarden naar elkaar en schudden hun hoofd. Een gedrongen boer met een baard en een enorme deuk op zijn voorhoofd riep: 'Waar heb je het over? Dit is ons land!' Ik schrok van zijn ruwe stem.

Mijn vader ging onverstoorbaar verder. 'Beste vrienden, achttien jaar geleden ben ik naar Sobyan vertrokken om te trouwen. Maar nu ben ik samen met mijn gezin teruggekeerd om hier een bestaan op te bouwen.' Mijn vader liet een stilte vallen alsof hij de boeren de tijd wilde geven om de woorden tot hen door te laten dringen. 'En nu zou ik graag weer gebruikmaken van mijn grond.'

Weer steeg er geroezemoes op vanaf de akkergrond. Het geluid zwol steeds meer aan. De boer met de baard deed nu twee stappen naar voren met de zeis in zijn hand en schreeuwde: 'Dit is ons land! Heb je me niet verstaan, oude man? Dit is al meer dan twintig jaar ons land!'

Ik voelde mijn hart sneller kloppen. Mijn bloes was inmiddels doorweekt en mijn mond was droog. Mijn broer aanschouwde het tafereel met ingehouden adem.

'Maar… maar jullie weten toch ook dat dit land van Miran Uslu was?'

'Waar heb je het over? Dat is zeker veertig jaar geleden, misschien wel langer.' De man deed nog twee stappen naar voren en wees dreigend met zijn zeis naar mijn vader. 'Maak ons dus niet wijs dat je recht hebt op het land.'

'Het spijt me, jullie moeten me niet verkeerd begrijpen,' zei mijn vader plotseling nederig. 'Ik wil alleen maar met jullie praten. Jullie hoeven je niet bedreigd te voelen.'

'Bedreigd?' De boer grijnsde nu. Zijn gebruinde huid gaf hem het aanzien van een Arabier. Een Arabier met kolossale bovenarmen en een blinkende zeis. Als enige had hij geen doek om zijn hoofd geslagen, waardoor zijn dikke zwarte manen zichtbaar waren. 'Ha, moeten wij ons bedreigd voelen? Kijk om je heen, kreupele man, en vertel mij wie zich hier bedreigd moet voelen.' Hij wees naar de mannen met zeisen die achter hem stonden en de instructies van hun leider leken af te wachten.

Dit had Hemo dus bedoeld. Hier had hij ons voor gewaarschuwd. Er was weinig voor nodig om het evenwicht te verstoren. Een gevoel van paniek overviel me, instinctief trok ik aan de arm van mijn broer, maar hij reageerde niet. Hij keek strak voor zich uit als een roofdier dat zijn prooi geduldig observeert. Ik was bang dat hij iets onvoorspelbaars zou doen. En ik vreesde dat mijn moeder haar zelfbeheersing zou verliezen en zich zou mengen in het verbale geweld dat ze als geen ander beheerste.

'Ik wil met jullie praten,' zei mijn vader, maar zijn stem klonk nu zwak, angstig bijna. 'Ik… ik wil dat we als redelijke mensen met elkaar praten.'

'Praten? We gaan nergens over praten met jou. Je bent gevlucht uit ons dorp als een bange hond en nu denk je dat je ons kunt verjagen van onze grond? Donder op, kreupele man! Ik waarschuw je. Donder op uit dit dorp met je krukken en vrouw!'

Wat ik vreesde, gebeurde. Het ontvouwde zich voor onze ogen, alsof het onafwendbaar was en in ons lot beschreven stond. De woeste Arabier had de eerste verbale mokerslag uitgedeeld, en nu betrad mijn moeder het strijdtoneel. Ze kon niet langer zwijgend toezien hoe haar man steeds meer terrein prijsgaf en ten onder dreigde te gaan in de ongelijke krachtmeting. Ze stapte naar voren, plantte haar voeten stevig in de grond en ontketende een wervelende orkaan. 'Wie denkt u dat u bent om mijn man zo toe te spreken? Waar haalt u het recht vandaan?' Ze demonstreerde een indrukwekkend stemgeluid dat dat van de Arabier ruimschoots in kracht overtrof. 'Schaamt u zich niet dat u zo tekeergaat tegen een man die samen met zijn vrouw is gekomen om te praten?'

Met zijn donkere ogen keek hij mijn moeder afkeurend aan. 'Ik waarschuw je, hou je erbuiten! Ik ga niet met vrouwen in discussie.'

Ik vroeg me vertwijfeld af hoe we ons uit deze situatie moesten redden, hoe we aan de furie van deze man konden ontsnappen. Mijn benen trilden. Mijn broer had zijn vuisten gebald. De aderen in zijn onderarmen waren gezwollen, zijn ademhaling versnelde. Hij wachtte op een laatste sein van zijn instinct.

'Wusar, ze komen alleen om te praten,' zei een oude man die achter de Arabier stond voorzichtig. 'We kunnen ze toch wel even aanhoren?'

'Zwijg, Berz! Bemoei je er niet mee,' zei Wusar terwijl hij een wegwerpgebaar in de richting van de oude man maakte. 'Ik handel dit af!'

Wusar wees met zijn zeis naar mijn vader. 'Luister, kreupele man, ik zeg dit nog eenmaal: neem je krukken en ellendige vrouw mee en vertrek uit dit dorp voordat ik mijn zelfbeheersing verlies en jullie beiden ter plekke afransel. Hoor je me?'

Mijn vader mompelde iets, maar niemand hoorde hem want hij werd volledig overstemd door mijn moeder. 'Wij zijn niet bang voor u!' riep ze net zo krachtig als haar eerste uithaal. 'Denkt u soms dat u ons kunt bang maken met uw woeste praatjes? Wij gaan nergens heen. Nergens!'

Wusar gromde. Zijn gezicht werd donkerder en hij perste zijn lippen op elkaar. 'Ik heb je gewaarschuwd, vrouw!' brulde hij. 'Verdwijn uit mijn ogen voordat ik jou en je man een dreun verkoop. Verdwijn, achterlijke vrouw!'

Mijn broer stapte uit de schaduw van de oude boom en liep met grote stappen naar mijn ouders. Met gebalde vuisten stelde hij zich naast mijn moeder op. 'Niemand praat zo tegen mijn moeder!' Zijn stem deed in kracht niet onder voor die van de Arabier, en hoewel mijn hart in mijn keel klopte, gloeide ik op dat moment van trots. Mijn dappere broer stond niet toe dat mijn moeder werd uitgescholden. 'Hoor je me, onbeschofte hond? Niemand praat zo tegen mijn moeder!' Hij wist hoe je tuig als Wusar moest aanspreken, hij sprak zijn taal. Ondanks zijn achttien jaar was hij de langste man van het dorp en beschikte hij over een indrukwekkend fysiek. En zijn stem klonk niet als die van een tiener maar als van een jongeman wiens longen door de heilzame berglucht van Anatolië gezegend waren. Daar stond een krachtige man die de eer van zijn moeder verdedigde.

Wusar keek mijn broer een moment onderzoekend aan alsof hij de kracht wilde inschatten van de tegenstander die zich onverwacht had aangediend, en brulde toen: 'Scheer je weg, jongen! Bemoei je er niet mee.'

'Ik ga nergens heen,' zei mijn broer. 'Ik eis dat je je excuses aanbiedt aan mijn moeder.'

Wusar stak zijn zeis dreigend in de lucht alsof hij er vaker mensen mee te lijf was gegaan en de opstandigheid van mijn broer met een precieze uithaal wilde beëindigen. 'Ik waarschuw je voor de laatste keer, jongen. Verdwijn voordat je er spijt van krijgt!'

'Yusuf!' riep mijn moeder met overslaande stem. 'Laat dit aan ons over. Ga terug naar huis.'

Maar mijn broer luisterde niet, hij deed een stap naar voren. 'Nee, ik waarschuw jou,' zei hij zonder angst in zijn stem. 'Bied verdomme je excuses aan mijn moeder aan, hond!'

Wusar liet de zeis op de grond vallen. De vuistgrote steen die hij daarna in een snelle beweging opraapte en met grote kracht gooide, trof mijn broer vol op zijn borstkas. Hij kromp kreunend ineen en viel achterover. Mijn moeder begon te schreeuwen en riep in paniek zijn naam uit terwijl mijn vader zo snel als hij kon op zijn krukken naar hem toe schuifelde. Ik verstarde, ik kon me niet bewegen en bleef in de schaduw van de boom staan terwijl ik op mijn onderlip beet.

Voordat mijn vader hem had bereikt, kwam mijn broer in een soepele beweging overeind als een geoefende krijger. 'Vuile klootzak!' riep hij en wierp de steen die hem had getroffen in de richting van Wusar die, voor een man met zijn postuur, in een verbazingwekkende reflex wegdook. De steen scheerde over zijn kruin en trof een boerin vol op haar voorhoofd. Zonder te kreunen of ook maar een gil te slaken viel ze voorover op haar gezicht, als een lappenpop. Mensen begonnen te schreeuwen en door elkaar te rennen. Er werd aan de vrouw getrokken en een man boog zich over haar en riep hysterisch: 'Sosime, zeg wat. Alsjeblieft, Sosime, zeg wat!'

Hoe langer ze bewegingloos op de grond lag, des te intenser het gegil van de omstanders klonk. Vrouwen wierpen zich in blinde paniek naast haar op de grond. Mijn broer keek verbouwereerd en met trillende handen naar wat hij had aangericht toen Wusar en drie mannen op hem afstormden. Ik dacht dat hij zou vluchten, dat hij zou wegrennen voor de mannen die in blinde furie op hem afstormden, want als hij het op een lopen zette met zijn lange benen, kon niemand hem bijhouden. Maar hij bleef staan alsof hij zich wilde verantwoorden voor zijn daad, en hun het recht op onmiddellijke vergelding niet wilde ontzeggen. Wusar en zijn handlangers sloegen op hem in alsof ze na een lange klopjacht eindelijk het wilde beest te pakken hadden dat dood en verderf had gezaaid in hun dorp. En pas toen ze hem raakten, bood mijn broer verzet en gaf hij zich volledig over aan zijn oerinstinct. Brullend maaide hij uit alle macht om zich heen met zijn grote vuisten. Hij vocht als een leeuw en in de opstijgende stofwolken raakte hij eerst een belager vol op zijn kaak, waarna de man naar de grond zakte, en trof hij daarna een tweede opponent die op hem afstormde op zijn neus. Maar meteen daarop incasseerde hij een harde trap van Wusar in zijn rug, die zijn verdediging deed wegvallen en de mannen de kans gaf zijn gezicht met hun vuisten te bewerken. Mijn moeder stormde schreeuwend op de mannen af die genadeloos op haar zoon insloegen. Ze probeerde hen wanhopig van hem weg te trekken, maar kon niets aanrichten tegen het geweld. Mijn vader wierp zich op een van de mannen maar viel na een duw achterover. Een vuistenregen daalde neer op mijn broer. Ze raakten hem waar ze maar konden, en hoewel hij wankelde, bleef hij staan als een gehavende eik die na tientallen bijlslagen weigert om te vallen. Maar even later zakte hij toch in elkaar, toen Wusar hem vol op zijn slaap trof met een doffe vuistslag. Op zijn knieën incasseerde hij weerloos de klappen die op hem af bleven komen, tot hij voorover viel op zijn gezicht. Zijn lichaam schokte een paar keer en hoewel hij roerloos bleef liggen, bleven zijn belagers op hem intrappen.

Ik kreeg geen lucht. Alles begon te draaien rondom mij. Ik dacht dat ik ook voorover zou vallen op de stoffige grond. Waarom greep niemand in? Waarom deden de omstanders niets?

'Stop, jullie vermoorden hem,' riep mijn moeder met een hartverscheurende kreet. 'Jullie vermoorden mijn zoon!' Ze trok uit alle macht aan Wusars donkere manen. Hij deinsde even achterover en draaide zich toen dreigend naar haar om. Ik wilde wat doen, schreeuwen, een steen werpen, maar ik stond verstijfd in de schaduw terwijl ik alleen maar 'bao, bao,' kon mompelen.

'Hou alsjeblieft op!' jammerde mijn moeder. 'Ik smeek jullie, laat hem leven. Laat mijn zoon alsjeblieft leven!'

Wusar keek haar briesend aan. En even leek het alsof hij gehoor zou geven aan haar smeekbede en de waanzin van zijn handelen tot hem doordrong, maar hij pakte haar vast bij haar arm en gaf haar toen twee harde klappen in het gezicht, een met zijn vlakke hand en een met de rug van dezelfde hand. Terwijl een schok van ontzetting door mijn lichaam schoot, slaakte mijn moeder een meisjesachtige gil.

'Aşme, Aşme,' schreeuwde mijn vader waarna hij zijn rechterkruk liet neerdalen op de rug van Wusar, die kreunend achterover viel. De Arabier was geveld. Maar het was voor korte duur. Hij sloeg woedend met zijn hand op de grond, krabbelde op en keek met een verwilderde blik om zich heen. Voordat mijn vader iets kon doen, rukte Wusar grommend de kruk waarmee hij geslagen had uit zijn hand en haalde ermee uit. Hij trof hem vol in zijn zij. Wonderbaarlijk genoeg bleef mijn vader staan, steunend op zijn andere kruk, maar bij de tweede klap ging hij wel neer. Mijn moeder schreeuwde terwijl haar blik vertwijfeld van haar oudste zoon naar haar man gleed. Ze lagen beiden weerloos op de grond. 'Selim, Selim!' schreeuwde ze in blinde paniek. 'Yusuf!'

Zo zag de afgrond er dus uit. De afgrond die veel van mijn familieleden al had verzwolgen in de jaren die achter ons lagen, de afgrond die wij zo lang hadden weten te ontvluchten maar ons nu gevonden had in dit vervloekte dorp. Hier in Hemgin kwam alles dus ten einde, hier werd het laatste bittere hoofdstuk geschreven van onze zwarte familiegeschiedenis.

Te midden van de stofwolken waarin zich een drama voltrok, bleef mijn blik gericht op mijn vader. Ik keek niet langer naar mijn broer of mijn moeder, maar alleen naar mijn vader. De kreupele verhalenverteller uit Sobyan die ik nooit had zien vechten, lag op zijn rug terwijl een doorgedraaide boer uit alle macht op hem inschopte. Hij raakte hem op zijn hoofd, in zijn ribbenkast en hij trapte hem met zijn hiel in zijn maag alsof hij zijn woede koelde op een zak aardappelen. Bij iedere trap kermde mijn vader, steeds zachter, steeds krachtelozer. Hoelang kon zijn verzwakte lichaam de klappen nog verdragen? Wanneer zou Wusar ophouden met schoppen? Plotseling drong het tot me door: mijn vader lag op de grond en iemand zou net zo lang op hem intrappen tot hij niet meer zou bewegen, tot het dorp voorgoed van een probleem was verlost.

Iemand wilde mijn vader vermoorden.

En op dat moment veranderde alles, alsof een krachtige lichtbundel in een donkere ruimte viel. Er stroomde plotseling geen bloed maar woede door mijn aderen, inktzwarte woede. Mijn lichaam kwam in beweging, als een oude watermolen die na een periode van droogte zijn soepele slag weer vindt. Ik stapte uit de schaduw en liep naar mijn vader, met steeds grotere passen, steeds sneller. Ik begon te rennen en stormde recht op Wusar af die maar niet ophield met schoppen.

'Stop!' schreeuwde ik. 'Stop!'

Ik balde mijn vuisten en sloeg hem zonder aarzelen op zijn rug. Maar hoe hard ik ook uithaalde, hij gaf geen krimp. Vertwijfeld raapte ik een steen van de grond en beukte ermee op zijn rug. Wusar draaide zich in een ruk om en keek mij met bezeten ogen aan. Zonder af te wachten wat hij zou doen, haalde ik met de steen in mijn hand uit naar zijn gezicht en raakte hem onder zijn linkeroog. Het krakende geluid van het jukbeen werd opgevolgd door een brul. Een gapende wond werd zichtbaar onder zijn oog. En hoewel ik schrok, schoot er ook een ongekend gevoel van opwinding door me heen. Heel even viel mijn blik op mijn vader die opgerold op de grond lag. Het was de laatste aansporing die ik nodig had om nog een keer uit te halen voor de genadestoot, maar Wusar ving mijn hand in de lucht alsof het een vervelende bromvlieg was die te lang om hem heen had gecirkeld. Mijn vuist met de steen erin verdween in zijn enorme hand en ik voelde zijn immense kracht. Van dichtbij zag de deuk op zijn voorhoofd er nog griezeliger uit, alsof hij ooit op een rots was geklapt en een deel van zijn schedel was weggeslagen. Zijn greep op mijn hand werd steeds steviger, steeds harder kneep hij mijn vuist fijn met de steen ertussen. Ik was overgeleverd aan zijn genade en voelde hoe mijn handpalm en vingertoppen in de steen werden gedrukt, hoe mijn hand werd verbrijzeld en krijste het uit van de pijn.

'Dat zal je leren!' riep hij waarna hij me met zijn vlakke linkerhand een enorme dreun gaf terwijl hij mijn vuist bleef vasthouden. Hij raakte me vlak bij mijn oor. Mijn trommelvlies suisde alsof er iemand in mijn oor had geschreeuwd. Na de tweede klap werd ik lichter in mijn hoofd en zakte ik door mijn benen, maar Wusar hield me overeind bij mijn vuist. Ik hoorde gegil en dacht dat het door het suizen van mijn oor kwam, maar het was mijn moeder. Ze haalde met haar lange nagels uit naar Wusars gezicht en plantte ze vlak onder zijn oogleden. Ze drongen diep door in zijn huid. Daarna schraapte ze haar nagels in een krachtige en snelle beweging omlaag richting zijn kaken, daarbij een dieprood spoor achterlatend. Meteen liet hij me los waardoor ik versuft op de grond viel. Hij greep met beide handen naar zijn gezicht en hijgde zwaar als een gewond beest. Toen hij in zijn handpalmen keek en zag dat ze onder het bloed zaten, schreeuwde hij van verbijstering.

'Vuile heks!' brulde hij waarna hij met zijn vuist uithaalde en mijn moeder vol op haar linkeroog trof. De klap was zo hard dat ze rond haar as tolde om met een jammerend geluid neer te ploffen op haar buik.

Ik gilde: 'Anne!'

Wusar was bezeten van razernij. Hij schopte haar in haar zij en pakte toen een steen ter grootte van een suikermeloen en hield hem met twee handen hoog boven zijn hoofd. Mijn moeder was dus de eerste die de afgrond in zou worden geduwd. Zij zou ons als eerste ontvallen, en dit was het beeld dat me de rest van mijn leven van haar zou bijblijven: een steen die haar schedel verpletterde. Ik schreeuwde in een ultieme poging de tijd stil te laten staan en alle bovennatuurlijke krachten aan te sporen om in te grijpen. En ik schreeuwde om geen lijdzame toeschouwer te zijn bij de executie van mijn moeder.

Er klonk ineens een geweerschot dat snel werd opgevolgd door een tweede schot. Iedereen keek op terwijl de echo van de geweerschoten in de wijde omgeving weerklonk. Hemo stond met een geweer in de hand voor de boom waaronder ik eerder had gescholen. Als enige op deze plek kon hij zorgen voor hoop. Hij kon de wolven terugsturen naar hun holen en ons wegsleuren van de rand van de afgrond.

'Stop deze waanzin, Wusar!' schreeuwde Hemo zonder de emotie in zijn stem te verbergen. 'Je vermoordt ze nog! In naam van Allah, stop hiermee.'

Ik keek naar mijn broer die roerloos op zijn buik lag met zijn armen langs zijn lichaam. Er ging een ijskoude steek door mijn hart. Het was te laat voor hem, hij had de bodem van het ravijn al bereikt. Drie boeren met opengehaalde knokkels stonden naast hem en keken vol onschuld naar zijn lichaam alsof ze er niets mee te maken hadden, alsof ze hem zo hadden gevonden naast het tarweveld.

Wusar keek Hemo hijgend aan. Zijn borstkas ging snel op en neer terwijl hij de steen nog steeds boven zijn hoofd hield en het bloed van zijn gezicht droop. 'Bemoei je er niet mee, Hemo!' brulde hij. 'We moeten afmaken waar we aan begonnen zijn.'

'Wat bezielt je in godsnaam, Wusar? Je bent toch geen moordenaar?'

'Deze mensen hebben een grote fout gemaakt.'

Hemo richtte zijn geweer op hem. 'Ik waarschuw je, laat die kei op de grond vallen. Dwing me niet om te schieten.'

'Wil je me neerschieten omdat ik ons dorp, onze grond bescherm? Sta je aan hun kant?'

'Ga naar huis, Wusar, en laat deze mensen met rust.'

'Ik ga nergens heen tot zij dit dorp hebben verlaten. Dood of levend!'

‘Wusar, ik waarschuw je voor de laatste keer!’

Wusar liet de kei op de grond vallen en liep toen traag in de richting van Hemo. ‘Schiet dan! Kom op, schiet mij neer dan!’

Ik hoopte dat Hemo de trekker zou overhalen. Hij verdiende het, de man die mijn vader en moeder had afgeranseld en mijn broer had vermoord.

‘Leg dat geweer weg, Hemo!’ Het was de hoge stem die ik pas sinds kort kende, maar nu al vervloekte. Het was de stem van de muhtar.

Zonder het geweer te laten zakken, draaide Hemo zich naar hem toe. ‘Was je van plan pas te komen bij het bergen van de lijken?’

‘Leg dat geweer weg,’ zei de muhtar opnieuw terwijl hij met een doekje over zijn bezwete hoofd wreef.

‘Als er geen geweerschoten hadden geklonken, was je niet gekomen hè? Geef het toe, Va, je was niet van plan om in te grijpen.’

‘Onzin,’ zei de muhtar met zijn snerpende stem. ‘Ik wil niet dat er in mijn dorp gemoord wordt.’

‘Het zou je niet slecht uitkomen.’

‘Pas op je woorden!’ schreeuwde de muhtar. ‘Denk niet dat je zo tegen mij kunt spreken. Leg nu dat geweer weg!’

Misschien moest Hemo eerst een kogel door het hart van de muhtar jagen. Hij was verantwoordelijk voor dit alles, hij had niet ingegrepen en ons overgeleverd aan de genade van de barbaren.

‘Ik leg het geweer pas weg als je iedereen oproept een einde te maken aan deze waanzin en naar huis te gaan. En ik wil dat je de gewonden laat verzorgen.’

‘Luister niet naar hem,’ schreeuwde Wusar. ‘Hij is een verrader!’

‘Hou je mond,’ zei de muhtar. ‘Hou allebei jullie mond.’ Hij zweeg even alsof hij twijfelde wat hij moest doen en tijd nodig had om na te denken. ‘Ga naar huis, Wusar, en neem iedereen mee.’

‘Maar apo…’

‘Luister naar me, achterlijk kind!’

Wusar was als een beest tekeergegaan, maar werd nu gereduceerd tot een ongehoorzame zoon die door zijn vader naar huis werd gestuurd. Hij wenkte de mannen en stapte over het lichaam van mijn moeder heen. Hij droop met gebogen hoofd af zonder Hemo noch zijn vader een blik waardig te gunnen. Toen hij hem passeerde, gaf zijn vader hem een klap op zijn achterhoofd en zei dat hij verzorging moest sturen. De meeste boeren volgden hem. Een klein deel bleef bij de gewonde boerin achter.

Hemo hing zijn geweer aan de band om zijn schouder en rende naar mijn vader die nog steeds op zijn zij lag. Hij knielde bij hem neer. 'Selim, gaat het? Zeg alsjeblieft wat.'

Met gesloten ogen zei hij. 'Yusuf... mijn zoon.'

Ik wees met mijn pijnlijke hand naar mijn broer zonder dat ik naar hem durfde te kijken. In het spookbeeld dat bij me opdoemde, werd zijn lichaam al door aasgieren aangevreten. Terwijl Hemo naar hem toe liep, kroop ik naar mijn vader en sloeg mijn handen om hem heen. Ik duwde mijn hoofd zachtjes tegen het zijne en vroeg: 'Baba, gaat het?'

Hij kreunde. 'Pijn... veel pijn... mijn zoon.' Hij ademde zwaar en sprak alsof het zijn laatste woorden waren. Er droop bloed uit zijn neus en mond en zijn onderlip was gescheurd. Ik veegde het zand van zijn oogleden en voorhoofd en drukte een kus op zijn wang. 'Rustig maar.' Mijn stem trilde. 'Spaar je krachten.'

Ik hoorde mijn moeder snikken. Ze zat op de grond. Haar hoofddoek was van haar hoofd geschoven en ze had haar handen wanhopig voor haar gezicht geslagen. 'Allah... ze hebben mijn zoon vermoord.' jammerde ze. 'Ach mijn zoon... ach! Allah, wat hebben wij toch misdaan?'

Ik strompelde naar haar toe en legde mijn hoofd op haar schouder maar ze keek niet op en bleef jammeren. Haar linkeroog was gezwollen en had de grootte van een rijpe perzik. Ik wist niet wat ik moest doen of zeggen, dus zei ik wat ik ook tegen mijn vader had gezegd. 'Rustig maar. Rustig maar, anne.'

'Hij heeft snel verzorging nodig!' riep Hemo. 'Hij leeft nog, maar hij is er slecht aan toe.'

41

Ze hadden mijn broer in een bedompt kamertje in ons huis gelegd waar hij twee aaneengesloten dagen sliep onder een dikke deken. Zijn gezicht zat vol bulten, schrammen en bloeduitstortingen, en iemand die niet wist wat hem overkomen was, zou geloofd hebben dat hij bij het beklimmen van een berg honderden meters naar beneden was gestort. Om de twee uur verwisselde mijn moeder het natte doekje op zijn voorhoofd. Volgens Hemo had hij een hersenschudding en meerdere gebroken ribben en ademde hij daarom zo moeilijk. Niemand stelde echter voor de lange reis naar het ziekenhuis in Muş te ondernemen, omdat we bang waren dat hij het niet zou redden, maar behalve mijn moeder durfde niemand die vrees hardop uit te spreken.

We luisterden vertwijfeld naar mijn moeders gejammer. 'Ik moet weer een kind begraven. Waarom heeft u mij niet genomen, Allah? Waarom heeft u mij niet geaccepteerd als offer?' Ondanks haar paarsblauwe linkeroog sloeg ze telkens met beide handen vertwijfeld op haar hoofd. Ze vervloekte de muhtar, Wusar en de bezetters van onze grond luidkeels. Ze zei dat ze hoopte dat hun einde slecht zou zijn en snel zou komen. 'De barbaren, ze wilden een weduwe van me maken en mijn zoon van me afpakken. Mogen ze eeuwig branden in de hel!'

Slechts af en toe werd haar gejammer overstemd door de grillige huilbuien van mijn zusje. Elida was zo geschrokken toen ze ons na de veldslag zag, dat ze urenlang onophoudelijk had gehuild. Ze was ontroostbaar en omdat ik niet wist wat ik anders moest doen, hield ik haar een hele tijd tegen me aangedrukt terwijl ik de pijn in mijn rechterhand probeerde te verbijten. Mijn vader lag op een matras in de woonkamer op dezelfde plek waar hij normaal zat. In onze aanwezigheid sliep hij niet maar lag hij op zijn rug en staarde naar de balken in het plafond. Hij sprak nauwelijks en als mijn moeder vroeg hoe het met hem ging zei hij alleen: 'Ik haal nog adem.' Hij at bijna niets en dronk alleen als mijn moeder aandrong. 'Je hebt die aanval van dat beest overleefd, maar nu ga je dood aan de honger en dorst,' zei ze, en ze herhaalde het net zo lang tot hij zich overeind liet helpen om een paar slokken water te drinken en wat brood te eten. Hemo dacht aanvankelijk dat hij ook een hersenschudding had opgelopen maar later, toen mijn vader niet klaagde over hoofdpijn, hield hij het op een paar gekneusde ribben en bloeduitstortingen op zijn gezicht.

Af en toe riep mijn moeder zonder het tegen iemand in het bijzonder te hebben: 'Hoelang moeten we het nog volhouden in dit verdomde dorp?' En toen niemand reageerde zei ze: 'Selim, we moeten dit dorp verlaten voordat het onze dood wordt, voordat ze ons hier moeten begraven. Een volgende keer brengen we het er niet levend van af.' Toen mijn vader niet reageerde, zei ze: 'Ik weet dat je me hoort, Selim! Zeg dat we dit dorp gaan verlaten.'

Pas nadat ze haar woorden op luidere toon had herhaald, zei mijn vader zwakjes: 'We laten ons niet verjagen... we blijven hier... dit is nu ons thuis.'

Zo verliepen de gesprekken tussen mijn ouders na het drama op het land. Het leek alsof mijn vader dagenlang in een shock verkeerde. Waarschijnlijk vroeg hij zich vertwijfeld af waar het mis was gegaan en wat hij anders had moeten doen. Maar wat hij precies dacht, vertelde hij aan niemand. Ook niet aan Hemo die urenlang naast hem zat. Hij kwam vaker langs dan gewoonlijk en nam grotere hoeveelheden eten mee. Maar niemand kreeg een hap door zijn keel.

Toen op een vroege middag de voordeur zonder kloppen werd geopend, stond de muhtar in de deuropening. Hemo stond meteen op en liep naar hem toe terwijl hij afwerende gebaren maakte en 'niet nu, niet nu' riep. Voordat de muhtar wat kon zeggen, had Hemo hem met dwingende hand naar buiten gewerkt en iets tegen hem gezegd wat wij niet konden horen. Daarna liep de muhtar hoofdschuddend weg.

Af en toe vertelde Hemo uit het niets en zonder duidelijke reden over de jeugd van mijn vader in Hemgin. Hij vertelde hoe mijn vader zijn moeder tot grote steun was geweest tijdens de wederopbouw van het dorp en zelden met de andere kinderen speelde omdat hij sneller volwassen werd. Maar de herinnering aan zijn jeugd en zijn moeder bracht geen glimlach op het gezicht van mijn vader. Niemand reageerde op de woorden van Hemo. Mijn moeder zat in kleermakerszit en wiegde heen en weer met haar bovenlichaam. Ze mengde zich niet in zijn monoloog die soms wel uren aanhield.

Af en toe wisselde Hemo de verhalen af met gezang. De eerste keer dat hij dat deed, keek ik verbaasd op. Het waren dezelfde liedjes die mijn vader altijd zong voordat hij zijn been was kwijtgeraakt. Nu wist ik waar die liedjes vandaan kwamen.

De derde dag werd mijn broer hoestend wakker. 'Waar ben ik?' riep hij telkens angstig. Hij kon zich niets herinneren van het drama op het land. Mijn moeder probeerde hem te kalmeren maar toen hij haar opgezette oog zag, vroeg hij geschrokken wat er met haar was gebeurd. Ze vertelde eerst niet over de veldslag maar loog dat hij bewusteloos was geraakt na een ongelukkige val. Na een paar dagen vroeg ze hem of hij zich nog iets herinnerde van een gesprek met de boeren op het land, maar hij schudde zijn hoofd en vroeg: 'Wat voor gesprek?'

De dagen erop bleef hij veel in bed liggen. Af en toe werd hij 's nachts schreeuwend wakker terwijl hij 'hou op, hou op!' schreeuwde. Het was alsof de herinnering aan de duistere gebeurtenissen langzaam terugkeerde zonder dat ze nog een kloppend geheel vormden in zijn hoofd. De angst in zijn stem was ijzingwekkend.

's Ochtends kon mijn broer zijn dromen niet navertellen. Hij keek verbaasd toen ik hem vertelde dat hij midden in de nacht schreeuwend wakker was geworden. Hij stond alleen op om naar het wc-hokje te gaan en alleen ik mocht hem daarbij ondersteunen. Buiten keek hij steeds schichtig om zich heen, alsof hij voelde dat de barbaren die hem bijna hadden doodgeslagen dichtbij waren.

Een paar dagen na de veldslag werd er midden in de nacht hard op de voordeur gebonkt. Het waren minstens zes harde mokerslagen achter elkaar die na een korte onderbreking werden gevolgd door nog een serie klappen. Iedereen was op slag wakker.

'Ze komen me halen! Ze komen me halen!' schreeuwde mijn broer. Hij was totaal in paniek. Elida begon te huilen en ik voelde mijn hart net zo hard tekeergaan als tijdens de veldslag.

'Selim!' riep mijn moeder. 'Selim!' Mijn vader zei alleen maar: 'Ik hoor het.' Hij bleef in bed liggen alsof hij hoopte dat de dreunen op de deur vanzelf zouden ophouden. Toen de stilte van de nacht plotseling was teruggekeerd, gaf het mijn moeder de moed om op te staan. 'Ik ga kijken,' zei ze stellig. Ik trok haar aan haar arm en zei: 'Anne, niet doen! Het is gevaarlijk.' Maar ze was onvermurwbaar en liep zo vastberaden als op haar sterkste dagen in Sobyan naar de voordeur, de bevelen van mijn vader om terug te keren naar bed negerend. Ze verwijderde de balk van de deur, pakte de stok die ernaast lag en zette haar lichaam schrap. Zonder aarzelen trok ze de deur met een ruk open. Er was niemand. Met opgeheven stok zette ze onverschrokken een paar stappen de duisternis in. 'Vuile lafaards!' schreeuwde ze. 'Waar zijn jullie dan?'

Ik smeekte haar om weer naar binnen te komen maar ze bleef net zo lang voor de deur staan tot mijn vader haar met zijn zwakke stem riep. Nadat ze de deur achter zich had dichtgetrokken, zei ze dat ze niet moesten denken dat we bang waren. 'Want als dat gebeurt, zijn we verloren.'

42

Toen er de volgende avond weer op de voordeur werd gebonkt, wilde mijn moeder mijn broer vertellen wat er zich op het land had afgespeeld. Mijn vader protesteerde. 'Daar is het te vroeg voor,' zei hij zonder haar aan te kijken. 'Yusuf zal dat slecht verdragen.'

Maar mijn moeder drong aan. 'Selim, het is nog niet afgelopen. Ze laten ons niet met rust. Het is voor zijn veiligheid belangrijk dat hij weet wat er speelt, dat we omringd zijn door vijanden.'

Mijn vader keek haar zwijgend aan.

'En ik wil graag dat Hemo ons een geweer geeft.'

Mijn vader schoot overeind. 'Geen sprake van! Ik wil geen geweer in huis.'

'Maar Selim...'

'Nee, daar komen alleen maar ongelukken van.'

'Selim, ik...'

'Nee Aşme!' Hij sloeg met zijn vuist op de grond. 'Ik wil er niets meer over horen.'

Net als mijn moeder schrok ik van zijn stemverheffing. Ze stond op van haar plek en zei: 'Maar ik ga Yusuf wel vertellen wat er is gebeurd.'

Mijn broer hoorde haar verhaal met grote ogen aan terwijl hij zachtjes met zijn hand over zijn pijnlijke ribben wreef. 'Hemo heeft ons dus gered,' zei hij zachtjes. Ik hoorde hem slikken. 'Hij heeft ons leven gered.'

'Ja,' zei mijn moeder. 'We zijn hem oneindig veel dank verschuldigd.'

'Leeft ze nog?'

'Wie?'

'Die vrouw die ik heb geraakt.'

Mijn moeder knikte. 'Godzijdank wel. Ik durf er niet aan te denken wat er anders met ons was gebeurd. Hemo vertelde dat ze ontwaakt is maar nog wel in bed moet blijven. Moge Allah haar de kracht geven om snel te herstellen.'

Mijn broer keek even voor zich uit en zei toen met opwinding in zijn stem: 'Ik wil hier niet meer blijven. Daye, we moeten hier zo snel mogelijk weg!'

En voor ze kon reageren zei ik: 'Anne, ik wil ook weg. Ik wil terug naar Sobyan.'

Mijn moeder knikte vermoeid. Er was een grijze gloed op haar gezicht neergedaald en ze sprak trager en minder krachtig dan ik van haar gewend was. 'Ik weet het, ik wil ook terug, maar dat gaat niet. Nog niet.'

'Waarom niet?' vroeg mijn broer.

'Apo wil niet terug.'

'Maar baba luistert altijd naar jou,' zei ik hoopvol.

'Nee, Miran, niet als het over dit soort dingen gaat.'

'Praat met hem!' drong mijn broer aan.

'Dat heb ik al gedaan, meerdere keren.'

'Wat zei hij dan?' vroeg mijn broer.

'Apo zei: "Dit is nu ons thuis," meer niet.' Ze sprak de woorden uit alsof ze erin berustte. Alsof ons lot bezegeld was.

'Maar ze zullen ons niet met rust laten,' zei mijn broer. 'Dat heb je zelf gezegd. Dat geklop op de deur is nog niets. Het is alleen een waarschuwing.'

'Waarvoor?' vroeg ik zonder de angst in mijn stem te verbergen.

'Mehmet, wat denk je?' Ik keek naar de korsten en bulten op zijn gezicht en haalde mijn schouders op. 'Dat ze ons wat aandoen als we niet weggaan!'

Op dat moment wilde ik niets liever dan meteen vertrekken. Het maakte me niet uit dat Besila uit mijn leven zou verdwijnen. Haar aanwezigheid was niet meer genoeg om mij in dit dorp te houden.

'Ik wil niet dat jullie alleen over straat lopen,' zei mijn moeder ineens streng. 'Als jullie naar buiten gaan, moeten jullie samen gaan, of Hemo of mij meevragen.'

Ik dacht dat mijn broer zou protesteren, maar hij zei: 'En ik wil ook niet dat jij alleen over straat gaat, daye. Het is voor jou ook te gevaarlijk.'

'Mij doen ze niets,' zei mijn moeder.

Mijn broer liet een spottend lachje horen. 'Wat moeten ze je nog meer aandoen? Je was dood geweest als Hemo niet had ingegrepen.'

'Zover zal het niet nog een keer komen.'

'Hopelijk niet, daarom mogen we geen enkel risico nemen.'

Mijn moeder knikte. Ze keek tevreden alsof ze hoorde waar ze op hoopte, alsof ze gerust werd gesteld door de bevestiging dat we een front vormden.

'Maar dat is niet genoeg,' zei mijn broer stellig. 'We zullen nog meer maatregelen moeten nemen.'

'Het is een begin,' zei mijn moeder.

Mijn vader wilde dat we elkaar ook naar de wc begeleidden. 'Ik heb het gevoel dat ze om ons huis cirkelen,' zei hij. Niemand protesteerde.

Met het olielampje in de hand liep ik die avond samen met mijn moeder naar het wc-hokje. De zon was net ondergegaan maar de omgeving werd nog zwak verlicht door de oranje gekleurde hemel. Dit was het moment dat de zwaluwen het luchtruim afstonden aan de vleermuizen, hoewel het moeilijk te zien was wanneer de aflossing precies plaatsvond. Want hoewel de vleermuizen fladderden en nimmer de sierlijkheid van een zwaluw evenaarden, kon alleen een geoefend oog in het schemerdonker de dieren van elkaar onderscheiden. Alleen als de duisternis volledig was ingetreden, kon je met zekerheid zeggen dat het een vleermuis was die heel even zichtbaar was in het zwakke schijnsel van een olielamp.

'Waar we ons ook bevinden, de hemel blijft prachtig,' zei mijn moeder terwijl ze omhoog staarde. Ik volgde haar voorbeeld en moest aan Sobyan denken. Ik vroeg me af of de hemel daar ook oranje gekleurd was.

'Ik kan hier wel uren staan, maar ik hou het niet langer,' zei mijn moeder ineens gehaast. Ze zei dat ik niet te dicht bij het hokje mocht staan. Daarna voegde ze er mompelend aan toe: 'In dit dorp kan een vrouw niet eens rustig haar behoefte doen.'

Op het moment dat ze zich omdraaide, scheerde er een donker object vlak langs haar hoofd. Even dacht ik dat het een vleermuis was, maar toen het object met een zware plof neerkwam, wist ik dat het iets anders was. Mijn moeder slaakte een korte gil en draaide haar hoofd verschrikt heen en weer. 'Wat was dat? Wat was dat?'

Ik had gezien dat het voorwerp een paar meter door het hoge gras was gerold. Het was een steen ter grootte van een flinke granaatappel. Ik draaide me om naar de richting waar het vandaan kwam, en zag nog net een donkere schim wegschieten.

'Kijk anne, daar!' zei ik, in de richting van de donkere gedaante wijzend. 'Daar!'

'Ik zie het,' zei ze. 'Moge Allah hem straffen voor zijn dwaze daad.' Ze sprak de woorden uit met de verbetenheid die zich in haar stem had genesteld sinds we een stap in Hemgin hadden gezet.

'Heeft hij je geraakt?'

'Nee,' zei ze achteloos. 'Maar anders was ik er vast niet meer geweest.'

'Laten we snel naar binnen gaan,' zei ik terwijl ik angstig om me heen keek.

'Ik moet eerst nodig naar de wc,' zei ze en toen ze mijn bange blik zag, voegde ze eraan toe: 'Die angsthaas komt niet meer terug hoor. Roep je broer anders maar.'

Terwijl mijn moeder het krakende deurtje van het hok achter zich dichttrok, hoopte ik dat ze snel klaar zou zijn. Normaal drukte ik mijn oren dicht als ik wist dat iemand in het wc-hokje zat, uit vrees om gênante geluiden te horen, maar de angst voor onze vijanden weerhield me ervan. Ik moest alert zijn, ze zwierven om ons huis zoals mijn vader had gezegd, en het bleef niet meer bij gebonk op de voordeur. Het was de volgende stap in hun doel ons te verjagen.

Ik hoorde mijn moeder een paar keer water scheppen uit de tinnen emmer met het kommetje dat er altijd in dreef. Het geluid van stromend water paste niet bij de stilte van de avond. Het paste niet bij de geluiden van de insecten, de onzichtbare dieren en het gevaar dat ik vermoedde. Mijn moeder duwde het deurtje open en stapte opgelucht naar buiten terwijl ze haar natte handen aan haar rok afveegde. 'Neem de steen mee naar binnen, dan laten we je vader en broer zien waarmee ze me wilden vermoorden.'

Mijn vader en broer begrepen niet dat we hen niet geroepen hadden. 'Ik was meteen achter hem aangerend,' zei mijn broer die zijn oude bravoure hervond.

'Waarom hebben jullie zo onverstandig gehandeld?' vroeg mijn vader.

Mijn moeder zei niets.

'Nou, vertel?'

Mijn moeder bloosde lichtjes en zei: 'Selim, alsjeblieft,' ze keek beschaamd naar de grond. 'Ik... ik moest nodig.'

'Hemo en ik gaan morgen weer met de muhtar praten. Dit kan zo niet!' Hij wreef over zijn stoppelige wangen. 'Goed, laten we nu eten.'

Hemo was eerder op de dag met een zak groenten en bulgur langsgekomen maar was niet gebleven voor het eten dat me inmiddels de keel uit was gaan hangen. We aten iedere dag hetzelfde. Mijn vader keek lusteloos naar zijn bord. Na de veldslag had hij nog meer gewicht verloren. Hij was nauwelijks een schim van de man van vroeger.

Ik nam een hap van de bulgur uit de grote kom, toen er plotseling hard op de deur werd gebonkt. Iedereen stopte meteen met eten. We keken elkaar verschrikt aan. Toen er nog een keer werd geklopt stond mijn moeder op.

'Nee, daye, blijf zitten,' zei mijn broer. 'Ik ga wel kijken.'

Hij liep met grote stappen naar de deur, verwijderde de balk en pakte de stok die ernaast lag. Voordat hij de deur opentrok, leek hij zijn longen vol te zuigen met lucht en hief hij de stok.

Een magere oude man met een grijze baard stond voor de deur. Ik herkende hem meteen van de veldslag. Het was de man die tevergeefs had geprobeerd Wusar ervan te overtuigen mijn vader aan te horen.

'*Selam aleikum*, mijn naam is Berz.' Hij glimlachte vriendelijk.

Mijn broer liet zonder iets te zeggen de stok zakken en keek om naar mijn vader.

'Aleikum selam,' zei mijn vader met de gastvrije stem die ik zo goed kende uit Sobyan. 'Welkom, komt u binnen.'

Mijn broer deed een stap opzij waarna Berz naar binnen liep. Mijn moeder stond haar plaats meteen aan hem af en ging thee zetten.

'Eet u alsjeblieft met ons mee,' zei mijn vader naar het lage tafeltje wijzend, hoewel het eten nauwelijks genoeg was voor onszelf.

Berz boog zich licht voorover en drukte zijn hand op zijn borst. '*Weşo war be*, ik heb al gegeten.' Hoewel het eten ons niet smaakte, werkten mijn broer en ik snel de bulgur en groenten naar binnen voordat hij zich bedacht. Pas toen mijn vader vroeg wat hem bij ons bracht, maakte hij aanstalten om wat te zeggen.

Hij begon op trieste toon over de veldslag. 'Ik heb dat nooit gewild. Niemand van ons heeft dat gewild. En misschien klinkt het raar, maar ik denk zelfs dat Wusar het uiteindelijk niet heeft gewild.'

Mijn broer keek hem verbaasd aan.

'Het liep uit de hand,' zei Berz met gebogen hoofd. 'Het liep helemaal uit de hand. Het spijt me zo.'

Mijn vader knikte.

'Ik heb uw vader nog gekend,' zei Berz. 'Hij was een bijzondere man die veel goeds voor dit dorp heeft gedaan. Als Wusar hem had gekend, was het anders gelopen. Daar ben ik van overtuigd.' Zijn ogen werden vochtig. Nadat hij zijn neus had opgehaald zei hij: 'Ach, mensen worden veel te snel vergeten.'

Mijn vader zei niets. Hij knikte alleen en leek zich mee te laten voeren op de onverwacht opgewekte golf van herinnering.

'En ik ben het met u eens,' zei de oude man plotseling stellig.

'Wat?' vroeg mijn vader verbaasd alsof hij zich niet kon voorstellen dat er ook maar iemand te vinden was die het nog ergens met hem over eens was.

'Het was het land van uw vader, en...' Berz zweeg even alsof hij twijfelde of hij zijn zin moest afmaken. 'En u heeft er recht op.'

'Ik ben blij dat te horen,' zei mijn vader opgelucht.

'Maar ik vrees dat ik een van de weinigen ben die dat zal toegeven.'

'Waarom?'

Berz dacht even na. 'Ze willen het land niet verliezen, maar dat kon u zelf ook verzinnen. Het is vruchtbare grond terwijl de grond in de wijde omgeving nauwelijks bruikbaar is.'

'Maar ik wil het niet van ze afpakken.'

'Dat weet ik, u kwam praten, en als u ook maar een beetje op uw vader lijkt, bent u een redelijk man. Maar ze willen niet praten, ze willen niet kwijtraken wat ze hebben.'

'Maar ze mogen het van mij blijven gebruiken,' zei mijn vader snel. 'Ik wil er alleen maar iets kleins voor terug.'

'Daarom ben ik hier ook,' zei Berz. 'Ik wil u voortaan een deel van mijn oogst aanbieden omdat ik vind dat u er recht op heeft. Het zal niet veel zijn omdat ik ook aan mijn kinderen en kleinkinderen moet denken, maar ik denk dat jullie er wat aan hebben.'

Mijn vader glimlachte. 'Dank u, dank u hartelijk voor uw aanbod en begrip. U bent een goed mens.'

'Wusar is een heethoofd die alleen naar zijn vader luistert. Van oude mannen als ik moet hij niets hebben. Niemand durft hem tegen te spreken.'

Ik moest aan Atilla denken. Zoals hij de bewoners van Sobyan schrik aanjoeg, zo deed Wusar dat in Hemgin. Ieder dorp had zijn eigen tiran.

Mijn vader wees naar de lege pan. 'Het is voor mij niet gemakkelijk mijn gezin hier te onderhouden, zelfs niet met de trouwe hulp van Hemo. We moeten heel zuinig en sober leven. Af en toe koop ik wat meel en yoghurt, maar ik moet oppassen dat het geld niet opraakt.'

'Het komt goed,' zei Berz. 'Als Allah het wil, komt het goed… als Allah het wil.'

43

‘Kom Miran, we gaan water halen,’ zei mijn moeder.

Ik opende de voordeur en inhaleerde de zware mestgeur die als een sluier over het dorp hing. Hoewel we verstoken waren van zonlicht was het al warm op de vroege ochtend.

Toen ik naar buiten stapte, viel mijn oog meteen op de grote tent die plotseling voor het huis van onze overburen stond. Ik keek de straat in en zag tot mijn verbazing dat er voor de meeste huizen een tent stond. ‘Waar komen die dingen ineens vandaan?’ vroeg ik.

‘Ik heb geen idee,’ zei ze. ‘Selim! Kom snel kijken.’

Mijn vader keek een tijdje zwijgend de straat in en zei: ‘Wat is hier aan de hand? Hoe komt iedereen ineens aan een tent?’

Mijn moeder haalde haar schouders op. ‘Ik vertrouw het niet,’ zei ze. ‘Miran en ik gaan water halen. Misschien worden we onderweg wat wijzer.’

Het enige wat op deze ochtend vertrouwd was, was de geur van mest die in de lucht hing. Voor de rest was alles anders, want niet alleen was het hele dorp van de ene op de andere dag bezaaid met tenten, ook klonk in de verte het scherpe geluid van staal dat op staal sloeg. De honden lagen niet loom op hun zij zoals op andere dagen maar blaften onophoudelijk alsof ze ons wilden waarschuwen voor naderend onheil. Sommige liepen zelfs achter ons aan waardoor ik sneller ging lopen, maar mijn moeder trok me aan mijn arm. ‘Loop rustig, anders bespringen ze je,’ zei ze. Ik vroeg of de beesten hondsdol waren. ‘Nee,’ antwoordde ze beslist alsof ze de beesten eigenhandig had onderzocht. 'Maar de mensen wel.'

We droegen beiden een emmer en keken met grote ogen om ons heen. Aan weerszijden van de straat stonden dezelfde tenten. Sommige werden net opgezet door mannen die ik niet eerder had gezien. Ze sloegen met grote hamers ijzeren pennen in de grond waaraan ze de doeken van de tent vastzetten. Een groep mannen en vrouwen keek goedkeurend toe. Ik was bang dat iemand ons iets zou toeschreeuwen. Een vloek of een onterechte beschuldiging waarna mijn moeder op haar onverschrokken wijze zou reageren en het binnen de kortste keren zou escaleren. Maar tot mijn geruststelling sloeg niemand acht op ons.

Mijn hart leek een slag te missen: vlak bij de dorpskraan zag ik Besila voor haar huis staan. Toen ze opkeek, troffen onze blikken elkaar weer. Ze keek naar me met haar volmaakte amandelvormige ogen en schonk me een flauwe glimlach. Ik hief traag mijn arm en zwaaide naar haar terwijl ik vreesde dat het kloppen van mijn hart voor haar hoorbaar was. Ze zwaaide kort terug zonder dat haar ogen straalden zoals de eerste keer. Ze wendde haar hoofd af en liep toen snel naar binnen. Het was alsof ik teleurstelling in haar ogen herkende en op dat moment wist ik het zeker: ik was haar kwijt. Besila zag me nu ook als een indringer. Ik schuifelde verder met een bitter gevoel van leegheid.

Dit dorp had mij niets meer te bieden.

Bij de dorpskraan zagen we een groep vrouwen staan. Ze praatten druk gebarend alsof ze ruzie hadden over wie de laatste druppel uit de kraan toekwam. De meesten waren een kop kleiner dan mijn moeder maar beschikten over ontzagwekkende heupen en boezems. Ze droegen lange donkere rokken, sober gekleurde hoofddoeken en bloezen die hun armen bedekten. Toen ze ons zagen, keken ze nors in onze richting alsof ze uren vergeefs op onze komst hadden gewacht. Ik voelde hoe zich een dikke knoop in mijn maag ontwikkelde en stelde aarzelend voor om op een rustiger moment terug te keren. Maar mijn moeder zei: 'Wil je soms dat ze denken dat we bang voor hen zijn?'

Ik zette me schrap en liep met tegenzin op de vrouwen af in het tempo van mijn moeder. Vlak voordat we bij hen waren, kwam er beweging in de groep nadat de grootste van hen iets riep wat op een bevel leek. De vrouwen stoven als naar maïskorrels pikkende kippen door elkaar en toen het stof was neergedaald, stonden ze als een schild rond de dorpskraan opgesteld.

'Heeft je man je geslagen?' vroeg de grote vrouw terwijl ze naar het oog van mijn moeder wees. Ik staarde vol ongeloof naar haar verschijning. Ze torende boven de andere vrouwen uit en beschikte over bredere schouders dan mijn vader in zijn beste dagen.

Mijn moeder gaf geen antwoord.

'Hé, indringster, ik heb het tegen jou! Heeft je kreupele man je geslagen?'

Opnieuw reageerde mijn moeder niet. De grote vrouw zette een paar stappen in haar richting terwijl haar blik verstrakte. Ik kon nu goed zien dat ze bijna even groot was als mijn moeder. Tussen hun gezichten restte een afstand waartussen nauwelijks een kindervuist paste. Ze moesten elkaars adem en lichaamsgeur ruiken. Elkaars warmte voelen. Mijn moeder beantwoordde de provocatie niet en stapte opzij, maar de vrouw volgde haar voorbeeld. Ze keken elkaar aan zoals steenbokken dat doen voordat ze de koppen hard tegen elkaar stoten. Ik had geen idee wat ik moest doen. Moest ik tussen hen in gaan staan om een nieuwe veldslag te voorkomen of was het nu het moment om me als een trouwe medestrijder naast mijn moeder op te stellen? Ik wist het niet en deed daarom wat ik zo vaak deed: ik bleef staan en wachtte lijdzaam af wat er zou gebeuren.

'Zou je alsjeblieft opzij willen stappen?' vroeg mijn moeder kalm.

'Geef eerst antwoord op mijn vraag.'

Ik keek mijn moeder op haar rug maar kon me goed voorstellen hoe ze op dat moment keek. Het was de blik vol minachting die in Sobyan allang genoeg zou zijn geweest om alle vrouwen de stuipen op het lijf te jagen. Maar dit was Sobyan niet. Dit was Hemgin, het dorp met zijn eigen regels.

'We hoeven alleen maar bij de kraan.'

'Wat moeten jullie met onze kraan?'

Ik hoorde mijn moeder briesen als een paard dat na dagen opsluiting staat te trappelen om het grasveld te mogen betreden. Het liefst had ze de vrouw een verbale oorwassing gegeven, maar ze beet op haar tong.

'We hebben water nodig. Mijn gezin heeft water nodig.' Haar stem klonk zoals ik die zelden had horen klinken. Ze vroeg om begrip, om medeleven.

De vrouw keek haar zwijgend aan. Indringster, zo had ze mijn moeder genoemd. Een indringster die eropuit was haar grond af te pakken, de levensbron waar ze haar gezin mee voedde. En nu wilde die indringster gebruikmaken van de dorpskraan om de dorst van haar gezin te lessen.

'Wij hebben ook water nodig voor onze gezinnen.' Ze wees naar de vrouwen die naast haar stonden.

'Natuurlijk, we hebben allemaal water nodig,' zei mijn moeder rustig. 'We zijn allemaal mensen, en mensen moeten drinken. Laten we het elkaar dus alsjeblieft niet moeilijk maken.'

De vrouw grijnsde. 'Wat klink je wijs. Hebben ze je zo verstandig leren praten in dat achterlijke dorp van jullie?'

'Let op je woorden!' snauwde mijn moeder opeens. 'Ik vraag je nogmaals opzij te gaan.'

'Dat doe ik niet. Wij hebben zojuist besloten dat ons water niet langer bestemd is voor indringers.'

Mijn moeder hief haar rechterwijsvinger en bracht die tot vlak voor het linkeroog van de vrouw, tot ze er bijna in drukte. 'Ik waarschuw je,' zei ze. 'We kunnen dit op een vreedzame manier oplossen. Of niet. En dan kunnen we zien hoe dapper je werkelijk bent.'

De vrouw maakte kennis met de verbale kracht van mijn moeder. Haar blik straalde op slag minder zekerheid uit nu de wijsvinger van mijn moeder als een geladen geweer voor haar oog hing. Zonder haar hoofd te bewegen zocht ze de blik van de vrouw die rechts van haar stond, maar die keek strak voor zich uit alsof ze niets te maken had met wat zich naast haar afspeelde, net als de vrouw links van haar.

'Donder op, vuile indringster!' schreeuwde de vrouw ineens met overslaande stem terwijl ze de vinger voor haar oog met kracht wegsloeg, en met haar rechtervoet tegen het scheenbeen van mijn moeder trapte. Mijn moeder kreunde even, maar herstelde zich snel. Ze duwde in een korte felle beweging de wijsvinger van haar andere hand in het rechteroog van de vrouw, die meteen een scherpe gil slaakte en haar handen voor haar gezicht sloeg. En terwijl ze zich jammerend vooroverboog en schreeuwde dat ze niets meer zag, riep ze: 'Vuile hoer, ik vermoord je!' Mijn moeder sloeg haar twee keer vol met de emmer op haar hoofd. De vrouw strompelde achteruit. Mijn moeder zwaaide daarop met de emmer in de richting van de andere vrouwen maar voordat ze ook maar had kunnen uithalen, renden zij weg zo snel als hun eendenpoten hun lijven konden voortbewegen. Twee vrouwen bleven als versteend staan. 'Neem maar wat water,' stamelden ze. 'Neem alsjeblieft wat water.'

44

Terwijl we met klotsende emmers naar huis liepen, moest ik denken aan mijn heldhaftige grootmoeder die lang geleden haar kwelgeesten bij de waterput met een bijl te lijf was gegaan.

'Je moet ze laten zien dat je niet bang voor ze bent,' zei mijn moeder met een tevreden blik. 'En je moet ze nooit het laatste woord laten.'

Mijn moeder had hetzelfde grillige temperament en dezelfde scherpe tong als de vrouw die ik alleen uit de verhalen van mijn vader kende. Ze weigerde over haar moeder te praten en wilde niet eens weten of ze nog leefde of dood was. Mijn vader had haar nooit ontmoet en had al zijn inlevingsvermogen en verbeeldingskracht moeten aanspreken om ons, op basis van de beschrijvingen van mijn moeder, een beeld van haar te kunnen schetsen.

'Ben je niet bang dat ze straks met haar man naar ons huis komt?' vroeg ik.

'Nee, dat durft ze niet.'

'En als ze dat wel doet?'

'Dan hebben we in ieder geval het gelijk aan onze zijde,' zei ze stellig. 'En daar gaat het om.'

Haar opmerking verwarde me. Mijn vader had ook het gelijk aan zijn zijde toen hij met de boeren over zijn land wilde praten, maar toch ranselde Wusar ons af met zijn mannen. Wat had je er in Hemgin aan om het gelijk aan je zijde te hebben?

Terwijl ik nadacht over haar woorden keek ik steeds achterom, uit angst dat we achtervolgd werden. We kregen kwade blikken toegeworpen van de oude mensen die het tafereel hoofdschuddend hadden aanschouwd. Ze hielden ons waarschijnlijk verantwoordelijk voor de grote onrust die al weken in de lucht hing. Ik versnelde mijn pas om zo snel mogelijk thuis te zijn en hield niet in toen mijn moeder zei dat ik langzamer moest lopen, tot een mannenstem ineens mijn naam riep.

'Ma be gerdi, Mehmet.' Raywan stond glimlachend naast een tent. Zijn voet rustte nonchalant op een ijzeren pen van de tent en net als de vorige keren had hij een onaangestoken sigaret tussen zijn lippen. Sinds hij me streng had toegesproken bij de dorpskraan, was ik hem niet meer tegengekomen. Hij verlegde zijn blik naar mijn moeder. 'Ma be gerdi, Aşme,' zei hij met twinkelende ogen. 'Hoe gaat het?' Hij sprak alsof hij onverwacht een goede bekende was tegengekomen. Ik vroeg me af waarvan hij mijn moeder kende. Waren mijn ouders soms ook bij hem op bezoek geweest?

'Gerbe sılamet,' zei ze aarzelend. 'Het spijt me... ik geloof niet dat ik u ken.'

'*Namê mı* Raywan. Onze blikken hebben elkaar een paar keer gekruist. Dat herinner je je vast wel. Hoe gaat het met je?'

Mijn moeder was op haar hoede. 'Het gaat...' zei ze. Haar blik verschoof naar de tent.

Raywan zette een bezorgde blik op. 'Dat klinkt niet goed. Is er soms iets?'

'Niets wat u aangaat,' zei mijn moeder. Ze wees naar de tent. 'Mag ik u vragen waar al die tenten vandaan komen? Ze staan ineens overal.'

'O, de tenten?' Raywan draaide zijn hoofd naar de tent alsof hij hem nu pas zag. 'Ze zijn door de ambtenaren uit Varto gestuurd vanwege al dat getril van de grond.'

Mijn moeder keek hem vragend aan. 'Wat bedoelt u met getril?'

'De laatste tijd zijn er veel trillingen geweest in de omgeving van het dorp. Ze zijn bang voor een aardbeving.'

Mijn moeder zette haar emmer op de grond. 'Een aardbeving?'

'Ja, een aardbeving,' zei Raywan. 'Maar ach, dat roepen ze nu al jaren.'

‘Wie?’

‘De staat, wie anders? Maar ik geloof er niets van. Ze willen ons gewoon bang maken.’

‘Waar kunnen wij een tent krijgen?’ Ze sprak gehaast, alsof er geen tijd te verspillen was.

‘Bij de muhtar natuurlijk,’ zei Raywan en vervolgens vroeg hij spottend: ‘Hebben jullie er geen gehad dan? Ik heb ook dekens, zonnebloemolie en olijven gekregen.’

Mijn moeder keek hem aan met een strakke blik. ‘Kom, Miran, we gaan verder.’

‘Wacht even, niet zo snel,’ zei Raywan plagerig. ‘We kunnen toch wel even bijkletsen?’

‘Als u met mij wilt bijkletsen, dan doet u dat maar waar mijn man bij is.’

‘Ik vind het juist fijn dat ik je een keer zonder hem tref. Maar nu we het toch over hem hebben, wat moet je eigenlijk met hem, Aşme? Wat moet je met die mankepoot?’

De blik van mijn moeder verstarde. ‘Ik wil niet dat u zo over mijn man praat!’

‘Ik begrijp het niet, Aşme, wat moet zo’n mooie vrouw als jij toch met hem? Jij hebt een echte man nodig, een man die jou kan behagen. Ik wil die man voor jou zijn.’ Hij stond daar met een triomfantelijke houding als een doffer die zijn borst opblaast. Ik wist niet wat ik hoorde. Nooit eerder had ik een man zo’n toon tegen een vrouw horen aanslaan, laat staan tegen mijn moeder.

‘Hoe durft u zo tegen mij te praten?’ Haar stem sloeg over. ‘En ook nog in het bijzijn van mijn zoon. Schaamt u zich niet? Schaamt u zich niet, Raywan bey?’

Hij trok de sigaret uit zijn mond en hield hem theatraal omhoog tussen de vingers van zijn rechterhand. ‘Alleen omdat ik zeg hoe mooi je bent en me afvraag wat je met die man moet? Omdat ik je een uitweg bied? Vertel me wat daarop tegen is.’

‘U weet heel goed wat daarop tegen is. Ik waarschuw u, pas op uw woorden! Laat mijn man en oudste zoon dit niet horen, anders loopt het slecht met u af.’

‘Haha! Uw man en oudste zoon? Laat me niet lachen. Hebben ze soms niet genoeg klappen gehad van mijn vrienden?'

Ik wilde wat zeggen zodat mijn moeder zou zien dat ik het voor haar opnam, maar ik wist niets anders uit te brengen dan: 'Laat mijn moeder met rust!' Ik probeerde de toon die ik mijn broer zo vaak tijdens ruzies had horen aanslaan, te imiteren. Maar mijn stem klonk zwak en kinderlijk.

'Rustig maar, jongen,' zei Raywan alsof ik me opwond om niets. 'Ik praat alleen wat met je moeder.'

'Miran, we gaan!' zei mijn moeder. 'Raywan bey begrijpt heel goed wat wij bedoelen.' Ze wierp hem een laatste vernietigende blik toe.

Ik pakte mijn emmer op en terwijl we wegliepen riep Raywan: 'Denk erover na, Aşme!'

Na een paar meter zette mijn moeder haar emmer neer en zei: 'Praat hier met geen woord over met je vader en broer. Begrepen, Miran? Geen woord!'

45

'Een aardbeving?' vroeg mijn vader vol ongeloof.

Mijn moeder knikte. 'Ja, daarom heeft de staat tenten gestuurd. De muhtar geeft de tenten weg. Selim, je moet met hem praten.'

Mijn vader keek voor zich uit terwijl hij over zijn stomp wreef. 'Ja... ja.'

Toen hij niet in beweging kwam, vroeg ze: 'Waar wacht je op? We hebben geen tijd te verliezen.'

'Ik ga al, ik ga al.'

'Vraag Hemo mee.'

'Aşme, ik ben geen kind! Dat ik een been mis, wil niet zeggen dat ik niet voor mijn gezin kan opkomen.'

Maar mijn vader had dezelfde blik als toen hij er door mijn moeder op uit werd gestuurd om zijn geld op te eisen bij Atilla. Aarzelend schuifelde hij naar de deur. Waarschijnlijk vreesde hij een confrontatie met de muhtar, die ons geen tent had gegeven en ons niet had ingelicht over een mogelijke aardbeving.

Slechts een paar keer had ik in Sobyan de grond voelen trillen, en telkens lag ik toen in bed en liet me door mijn ouders wijsmaken dat het een droom was. Mijn moeder zag de schrik in mijn ogen.

'Wees maar niet bang,' zei ze. 'Straks hebben we ook een tent.'

'Gaan we er ook in slapen?' vroeg Elida opgewonden alsof ze zich erop verheugde.

'Ja,' antwoordde mijn moeder. 'Daar is die tent voor bedoeld.' Haar glimlach kon niet verhullen dat ze bezorgd was. Het was de bezorgde blik waarmee ze de wereld inkeek sinds we voet hadden gezet in Hemgin.

'Hij... hij wil ons geen tent geven,' zei mijn vader. Hij was buiten adem. 'De muhtar... hij wil ons geen tent geven!'

Mijn moeder keek verbijsterd. 'Wat bezielt die dwaas? Hij speelt met het leven van mijn gezin. Ik ga meteen een tent van hem eisen!'

'Wacht even, Aşme,' zei mijn vader. 'Laat Hemo anders met hem praten.'

'Nee, Selim. Dit los ik wel op. Hij moet weten dat hij te ver is gegaan!'

'Neem tenminste Yusuf of Mehmet mee,' probeerde mijn vader.

'Ik ga alleen met die man praten,' zei ze strijdvaardig. 'Dan hoef ik me niet in te houden.'

Terwijl mijn moeder met grote stappen naar buiten beende en er plotseling twee koppen groter uitzag, vroeg ik me opnieuw af wat je gelijk waard was in Hemgin.

Mijn vader, zusje en ik zaten zwijgend op het kleed. Waarschijnlijk vond mijn vader dat hij voor de zoveelste keer had gefaald, dat hij het niet eens klaar had gespeeld om een tent te bemachtigen voor zijn gezin. Na een lange stilte vroeg ik hem of hij dacht dat er een aardbeving zou komen.

'Nee, daarvoor zouden we eerst trillingen moeten voelen.'

Ik vroeg niet door maar liet zijn woorden op me inwerken terwijl ik me afvroeg hoe hij dat wist.

Ineens hoorden we dichtbij het doordringende geluid van staal dat op staal slaat. We liepen naar de deur en zagen mijn moeder aanwijzingen geven aan de mannen die ik eerder op de ochtend pennen in de grond had zien slaan.

'Hier op deze plek. Nee, hier!'

We keken vol ongeloof toe.

De tent stond even later als een klein gebouw voor ons huis. Ik liep eromheen en merkte hoe groot hij van dichtbij was. Het hoogste punt ervan kwam tot aan het voorhoofd van mijn broer.

'We gaan hierin slapen,' zei mijn moeder terwijl ze tevreden op de tent klopte met haar vlakke hand. 'Het is te gevaarlijk om in huis te slapen.'

Ik vroeg me af hoe ze de muhtar zover had gekregen. Toen mijn vader ernaar vroeg, had ze alleen gezegd dat wij het gelijk aan onze zijde hebben en dat hij daarom geen keus had. Ik had haar altijd al bewonderd om haar moed, maar op dat moment was ik ongelooflijk trots op haar.

'En ik wil ook niet dat jullie overdag het huis ingaan,' vervolgde mijn moeder. 'Ze zeggen dat het te gevaarlijk is en dat de grond ieder moment kan trillen.'

Mijn broer zuchtte en keek vol afschuw naar de tent. 'We kunnen toch niet de hele dag in dat ding zitten?'

'Yusuf, het is voor onze veiligheid. Kom, laat Miran en Elida de tent van binnen zien.'

Mijn broer bleef stokstijf staan. Daarop stapte ik naar voren en trok aan de koordjes van de opening aan de voorkant en duwde de twee loshangende flappen opzij.

'Allaaah! Wat is het warm!' riep ik terwijl ik mijn hoofd snel uit de tent trok. 'Het is net een tandır daarbinnen!'

Elida begon te lachen. 'Laat me kijken!' zei ze opgewonden. Even later sprong ze op en neer in de tent. 'Ik word nu lekker gebakken in de tandır,' kirde ze. Ik ging ook in de tent staan en volgde haar voorbeeld terwijl ik haar handen vastpakte. Zo sprongen we lachend op en neer in de tent.

'Mehmet!' riep mijn broer streng. 'Gedraag je een beetje, je bent geen kind meer.'

Ik verstijfde en liet Elida's handen meteen los.

'We hebben ook wat spullen gekregen,' zei mijn moeder terwijl ze naar de hoek wees. Er stonden twee glazen potten met zwarte olijven en een groot blik zonnebloemolie. In de hoek lagen vijf opgevouwen dekens. Ik vroeg me af waar ze voor waren, het was veel te warm om ze te gebruiken. Maar even later drong het tot me door dat de zomer niet oneindig zou duren en dat ze bestemd waren voor de koude herfst- en wintermaanden. Mijn moeder stapte de tent in en pakte een pot olijven. Ze draaide het deksel open en pakte er een olijf uit waar de olie van afdroop. 'Hier,' zei ze tegen mij. 'Proef maar.'

Ik keek bedenkelijk naar het kleine zwarte ding dat ze in haar hand hield. Ik had nog nooit een olijf gezien, laat staan er een geproefd.

'Pas wel op voor de harde pit,' zei mijn vader. 'Voorzichtig bijten.'

'Ja, anders raak je je voortanden kwijt,' zei mijn moeder, en er verscheen zowaar een glimlach rond haar mondhoeken.

Ik gooide de olijf in een keer in mijn mond en proefde een bittere zeepsmaak die me een misselijk gevoel bezorgde. Meteen spuugde ik hem uit terwijl ik mijn broer en zusje hoorde lachen.

'Overdrijf niet zo, Miran,' riep mijn moeder. 'Olijven zijn lekker.' Ze stopte er een in haar mond. De pit gooide ze even later buiten op de grond. 'Misschien groeit er op een dag wel een mooie olijfboom op deze plek,' zei ze lachend.

Zelfs toen de zon onder was gegaan, bleef het warm in de tent. Mijn moeder had de matrassen in de tent gelegd maar de dekens die we in de zomer gebruikten, had ze in huis achtergelaten. 'Anders verdrinken we nog in ons eigen zweet.'

Vol bewondering keken Elida en ik naar de van binnen verlichte tenten in de straat. Ze gaven het dorp een magische sfeer. Het was een schouwspel van lichtfonteinen waaromheen tientallen nachtvlinders fladderden. Iemand die verdwaald was, had zich er ten onrechte welkom door kunnen voelen in Hemgin. Twee olielampen verlichtten onze tent en trokken grote langpotige vliegen aan. Telkens vlogen ze tegen onze tent aan, wat een vreemd dof geluid veroorzaakte alsof iemand steeds treiterend met zijn vinger tegen het doek tikte.

Toen mijn broer een stap in de tent zette, protesteerde hij meteen. 'Ik slaap liever met mijn matras onder een boom. In deze hitte kan ik onmogelijk slapen.'

'Geen sprake van, het is te gevaarlijk om buiten te slapen,' antwoordde mijn moeder.

Ik zat in mijn onderbroek op mijn matras en nog droop het zweet van mijn lichaam. Toen iedereen was gaan liggen, deed mijn vader de olielampjes uit. De broeierige lucht was al snel vermengd met de zure lucht van onze lichamen. Het leek of mijn keel werd dichtgeknepen. Ik haalde in korte teugjes adem en luisterde naar de geluiden van de nachtinsecten. Ik hoorde mijn vader snurken en voor het eerst merkte ik mijn moeders zware ademhaling op. En af en toe murmelde mijn broer wat. Alleen Elida sliep geluidloos. Ondanks de hitte was ze zoals altijd dicht tegen me aangekropen en had ze haar warme lichaam tegen me aangedrukt. Ik begreep niet hoe de anderen de slaap konden vatten. Waren zij niet bang dat we 's nachts beslopen zouden worden?

De volgende ochtend werd ik wakker van de felle zon die de tent in een bakoven had veranderd. Mijn matras was doordrenkt van mijn eigen zweet en de geur in de tent was misselijkmakend. Iedereen sliep nog. Om uit de tent te kunnen komen, stapte ik over armen en benen, maakte het koord los waarmee de voorkant van de tent was afgesloten en hapte gretig naar frisse lucht.

De nachten erna sliepen we ook in de tent, totdat mijn broer zei dat hij weer in huis ging slapen. Toen mijn moeder afwijzend reageerde, zei hij dat het hele dorp bang was gemaakt om niets. 'We hebben de grond niet één keer voelen trillen en toch zitten we in deze stinktent te zweten als beesten. Ik ga pas de tent weer in als ik de grond voel trillen!'

Hij was onvermurwbaar. Met geen mogelijkheid kreeg mijn moeder hem de tent meer in. Als enige sliep hij in huis. Ondertussen hadden we gemerkt dat er 's avonds steeds minder tenten verlicht waren, ondanks het verzoek van de muhtar om in geen geval in huis te slapen. Aan zijn verzoek om ook overdag het huis te mijden, werd al na een dag geen gehoor gegeven.

'Bijna iedereen in het dorp slaapt weer binnen,' zei mijn moeder na vier dagen berustend. 'Laten wij ook maar naar binnen gaan. Het is niet uit te houden zo.'

Mijn vader knikte.

'Maar zodra ik de grond voel trillen, slapen we weer allemaal in de tent.'

46

Op de avonden dat Hemo niet aanschoof voor het eten, was de spanning tussen mijn ouders aan tafel voelbaar. Zelfs Elida viel het op. De glimlach waarmee ik zo vaak haar bezorgdheid had weggenomen, kon haar niet meer geruststellen. Ik was bang dat alles slechts een voorbode was, een waarschuwing voor groter onheil.

Na het laatste incident waarbij mijn moeder bijna door een steen was getroffen, had Hemo mijn vader een geweer aangeboden. Maar mijn vader had geweigerd, ondanks onze smeekbeden. Er viel niet over te onderhandelen, net zo min als er over een vertrek uit Hemgin viel te praten. Sinds hij zijn been kwijt was, had zich een vastberadenheid van hem meester gemaakt die niet paste bij zijn zachtaardige en buigzame karakter. Niet langer was hij de echtgenoot die er voldoening uit haalde zijn vrouw te behagen. Op beslissende momenten drukte hij nu zijn zin door.

Toen mijn moeder op een avond vroeg wat we in Hemgin moesten beginnen, reageerde hij niet. Iedereen had al gegeten, maar mijn vader staarde ongeïnteresseerd naar zijn kom waarin de soep allang koud was geworden.

'Wat moeten we in hemelsnaam doen in dit dorp?' vroeg mijn moeder opnieuw. 'Moeten we soms tot onze dood blijven bedelen bij Hemo en Berz?'

'Nee,' antwoordde hij kalm. 'We gaan iets anders doen.'

'Wat dan?'

'We gaan weer vee houden,' zei hij, alsof het al die tijd zo voor de hand had gelegen, alsof we het hadden kunnen weten als we beter hadden opgelet.

Mijn moeder keek hem aan alsof ze niet wist of het hem ernst was of dat hij een grap maakte. 'Vee houden?'

Ik begreep hem niet. Het weinige geld dat we van Atilla hadden gekregen, was volgens mij niet genoeg om vee van te kopen. We hadden nauwelijks genoeg te eten, in Hemgin had ik geleerd hoe het was om met een hongergevoel naar bed te gaan. En nu wilde hij vee gaan houden?

Mijn vader bracht lusteloos een lepel koude soep naar zijn mond en werkte die slurpend naar binnen. 'Ja, Aşme, we gaan weer vee houden.'

'Selim, het spijt me, maar heb je je verstand soms verloren? Hoe wil je dat in godsnaam doen?'

'Dat merk je wel.'

'Had je ons vee niet beter mee naar Hemgin kunnen slepen in plaats van het te verkopen?' vroeg mijn broer.

'Dit is geen moment voor grappen, Yusuf,' zei mijn moeder.

'Ik maak geen grap. Ik denk dat Atilla zich nog steeds doodlacht omdat hij voor zo'n schijntje over ons vee beschikt.'

Hij had gelijk, maar ik wilde dat niet hardop zeggen. Als mijn moeder en broer samenspanden, wilde ik mijn vader niet afvallen, hoewel ik er meer dan ooit moeite mee had om achter hem te staan.

Opeens werd er hard op de deur gebonkt. Mijn moeder keek mijn vader geschrokken aan en mijn broer, die zich de vorige keer had opgeworpen om te gaan kijken, bleef zitten.

'Kom naar buiten, Selim Uslu!'

Het was de stem die ik nooit meer zou vergeten en die voor altijd verbonden was met de veldslag op de grond van mijn grootvader. Het was de stem van Wusar.

'We weten dat je daar bent,' brulde Wusar. 'Kom naar buiten, Selim!'

De stem van Wusar dreunde van achter de gesloten deur als een onverwachts opstekende najaarsstorm het huis in. Hij was niet alleen. Er was geroezemoes hoorbaar van mannen die opgewonden overlegden.

Mijn vader legde kalm de lepel terug in de soepkom en veegde zijn mond met de rug van zijn hand af. Maar hoe rustig hij ook keek, ik zag de angst in zijn ogen.

'Nee, Selim,' zei mijn moeder. 'Je gaat niet naar buiten.'

'Ik heb geen keus, Aşme,' zei hij op gelaten toon. 'We kunnen niet blijven weglopen. Ze zullen ons niet met rust laten.'

'Apo...' zei mijn broer. 'Alsjeblieft, doe niet open.' Niet eerder had ik mijn broers stem horen overslaan. 'Hij is niet gekomen om te praten en hij is niet alleen.'

'Yusuf heeft gelijk,' zei mijn moeder terwijl ze Elida stevig tegen zich aandrukte. 'We mogen de deur in geen geval opendoen.'

'We moeten hulp halen!' riep ik ineens, mezelf verbazend. 'We moeten Hemo inlichten. Ik kan de achterdeur nemen en snel naar zijn huis sluipen.'

'Mehmet heeft gelijk,' zei mijn broer. 'Het is onze enige kans.'

'Nee!' zei mijn vader resoluut. 'Mehmet gaat nergens heen. Dat is veel te gevaarlijk.'

'Dan ga ik wel,' zei mijn broer. 'Jullie blijven allemaal zitten en ik ga Hemo halen.'

Mijn ouders knikten en keken toen angstig voor zich uit.

Wusar beukte weer op de deur. 'Selim, lanet bo, doe open! Je kunt geen kant op!'

'Ik ga Hemo halen,' zei mijn broer alsof hij zichzelf nog een laatste beetje moed moest inpraten. Hij keek mijn vader indringend aan en zei: 'Apo, beloof me dat je de deur niet opendoet.'

Mijn vader keek zijn zoon met sombere ogen aan alsof hij hem voor de laatste keer zag. Zijn zoon stond op het punt een man te worden en nam het opnieuw onbevreesd op voor zijn gezin.

Mijn broer pakte mijn vaders hoofd met beide handen vast alsof híj het was die zijn zoon toesprak en zei: 'Apo, beloof het me!'

Mijn vader knikte. 'Ik beloof het, mijn zoon.'

De woeste stem van Wusar vulde het huis weer. 'Selim! Mijn geduld raakt op. Ik waarschuw je. Kom naar buiten als een man en onderga je lot!'

Mijn broer rende naar de achterkant van het huis. Waarschijnlijk kon hij nog net horen dat Wusar steeds harder op de deur begon te rammen. De deur trilde in zijn voegen en de balk waarmee hij op slot zat, leek elk moment doormidden te kunnen breken. In gedachten zag ik Wusar en zijn handlangers als hongerige beesten naar binnen stormen en ons een voor een verscheuren. Ik dacht aan Elida en mijn moeder. Wat kon ik doen om hen te beschermen? Wat kon ik doen om mijn arme vader te beschermen?

'Selim, mijn geduld is op! Kom naar buiten, anders steken we je huis in brand. Ik zweer het je, we steken je huis in brand! Ik tel tot tien.'

Ik kreeg geen lucht. Het was zover: ons einde was gekomen. Hier in Hemgin zou alles ophouden, hier zouden we sterven. En hier zou ons vlees verbranden en zouden onze longen zich vullen met de dikke rook van de brandende balken van dit huis. En als straf zou ik als laatste sterven en mijn ouders en zusje levend zien verbranden. Niemand kon ons meer redden.

Wusar was hardop begonnen te tellen. 'Vijf... zes... zeven... acht...'

'Stop!' schreeuwde mijn vader. 'Stop! Genoeg, ik kom naar buiten.' Hij stond op en bukte om zijn krukken te pakken, maar mijn moeder hield ze vast.

'Selim,' zei ze met trillende stem. 'Doe alsjeblieft voorzichtig.'

Ik stond ook op. 'Baba... ik ga met je mee.' Misschien zouden ze hem niet vermoorden als zijn jongste zoon naast hem stond. Misschien zouden de barbaren dan genade tonen.

Mijn vader keek me aan met de sombere blik die bij hem was gaan horen sinds hij in een andere man was veranderd. Hij was een speelbal geworden van het lot dat hem als een pluisje zonder bestemming deed dwarrelen. En wij volgden hem willoos en kwamen steeds dichter bij de afgrond.

'Mijn zoon, blijf bij daye en Elida en wees niet bang.' Hij keek me aan alsof hij afscheid van me nam en sprak de woorden die me allang geen vertrouwen meer schonken. 'Alles komt goed.'

Hij schuifelde naar de voordeur. Plotseling was het stil. Niet langer dreunde Wusar op de deur, noch was het gepraat van de mannen buiten hoorbaar. Een moment had het kunnen lijken alsof er niets aan de hand was, alsof mijn vader op een doodnormale avond naar de deur liep om in het wc-hokje zijn behoefte te doen.

Terwijl mijn moeder Elida en mij stevig tegen zich aandrukte, schoof mijn vader de balk van de deur en trok hem langzaam open. Wusar vulde de deuropening. Hij had een brandende fakkel in zijn hand. De gloed ervan gaf zijn gezicht met het ingedeukte voorhoofd iets onmenselijks, alsof hij een wezen was dat uit de hel was ontsnapt.

'Selim Uslu,' sprak de demon van Hemgin terwijl hij de fakkel dichter bij het gezicht van mijn vader bracht. 'Daar ben je dan.'

Achter hem stonden vijf mannen van wie er twee ook een brandende fakkel vasthielden. Zeker drie van hen herkende ik van de veldslag. Zij hadden zich als hongerige wolven op mijn broer geworpen.

'Ja, Wusar,' zei mijn vader met een stem waarin geen angst maar berusting school. 'Hier ben ik dan. Laten we praten.'

Wusar keek over de schouder van mijn vader naar binnen. Zijn kille blik viel eerst op mij en toen op mijn moeder. 'Er is weinig om over te praten,' zei hij veel kalmer dan ik hem de vorige keer had horen spreken. 'Ik kom je alleen een laatste waarschuwing geven.'

'Een laatste waarschuwing?'

'Ja, ik ga je nog één keer zeggen wat ik van je verwacht en als je niet luistert, zal ik terugkomen om ons werk af te maken.'

'Ik luister,' zei mijn vader alsof het hem niet meer uitmaakte wat Wusar ging zeggen.

'Ik eis dat je Hemgin verlaat.' Hij wees naar ons. 'Ik eis dat je Hemgin verlaat samen met je gezin.' Hij spuugde op de grond vlak voor mijn vaders voeten. 'En ik geef je twee dagen de tijd.'

'We gaan niet weg,' zei mijn vader meteen.

Wusar deed alsof hij de woorden van mijn vader niet had gehoord. 'En als jullie niet binnen twee dagen weg zijn, staan wij hier weer met fakkels en steken je huis in brand en slepen jullie verbrande lichamen een voor een het dorp uit.'

De geur van de brandende fakkels vulde het huis. Misschien rook de hel wel net zo.

'Waarom moeten we weg?' vroeg mijn vader onschuldig, alsof het hem nog niet duidelijk was.

'Omdat jullie hier niet horen!' brulde Wusar. 'Voor indringers die onrust creëren is hier geen plek.'

'Maar we doen niemand kwaad. We proberen hier een bestaan op te bouwen zonder iemand tot last te zijn.'

Wusars ogen lichtten rood op door de gloed van de fakkel. 'Vertel geen leugens in mijn gezicht, kreupele man! Jullie zorgen voor onrust. En jouw zoon heeft bijna een van onze vrouwen vermoord. Dank Allah dat ze het heeft overleefd, anders hadden we jullie huis meteen in brand gestoken.'

'Dat was helemaal niet zijn bedoeling. Het... het was een ongeluk.'

'Zwijg! Je bent uit op onze grond, we kunnen jou niet in ons midden dulden.'

'Ik ben helemaal niet uit op de grond, ik...'

Wusar hield de fakkel vlak voor het gezicht van mijn vader, die van schrik bijna achteroverviel. 'Ik zeg zwijg, mankepoot! Ik ben niet gekomen om te praten over de grond.'

Een van zijn handlangers werd onrustig en riep ineens: 'Laten we het huis nu in brand steken als hij niet wil luisteren!'

Wusar draaide zich om naar de persoon die de woorden had uitgesproken. 'Niet zo ongeduldig,' zei hij. 'We zijn redelijke mensen. Ze krijgen nog twee dagen.'

Hij keek mijn vader grijnzend aan. 'Je bent toch een verhalenverteller?'

Mijn vader leek zich even af te vragen wat hij moest antwoorden. 'Nee,' zei hij ten slotte.

'Lieg niet! Ik heb gehoord dat jij in dat dorp van jou iedere avond verhalen vertelde.'

'Dat was vroeger.'

'Nou, verhalenvertellertje, ken je het verhaal van de man die jaren later terugkeert naar zijn geboortedorp?'

Mijn vader schudde zijn hoofd.

Wusar speelde verbazing. 'Wat voor een verhalenverteller ben jij? Iedereen kent dat verhaal!'

'Ik niet.'

'Goed, ik zal het je vertellen,' zei Wusar. 'Hij miste een been!' Hij draaide zich om naar zijn handlangers en wendde zijn blik toen weer naar mijn vader. 'Hij miste een been!' Toen begon hij te lachen. Het was een bulderlach die zelfs die van Atilla de slager deed verbleken.

En meteen, als op commando, begonnen zijn handlangers ook te lachen. 'Vertel dat verhaal maar als je weer terug bent in je dorp,' zei Wusar met een tevreden blik. 'Je krijgt twee dagen om te verdwijnen en nooit meer terug te keren. Twee dagen!'

Toen ik er al niet meer op rekende, hoorde ik ineens de stem van Hemo. 'Laat hem met rust, Wusar!' Hij was hijgend met een geweer in de hand aan komen lopen. Mijn broer stond achter hem.

'Ah, Hemo, je bent alweer te laat. Selim en ik hebben net een goed gesprek gevoerd en ik heb hem ook een mooi verhaal verteld dat hij nog niet kende.' Breed glimlachend legde hij een hand op mijn vaders schouder. 'Ik weet zeker dat hij me er dankbaar voor is.'

'Hou op met die onzin en laat die mensen met rust!'

'Ik laat ze ook met rust, maar als ze over twee dagen niet verdwenen zijn, weten ze wat hun te wachten staat.'

'Ik zal niet toestaan dat je ze verjaagt,' riep Hemo met krachtige stem. 'Ik zal dat nimmer toestaan!'

'Misschien wordt het dan tijd dat jij Hemgin ook verlaat, oude man, je staat aan de verkeerde kant. Voor iemand die met de vijand heult, is hier geen plek!'

'Je bent doorgedraaid, jongen!' zei Hemo. 'En je denkt dat niemand je kan tegenhouden. Maar je vergist je. Je maakt een grote fout!'

Wusar liep traag achteruit en zei: 'Over twee dagen zullen we zien wie zich vergist heeft.'

47

Als het regende, leek Hemgin een ander dorp. Het krekelorkest hulde zich in stilzwijgen en de honden blaften niet meer. Alleen het geluid van de druppels die op de verlaten tenten landdden, was hoorbaar. Het klonk als tromgeroffel dat de komst van een leger aankondigde.

Ik wachtte op de terugkeer van mijn vader. Hemo had hem vroeg in de ochtend opgehaald om samen bij de muhtar melding te doen van het ultimatum dat zijn zoon ons had gesteld. Na Wusars vertrek had mijn vader strijdvaardig geroepen dat hij zou eisen dat de muhtar zijn zoon tot de orde zou roepen en dat hij onze veiligheid zou garanderen. Maar in de ochtend had hij slechts afwezig voor zich uitgekeken en op zijn vaste plek in de woonkamer gejaagd de ene sigaret na de andere gerookt. Het was alsof hij na een onrustige nacht, waarin mijn moeder onophoudelijk had gejammerd, alle vertrouwen in een goede afloop was kwijtgeraakt.

Hemo had aangeboden bij ons te blijven om over ons te waken, maar mijn vader had zijn hoofd geschud en gezegd dat ze die avond toch niet zouden terugkeren. En opnieuw had mijn vader laten blijken geen heil te zien in wapens. Hemo had daarop gezegd dat we iets moesten doen en niet lijdzaam konden afwachten tot ze over twee dagen weer voor onze deur zouden staan.

'Maar wat moeten we doen?' had mijn vader gevraagd.

'Er zijn twee mogelijkheden,' had Hemo geantwoord. 'De eerste is Hemgin verlaten. Dat is het beste wat je nu kunt doen. Selim, verlaat het dorp, verlaat Hemgin voordat het te laat is.'

'Nee, Hemo,' had mijn vader botweg gezegd. 'We gaan niet weg. Vertel me wat de tweede mogelijkheid is.'

'Dat is je bewapenen en mensen vragen je te helpen. Luister goed naar me, Selim, Wusar en zijn mannen zullen geen tegenstand ondervinden van een verdediging die alleen bestaat uit jou, Yusuf en mij. Dat leggen we zeker af.'

'Er is nog een mogelijkheid,' had mijn vader gezegd alsof hij zijn laatste troef uitspeelde. 'We gaan morgenvroeg met de muhtar praten.'

Hemo had zijn hoofd geschud. 'Ach, Selim, dat is toch zinloos. Het zou me niet verbazen als Wusar in opdracht van zijn vader handelt.'

Mijn vader had voet bij stuk gehouden. 'Maar hij kan toch niet toestaan dat zijn zoon ons huis in brand steekt?'

'Goed, Selim,' had Hemo gezegd toen het al na middernacht was. 'Maar dan leggen we hem het vuur na aan de schenen.'

Toen Hemo vertrokken was, had ik mijn schrift gepakt en geschreven: *Ik ben bang. Ik wil terug naar Sobyan.*

In de ochtend had mijn moeder voor de zoveelste keer wanhopig aangedrongen op een vertrek uit Hemgin. 'Als je het niet voor mij doet, doe het dan voor de kinderen. Selim, alsjeblieft, ik smeek het je.' Maar toen mijn vader niet had gereageerd en alleen maar voor zich uit had gestaard, was voor haar de maat vol. Ze had tegen hem geschreeuwd, met kommen en schalen gesmeten en hem door elkaar geschud. En ze had als een uitzinnige in zijn gezicht gebruld: 'Je bent gek geworden, Selim Uslu! Je wilt ons allemaal de dood injagen! Allah mag weten wat er in dat hoofd van je omgaat.' Toen een reactie wederom uitbleef, zei ze met een stem die diep van binnen leek te komen: 'Ik ga niet wachten tot mijn gezin uitgemoord wordt. Ik ga je verlaten, Selim. Ik ga je verlaten en neem de kinderen mee.'

Mijn vader, die nog nooit een hand naar mijn moeder had uitgestoken, had haar toen ruw bij haar pols gegrepen en hardhandig naar de grond getrokken. En met opeengeklemde tanden had hij gezegd: 'Pas op je woorden, Aşme! Als je nog één keer dreigt me te verlaten, doe ik je wat aan. Ik zweer het, dan sta ik niet voor mezelf in.'

Mijn moeder had gekrijst. 'Laat me los, Selim! Je doet me pijn.'

Maar pas toen mijn broer had geroepen dat hij moest ophouden, had hij haar pols losgelaten.

48

Mijn moeder deed of mijn vader lucht was. Ze negeerde zijn trieste blik en uitgemergelde lijf en richtte uitsluitend het woord tot Hemo. 'Wat heeft de muhtar gezegd?'

Ik keek naar Hemo en zag toen voor het eerst een oude man die had verwacht zijn laatste jaren in eenzaamheid te slijten. Hij had waarschijnlijk nooit gerekend op de terugkeer van mijn vader. De verhalen van mijn vader klopten: Hemo was bereid alles voor hem te geven. En hoewel het mij geruststelde dat we er niet alleen voor stonden, voelde ik me bezwaard dat we zijn kalme wereld overhoop hadden gehaald.

'Hij zei dat hij zeker wist dat zijn zoon het niet zo bedoeld had,' zei Hemo. 'En dat we het als bangmakerij moesten zien.'

Mijn moeder keek of ze water zag branden. 'Bangmakerij? Zijn zoon wil ons levend verbranden!'

'Hij zei dat de dorpelingen nog steeds boos zijn om wat Sosime is aangedaan door Yusuf,' ging Hemo onverstoorbaar verder. 'En hij zei dat hij dat begrijpt.'

'Maar dat was een ongeluk,' zei mijn moeder alsof ze Hemo ervan probeerde te overtuigen. 'Bovendien heeft Wusar de eerste steen gegooid. Dat hebben jullie hem toch wel verteld?'

'Natuurlijk. De muhtar verwacht niet dat er wat gebeurt en ziet geen reden om in te grijpen.' Hemo zweeg even. 'Zoals ik gisteren al zei, ik vrees dat hij hier een hand in heeft. Van hem moeten we niets verwachten.'

Mijn moeder stond op en spreidde vertwijfeld haar armen. 'Wat gaan we nu doen? Wachten tot ze weer met fakkels voor de deur staan en ons levend in brand steken?'

'Ik ga jullie bewapenen,' zei Hemo stellig. 'Het spijt me, Selim, maar als jij geen geweer wilt dragen, moet Yusuf het maar doen.'

Mijn broers ogen lichtten meteen op en voordat mijn vader kon protesteren, zei mijn moeder: 'Dat werd tijd.'

Hemo wreef over zijn baard. 'Ik zal mijn broer Nandar en een paar vrienden uit zijn dorp vragen ons te helpen, anders zijn we kansloos.'

'Dat kunnen we toch niet van hem vragen?' riep mijn vader.

'Nandar weet dat ik jou als mijn bloedeigen zoon beschouw, hij zal geen moment twijfelen als hij hoort dat je in moeilijkheden zit. Ik vertrek meteen om hem in te lichten en laat een geweer bij jullie achter voor het geval er iets gebeurt. Selim, met jouw welbevinden geef ik het aan Yusuf.'

Mijn vader zuchtte diep en verslagen, en knikte toen nauwelijks zichtbaar.

Hemo reikte mijn broer het geweer aan. 'Yusuf, weet je hoe je het moet bedienen?'

Ik had mijn broer nooit een geweer zien gebruiken. Voor zover ik wist, had hij er net zo weinig verstand van als ik, maar tot mijn verbazing zei hij: 'Natuurlijk, geen probleem.' Alsof Hemo hem vroeg een geit te melken. Trots pakte hij het geweer met beide handen aan. Het leek net zo bij hem te horen als een slagersmes bij Atilla of een zeis bij de boeren op het tarweveld.

Hemo pakte mijn broer met beide handen bij zijn hoofd en zei op dwingende toon: 'Ik vertrouw erop dat je het alleen in noodgevallen gebruikt.'

'Maakt u zich geen zorgen,' zei mijn broer. 'Ik zal er verstandig mee omgaan.'

'Je bent nu een man,' zei Hemo. 'Een man die zijn gezin moet beschermen.'

Toen mijn broer en ik in de middag waren teruggekeerd van de dorpskraan, zagen we een onbekende man zitten in een kleermakerszit. Zijn grote handen rustten op zijn knieën en hij keek strak voor zich uit. Naast hem lag een groot geweer.

'Yusuf, Mehmet, dit is mijn jongere broer Nandar.' Hemo wees trots naar de man die in niets op hem leek. Nandars haar was gitzwart en ondanks zijn donkere stoppelbaard en borstelige wenkbrauwen, straalden zijn ogen iets jongensachtigs uit. En hoewel hij zat, was het duidelijk dat hij een bovengemiddelde lengte bezat.

Mijn broer schudde hem de hand. 'Ma be gerdi, Nandar *ap*,' zei hij vriendelijk. 'Welkom in ons huis.' Hij klonk ouder, alsof hij de heer des huizes was. Nandar knikte kort en liet een soort grom horen, waardoor ik me even afvroeg of hij wel kon praten.

Mijn hand verdween in die van hem en ik voelde de immense kracht die in zijn lichaam school. 'Ma be gerdi,' zei ik terwijl ik hem nauwelijks aan durfde te kijken.

Terwijl de stugheid uit zijn blik verdween en hij een hartelijke glimlach toonde, legde hij zijn hand op mijn hoofd en zei met zachte stem: 'Gerbe sılamet, Mehmet.' Van dichtbij zag ik dat hij een lang litteken onder zijn linkeroog had.

'Toen ik Nandar vertelde wat er aan de hand was, wilde hij meteen komen,' zei Hemo.

'Mijn broer ziet jullie als familie,' zei Nandar alsof hij de behoefte voelde zijn snelle komst toe te lichten. 'Dat betekent dat jullie ook mijn familie zijn, en als mijn familie in de problemen zit, kan ik niet stilzitten.'

'Ik kon de vrienden die ik om hulp wilde vragen niet bereiken,' zei Hemo. 'Maar Nandar blijft net zo lang als nodig. We zullen om beurten gewapend de wacht houden voor jullie huis.'

Misschien durfden de vrienden van Hemo ons niet te helpen, misschien vreesden ze Wusar en zijn mannen, maar wilde Hemo dat niet toegeven.

'We zijn u heel dankbaar dat u bent gekomen,' zei mijn moeder zonder de emotie in haar stem te verbergen. 'Ik maak snel iets klaar, u zult vast honger hebben.' Ze keek onrustig om zich heen en leek zich af te vragen hoe ze dat moest klaarspelen met een gast die voor drie leek te kunnen eten. Maar ik wist wat er in het uiterste geval zou gebeuren: mijn ouders zouden niets eten. De gast diende altijd als een vorst behandeld te worden en met een voldaan gevoel van tafel te gaan. Mijn vader had dat in Sobyan zo vaak benadrukt en verwerkt in zijn verhalen dat ik ook bereid was honger te lijden voor onze gasten.

'Ik heb niet veel nodig,' zei Nandar en hij klonk als een soldaat die begrijpt dat in moeilijke tijden overleven boven de maag gaat. 'Geef mij maar wat er overblijft.'

Mijn moeder protesteerde maar Hemo zei meteen dat ze zich om Nandar geen zorgen hoefde te maken. 'Mijn broer is er een van steen.' Hij klopte hard op zijn schouder. 'Hij kan desnoods een week zonder eten.'

Nandar vroeg aan niemand in het bijzonder: 'Met hoeveel man waren ze?'

'Wusar had vijf mannen meegenomen,' zei mijn broer.

'Zes in totaal dus,' zei Nandar kalm. 'En ze waren niet gewapend?'

Mijn broer schudde zijn hoofd. 'Ze hadden alleen fakkels bij zich.'

Nandar knikte zelfverzekerd. 'Dat is te overzien.'

Hoewel we die nacht de balk niet voor de deur schoven, sliep ik voor het eerst sinds tijden zonder angst. Nandar hield de wacht met zijn grote geweer.

49

De donkere wolken waaruit de vorige dag de regen onophoudelijk op het dorp was neergedaald, waren verdreven door de zon. De modder was verdwenen en de krekels lieten zich weer horen. Voor ieder ander was dit waarschijnlijk een beloftevolle dag geweest. Voor ons was het de dag waarop we Hemgin moesten verlaten of in een brandend huis ons lot moesten ondergaan.

Nandar was in alle vroegte afgelost door zijn broer en sliep nu in diens huis. Mijn moeder liep gespannen heen en weer terwijl mijn vader naast de tent met Hemo en mijn broer stond te praten. Hemo had het geweer aan een band om zijn schouder gehangen en keek de straat in.

'Ik verwacht dat ze net als de vorige keer 's avonds komen,' zei hij. 'Maar we moeten op alles voorbereid zijn.'

'Misschien komen ze wel helemaal niet,' zei mijn vader tot mijn verbazing. Hij sprak de woorden aarzelend uit, alsof hij alleen maar gezegd wilde hebben dat we ook met die mogelijkheid rekening moesten houden en de muhtar misschien toch gelijk had. Vanuit mijn ooghoek zag ik mijn broer geërgerd zijn hoofd schudden, maar hij hield zijn mond en bespaarde mijn vader de afgang van een sneer in het bijzijn van Hemo.

'Selim, ze komen wel, daar twijfel ik niet aan,' zei Hemo. Daarna wendde hij zich tot mijn moeder. 'Aşme, ik zal jou straks samen met Mehmet en Elida naar mijn huis brengen. Het is daar veiliger voor jullie. We zullen er alles aan doen om het te voorkomen, maar als er een brandende fakkel naar jullie huis wordt gegooid, kan het zo in brand vliegen.'

Hoewel ik het niet durfde en hoopte dat hij afwijzend zou reageren, vroeg ik aan Hemo: 'Zal ik bij jullie blijven?' Ik wilde tonen dat ik geen bangerik was en ook over een vleugje van de moed beschikte die mijn broer in overvloed bezat. Maar nog voordat Hemo kon reageren, gaf mijn moeder me een klap op mijn achterhoofd. 'Hou je mond, Miran. Zeg niet zulke belachelijke dingen.'

Terwijl ik beschaamd naar de grond staarde, zei Hemo vaderlijk: 'Pas jij maar op je moeder en zusje.'

'Wat is jullie plan?' vroeg mijn moeder bezorgd.

'Nandar en ik gaan hen opwachten voor het huis. Selim en Yusuf zullen achter ons staan.'

'Gewapend?'

Hemo knikte. 'Yusuf zal het geweer dragen dat ik hem gaf.'

Ik zag de angst in de ogen van mijn moeder. Ze trok Hemo dichter naar zich toe. 'En Selim?' fluisterde ze. 'Wat moet hij beginnen als het uit de hand loopt?'

'Hij wil er graag bij zijn,' zei Hemo terwijl hij zijn hand voor zijn mond hield. 'Ik heb het niet uit zijn hoofd kunnen praten.'

'Ik hoor jullie wel!' zei mijn vader ineens fel. 'Je hoeft je over mij geen zorgen te maken, Aşme. Ik ben nog mans genoeg om mezelf te verdedigen en uit te delen als het nodig is.' De verhalenverteller die niets met wapens te maken wilde hebben, maakte nu onderdeel uit van een gewapende verdedigingslinie.

Mijn broer glom van trots. Hij had net als Hemo zijn geweer aan de band om zijn schouder gehangen. 'Apo heeft gelijk,' zei hij met een stem die zwaarder klonk dan normaal. 'We redden ons wel.' Maar meer nog dan om mijn broer maakte ik me zorgen om mijn vader. Als het tot een gevecht kwam, was hij geen partij voor de dwazen met fakkels.

Nandar was opgestaan en liep vanaf Hemo's huis met grote stappen naar ons toe. Nu pas zag ik hoe indrukwekkend zijn verschijning werkelijk was. Hij was zelfs groter dan Atilla, maar desondanks bewoog hij soepel en met lichte tred, als een roofdier dat geluidloos door onbekend jachtterrein sluipt.

'Selam,' zei hij met een warmere stem dan de vorige dag. 'Se kena rında?'

'Goed,' zei mijn vader. 'Maar jij hebt nauwelijks geslapen.'

Hij glimlachte. 'Ik heb maar een paar uur nodig.'

Hemo klopte zijn jongere broer weer op de schouder. 'Ja, meer heeft deze grote jongen niet nodig.' En weer zag ik die trotse blik in zijn ogen, de trotse blik die ik nooit bij mijn eigen broer had gezien.

Hemo's huis was donker en warm. Het was duidelijk dat er al die jaren een man zonder vrouw had geleefd. Er hing een zure lucht en het was er stoffig en bedompt. Op een dun matrasje, waarvan de lakens een vlekkerige bruine kleur vertoonden, lag een te dikke deken voor de tijd van het jaar. Daar moesten wij slapen als het tegenzat.

'Anne, het stinkt hier,' zei Elida terwijl ze haar neus dichtdrukte. 'Ik wil terug naar huis.' Ze had zich tot nu toe goed gehouden. Het was pas de eerste keer dat ze protesteerde, en ze had groot gelijk: de geur in het huisje was ondraaglijk.

'Ik laat de deur wel open zodat het hier even kan luchten,' zei mijn moeder.

Ik staarde naar de hemel. Elk moment konden de vleermuizen verschijnen, en met hun komst, kwam ook het gevaar.

Ik keek in de richting van ons huis, zo'n dertig meter verderop. Nandar stond een paar meter voor de deuropening en hield het geweer voor zich, klaar om elk moment een schot te lossen. Hemo daarentegen had het wapen nog nonchalant aan de band om zijn schouder hangen en keek kalm om zich heen. Het puntje van zijn sigaret lichtte rood op in de langzaam intredende duisternis. Mijn broer stond achter hem, vlak voor de deuropening, en keek onrustig om zich heen. Mijn vader zag ik niet.

'Moge Allah hun kracht en moed geven,' zei mijn moeder terwijl ze me tegen zich aandrukte. 'En moge Allah over ons waken.'

'Anne, ik ben bang,' zei ik.

Ik hoopte dat mijn moeder troostende woorden zou spreken, mijn angst zou wegnemen, maar ze zei: 'Ik ook.'

Het was bijna helemaal donker. Vleermuizen fladderden door de straten en veranderden af en toe abrupt van koers als ze tegen een boom aan dreigden te vliegen.

'Wanneer denk je dat ze komen?' vroeg ik aan mijn moeder.

'Dat weet ik niet.'

Een tijdje hoorde ik niets anders dan de geluiden van de nachtinsecten en de onrustige ademhaling van mijn moeder, tot ze ineens zei: 'Stil, ik hoor wat.'

Ik hield mijn adem in. Veel eerder dan ik verwacht had, klonken er in de verte zware mannenstemmen. Om het beter te kunnen horen en omdat ik niet in de richting durfde te kijken waar de stemmen vandaan kwamen, luisterde ik er met gesloten ogen naar. Langzaam zwol het geluid aan.

Alsof ons laatste uur had geslagen, riep mijn moeder: 'Ze zijn er!'

De demonen waren uit hun holen gekropen.

Ik opende mijn ogen en zag in de verte brandende fakkels in de duisternis dansen. Op en neer bewogen de stokken met het hellevuur dat smachtte naar de houten balken van ons huis. Het was niet duidelijk of Hemo en Nandar in de gaten hadden dat het begonnen was. Mijn moeder rende naar binnen, pakte het olielampje uit de kamer en draaide zich in de richting van ons huis. Ze hield even haar vrije hand voor het olielampje en trok het weer weg. Dit herhaalde ze een paar keer. Ik begreep niet wat ze deed tot Hemo zijn olielampje van de grond pakte en dat omhooghield.

Terwijl ik het gevoel had dat er een steen traag door mijn slokdarm kroop, draaide ik mijn hoofd naar de andere kant. Contouren werden zichtbaar in het zwakke schijnsel van de fakkels. Als eerste zag ik het gezicht van Wusar. Achter hem liep een grote groep mannen. Het was duidelijk dat hij meer handlangers had opgetrommeld dan de vorige keer. Wellicht waren ze afgekomen op het rondzingende gerucht dat ze ons huis in brand zouden steken.

Mijn moeder sleurde me aan mijn arm naar binnen, trok gehaast de deur achter zich dicht en schoof de balk ervoor. Zwaar ademend leunde ze met haar rug tegen de deur. 'Maak geen enkel geluid,' zei ze terwijl ze het olielampje dichtdraaide. 'Ze mogen niet weten dat we hier zitten.' Het was op slag aardedonker in huis.

'Anne, anne!' De paniekerige stem van mijn zusje vulde de ruimte.

Ik hoorde mijn moeder op de tast naar haar toe schuifelen. 'Stil maar, Elida,' fluisterde ze.

Ik drukte mijn oor tegen de deur en hoorde nu voetstappen. Het klonk niet als gewone voetstappen, maar als de hoeven van een kudde losgeslagen kalveren.

'Ze zijn nu heel dichtbij,' zei ik zo zacht mogelijk.

'Stil,' siste mijn moeder.

Even leek het of de mannen van koers waren veranderd en recht op ons afstevenden. Verschrikt strompelde ik achteruit tot ik op mijn moeder en Elida stuitte, maar even later zwakte het geluid af. Toen ik mijn oor weer voorzichtig tegen de deur drukte, hoorde ik dat de menigte zich verplaatste richting ons huis.

Opeens was het stil en waren de geluiden van de nacht weer hoorbaar. Het duurde niet lang, want al snel klonk de bulderende stem van Wusar.

'Selim, kom tevoorschijn!'

'Ga weg, Wusar! Je hebt hier niets te zoeken.' Hemo klonk anders. Er zat gif in zijn stem.

'Bemoei je er niet mee, verrader!'

'Ik waarschuw je,' riep Hemo vastberaden. 'Als je aan hen komt, krijg je met ons te maken.'

Er volgde een korte stilte.

'Ik ben het zat, Hemo! Iedere keer als ik in de buurt van Selim ben, kom ik je tegen. En nu heb je zelfs zijn zoon een geweer in handen gedrukt en staat er een beer van een vent naast je die naar me kijkt alsof hij een kogel door mijn hoofd wil jagen. Wat moet ik daarvan denken?'

Ik hoorde een onrustig geroezemoes opstijgen, alsof de mannen die achter Wusar stonden nu pas zagen dat Hemo, Nandar en mijn broer gewapend waren.

'Dat is mijn broer en het lijkt me duidelijk waar deze wapens voor dienen.'

'Ga naar huis, Hemo,' zei Wusar alsof hij hem een uitweg bood. 'Ga naar huis, en neem je broer mee. Dan zal ik vergeten dat ik jullie hier tegenkwam.'

'Nee, Wusar, wij blijven net zo lang tot jullie mijn familie met rust laten.'

'Jouw familie? Ben je nu al vergeten wie je echte familie is, Hemo?'

'Ik waarschuw je, trek je terug met je mensen.'

'En als we dat niet doen, gaan jullie ons dan allemaal neerschieten voor die kreupele en zijn gezin?'

'Als dat nodig is.'

Weer steeg er vanuit de groep mannen een onrustig gebrom op. Ik kon niet verstaan wat ze zeiden. Mijn handen bewogen naar de balk voor de deur. Voorzichtig schoof ik hem weg terwijl ik elk moment een tik tegen mijn hand verwachtte. Maar mijn moeder deed niets, tot ik de deur zachtjes opentrok. Toen voelde ik haar krachtige vingers in mijn nek en haar hand op mijn mond. Ik verstarde.

'Je houdt je stil. Geen woord, Miran,' fluisterde ze. 'Je blijft hier staan, anders jaag je ons allemaal de dood in.'

Nadat ze me losliet, trok ik aarzelend de deur iets verder open tot ik door een kiertje kon kijken. Mijn adem stokte: ze waren met nog meer dan ik vermoedde. Ik zag Hemo en Nandar roerloos als een schild voor ons huis staan. Mijn broer stond een paar stappen achter hen. Zelfs van deze afstand kon ik zien dat er van zijn bravoure niets meer over was. Hij was gedegradeerd tot een angstige tiener. Het geweer rustte onhandig in zijn handen en hij stond niet rechtop zoals Hemo en Nandar. Nauwelijks zichtbaar schoof hij steeds een stukje dichter naar de deur.

'Dat wil ik wel eens zien,' zei Wusar.

'Ga weg en neem je mannen mee!' schreeuwde Hemo. 'Dit is zinloos.'

Maar Wusar negeerde hem en deed een stap naar voren terwijl de fakkel onrustig in zijn hand bewoog. 'Selim, kom naar buiten!'

'Je hoeft niet zo te schreeuwen,' hoorde ik mijn vader beheerst zeggen. 'Ik ben hier.' Hij kwam langzaam uit het huis gehinkt en sprak alsof er niets aan de hand was, en niet Wusar maar Ibrahim voor de deur stond en hem ongeduldig riep.

'Ik geef jou en je gezin een laatste kans om het dorp te verlaten zonder dat er vervelende dingen gebeuren.' Het leek of de toon van mijn vader op Wusar was overgegaan. 'Wat jullie verder ook denken, wij zijn redelijke mensen.'

'Wij gaan niet weg,' zei mijn vader vastberaden, alsof het laatste woord erover gesproken was en het hem niet uitmaakte of nog vijftig dorpelingen met fakkels zich bij de menigte zouden voegen. Ik keek naar Nandar. Hij had nog niets gezegd.

Plotseling werd het onrustig achter Wusar. Er werd geschreeuwd en iemand die vooraan stond riep: 'Laat hem branden in de hel!'

Een brandende fakkel vloog door de lucht, flakkerend over de hoofden van Wusar en Nandar, en sloeg tegen de deurpost naast mijn vader en broer. Vonken spatten alle kanten op. Bijna was de fakkel het huis ingevlogen. En terwijl mijn vader de deur dichttrok, stormde Nandar als een steenarend in een duikvlucht naar voren en sloeg met grote kracht de kolf van zijn geweer tegen de schedel van de man die de fakkel had geworpen. Een dof geluid klonk waarna de man door zijn benen zakte en achterover viel. Verontwaardiging steeg op vanuit de menigte. Nandar deed snel een paar passen achteruit en riep: 'Laat dit een waarschuwing zijn. De volgende krijgt een kogel!'

'Sterf, klootzak!' schreeuwde iemand waarna er een geweerschot klonk. Nauwelijks een halve seconde later brulde Nandar als een gewond dier. Mijn maag kromp samen. Hij liet zijn geweer zakken en drukte zijn rechterhand op zijn linkerbovenarm terwijl hij kreunend vooroverboog. Ik dacht dat hij neer zou gaan, maar hij kwam overeind en vuurde snel en met de precisie van een sluipschutter een schot af. Een jammerlijke en langgerekte schreeuw klonk en galmde door het hele dorp. Een man viel achterover, liet afschuwelijke gorgelgeluiden horen en bleef toen roerloos liggen. Er volgde een onnatuurlijke stilte die werd doorbroken toen een paar mannen met fakkels in de richting van de dorpskraan vluchtten alsof zij nu op hun beurt werden opgejaagd. Drie mannen liepen achter hen aan, het lichaam van de getroffene onhandig wegdragend.

Ongeveer tien mannen bleven over en schuifelden langzaam achteruit. Alleen Wusar bleef luid vloekend staan. Ineens pakte een man het geweer op van de getroffene. Het zag er potsierlijk uit, alsof hij er voor het eerst een in handen had en zich afvroeg waar het voor diende. Hij hield hem onhandig in de richting van Nandar waarna een schot klonk waar hij zelf van leek te schrikken.

In een reflex sloot ik mijn ogen. Toen ik ze weer opende, zag ik dat niemand was geraakt. Voordat de man ook maar kon overwegen de trekker een tweede keer over te halen, had Nandar een schot gelost.

Hij trof de man in zijn rechterhand waardoor het geweer de lucht in werd gelanceerd. Kermend keek de man naar het hompje rauw vlees waar zijn hand vlak daarvoor nog had gezeten. Mijn maag draaide zich om terwijl ik mijn moeder met trillende stem hoorde fluisteren dat ik de deur dicht moest doen. Maar hoewel ik het gevoel had dat ik elk moment kon overgeven, wilde ik alles zien.

De boer strompelde weg terwijl hij gilde: 'Mijn hand... mijn hand!' Mijn vader en broer staarden vol afgrijzen naar de man zonder hand. Ze waren achteruitgelopen en stonden met hun rug tegen de deur.

Ik verstijfde toen er plotseling kort achter elkaar twee geweerschoten klonken. Het was Hemo die in de lucht schoot. 'Verdwijn voor het verder uit de hand loopt!' riep hij. 'Voor er doden vallen. Verdwijn, zeg ik jullie!'

Alle mannen vluchtten alsof hun verzet definitief was gebroken. Behalve Wusar. 'Dit zet ik jullie betaald!' schreeuwde hij terwijl hij traag achteruitliep. 'Al moet ik mijn leven ervoor geven.'

50

Ik opende mijn ogen. Mijn zusje en moeder lagen naast me op de matras. Plakkerige lakens bedekten onze lichamen. Vlak naast ons zat mijn broer met gesloten ogen op een stoel. Zijn geweer rustte op zijn schoot. Hij had de hele nacht over ons gewaakt.

Ik sloop naar de voordeur, schoof zo voorzichtig mogelijk de balk weg en trok de deur langzaam open. Het felle ochtendlicht verblindde me. Hoewel het nog vroeg was, was de hitte overweldigend. De straat oogde als op alle andere ochtenden. Een paar honden snuffelden aan elkaar en in de verte zag ik kinderen spelen. Niets deed denken aan de gruwelijke avond. Als ik eraan terugdacht, proefde ik een bittere smaak in mijn mond die me misselijk maakte.

Ik zag Hemo op een krukje voor ons huis zitten. Hij leunde met zijn rug tegen de deurpost, zijn kin rustte op zijn borstkas. Na hun heldenrol van gisteren voelde ik een diepe bewondering voor Nandar en hem. Ik keek om me heen en stapte toen op blote voeten naar buiten. De warme grond verwarmde mijn voetzolen.

Toen ik voor Hemo stond, besloot ik hem te wekken. 'Goedemorgen,' zei ik luid.

Hemo's oude lichaam kwam onmiddellijk in beweging alsof er een schot had geklonken. Hij viel bijna van het krukje toen hij zijn geweer oppakte en zijn hoofd onrustig van links naar rechts draaide. 'Goedemorgen... goedemorgen,' zei hij verstrooid. 'Ik... ik had even mijn ogen dichtgedaan.'

Ik moest me inhouden om niet in lachen uit te barsten. 'Zal ik uw broer vragen het van u over te nemen?'

Hij liet een langgerekte geeuw horen waarbij hij zijn mond zo wijd opensperde dat zijn bruine tanden zichtbaar werden. 'Nee, laat hem maar slapen.' Hij rekte zich uitgebreid uit en maakte smakgeluiden.

Ik opende de deur van ons huis en zag mijn vader op zijn vaste plek zitten. Hij rookte. Nandar lag luid snurkend op zijn rug op een deken. Zijn linkerbovenarm was verbonden met reepjes katoen die van een oude bloes van mijn vader waren afgescheurd.

'Goedemorgen, baba,' fluisterde ik.

Mijn vader knikte en zonder zijn stem te dempen vroeg hij: 'Slaapt daye nog?'

'Ja, en Elida en bao ook.'

'Ben je alleen hiernaartoe gelopen?'

Ik wilde niet liegen en knikte.

'Mehmet, je weet toch dat het gevaarlijk is om alleen over straat te lopen? Zeker na gisteravond.' Ik schrok van zijn scherpe toon en boze blik. 'Maak daye snel wakker om het ontbijt te bereiden. En vraag Hemo om met je mee te lopen.'

Ik had verwacht dat mijn vader zou vragen hoe het met me ging en hoe ik geslapen had na de verschrikkingen van de afgelopen avond. Ik staarde hem verbaasd aan.

'Waar wacht je op?' Hij sprak de woorden nog feller uit dan eerst. Ik draaide me snel om en liep even later samen met Hemo naar zijn huis.

We zaten met z'n allen rond het kleed. Alleen Nandar stond buiten.

'Selim, het is hier niet meer veilig voor jullie,' zei Hemo vermoeid. 'Ik weet niet hoelang Nandar en ik jullie nog kunnen beschermen na wat er gisteren is gebeurd. Ze zullen terugkomen met nog meer mensen, en alleen Allah weet wat er dan zal gebeuren. Het is beter dat jullie vertrekken.'

'We blijven hier,' zei mijn vader zonder Hemo aan te kijken. 'We kunnen niet weg.' Hij zei het alsof we na een lange vlucht voor een afgrond stonden en onze achtervolgers ons hadden ingesloten.

'Selim, alsjeblieft,' smeekte mijn moeder terwijl ze haar handen ten hemel hief. 'Laten we hier weggaan, vandaag nog. Voordat ze ons vermoorden, voordat ze ons een voor een afslachten.'

Mijn vader reageerde niet.

'Ze heeft gelijk,' zei Hemo. 'Ze zullen terugkeren met meer wapens, en Nandar en ik zullen ze niet tegen kunnen houden.'

'Dat durven ze niet,' zei mijn vader zonder iemand aan te kijken. 'Na gisteren durven ze niet meer terug te keren.'

Hemo keek hem vragend aan. 'Waarom denk je dat?'

'Ze hebben gezien dat we bereid zijn om te doden,' zei mijn vader. 'Dat we bereid zijn ons leven te geven.' Hij nam een diepe trek van zijn sigaret en liet de rook langzaam door zijn neusgaten ontsnappen. Ik begreep op dat moment meer dan ooit dat hij was veranderd in een man die de dood in de ogen had gekeken, een man die het gevoel had dat hij alles was kwijtgeraakt, en bereid was om het laatste beetje wat hem nog restte te verdedigen. Tegen elke prijs.

Hemo pakte mijn vader bij zijn kraag en trok hem hardhandig naar zich toe. 'Verdomme, Selim, neem de dood niet in je mond als je het over je gezin hebt! Wat bezielt je? Heb je je verstand soms verloren?'

De sigaret viel uit mijn vaders hand en brandde een gat in het kleed, maar hij reageerde niet, net zo min als hij op de woorden van Hemo reageerde. Hij onderging ze onaangedaan.

'Kijk me aan!' brulde Hemo. 'Kijk me verdomme aan, Selim!' Hij hijgde zwaar en even dacht ik dat hij mijn vader een klap zou verkopen, maar toen zei hij kalmer: 'Ik ben bang dat Wusar terug zal keren om wraak te nemen. We moeten wat doen.'

Zijn woorden wekten het ijzingwekkende beeld bij me op van een woeste Wusar die met een mes op mijn vaders lichaam insteekt.

'Als je het niet voor mij doet, doe het dan voor je kinderen,' riep mijn moeder wanhopig, 'doe het dan voor je prachtige kinderen.' Ze wees met een radeloze blik naar ons alsof ze hem eraan moest herinneren dat hij vader was, dat hij drie kinderen had die doodsbang afwachtten tot hij verlossende woorden zou spreken.

Mijn vader keek mijn moeder eindelijk aan. Met bevende stem zei hij: 'Aşme... lieve Aşme, we kunnen niet weg. Waar moeten we heen? Vertel me dat.' Er school wanhoop in zijn stem. Je hoefde niet goed te luisteren om het te horen.

'Jullie kunnen toch teruggaan naar Sobyan?' zei Hemo.

'Nee!' riep mijn vader ineens fel. 'Onmogelijk!'

'Waarom niet?'

'Daar... hebben we niets meer.'

Ik wilde zeggen dat we daar nog een huis hadden en vrienden die ons zouden helpen. Ik wilde zeggen dat ze ons daar niet als indringers zagen. Maar ik zweeg omdat hij op dat moment geen tegenspraak van zijn jongste zoon zou dulden. En misschien zweeg ik ook omdat ik hem niet wilde afvallen nu hij er helemaal alleen voor stond.

'Maar wat hebben jullie hier dan?' vroeg Hemo zonder zijn onbegrip te verbergen.

Mijn vader wreef onrustig over zijn stomp. Misschien had hij zichzelf die vraag niet eerder gesteld. Na een tijdje zei hij: 'Grond.' Alsof hij zich plotseling herinnerde waarvoor we hierheen waren gekomen. 'We hebben hier grond en een huis. We hebben hier een kans om opnieuw te beginnen.' Toen keek hij Hemo aan. Zijn onderlip beefde. 'En we hebben jou hier, Hemo. Onze enige familie.'

'Lieve Selim, het is niet erg om te zeggen dat het niet gelukt is,' sprak mijn moeder op zachte toon. 'Het is geen schande om terug te gaan naar de plek die je achter je hebt gelaten. Niemand in Sobyan zal het vreemd vinden als ze horen wat er gebeurd is.'

'Het spijt me, Aşme... maar ik kan het niet. We kunnen niet blijven vluchten voor onze problemen, we moeten het hier redden.'

'Maar we kunnen hier niets meer doen... behalve sterven.'

Buiten klonk ineens een hoge stem die me bekend voorkwam. 'Laat dat geweer zakken, barbaar. Ik kom met Selim praten!'

Met een bezweet voorhoofd stond de muhtar hijgend in de deuropening. Hij had twee mannen meegenomen die ik niet kende. Nandar liet zijn geweer zakken toen Hemo naar hem knikte.

'Wat bezielt jullie om op mensen te schieten in mijn dorp?' schreeuwde hij. 'Zijn jullie gek geworden?'

Iedereen begon onverstaanbaar door elkaar heen te schreeuwen. Mijn moeder, vader en Hemo probeerden elkaar te overstemmen, tot Hemo wild met zijn armen zwaaide en riep: 'Stilte! Laat mij het woord voeren.' Hij richtte zich tot de muhtar. 'Hoe durf je ons te vragen of wij gek zijn geworden? Wij hebben je gewaarschuwd je zoon tot de orde te roepen. Wij hebben je gewezen op de gevaren, wij...'

De muhtar onderbrak hem ruw. 'Verdomme, Hemo, we hebben twee zwaargewonden in het dorp! Dat is wat jullie aangericht hebben!'

'Dat is erg spijtig,' zei Hemo kalm.

'Spijtig? Het is verschrikkelijk!' brulde de muhtar. 'Jullie zijn te ver gegaan. Jullie zijn veel te ver gegaan!'

'Nee, Va, jouw zoon en zijn mannen zijn te ver gegaan,' zei Hemo terwijl hij opstond en dreigend naar de muhtar wees. 'Ze stonden op het punt het huis van Selim in brand te steken, ze hebben zelfs een brandende fakkel naar het huis geworpen. Moesten wij soms toekijken hoe zij hun gang gingen? Vertel mij dat! Wie zijn hier de barbaren?'

'En bovendien,' zei Nandar ineens met zware stem, 'losten zij het eerste schot. Laten we dat niet vergeten.'

'Ik heb iets anders gehoord,' zei de muhtar stellig. 'Volgens mijn zoon en de anderen is jouw broer begonnen met schieten.'

'Onzin!' zei Hemo resoluut. 'Nandar werd eerst in zijn arm getroffen, daarna schoot hij pas terug.'

'Ik heb geen reden om aan hun woord te twijfelen,' zei de muhtar. 'Zeker als ik kijk naar wat jullie hebben aangericht. Jullie zijn verantwoordelijk voor deze ellende. Jij en die kreupele man!'

Ik keek naar mijn vader en zag zijn hand zich tot een vuist vormen. 'Nee, Va!' schreeuwde hij woest terwijl hij opkrabbelde van zijn plek. 'Als er iemand verantwoordelijk is voor deze ellende, dan ben jij het. We hebben je steeds gevraagd om in te grijpen, maar dat weigerde je keer op keer. Jij hebt dit laten gebeuren. Jij hebt je zoon hiertoe opdracht gegeven!'

Het hoofd van de muhtar werd zo rood als de binnenkant van een granaatappel. 'Pas op je woorden, kreupele man! Wie ben jij om mij in mijn dorp zo toe te spreken?'

'Je bent een waardeloze muhtar en een verachtelijk mens.' Mijn vader wees omhoog met een trillende hand. 'En Allah is onze getuige. Je zult je tegenover hem, de Almachtige, moeten verantwoorden.'

'Zwijg!' riep de muhtar. 'Ik ben gekomen om jullie te vertellen dat jullie mijn dorp moeten verlaten, voordat jullie nog mensen vermoorden! Dat geldt ook voor jou, Hemo. Er is hier geen plek meer voor jou.'

Zonder zijn krukken op te pakken, hompelde mijn vader snel op de muhtar af. Met een wanhopige kreet wierp hij zich op hem. Tevergeefs probeerde hij de muhtar in een houdgreep te nemen, waarna hij hem gillend met zijn vuisten op zijn rug begon te slaan. Vol ongeloof keek ik toe. Terwijl Hemo en Nandar in de richting van mijn vader snelden, gaf de muhtar hem een duw waardoor hij achterover viel en hard met zijn hoofd tegen de grond sloeg. Weer was mijn vader door een inwoner van dit dorp tegen de grond gewerkt. Maar dit keer bewoog hij niet meer. Zijn armen lagen als droge takken naast zijn lichaam. Hemo gaf hem een paar klappen tegen zijn wang. 'Selim, Selim!'

Mijn moeder had haar handen voor haar gezicht geslagen en mijn broer zat als versteend op zijn plek, terwijl Nandar beheerst vroeg: 'Ademt hij nog?'

Kreunend opende mijn vader zijn ogen. Hij probeerde overeind te komen, maar Hemo hield hem tegen en zei: 'Rustig, Selim, je bent hard gevallen, blijf maar even liggen.' Daarna draaide hij zich om naar de muhtar die verschrikt toekeek. 'Verdwijn, Va, en roep je zoon verdomme tot de orde, anders loopt het slecht met hem af!'

'Je hebt hem gehoord,' zei Nandar terwijl hij hem stevig bij zijn schouders pakte en richting de deur manoeuvreerde.

'Blijf van me af,' gilde de muhtar. 'Blijf van me af, barbaar!'

De twee mannen, die de hele tijd buiten waren blijven staan, keken zwijgend toe. Na een forse duw in zijn rug stond de muhtar buiten.

'Laat ik je zoon en zijn mannen hier niet meer zien,' zei Nandar zoals een generaal zijn verslagen vijand toespreekt. 'Want ik zweer je dat ik ze dan afmaak.'

51

De eerste dagen sliep ik samen met mijn moeder en Elida in het huis van Hemo. Mijn moeder had de plakkerige lakens verwisseld en twee extra matrassen meegenomen. Mijn broer waakte 's nachts over ons. Een olielamp brandde zwakjes. Af en toe sloot hij zijn ogen en ging hij op een matras liggen, maar de meeste tijd hoorde ik hem onrustig door het huis schuifelen.

Hemo en Nandar hielden om beurten de wacht voor ons huis. In tegenstelling tot Hemo zat Nandar nooit op het krukje. Hij stond als een soldaat op wacht en liep zo nu en dan heen en weer tussen ons huis en dat van Hemo terwijl hij de omgeving verkende. En een paar keer per nacht liep hij een rondje om het huis om er zeker van te zijn dat we niet van achteren werden beslopen.

Een enkele keer stond Hemo het toe dat mijn vader hem vergezelde, maar als zijn ogen dichtvielen en de stilte van de nacht hem naar de wereld van zijn dromen duwde, stuurde hij hem naar binnen. En richting de dageraad stuurde hij ook Nandar weg zodat hij alleen op de geboorte van een nieuwe dag kon wachten.

Telkens ontwaakte ik uit onrustige dromen wanneer ik mijn broer midden in de nacht de voordeur open hoorde trekken en naar buiten zag kijken. 'Allah, waakt u alstublieft over ons,' hoorde ik hem fluisteren.

Soms klonk er buiten geschreeuw van onbekende stemmen, harde kreten die bedoeld waren om angst in te boezemen. Af en toe riepen ze 'verdwijn, vuile indringers!' of 'jullie zullen levend verbranden in Hemgin!' En er werden 's nachts stenen geworpen die deuken in onze deur sloegen. Maar er kwam geen menigte zoals we vreesden, noch werd er geschoten.

'S Ochtends hoorde ik Hemo steeds op mijn vader inpraten en telkens als ik dacht dat hij hem tot inkeer had gebracht, zei mijn vader dat we niet weg konden. Als hij even niet in de buurt was, hoorde ik Hemo op fluistertoon met mijn moeder praten. Hij zei dat hij iedere avond vreesde dat Wusar en zijn mannen zouden terugkeren, maar hij zei erachteraan dat het een kwestie van tijd was voordat hij mijn vader had overtuigd van zijn gelijk. Misschien zei hij dat laatste om haar gerust te stellen, want zijn woorden strookten niet met de reactie van mijn vader.

Na ongeveer een week ontstond de merkwaardige situatie dat we redelijk gewend waren geraakt aan onze benauwde positie. We vreesden de nacht steeds minder en het leek of we leerden omgaan met de angst dat zich ieder moment iets onverwachts kon voordoen. We wisten dat we konden rekenen op de moed en onverschrokkenheid van Nandar.

Mijn vader bleef herhalen dat hij het juist had voorspeld. 'Wat heb ik jullie gezegd? Ze komen niet terug. En straks is alles weer normaal.'

Maar wat was normaal in Hemgin? Wat in ieder geval normaal werd, was dat we na een kleine week weer thuis sliepen.

52

Ik stond voor ons huis en vroeg me af of vannacht de grond had getrild. Ik dacht terug aan mijn droom waarin de grond zich na een paar hevige trillingen had geopend en ons huis in een reusachtige afgrond was verdwenen. Ik was overeind geschoten in bed en op dat moment leek het alsof de grond daadwerkelijk schudde. Heel even maar. Daarna hoorde ik het geruststellende gesnurk van mijn broer en was ik weer gaan liggen.

'Ga naar buiten, naar Miran,' riep mijn moeder. Toen ik me omdraaide, zag ik haar Elida met zachte hand het huis uitduwen.

'Waarom, anne?' vroeg Elida.

Mijn moeder aarzelde even. 'Ik ga het huis schoonmaken.'

'Mag ik niet helpen?'

'Vandaag niet,' zei ze gejaagd. 'Het wordt stoffig en ik wil niet dat je vies wordt.'

Ik zag de verbazing in Elida's ogen.

'Kom,' zei ze terwijl ze haar duwde. 'Naar buiten.'

Mijn moeder zag dat ik haar aanstaarde. Zonder dat ik iets vroeg, zei ze: 'Ik heb een akelig voorgevoel.' Ze sprak aarzelend alsof ze bang was ons onnodig schrik aan te jagen. Wat het ook was, ik voelde op dat moment dat het belangrijk was dat ik over afgelopen nacht vertelde. Ik had het nodig dat ze me geruststelde.

'Ik dacht vannacht dat ik de grond voelde trillen,' zei ik gehaast alsof de tijd drong. 'Het voelde heel echt, maar toen ik mijn ogen opende, was alles normaal.'

Ik dacht dat ik schrik in haar ogen zag. Terwijl ze haar handen in een trage beweging op Elida's schouders legde, zei ze hakkelend: 'We... we moeten voorzichtig zijn. Misschien moeten we vanavond voor de zekerheid weer in de tent slapen... ik zal het er straks met apo over hebben. Blijf nu buiten met Elida... en houd afstand van het huis, maar ga in geen geval het dorp in. Begrepen?'

Ik slikte. 'Daye... wat ga jij doen?'

'Ik moet wat voorbereidingen treffen. Maak je geen zorgen om mij, Miran. Als Elida en jij niet in huis zijn, kan ik meteen naar buiten rennen als ik iets voel, zonder dat ik me zorgen hoef te maken om jullie.' Ze streek zachtjes over mijn wang, iets wat ze voor het laatst in Sobyan had gedaan. 'Je hebt je de trillingen vast verbeeld. Kom, ga nu maar. Ik ben hier zo klaar.'

Ik pakte Elida's hand en zag mijn vader en broer voor het huis van Hemo staan. Ze luisterden naar Hemo die druk aan het gebaren was. Nandar stond op een afstandje van hen en keek met zijn handen in zijn zij om zich heen zoals hij dat altijd deed. Hij was de waakzame, hij was onze ogen en oren, onze beschermer. Ik vroeg me af of ik hen ook over mijn droom moest inlichten, maar ik bedacht dat mijn broer me waarschijnlijk zou uitmaken voor angsthaas. Nee, het was aan mijn moeder om hun erover te vertellen.

Ik keek naar de stoffige grond en zag duizenden zwarte mieren om ons heen krioelen. Ik hurkte om ze van dichtbij te bekijken. Gewoonlijk liepen ze in een keurig lijntje achter elkaar, maar nu renden ze kriskras door elkaar zoals ze dat deden als je met een stok in hun nest wroette. Plotseling begonnen de honden te blaffen. Niet een voor een maar tegelijk als op commando van een onzichtbare herder. Het geblaf was oorverdovend, Elida drukte haar handen op haar oren. Een balkende ezel draaide rondjes op straat, geiten in een stal in de buurt mekkerden onrustig en uit het niets vloog een reusachtige zwerm spreeuwen over.

De grond schudde en kwam tot leven.

Het was alsof duizenden woeste stieren door het dorp denderden. Ik kon nauwelijks op mijn benen staan. Scheuren verschenen in de grond, diepe scheuren die steeds langer en breder werden. Kloven openden zich.

Het einde van de wereld was gekomen. Net als in mijn nachtmerrie zouden we in een gat in de grond verdwijnen. De vloek die waarschijnlijk ooit over dit dorp was uitgesproken, zou ons dus ook fataal worden, zoals het mijn grootvader en zijn zoons en dochter fataal was geworden. Hier zou alles eindigen.

Ik trok Elida naar me toe, draaide me om en riep naar mijn moeder: 'Anne, anne! Ren naar buiten! Ren naar buiten, anne!'

Ik zag dat ons huis heen en weer deinde. Ik wilde naar mijn moeder toe snellen, haar uit het huis trekken, maar er kwam geen beweging in mijn benen. Ze waren verstijfd, net als de rest van mijn lichaam. Het enige wat ik kon doen was haar roepen.

Secondelang klonk er van alle kanten het geluid van vallend puin en hartverscheurend geschreeuw.

Toen was het donker en stil.

53

Duisternis.

Volmaakte stilte.

De aarde had niet alleen het dorp maar ook de zon opgeslokt.

Het enige geluid dat ik hoorde, was mijn eigen ademhaling.

Fijn stof sloeg tegen mijn gezicht en drong in mijn neus. Mijn tanden knarsten door het stof in mijn mond. Ik kreeg geen lucht.

Waar waren we? Waren we in een andere wereld beland? Een wereld zonder licht en geluid?

Ik had geen idee hoelang de aardbeving had geduurd, hoelang we in de duisternis zaten en alle geluid was uitgestorven. Naast me voelde ik het lichaam van Elida. Huilend vroeg ze: 'Bao, wat is er gebeurd?'

Het was zo donker en stoffig dat ik haar niet zag. Op de tast drukte ik haar weer tegen me aan. 'Een aardbeving... een aardbeving,' hijgde ik terwijl er nog meer stof in mijn mond drong. Ik hoestte, trok mijn bloes omhoog en duwde mijn gezicht erin. 'Elida, gaat het? Gaat het? Heb je pijn?'

Ze begon ook te hoesten.

'Duw je gezicht in je bloes,' zei ik. 'Net als ik.'

Ik voelde haar kleine lichaam schokken terwijl ze vroeg: 'Anne... waar is anne?'

Ik durfde er niet aan te denken dat mijn moeder niet op tijd het huis was uitgerend. Haastig trok ik Elida mee in de richting waarvan ik vermoedde dat ons huis zich bevond. En terwijl ik hardop 'anne,

anne' riep, stapte ik in een kuil. Ik viel voorover en trok Elida met me mee. Ze gilde. Snel krabbelden we overeind.

Het was de stem van mijn broer die even later de stilte doorbrak. 'Anne... Mehmet! Waar zijn jullie? Is alles goed?'

'Bao! Bao! Ik ben hier met Elida. Wij mankeren niets!'

'Waar? Waar zijn jullie?'

'Hier, bao, hier!' Hoewel ik vermoedde dat hij me niet kon zien, zwaaide ik toch wild met mijn armen.

'Blijf staan,' schreeuwde mijn broer. 'En blijf praten, ik kom naar jullie toe.'

Dunne lichtstralen drongen door het stof dat langzaam neerdaalde. Steeds beter kon ik in de verte kijken. Ik zag mijn broer uit de grijze mist stappen. Daarna verwachtte ik dat ons huis ook elk moment vanuit de stofwolken zou opdoemen, maar tot mijn verbijstering zag ik op de plek waar het had gestaan niets anders dan puin. Mijn moeder was nergens te bekennen.

Mijn broer zag de blik in mijn ogen en draaide zich met een ruk om. Als versteend keek hij naar de puinberg en rende er toen schreeuwend naar toe.

'Anne, anne, heb je pijn?' riep hij even later met grote opwinding in zijn stem. 'Heb je pijn?'

Ik kon niet geloven wat ik zag toen ik naast hem stond: mijn moeder was tot aan haar schouders onder het puin bedolven en lag in een vreemde houding, alsof ze in haar val was opgevangen door een onzichtbare hand die stenen om haar heen had gestapeld. Ik zag schrik en voorzichtige opluchting in haar ogen.

'Nee... ik ben niet gewond,' zei ze opmerkelijk helder. Een dikke laag stof bedekte haar gezicht en hoofddoek. Het was hier en daar vermengd met geronnen bloed. 'Ik kan me alleen niet bewegen. Waar zijn apo en Elida?'

'Elida is hier,' zei ik.

'En apo is bij Hemo en Nandar,' zei mijn broer. 'Ze mankeren niets.'

'Mooi, mooi.' Ze zuchtte. 'Haal nu die stenen van me af.'

'Verroer je niet,' zei mijn broer. 'Misschien heb je wat gebroken. Laat me eerst naar je hoofd kijken.'

Hij maakte haar hoofddoek los, pakte haar hoofd vast en inspecteerde haar hoofdhuid met voorzichtig tastende vingers. Daarna knikte hij geruststellend en zei: 'Het valt mee. Het zijn ondiepe wonden.'

Een voor een pakte hij toen de grote stukken steen op alsof ze niets wogen en smeet ze weg. Terwijl hij als een wervelwind tekeerging, hoorde ik de stem van mijn vader. Hij riep mijn moeders naam. Zo snel als hij kon, kwam hij onze kant op terwijl hij de brokstukken met moeite omzeilde.

'Aşme... mijn liefste,' zei hij met een breekbare stem. 'Gaat het? Gaat het, Aşme?'

'O, Selim... je mankeert gelukkig niets.' Mijn moeder begon te huilen. Ze kon zich niet langer sterk houden. 'Ik heb me zo'n zorgen om jullie gemaakt.' Ze stak haar armen naar hem uit. Zwaar hijgend stapte mijn vader naar voren, en terwijl hij moeizaam voorover hing in zijn krukken, kuste hij haar drie keer op beide handen.

'Heb je pijn, Aşme?' vroeg hij nogmaals. 'Vertel me alsjeblieft of je pijn hebt.'

'Nee, Selim, ik zit alleen vast.'

Mijn broer had het grootste deel van het puin verwijderd toen mijn moeder plotseling gilde. 'Mijn voet!'

'Voorzichtig, Yusuf, voorzichtig!' zei mijn vader geschrokken.

Mijn moeder zat alleen nog tot haar knieën vast. Terwijl mijn broer haar met een hand tegen zich aangedrukt hield, keek hij even om zich heen en zei: 'Mehmet, pak daye vast bij haar middel zodat ze op je kan steunen, dan haal ik de stenen bij haar benen weg.'

Ik voelde mijn moeders gewicht op mijn schouders drukken. Hoe meer stenen mijn broer weghaalde, des te zwaarder ze werd. Mijn benen trilden. Net toen ik dacht dat ik het niet meer vol zou houden, nam mijn broer haar moeiteloos in zijn armen. Hij stapte behendig over de brokstukken, droeg haar in de richting van de tent die wonderwel overeind was gebleven en legde haar voorzichtig op het stoffige gras. Ik keek vol bewondering naar mijn broer.

Nu pas zag ik dat we allemaal onder het gruis zaten. Mijn vader pakte mijn moeder voorzichtig bij haar voet. Ze gilde het uit.

'Selim,' zei mijn moeder angstig. 'Ik ben bang dat mijn voet is gebroken.' Tranen trokken strepen over haar stoffige gezicht.

54

Hemgin was na de aardbeving van 18 augustus 1966 grotendeels verwoest. Vrijwel geen enkel huis stond meer overeind. Volgens de eerste schattingen hadden zo'n zestig dorpelingen de aardbeving niet overleefd. Ook was er veel vee omgekomen. Vele jaren later kwam ik erachter dat de aardbeving een kracht had van 6.9 op de schaal van Richter en een van de hevigste was die de regio ooit had getroffen.

Het geluid van jammerende vrouwen en huilende kinderen vulde Hemgin en sneed als een mes door de harten van de mensen, ook van de weinigen wie het verlies van een dierbare bespaard was gebleven. Van het ene op het andere moment werd het dorp bevolkt door weduwen en wezen, net als decennia geleden toen mijn vader en grootmoeder terugkeerden in Hemgin na een vlucht naar de bergen.

In de eerste uren na de aardbeving ontstond een ongekende saamhorigheid. Iedereen hielp elkaar. We voelden mee met de dorpelingen die ons kort daarvoor nog zo vijandig hadden bejegend, en zelfs toen ons het bericht had bereikt dat onze grote vijand Wusar was omgekomen, waren we tot mijn verbazing niet opgelucht. Hij en zijn twee zoons van tien en acht jaar waren kansloos toen hun huis instortte. 'Moge Allah hen ontvangen in de hemel,' zei mijn vader, en ik hoorde oprechte emotie in zijn stem. Wusars vrouw bleef als weduwe achter met hun dochter van vier jaar.

Hemo voelde aan de voet van mijn moeder en schudde zijn hoofd. 'Ik ben geen dokter, maar volgens mij is hij gebroken, en je onderbeen misschien ook.' Toen hij eraan toevoegde dat het beter was haar been zekerheidshalve te spalken, begon mijn moeder hevig te protesteren en hield ze vol dat het om een kneuzing ging. 'Al moet ik de rest van mijn leven met mijn voet over de grond slepen, mijn been wordt niet gespalkt!'

Nandar en mijn broer legden haar op een matras in de tent. Het was er benauwd maar stofvrij. Hemo, Nandar en mijn broer trokken daarna samen met mijn vader snel het dorp in om te helpen de gewonden uit het puin te bevrijden. Elida en ik bleven bij mijn moeder. Mijn moeder was ten einde raad. 'O, wat moet er nu van ons worden, waar moeten we nu heen?' jammerde ze onophoudelijk. 'Waarom straft u ons zo, Allah? Waar hebben we dit aan verdiend?'

Ik vroeg me vertwijfeld af of ze ooit nog normaal zou kunnen lopen of zich voortaan ook van krukken moest bedienen. Toen ik even later naar buiten liep, klonk het geschreeuw om ons heen nog doordringender. Om eraan te ontsnappen, sloot ik mijn ogen en drukte mijn oren dicht. Onrustige beelden schoten door mijn hoofd: scheuren in de grond, het beeld van mijn broer in de wegtrekkende stofwolken, ons ingestorte huis, mijn moeder gevangen in het puin. En plotseling verscheen het beeld van Besila voor mijn geestesoog. Had ze de aardbeving overleefd? Ik keek vertwijfeld om me heen. Wat moest ik doen?

Ik loog tegen mijn moeder dat ik mijn vader en broer ging helpen en voordat ze kon reageren, liep ik in de richting van de dorpskraan. Pas op dat moment werd mij duidelijk wat de aardbeving werkelijk had aangericht. Het dorp was veranderd in een ruïne. Bijna alles was verwoest. Tenten die te dicht bij de huizen waren opgericht, waren ingestort. Waar ik ook liep zag ik mensen in blinde paniek brokstukken verplaatsen, terwijl ze wanhopige kreten slaakten waar ik met moeite de namen van hun dierbaren in herkende. Mijn adem stokte abrupt toen ik een lichaam tussen de brokstukken zag waarvan de schedel was verpletterd. Ik had niet eerder een lijk gezien. Op het moment dat ik dacht dat ik over zou geven, hoorde ik gegil van onder het puin komen. Angstaanjagend gegil van vrouwen en kinderen in een doodsstrijd. Terwijl ik probeerde te achterhalen waar het vandaan kwam, zag ik verbrijzelde armen en benen, waar het bot uitstak, vanonder het puin opdoemen. Ik strompelde weg en zag mensen met gapende hoofdwonden en verscheurde kleren. Sommigen krijsten vertwijfeld terwijl anderen me ontredderd aankeken en zich voortbewogen alsof ze ieder moment ter aarde konden storten.

Ik stapte over brokstukken en ontweek de mensen wier gezichten ik niet meer wilde zien. Alles was een grote waas. Plotseling zag ik het grote lichaam van Raywan voor mijn voeten liggen. Voor het eerst had hij geen sigaret tussen zijn lippen. Zijn ogen waren dicht. Uit zijn oren en mond liep een spoor bloed. Een oude man stond over hem heen gebogen en schreeuwde zijn naam uit terwijl hij zijn handen ten hemel hief. Een vrouw viel op haar knieën en sloeg krijsend met haar handen op de grond vol puin. Haar handen begonnen te bloeden, maar ze bleef doorslaan terwijl het kwijl uit haar mond droop. Ik wist niet wat ik moest doen. Ik zat gevangen tussen haar schreeuw en die van de oude man die nog steeds boven het lichaam van Raywan gebogen stond. Ik wilde weg daar. Ik moest Besila vinden.

Struikelend over brokstukken en zonder enig idee waar ik me bevond, liep ik verder. Ik durfde nauwelijks mijn blik op te richten en keek alleen maar naar de grond, en terwijl het gekrijs zich van alle kanten aan me opdrong, vroeg ik me af hoe ik aan deze waanzin kon ontsnappen. Ik wilde terug rennen naar onze tent toen ik in de verte de dorpskraan zag, fier overeind. Ik strompelde in de richting waarvan ik vermoedde dat Besila's huis had gestaan, en liep om puinbergen en gewonde mensen heen.

Toen trof mij het beeld dat ik nooit meer zou vergeten. Het lichaam van Besila lag op de grond tussen de brokstukken en was bedekt door gruis. Haar grote krullen waren onaangetast maar de donkerblonde kleur ervan was niet meer zichtbaar. Haar ogen staarden onafgebroken naar de bewolkte lucht. Het schitterende blauw erin was verdreven door het donkergrijs van de wolken dat in haar ogen weerkaatste. De asgrauwe kleur had zich ook op de rest van haar lichaam genesteld en was hardnekkig in haar huid en poriën gedrongen.

Ik begon huiverend het puin dat haar omringde te verwijderen en hoestte van het vrijkomende stof. Ik haalde mijn handen open aan de ruwe stenen die ik steeds sneller wegsmeet en ging een paar keer onderuit, maar ik bleef net zo lang doorgaan tot er in de ruïne van Hemgin een klein open plekje ontstond.

Uitgeput liet ik me op mijn knieën vallen. Misschien verbeeldde ik het me, maar op dat moment leken Besila's mondhoeken omhoog gekruld alsof ze een laatste keer naar me glimlachte. Aarzelend stak ik mijn hand uit naar haar gezicht om haar ogen te sluiten, maar op het laatste moment bedacht ik me. Ik vreesde dat ze koud zou aanvoelen en de aanraking me altijd zou achtervolgen. Vertwijfeld keek ik om me heen en dook een lege tent in waaruit ik een deken pakte. Ik bekeek het volmaakte gezicht van Besila een laatste keer, en legde toen de deken over haar heen.

55

De muhtar liep als een bezetene door het dorp en informeerde bij ieder ingestort huis naar het aantal doden en gewonden. Zonder zich aan te kondigen, drong hij onze tent binnen. 'Leven jullie nog? Zijn er gewonden?'

'Alleen ik ben gewond,' antwoordde mijn moeder gelaten.

Hij vroeg niet wat haar mankeerde. Op zijn hoofd en in zijn hals zaten diepe snijwonden.

'Wusar... uw zoon,' stamelde mijn moeder. 'Moge Allah hem ontvangen.'

De muhtar knikte. 'Ik verwacht jullie bij zonsondergang op het plein,' zei hij opmerkelijk rustig. 'Ik ga wat zeggen.'

Toen het begon te schemeren, kwamen Hemo, Nandar, mijn vader en broer terug. Ze konden nauwelijks nog staan en zagen er onherkenbaar uit. Hun handen zaten onder het bloed van het puinruimen. Zelfs Nandar was uitgeput en liet zich zuchtend op de grond voor onze tent vallen.

'Het is verschrikkelijk,' sprak Hemo hijgend. 'Zoveel doden, zoveel gewonden. Verschrikkelijk!'

Niemand reageerde. Iedereen keek somber voor zich uit. Even later, op het dorpsplein, keek de muhtar vanaf een paar brokstukken over een menigte uit. Hij schreeuwde om stilte en zei dat het hele dorp was verwoest en dat er veel doden en gewonden waren. En omdat hij begreep dat dat overbodige informatie was, voegde hij er snel aan toe dat hij erop rekende dat de staat het dorp op korte termijn te hulp zou schieten. 'Tot die tijd moeten we goed voor elkaar zorgen, we moeten elkaar helpen,' zei hij en voor het eerst klonk er warmte door in zijn stem. 'We moeten elkaar steunen na deze vreselijke ramp.' Hij stopte even met praten en staarde naar de grond. 'Help je naasten, help je buren. Help elkaar! We hebben allemaal dierbaren verloren.' Bij de laatste woorden schoot zijn stem plotseling verder omhoog. Hij sloeg een hand voor zijn gezicht, sprong van de brokstukken af en liep snel in de richting van zijn tent.

Terwijl de hele nacht het gejammer van de dorpsvrouwen klonk, dacht ik alleen maar aan Besila.

Het dorp sudderde. De geur van de ontbindende lijken, van verrotting, hing permanent in de lucht. Met het uur verergerde de stank door de genadeloze augustuszon. Om de uitbraak van ziekten te voorkomen, werden alle lijken zo snel mogelijk bijgezet in de begraafplaats achter het dorp, en werden de religieuze handelingen die daar gewoonlijk bij hoorden tot een minimum beperkt. Het bleef niet bij de doden die meteen na de aardbeving werden geborgen. Enkele zwaargewonden die met moeite uit het puin waren getrokken, overleden na een paar dagen alsnog.

Terwijl de dood zijn aanwezigheid steeds nadrukkelijker liet gelden en iedereen zijn mond en neus krampachtig afdekte, voerde ik mijn eigen overlevingsstrijd. Niet eerder had ik zo'n honger gekend. Het veroorzaakte eerst een stekende pijn in mijn buik die langzaam overging in flauwte in mijn hoofd. Ik kreeg hallucinaties. Af en toe dacht ik dat we weer in Sobyan waren, maar toen door een ongunstige windvlaag de gruwelijke geur van de dood zich weer aan me opdrong, wist ik weer dat we gevangen waren in de hel van Hemgin.

Mijn vader verdeelde de olijven en herhaalde telkens dat we er zuinig mee moesten zijn. In het begin weigerde ik, de misselijkmakende smaak ervan stond me nog goed bij. Maar toen de honger in al zijn hevigheid toesloeg, smaakten de bittere olijven me als hemelse vruchten. De tweede dag na de ramp waren ze op. Ik sloot mijn ogen terwijl ik van mijn lievelingsgerecht droomde dat mijn moeder op bijzondere dagen maakte in Sobyan. In mijn gedachten verscheen het gekruide lamsvlees met bulgur en groenten. Toen ik mijn ogen opende, dacht ik dat mijn gebeden verhoord waren en zag ik het voor mijn voeten liggen, tot mijn broer me aanstootte en zei: 'Waarom kijk je kwijlend naar de grond?'

Om mijn moeder tot rust te manen, zei mijn vader dat er elk moment hulp kon komen van de staat. Hij herhaalde het zo vaak en zelfs op momenten dat ze sliep, dat ik dacht dat hij aan het ijlen was. Maar de hulp kwam niet en toen ik dacht dat we zouden verhongeren, stapte Berz ineens onze tent binnen met een stuk brood in zijn hand. Ik was nog nooit zo blij geweest om hem te zien. Boven zijn wenkbrauw zat een grote wond en om zijn hoofd waren stukken katoen gewikkeld waarin diepbruine vlekken waren getrokken.

Hij stak het stuk brood naar ons uit. 'Jullie hebben vast honger,' zei hij met een krakende stem.

Zonder iets te zeggen griste mijn vader het brood uit zijn handen en brak er een paar stukken van af die hij onder ons verdeelde. Hoewel het brood stoffig was, beet ik er zo snel mogelijk op, alsof ik bang was dat het als een hallucinatie in mijn handen zou oplossen. Het brood was steenhard.

'Het spijt me, het is oud brood,' zei Berz verontschuldigend. 'Maar het wordt zacht als je speeksel erin trekt.'

Het geluid van de huilende vrouwen en kinderen dreef mij tot wanhoop. Ik liep de tent uit en zag de roze hemel. Zonder het gejammer had ik me kunnen voorstellen dat er niets aan de hand was, dat de aarde geen poging had gedaan om ons te verzwelgen. Ik sloot mijn ogen en probeerde me te concentreren op andere geluiden in de omgeving. Ik probeerde de ontwakende nachtinsecten te horen en het ruisen van de bomen. En plotseling hoorde ik het gezang van een merel. Het klonk betoverend. In Sobyan droomde ik in het voorjaar en de zomer vaak weg bij het gefluit van de merel. En nu, tussen de resten van Hemgin, klampte ik me vast aan zijn sprookjesachtige tonen en was ik er even van overtuigd dat er misschien een uitweg was, dat wij niet zonder reden waren gespaard.

De derde dag klonk er een vreemd geluid dat ik niet eerder had gehoord in Hemgin. Het was de ronkende motor van een jeep die de komst inluidde van de partij waar ik me geen voorstelling van kon maken omdat hij consequent 'de staat' werd genoemd. De jeep reed tot aan het eerste puin van het dorp. Al snel werd hij overstemd door de zwaardere motoren van vrachtwagens.

Het was een konvooi dat uit twee grote vrachtwagens bestond die eten, water, medicijnen, dekens en tenten hadden meegenomen. Hoop vulde het dorp plotseling. Hoop en inhaligheid. Kinderen renden gillend naar de vrachtwagens en smeekten om eten, en volwassenen raakten buiten zinnen toen het brood werd uitgedeeld. Er werd geduwd, getrokken en geslagen. Mijn broer en Nandar doken onverschrokken in de chaos. Ik keek van een afstand toe hoe Nandar met zijn armen maaiend naar voren stoomde alsof hij zich soepel een weg baande door een dichtbegroeid tarweveld. Mijn broer dook snel in de opening die achter hem ontstond en meteen werd opgevuld door hysterische dorpelingen die in een doodsstrijd verwikkeld leken.

De mensen van 'de staat' riepen in het Turks dat we rustig moesten blijven, maar de dorpelingen verstonden hen waarschijnlijk niet want niemand reageerde en de wanorde leek alleen maar toe te nemen. De uitgehongerde dorpelingen schopten en sloegen elkaar alsof er een stammenstrijd was losgebarsten. De mensen van het konvooi probeerden de opstootjes tevergeefs de kop in te drukken.

Terwijl de chaos bij het distribueren van het eten en drinken aanhield, verdween de muhtar met een van de hulpverleners in zijn tent. Even later voegden zich meer hulpverleners met dozen bij hen.

Toen er niets meer over was om uit te delen, keerden de dorpelingen met gebogen hoofden terug naar hun tenten. Sommigen hadden veel spullen weten in te slaan, de zwakkeren moesten het met minder doen en hadden nieuwe verwondingen opgelopen. Nandar en mijn broer hadden twee grote vaten met water, acht broden, een paar stukken geitenkaas, potten bruine bonen en wat extra dekens weten in te slaan. Het gezicht van mijn moeder straalde na lange tijd weer toen ze de spullen zag. 'Nu zullen we in ieder geval niet omkomen van de honger.'

Mijn broer opende een pot bruine bonen en duwde die onder mijn neus. Zonder aarzelen viste ik met mijn vieze vingers de bonen eruit.

Ik propte ze gretig in mijn mond en slikte ze bijna zonder te kauwen door. Zelfs toen ik me verslikte en een paar keer hard kuchte, ging ik onverstoorbaar door met het naar binnen schrokken van de bonen. Voor het eerst sinds dagen was mijn maag weer gevuld.

Toen ik even later verzadigd naar buiten liep, zag ik dat het konvooi vertrokken was. Er hing een onheilspellende stilte in het dorp.

De volgende dag had iedereen het verzoek gekregen zich in de vroege middag op het dorpsplein te melden. De muhtar zat op een doos achter een geïmproviseerde tafel die uit niet meer bestond dan een half versplinterd houten blad dat op een paar dozen was geplaatst. In de overweldigende hitte van het middaguur veegde hij met een zakdoek het zweet van zijn voorhoofd. Op zijn beige bloes zaten oude bloedvlekken. Zoals velen had hij zich niet kunnen wassen noch omkleden sinds de aardbeving.

Een grote groep mensen stond voor hem in de brandende zon. Iedereen wachtte tot hij iets zou zeggen, maar hij staarde zwijgend naar het houten blad alsof hij in een diepe overpeinzing was verzonken. Pas toen iemand het waagde te vragen waarom we opgetrommeld waren, keek de muhtar op alsof hij de menigte voor het eerst zag. Hij ging op de doos staan waarop hij zat, schraapte zijn keel en zei: 'Bedankt voor jullie komst. Ik heb een belangrijke mededeling. Omdat Hemgin een van de zwaarst getroffen dorpen is, heeft de *devlet* besloten ons te helpen. Jullie hebben allemaal eten en drinken gehad...'

Hij werd onderbroken door een man die op meelijwekkende toon riep dat hij geen eten had gehad. 'Ik heb alleen maar klappen gehad, muhtar, ik heb nog steeds honger!'

'Zwijg!' schreeuwde de muhtar. 'Laat me mijn verhaal afmaken. De devlet heeft besloten jullie ook op een andere manier te helpen.' Hij hield een enveloppe in de lucht en zwaaide er zo wild mee dat hij zijn evenwicht dreigde te verliezen. 'Elk gezin krijgt een enveloppe van mij waarin duizend lira zit.' Er steeg gejuich en geklap op vanuit de menigte. 'Wacht, wacht, luister!' riep de muhtar. 'Die duizend lira is bedoeld om opnieuw te kunnen beginnen in Hemgin of ergens anders. Ik ga straks de enveloppen uitdelen en verzoek jullie om van ieder gezin één persoon naar voren te sturen. Eén persoon!' De muhtar veegde de zakdoek opnieuw over zijn voorhoofd en wees naar een man die naast hem stond met een blaadje in zijn hand. 'Uskel houdt precies bij welk gezin een enveloppe heeft ontvangen.'

Toen de muhtar uitgesproken was, ontstond er plotseling gedrang. Mensen begonnen te duwen en te trekken. 'Niet dringen!' schreeuwde de muhtar tevergeefs. 'Er is genoeg geld voor elk gezin. Niet dringen!'

Pas toen Nandar en Hemo zich ermee bemoeiden en mensen tot kalmte maanden, keerde de rust enigszins terug. Voor het tafeltje van de muhtar vormde zich een rommelige rij waarin overwegend mannen stonden, maar ook zo'n twaalf vrouwen. Waarschijnlijk waren ze weduwen. Ze keken met gevouwen handen en een trieste blik naar de grond.

Mijn vader had plaatsgenomen in de rij. Vermoeid leunde hij op zijn krukken terwijl de zon op zijn schedel brandde. Hij had zijn pet niet opgezet en zijn steeds dunner wordende haar kon zijn hoofdhuid niet beschermen. Tot mijn geruststelling stond Hemo achter hem. De voorste man in de rij noemde op luide toon zijn voor- en achternaam alsof hij zich bij een kazerne meldde, waarna de man die door de muhtar Uskel was genoemd iets op een blaadje schreef. Vervolgens overhandigde de muhtar een enveloppe aan de persoon voor hem. 'Besteed het wijs,' zei hij er op bevelende toon bij. De dorpelingen die een enveloppe in ontvangst namen, knikten telkens nederig en zeiden ieder op hun beurt: 'Weşo war be, mijn muhtar, dank u wel.'

Toen mijn vader voor hem stond, keek de muhtar hem zwijgend aan. Hij haalde voor de zoveelste keer de nat geworden zakdoek over zijn voorhoofd en nam toen treiterend langzaam een slok van zijn flesje water. Hij had niemand te drinken aangeboden, noch had hij ervoor gezorgd dat de mensen die in de rij stonden water kregen.

'Zo, Selim, vind je het nog steeds een verstandig besluit dat je bent teruggekeerd naar Hemgin?'

Ik zag hoe mijn vader verlangend naar de fles keek. Om te voorkomen dat ons water snel opraakte, dronk hij er zo min mogelijk van.

'Ga je me nog een antwoord geven of wil je liever geen enveloppe?' De muhtar sloeg de fles achterover en liet een pestende kreun van genot horen.

Mijn broer brieste onrustig naast me. 'Die klootzak,' mompelde hij. 'Als hij hem niet snel een enveloppe geeft, doe ik hem wat.' Ik zag dat hij zijn handen tot vuisten had gebald. Zijn neusvleugels gingen onrustig op en neer. Ik hoopte dat hij rustig zou blijven.

Mijn vader zei aarzelend: 'Nee... ik...'

De muhtar onderbrak hem meteen. 'Je vindt het geen verstandig besluit?'

'Nee, laat me uitpraten,' zei mijn vader snel. 'Ik wilde zeggen dat ik er geen spijt van heb.'

De muhtar wees om zich heen. 'Ondanks dit alles? Ondanks alles wat jullie is overkomen? Wat ons is overkomen?'

'Laat hem met rust!' riep Hemo. 'Geef hem een enveloppe, dan kunnen we snel verder.'

'Wind je niet op, Hemo, ik praat even met Selim.'

Hemo wierp hem een woedende blik toe. 'Dit is niet het juiste moment, Va. Kijk naar de rij achter me, we smelten hier weg in de zon!'

De muhtar negeerde Hemo en keek mijn vader weer aan. 'Zeg het maar, Selim.'

'Dit... deze aardbeving had overal kunnen gebeuren,' zei mijn vader. 'Ook in Sobyan.'

Er schoot een rilling door me heen. Ik had er nog niet bij stilgestaan dat Sobyan misschien ook was getroffen. Hoe was het met Ali? Leefde hij nog? Stond ons huis nog overeind? Ik wilde het liefst zo snel mogelijk terug naar Sobyan. Ik keek onrustig om me heen.

'Wat is er?' vroeg mijn broer.

'Niets,' zei ik terwijl ik naar mijn vader keek en de gedachte aan Sobyan voor even probeerde te verdringen.

'Denk je dat echt?' vroeg de muhtar grijnzend.

'Ja, dat weet ik zeker,' antwoordde mijn vader ineens vastberaden.

De muhtar zweeg even. 'Ik zal eerlijk zijn, ik heb getwijfeld of ik jou een enveloppe moest geven. Je weet hoe ik over je denk, je hebt dit dorp weinig goeds gebracht. Na jullie komst zijn er hier veel vervelende dingen gebeurd. En je weet wie ik daar verantwoordelijk voor houd.'

'Zo is het genoeg, Va!' schreeuwde Hemo. 'Laat hem met rust!'

De muhtar stond in een ruk op van zijn plek en riep resoluut: 'Bemoei je er niet mee, Hemo! Ik maak mijn verhaal af.' Hij ging weer zitten. 'Jullie waren nooit welkom in Hemgin. Maar ik moet bekennen dat ik onder de indruk ben geraakt van jullie hulp na de aardbeving. Jij en je zoon hebben samen met Hemo en Nandar heel veel werk verzet. Jullie hebben mensen in nood geholpen die weinig gastvrij voor jullie waren. Dat vereist een groot hart. Ik wil jullie daar als muhtar namens het hele dorp voor bedanken.'

Ik kon niet geloven wat ik hoorde. De muhtar stak zijn hand naar mijn vader uit en nadat ze elkaar de hand hadden geschud en mijn vader de enveloppe in ontvangst had genomen, zei de muhtar: 'Laten we achter ons laten wat er in het verleden is gebeurd. We hebben elkaar nu hard nodig.'

56

Begin september verlieten de eerste gezinnen Hemgin. Hun vlucht werd mede ingegeven door de angst voor de kou die het dorp met het intreden van de herfst zou bereiken. Maar iedereen vreesde vooral de Anatolische winter die zich over een paar maanden zou aandienen. In het dorp had men het nergens anders over. Zouden de tenten genoeg bescherming bieden tegen de ijzige kou?

De gezinnen die het dorp verlieten, maakten gebruik van de diensten van Uskel. Zijn paard had de ramp overleefd en zijn paardenwagen was na wat reparatiewerk weer bruikbaar. Voor een kleine vergoeding reed hij de mensen in een paar uur naar de geasfalteerde weg, waar ze op een vrachtwagen wachtten die hen naar Muş zou brengen. In Muş stapten ze op de trein en reisden verder naar bestemmingen als Istanbul, Ankara en Mersin. Toen de uittocht op gang kwam, begon er een koele bries door het dorp te waaien die de komst van de herfst aankondigde. 's Nachts was het fris in onze tent. Stevig ingepakt onder twee zware dekens vroeg ik me af wanneer we zouden vertrekken.

Het ging langzaam beter met mijn moeder. Haar voet deed steeds minder pijn, hoewel ze zei dat ze soms hevige pijnscheuten voelde. In het ongunstigste geval moesten we wachten tot ze weer de oude was en waren we ertoe veroordeeld om de winter in Hemgin door te brengen.

Ondanks onze situatie, bad ze telkens voor het welzijn van onze vrienden in Sobyan. Ze sprak het gebed uit alsof ze voelde dat de aardbeving ook hen had getroffen. Haar stem beefde. 'Allah, zorgt u alstublieft goed voor onze vrienden en dierbaren in Sobyan. Geef ze de moed en kracht om verder te gaan. Amen.'

Ik vroeg mijn moeder waarom we niet teruggingen naar Sobyan. Ze keek me aan alsof ze mijn vraag overbodig vond. 'Miran,' zei ze hardop zuchtend. 'Stel geen domme vragen.'

Ik had heimelijk gehoopt dat ze goed nieuws had, dat Sobyan als door een wonder gespaard was gebleven, en dat ze het er met mijn vader over had gehad om terug te keren. Maar haar reactie ontnam me alle hoop.

We zaten in de tent. Mijn vader en Elida keken toe hoe mijn moeder en ik bruine bonen aten. Ze smaakten allang niet meer zo goed als in het begin. Hoewel hij het ontkende, at mijn vader zo min mogelijk om te voorkomen dat we snel zonder kwamen te zitten. Waarschijnlijk zou hij zichzelf nog verhongeren om ons een dag langer te kunnen laten eten. Als mijn moeder hem niet dwong om zo nu en dan wat in zijn mond te stoppen, zou zijn lot allang bezegeld zijn.

'We gaan naar Mersin,' zei mijn vader plotseling.

Mijn moeder stopte met kauwen. 'Wat?'

'Mersin,' zei mijn vader en zijn ogen straalden zoals ze dat in tijden niet hadden gedaan. 'We gaan naar Mersin.' Hij sprak de woorden uit alsof hij na lang nadenken de oplossing voor onze problemen had gevonden. 'Ik ken daar mensen.'

Mijn moeder slikte de bonen door en zei toen resoluut: 'Nee, we gaan niet naar Mersin.'

Hij keek haar verbaasd aan. 'Waarom niet?'

Ze ademde diep in en zei: 'We gaan nu een keer doen wat mij verstandig lijkt. Jij wilde zo graag het vee verkopen, jij wilde zo graag naar Hemgin,' ze spreidde haar armen theatraal, 'zie wat het ons heeft opgeleverd. Nee, Selim, ik ga niet meer naar jou luisteren. Jouw koppigheid heeft ons bijna de dood ingejaagd. Het is genoeg! Genoeg zeg ik je! Ik zou het mezelf niet vergeven als we jou volgen in een nieuwe bevlieging. Ik ga nu doen wat mij het beste lijkt voor onze kinderen.'

Ik dacht dat mijn vader tegen haar in zou gaan, maar tot mijn verbazing zei hij alleen: 'Zeg me waar jij heen wilt gaan, Aşme.'

'Ik wil naar Izmir.'

Izmir. Voor het eerst in mijn leven hoorde ik die naam.

'Maar dat ligt aan de andere kant van het land.'

'Dat maakt niet uit,' zei mijn moeder. 'Misschien is dat juist beter.'

Mijn vader dacht na terwijl hij een paar kleine steentjes van de vloer raapte.

'Ik heb het er met Hemo over gehad,' vervolgde mijn moeder. 'Volgens hem is het een grote stad waar wij het goed kunnen hebben. Hij vertelde me dat Izmir aan zee ligt, aan de Egische zee.'

'De Egeïsche zee,' verbeterde mijn vader haar.

'Ja, zo noemde hij het. En hij zei dat de stad prachtige palmbomen heeft en een baai waar veel boten varen. Het is volgens hem een stad zoals we die nog nooit hebben gezien. "Muş is er niets bij," zei hij.'

Mijn vader mompelde zachtjes: 'I-z-m-i-r.' Toen keek hij op en zei berustend: 'Goed, laten we naar Izmir gaan.'

Ik wist niet wat ik hoorde en mijn moeder keek ook verrast.

'Meen je dat, Selim?' vroeg ze met ongeloof in haar stem. 'Meen je dat echt?'

'Ja, misschien is het beter dat we nu jouw gevoel volgen. Mijn beslissingen hebben ons weinig goeds gebracht.' Hij staarde even naar de grond. 'En misschien is het ook goed het oosten achter ons te laten.'

Vanaf dat moment probeerde ik me alleen nog maar een voorstelling van Izmir te maken. De stad die aan zee lag, de zee die ik nooit had gezien en alleen van verhalen kende. De stad met de palmbomen, de baai en de boten. Izmir kon ons redden van de ellende die ons nu al zo lang achtervolgde. Mijn hart maakte een sprongetje als ik aan de stad dacht waarvan de naam meteen een magische klank voor mij had. En toen ik het voor het eerst hardop uitsprak, voelde ik een warme tinteling door mijn lichaam gaan.

'Izmir,' zei ik glunderend. 'Ja, ik wil ook naar Izmir!'

57

Voor de reis had mijn moeder een paar potten bruine bonen en brood in een zak gedaan en water in een kleiner vat gegoten. De weinige kleren en spullen die we hadden kunnen redden uit de puinhopen van ons huis, hadden we in een koffer en een katoenen zak gestopt. Verder hadden we een paar dekens en matrassen opgerold en vastgemaakt met een stuk touw. Ik had nog dagenlang tevergeefs tussen het puin gezocht naar mijn schrift en de boeken over Küçük Mehmet.

Hemo en Nandar waren afscheid van ons komen nemen. We stonden met z'n allen voor onze tent.

'Selim, ik weet zeker dat Izmir een goede bestemming voor jullie is,' zei Hemo met een brede glimlach. 'Het is een grote stad waar Yusuf en Mehmet een goede baan kunnen vinden. Mijn vriend Orhan Aslan kan jullie daar vast aan woonruimte helpen.' Hij overhandigde mijn vader een briefje waarop het adres van Orhan stond. Mijn vader stopte het snel in zijn jaszak zonder er een blik op te werpen. Voor zijn ogen waren de letters op het papiertje raadselachtige tekens zonder enige betekenis. Hoewel hij er nooit iets over had gezegd, was ik ervan overtuigd dat hem dat als verhalenverteller buitengewoon zwaar viel.

'Orhan,' herhaalde mijn vader.

'Het is een goede vent,' zei Hemo. 'Zeg hem maar dat ik jullie naar hem heb gestuurd en doe hem mijn hartelijke groeten. En er is nog iets.' Hij liet een stilte vallen. 'Ik wil dat je dit van mij aanneemt.' Uit zijn binnenzak haalde hij de enveloppe die hij van de muhtar had gekregen. 'Jullie zullen het in Izmir nodig hebben.'

'Nee, Hemo,' zei mijn vader. 'Dat kan ik echt niet aannemen.'

Hemo pakte de hand van mijn vader en duwde de enveloppe erin. 'Jullie hebben het harder nodig dan ik. Alsjeblieft, Selim, dit is het laatste wat ik nog voor jullie kan doen. Sta het me toe.'

'Maar Hemo, en jij dan?'

'Een man van mijn leeftijd heeft niet veel nodig.'

Mijn vader slikte. 'Dank je... Hemo, ik... ik weet niet hoe ik dit moet zeggen,' zijn stem trilde. 'Je hebt zoveel voor ons gedaan, meer dan ik ooit van je had kunnen vragen. Je hebt als een vader voor ons gezorgd. Als we jou niet hadden gehad, hadden we het nooit gered.' Hij stopte met praten en veegde de tranen van zijn wangen. 'Ik wil je uit de grond van mijn hart bedanken... maar weet niet of ik daarmee mijn dankbaarheid voldoende uit. Ik...'

Voor mijn vader zijn zin kon afmaken, pakte Hemo hem vast. 'Je hoeft me nergens voor te bedanken, mijn zoon. Ik zal jullie missen.'

Hemo en mijn vader omhelsden elkaar zonder iets te zeggen. Ik keek mijn vader op zijn rug en zag dat zijn lichaam lichtjes schokte. Ik wilde niet huilen, ik wilde niet dat Hemo zich mij herinnerde als de jongen die bij het afscheid snikte, maar ik kon het niet tegenhouden.

'Ga met ons mee naar Izmir, Hemo,' zei mijn vader. 'Je hoort bij ons.'

Ik hoopte dat Hemo zou instemmen, maar hij schudde zijn hoofd. 'Nee, Selim, ik ben een oude man. En Hemgin is mijn thuis. Hier ben ik nodig, ik zal nog één keer helpen bij de wederopbouw van mijn dorp.'

'Maar wie zal er straks voor je zorgen?'

Hij klopte mijn vader op zijn rug. 'Ik red me wel, Selim, maak je over mij maar geen zorgen.'

Mijn vader schuifelde naar Nandar toe. 'Nandar, in ons moeilijkste moment schoot je ons te hulp en zette daarbij je eigen leven op het spel. Niet eerder heb ik een man ontmoet met zoveel moed en kracht als jij. Nandar, ik wil jou ook namens mijn gezin uit de grond van mijn hart bedanken.' Het was lang geleden dat mijn vader de zinnen zo soepel aan elkaar reeg. Even leek hij weer op de verhalenverteller uit Sobyan.

'Je hoeft mij niet te bedanken,' zei Nandar met een kalme en diepe stem. 'Jullie zijn mijn familie. Moge Allah jullie zegenen en moge jullie weg naar Izmir zonder hindernissen zijn.'

Nandar en mijn vader omhelsden elkaar terwijl mijn moeder Hemo huilend in de armen viel. Ik stond met mijn broer en Elida toe te kijken en wist me geen houding te geven. Van Ali had ik geen afscheid hoeven nemen, maar nu kwam ik er niet onderuit.

Hemo tilde Elida van de grond en kuste haar op haar voorhoofd. 'Blijf altijd zo braaf, lieve Elida,' zei hij. Toen omhelsde hij eerst mijn broer en drukte zonder iets te zeggen een kus op zijn voorhoofd, daarna deed hij hetzelfde bij mij. Ik voelde de kracht die zijn oude lichaam nog bezat. Zijn greep was stevig en liefdevol en zijn lippen op mijn voorhoofd voelden stug. Hij pakte mijn broer en mij tegelijkertijd vast bij onze schouder en keek ons doordringend aan. 'Yusuf, Mehmet, jullie zijn nu jonge mannen. Pas goed op jullie ouders en zusje. Niet alleen op reis maar ook in Izmir. En waak altijd over elkaar. Ik reken op jullie!'

Nadat Nandar ons stevig tegen zich aan had gedrukt, stapten we even later op de paardenwagen. Toen we wegreden, gooide Hemo een kom water achter ons leeg om onze reis te zegenen.

58

Zonder het aan te kondigen haalde Uskel plotseling de teugels aan waarna de paardenwagen abrupt tot stilstand kwam.

'Stap hier maar uit,' zei hij kortaf.

'Hier? Weet u dat zeker?' vroeg mijn moeder verbaasd.

'Ja.'

Twee uur eerder hadden we Hemgin achter ons gelaten, en werd ik overvallen door een gevoel van intense opluchting. Ik had niet één keer achterom gekeken, ik wilde dat dorp, of wat er van over was, niet nog een laatste keer zien vanuit de paardenwagen. Nooit meer wilde ik Hemgin terugzien. Ik had me voorgenomen om mijn blik alleen maar op de weg voor ons te richten alsof de palmbomen van Izmir elk moment aan de horizon konden opdoemen.

'Maar ik heb nog geen vrachtwagen gezien,' zei mijn moeder.

'Hier zet ik iedereen af,' zei Uskel zonder zijn ongenoegen te verbergen. 'Iedereen lift vanaf deze plek verder naar Muş.'

Terwijl we vertwijfeld om ons heen keken, riep mijn broer: 'Wat is dit voor godvergeten plek?'

Hij had gelijk. Er was niets anders te zien dan een dor landschap dat bezaaid was met stenen. In de verte glooiden roodbruine bergen en een kille wind joeg over de kale vlakte. Op wat uitgedroogde struiken na groeide er niets, alsof de aarde er dood was en geen mens er ooit een stap had gezet.

'Uskel bey,' zei mijn moeder op indringende toon. 'Ik wil graag dat u verder rijdt. Deze plek bezorgt mij rillingen.'

Uskel keek mijn vader geërgerd aan. Toen mijn vader niets zei, vroeg Uskel: 'Selim bey? Wat zegt u ervan?'

Mijn vader keek een paar tellen om zich heen alsof hij nu pas de omgeving in zich opnam en knikte toen vriendelijk naar hem. 'Wilt u alstublieft nog een stukje verder rijden?'

Uskel sloeg mompelend met het zweepje tegen de achterkant van het paard waarna hij 'heya, heya!' riep. Het dier kwam meteen in beweging en met een ruk schoot de wagen vooruit. Na ongeveer tien minuten stopte Uskel opnieuw.

'Verder rijd ik niet,' zei hij op besliste toon. 'Of jullie moeten me meer betalen.'

'Nee, nee, we stappen wel uit,' zei mijn vader snel voordat mijn moeder weer kon protesteren.

De plek waar Uskel de tweede keer halt hield, was net zo dor en kaal als de vorige, maar hier waaide zo mogelijk een nog guurdere wind. Het was een niemandsland waar leven onmogelijk leek. Zelfs de zon meed deze plek. Ik keek naar de diepgrijze wolken die boven ons hingen en vreesde dat ze ieder moment een najaarsbui over ons konden uitstorten.

Zonder nog wat te zeggen, reed Uskel weg. We legden onze spullen in de berm en terwijl we ons gezicht bedekten tegen het zand en stof dat door een onstuimige wind in de rondte werd geblazen, keken we in de richting waar de vrachtwagen vandaan zou komen.

Mijn broer begon te vloeken. 'Verdomme! Volgens mij heeft die vent ons bedrogen.'

Niemand reageerde. Mijn moeder ging aan de kant van de weg zitten en strekte luid kreunend haar benen. Elida en ik volgden haar voorbeeld.

'Het was de blik in zijn ogen, die man deugt niet!' zei mijn broer fel. 'Hij heeft ons niet eens een voorspoedige reis gewenst.'

Mijn moeder trok haar schoen uit en wreef met een pijnlijk gezicht over haar voet.

Elida keek bezorgd naar mijn moeder. 'Doet het pijn, anne?'

'Het gaat wel.' Ik zag dat ze zich sterk probeerde te houden.

Mijn vader legde zijn hand op haar voet en wreef er teder overheen. 'Je moet proberen hem zo min mogelijk te belasten,' zei hij. 'Dan herstelt hij sneller.'

We hadden ons niet meer fatsoenlijk kunnen opfrissen sinds de aardbeving. Met het weinige water waar we over beschikten, konden we slechts ons gezicht van het gruis ontdoen. Als onze overbuurvrouw niet had aangeboden om bij haar gang naar het beekje ook onze kleren voor ons te wassen, zouden we nog steeds in dezelfde stoffige kleren rondlopen.

Mijn broer liep onrustig heen en weer. 'Wat is dit voor weg? Er rijden helemaal geen vrachtwagens overheen.'

'We moeten geduld hebben, mijn zoon,' zei mijn vader. 'Izmir is nog ver weg.'

Ik was nog steeds opgelucht dat we Hemgin achter ons hadden gelaten, hoewel ik merkte dat ik Nandar en vooral Hemo begon te missen. Voor mij was Hemo de grootvader die ik zo lang had gemist. En net nu ik vertrouwd met hem was geraakt, was hij weer uit mijn leven verdwenen.

Na een tijdje ging mijn broer zitten. Zwijgend luisterden we naar de huilende wind terwijl we bij iedere windvlaag ons gezicht bedekten tegen het rondvliegende zand. De wind geselde ons. Uren ging voor mijn gevoel voorbij.

'We komen hier nooit meer weg,' zei mijn broer na een tijdje hopeloos. Hij stond op. 'Ik weet het zeker. Die hond heeft ons bedrogen!'

'Rustig, Yusuf!' riep mijn moeder streng. 'We moeten geduld hebben. Dit helpt niet.'

'Maar we zitten hier verdomme al uren en er is nog geen vrachtwagen voorbij gereden. Hoelang willen jullie nog wachten?'

Hij deed me weer denken aan de opstandige tiener die hij was bij zijn terugkeer uit Muş. Ik hoopte dat hij niet zou terugvallen in zijn oude gedrag. Maar wat als hij gelijk had en er geen vrachtwagen zou komen? Wat als we de nacht op deze duistere plek moesten doorbrengen?

Vertwijfeld keek ik naar de weg. In de verte zag ik een donkere stip aan de horizon verschijnen die steeds groter werd.

'Daar!' riep ik. 'Kijk.'

Even later doemde in de verte een vrachtwagen op. Mijn broer sprong meteen overeind en begon midden op de weg wild met zijn armen te zwaaien. Even later kwam de enorme vrachtwagen met veel kabaal tot stilstand. De chauffeur zat zo hoog dat ik op de schouders van mijn broer zou moeten staan om bij hem te komen. Het was duidelijk dat hij vaker mensen naar Muş had vervoerd. Hij stapte uit en zei in vloeiend Zazaki: 'Vanaf hier is het 5 lira per persoon naar Muş.'

Mijn vader keek geschrokken. 'Zoveel? Kunnen we niet afspreken dat...'

'Het spijt me, het is een vaste prijs,' zei de chauffeur met een ontspannen glimlach. Hij had fonkelende ogen die verraadden dat hij verheugd was over de onverwachte buitenkans om passagiers te kunnen oppikken in dit verlaten gebied.

Mijn vader haalde de enveloppe uit de binnenzak van zijn jasje en overhandigde hem aarzelend een paar biljetten. De chauffeur bood hem daarop een sigaret aan. 'Om te vieren dat we zaken kunnen doen,' zei hij hartelijk. 'Helaas heb ik voorin geen ruimte meer, mijn oom en neef zitten naast mij. Jullie zullen in de laadruimte plaats moeten nemen.'

Terwijl hij de sigaret in het vuur van de aansteker van de chauffeur hield, knikte mijn vader. 'Geen probleem.'

De laadruimte was niet alleen diep en breed maar ook donker en smerig. Er hing een doordringende mestgeur die vermengd was met een zware dieselwalm. Het maakte me meteen misselijk. Aan de zijkanten zaten geen openingen op ooghoogte waardoor we de hele reis verstoken zouden blijven van uitzicht.

Mijn broer bekeek de ruimte vol ongeloof. 'We zijn toch geen wilde beesten dat we hier moeten zitten?'

'Volgens de chauffeur duurt de rit naar Muş nog geen uur,' zei mijn vader rustig waarna hij traag een trek van zijn sigaret nam.

Mijn broer kneep zijn neus dicht. 'Maar ik hou het nog geen twee minuten uit in deze stank.'

Hij had gelijk. Terwijl ik mijn bloes over mijn neus trok, nam ik plaats op een groot stuk karton in de hoek, dat de chauffeur waarschijnlijk voor passagiers had neergelegd. Mijn ouders gingen naast me zitten. Elida nam plaats op mijn schoot. Toen de chauffeur plotseling optrok, vulde het oorverdovende geluid van de motor de laadruimte. De vrachtwagen begon onrustig heen en weer te schudden alsof hij onze aanwezigheid niet op prijs stelde en ons uit zijn laadruimte probeerde te werken. Om de zoveel meter reed hij over een hobbel of een steen waardoor we telkens een paar centimeter de lucht in werden gelanceerd, om met een klap weer neer te komen. Ik had het gevoel dat mijn ingewanden telkens van hun plek verschoven.

'Gaat het?' vroeg ik na een tijd aan Elida.

Haar gezicht zag lijkbleek. 'Ik ben heel misselijk,' zei ze met bevende stem.

Ik veerde meteen op en schoof haar van me af. 'Moet je overgeven?'

Ze knikte en begon te hoesten. Ik begeleidde haar snel naar de hoek van de laadruimte, wreef over haar rug en zei: 'Niet bang zijn, Elida, laat het maar komen.' Ik had de woorden nauwelijks uitgesproken of ze begon hevig te braken. In een keer stootte ze een flinke hoeveelheid bruingele drab uit. Ik was verbaasd dat er zoveel uit haar kleine maag kwam, want voor mijn gevoel had ze al dagen nauwelijks gegeten. Ik zag de ondefinieerbare stukjes voedselresten die haar maag had afgestoten en inhaleerde de zoetzure geur met weerzin. 'Kom, je moet wat water drinken.'

Uitgeput liet ze zich op het karton vallen. Met haar linkerhand vormde mijn moeder een klein kommetje dat ze met water uit het vat vulde en vervolgens tegen Elida's mond duwde om het braaksel rond haar mondhoeken weg te vegen. Daarna dronk Elida een paar slokken water en ging toen kreunend op haar zij liggen.

De vrachtwagen leek steeds onstuimiger te rijden. Een paar keer sloeg ik met mijn hoofd hard tegen de wand van de laadruimte wat een vreemd dof geluid veroorzaakte waarna mijn broer in lachen uitbarstte. Na verloop van tijd hoorden we getoeter dat van een andere vrachtwagen leek te komen. Al snel klonken er meerdere claxons en ontstond er een kakofonie van toeterende auto's en vrachtwagens.

'Volgens mij zijn we er,' zei mijn vader.

Even later kwam de vrachtwagen met piepende remmen tot stilstand. We hoorden nu het geluid van pratende mensen op straat. Als eerste sprong voor mij onze eigen taal, het Zazaki, naar voren. Verder hoorde ik ook Turks en een derde taal waarvan ik bijna zeker wist dat het Koerdisch was. Het leek in ieder geval op de taal van de Koerdische handelaren die Sobyan bezochten.

Er klonk gerommel. De laadklep werd door de chauffeur met veel kabaal geopend. Hij keek met een gespannen blik naar binnen alsof hij zich afvroeg of we nog leefden. Toen hij zag dat we hem schaapachtig aankeken, zei hij: 'Ah, welkom in Muş!'

59

De zon straalde uitbundig en overal op straat krioelde het van de mensen die als mieren door elkaar liepen. Het verkeer veroorzaakte een hels kabaal. De stank uit de laadruimte die zich in mijn neus had genesteld, werd op slag verdrongen door de wonderlijke geur van de stad die als een broeierige voorjaarsstorm in mijn gezicht sloeg. Door de uitlaatgassen heen inhaleerde ik de zalige geur van de eetstallen, waar vlees aan spiesjes werd geroosterd boven een kleine houtskoolgrill, en kastanjes werden gepoft. En ik rook de specerijen van de kruidenwinkels. Vol verwondering staarde ik naar de kleurenzee van de vele groente- en tapijtwinkels aan weerszijden van de straat. Een jongen van mijn leeftijd prees luidkeels reusachtige watermeloenen aan die op een kleed op elkaar waren gestapeld. De traag over de weg kruipende auto's toeterden aan een stuk door zonder dat de overstekende voetgangers ook maar een keer opkeken.

De enige keer dat ik in Muş was geweest, was ik niet verder gekomen dan het ziekenhuis. We hadden al uren niets gegeten en het liefst had ik me op een eetstal geworpen en vlees in mijn mond gepropt tot ik niets meer op kon. Mijn broer wees met grote ogen naar het einde van de straat en stelde voor te gaan eten in een eethuis dat hij nog kende van zijn tijd in Muş. 'Ze hebben daar het lekkerste vlees van de hele stad.'

Maar mijn vader schudde resoluut zijn hoofd. 'We moeten zo snel mogelijk het treinstation vinden.'

Terwijl mijn broer en ik smachtend naar de eetkraampjes staarden, klampte mijn vader plompverloren een passant aan en vroeg hij hem haastig in het Zazaki waar het treinstation was. De man, die een donker pak droeg, keek hem vragend aan. Toen mijn vader zijn vraag vervolgens hakkelend naar het Turks probeerde om te zetten, konden mijn broer en ik onze lach niet inhouden. Zijn uitspraak klonk als die van een boer uit Sobyan die voor het eerst een paar woorden Turks uitspreekt zonder te begrijpen wat ze betekenen. De man begon ook te lachen. 'Ah... haha, u bedoelt het treinstation? Dat is die kant op.' En hij wees naar het einde van de straat en maakte vervolgens een beweging met zijn hand die suggereerde dat we daarna rechtsaf moesten slaan. Mijn vader schudde hem met twee handen de hand en bedankte hem alsof hij zojuist had aangeboden ons persoonlijk naar Izmir te rijden.

'Je had het ook aan mij kunnen vragen,' zei mijn broer hoofdschuddend.

Mijn vader excuseerde zich, maar ergens verdacht ik hem ervan dat hij ons probeerde te laten zien dat hij zich kon redden in deze vreemde stad.

Mijn broer sloeg de grote zak met onze spullen over zijn rug, hield met zijn andere hand een paar opgerolde matrassen aan het touw vast en zei dat we hem moesten volgen. Ik droeg de koffer in mijn ene hand en de kleine zak, met het uitgedroogde brood en de smakeloze bruine bonen, in de andere. Ondanks haar pijnlijke voet en de protesten van mijn vader, stond mijn moeder erop dat ze de opgerolde dekens zelf zou tillen. En terwijl zweetpareltjes op haar voorhoofd schitterden en haar wangen steeds roder werden, zette ze met een pijnlijk gezicht telkens een paar stappen om daarna even te rusten. Terwijl we traag door de drukke straten kropen, moest ik denken aan het bekende liedje over Muş. De tekst ervan schoot door mijn hoofd:

> Dit is Muş, met zijn steile wegen,
> Wie erheen gaat, keert niet meer terug.

We liepen langs een groentewinkel waarvoor kisten vol verse groenten en fruitsoorten die ik niet eerder had gezien stonden uitgestald. En we passeerden een bakkerij die een heerlijke geur verspreidde en waar broden in verschillende vormen in houten rekken lagen. En terwijl een kleine man haastig met een zilveren dienblad vol gevulde theeglaasjes van de ene winkel naar de andere holde, wierp ik een blik in een slagerij waar mannen in lange witte jassen in hompen vlees sneden.

Vanuit de minaret van een moskee werd op zangerige toon opgeroepen voor het gebed. De eerste keer dat ik in Muş kwam, had mijn moeder me verteld dat dat de taak van de *muezzen* van de moskee was. Ik vond het gezang mooi klinken. Het deed me denken aan een lied dat vol overgave werd gezongen. Toen ik vroeg waarom we in Sobyan geen muezzen hadden, antwoordde mijn moeder: 'Soennieten gaan naar de moskee, wij alevieten hebben de *cem*.'

Ik dacht met weemoed terug aan de cem in Sobyan. Twee keer per jaar kwam de wijze *pir* op bezoek en werden religieuze bijeenkomsten gehouden. Hij vertelde dan over het alevitisme en leidde het gebed. Ook werd er op de saz gespeeld en dansten mannen en vrouwen samen de *semah*.

'Daar is het!' riep mijn broer.

In mijn verbeelding was het treinstation van Muş een groot sierlijk gebouw dat wemelde van de mensen, maar in werkelijkheid was het klein en onopvallend en liep je het zo voorbij als je niet oplette. Ook vanbinnen stelde het weinig voor. De kale hal was nauwelijks groter dan het dorpsplein van Hemgin en slechts een handjevol mensen liep er verloren rond.

'Daar moet het zijn,' zei mijn broer. Hij wees naar een oude grijze man die in de hoek van de hal in een houten hokje zat. Hij had een zwart pak aan en droeg een bril met de dikste glazen die ik ooit had gezien. Zonder met mijn vader te overleggen schraapte mijn broer zijn keel en zei in vloeiend Turks: '*Iyi günler, beyefendi.*' Hij wachtte op een reactie, maar de oude man keek niet op. 'Ik wil graag vijf treinkaarten naar Izmir.'

'Ah... Izmir!' zei de oude man en hij keek een paar seconden dromerig voor zich uit alsof hij de naam van zijn jeugdliefde na vele jaren plotseling uitgesproken hoorde worden. 'Wat een stad!' De man legde een hand op die van mijn broer. 'Jongen, luister, ik kan het me niet voorstellen, want wie eenmaal in Izmir is geweest, heeft niets meer in Muş te zoeken, maar ik moet het toch vragen. Wil je ook kaartjes voor een terugreis?'

Glimlachend schudde mijn broer zijn hoofd.

'Heel verstandig. Wanneer wil je vertrekken?'

'Nu, als het kan,' zei mijn broer.

Traag bracht de oude man zijn wijsvinger naar zijn mond en likte er met het puntje van zijn tong aan. Daarna bladerde hij uitgebreid door een verfrommeld boekje waarvan een paar bladzijden loszaten. 'Hier heb ik het!' zei hij, zijn wijsvinger triomfantelijk in de lucht stekend. 'Hij vertrekt vanavond om zeven uur. Goed, dat is vijfenzeventig lira bij elkaar.'

Mijn vader en broer keken elkaar geschrokken aan.

'Wat is er?' vroeg mijn moeder.

'De kaartjes zijn heel duur,' antwoordde mijn vader.

Misschien hoopte hij dat ze hem alsnog gelijk zou geven, dat ze zou zeggen dat we dan toch maar naar Mersin, de stad van zijn keuze, moesten gaan.

'Maar Selim, dacht je soms dat het niets kostte? Geef hem het geld,' zei ze streng. 'Er staan mensen achter ons te wachten.'

Mijn vader tastte zuchtend in zijn borstzak. Hij telde de bankbiljetten twee keer uit op de toonbank en overhandigde ze aan de oude man, die ze snel uit zijn hand griste alsof hij bang was dat mijn vader zich op het laatste moment zou bedenken.

Ik glunderde, niet alleen omdat we de kaartjes die ons een nieuw leven zouden bezorgen bijna in ons bezit hadden, maar ook omdat ik tot mijn verbazing het gesprek dat mijn broer en de man in het Turks voerden helemaal had kunnen volgen.

De oude man stopte de bankbiljetten in een la, scheurde wat blaadjes uit een ander boekje en begon er langzaam op te schrijven. Na een paar minuten legde hij zijn pen met een tevreden blik neer en zei: 'De trein vertrekt vanaf spoor 1. Goede reis!'

We bleven in de stationshal staan waar het aangenaam koel was, en legden onze spullen in een hoek. Mijn moeder liet zich kreunend op de grond zakken en wreef over haar zere voet. 'Ik kan geen stap meer verzetten.' Met een bezorgd gezicht nam mijn vader naast haar plaats.

'Apo, kun je me wat geld geven voor eten en drinken?' vroeg mijn broer.

Voordat mijn vader kon reageren zei mijn moeder: 'We hebben nog eten in de zak.'

'Anne, dat droge brood en die bruine bonen kan ik niet meer zien.' Hij trok een gezicht alsof hij spontaan maagkramp kreeg.

Mijn vader overhandigde hem een paar bankbiljetten en zei erbij dat hij niet alles mocht uitgeven. Even later liepen mijn broer en ik weer door de drukke straat waar we door de vrachtwagenchauffeur waren afgezet. En terwijl ik de zalige geur van vers brood opsnoof, moesten mijn oren opnieuw wennen aan de geluiden van het verkeer en de schreeuwende kraamverkopers. Mijn blik viel op een grote doorzichtige bak met donkerrode vloeistof die op de toonbank van een eethuis stond. Een man hield een glas onder de opening ervan en duwde aan een hendel waarna het vloeistof erin liep. Ik wees ernaar. 'Daar! Wat is dat?'

'Ah, dat is moerbeisap,' antwoordde mijn broer. 'Lust je een glaasje?'

Moerbeien. Ik moest meteen terugdenken aan Sobyan, aan de vele keren dat ik met Ali moerbeien plukte en we er zoveel van aten dat we er buikpijn van kregen. 'Ja,' antwoordde ik. 'Dat heb ik nog nooit gedronken.'

Het sap was ijskoud en even leek het of mijn keel op slag bevroor, maar de smaak van de moerbeien en de zoete herinnering aan het lachende hoofd van Ali veroorzaakte al snel een warme gloed die langzaam door mijn lichaam trok.

'Eén bier,' zei mijn broer en hij wees naar een bruine fles die in de koeling achter de toonbank stond. 'Maak hem maar meteen open.'

De verkoper drukte een opener op de fles en ontdeed hem in een handige beweging van zijn dop. Gulzig sloeg mijn broer de fles achterover. Met de rug van zijn hand veegde hij zijn mond af. Ik keek hem vol verbazing aan. Hij bestelde meteen een tweede fles en vroeg of ik een slok wilde. Ik keek hem aarzelend aan. In ons dorp had ik nooit bier gezien noch had ik ervan gehoord. Toen hij aandrong, nam ik een flinke slok en trok meteen een vies gezicht.

Mijn broer begon hardop te lachen. 'Je moet eraan wennen, maar straks drink je het als water!' Hij pakte de fles uit mijn handen en dronk hem in een paar slokken leeg. We kochten een fles water en liepen naar buiten waar we een jongen van mijn leeftijd voorbij zagen schuifelen. Hij liep op blote voeten en had een gescheurde trui aan. Op zijn kaalgeschoren hoofd rustte een plank waarop ronde deegwaren met sesam lagen. Ze zagen eruit als kleine wielen.

'*Simiiiiit*!' brulde de jongen. 'Heerlijke simiiiiit!'

'Daar zijn we voor gekomen,' zei mijn broer met oplichtende ogen. 'Simit! Je weet niet wat je proeft.' Hij tikte de jongen aan. 'Doe er maar vijf. Nee, maak er maar zeven van.' Hij knipoogde naar me. 'Dan eten jij en ik wat meer.' Ik glimlachte.

'Natuurlijk, *abi*,' zei de jongen met een tevreden blik. 'Pak maar welke je mooi vindt.'

De smaak van mijn eerste simit zou ik nooit meer vergeten. Misschien kwam het door de honger, of door de opwinding van de reis die maakte dat ik zeker wist dat deze simit het lekkerste was wat ik tot dan toe in mijn leven had gegeten. Ik scheurde grote stukken van de simit af en duwde ze in mijn mond. Het leek of ik elk afzonderlijk stukje sesam proefde en zo nu en dan zelfs een vleugje honing mijn smaakpapillen deed tintelen. Van gulzigheid beet ik bij iedere hap op mijn vingers.

Even later liepen we terug naar de stationshal. Mijn moeder riep verontwaardigd dat ze ongerust was geweest, maar toen ze een simit van mijn broer kreeg, wierp ze zich er als een hongerig dorpskind op.

60

We stonden op het perron te wachten toen we ineens een vreemd machinaal geluid hoorden. Toen we opkeken zagen we een enorm stalen monster het station binnen denderen. Zwarte rook ontsnapte uit zijn brede schoorsteen en vanaf zijn flanken stegen grote witte stoomwolken op die het perron in een dichte mist hulden. Toen een oorverdovende toeter klonk, alsof het gevaarte ons beval afstand te houden, deden we allemaal van schrik een paar stappen achteruit.

In de stoomtrein hadden we een eigen couchette die zes zitplaatsen bood. Ik zat aan het raam met Elida op schoot. Het was al donker buiten toen de trein zuchtend stoom uitspuwde en traag in beweging kwam. Ik voelde de opwinding in mijn keel kloppen. Eindelijk begon de reis naar ons nieuwe leven.

Nog voordat de stoomtrein in beweging kwam, waren mijn ouders in slaap gevallen. Mijn moeder had haar hoofd tegen het raam gedrukt en mijn vader leunde tegen haar aan. Naast me zat mijn broer onderuitgezakt voor zich uit te staren. Als hij zuchtte, rook ik de misselijkmakende geur van bier.

Ik keek uit het raam, maar er was vrijwel niets te zien, behalve een enkele lantaarnpaal of de lichten van de huizen in de verte. Daarna bestond het uitzicht uitsluitend uit een groot zwart vlak. Terwijl ik mezelf in de weerspiegeling van het raam bekeek, besefte ik dat we alles achter ons hadden gelaten. Zo'n drie dagen zouden we onderweg zijn met de stoomtrein. En meer dan ooit drong het besef tot me door dat ik Ali waarschijnlijk nooit meer zou zien. Ik zou hem nooit meer kunnen zeggen dat het me speet en ik zou hem nooit meer kunnen vertellen dat hij altijd mijn beste vriend zou blijven, wat er ook zou gebeuren. En terwijl ik in gedachten door Sobyan liep, wist ik zeker dat het nu uitgesloten was dat ik herder zou worden. Jarenlang had ik ervan gedroomd om in mijn vaders voetsporen te treden en net als hij vee te houden. En hoewel ik niet wist of ik het in me had, had ik er ook heimelijk van gefantaseerd om op een dag verhalen te vertellen. Ik wist dat ik geen prater was, ik was een luisteraar en luisteraars veranderden volgens mij niet in verhalenvertellers. Maar dat maakte niet meer uit want alles zou nu anders worden. In Izmir woonden geen herders, en volgens mij ook geen verhalenvertellers.

Ik duwde mijn hoofd tegen het koele raam en sloot mijn ogen, en terwijl ik naar het monotone geluid luisterde van de trein die over het spoor denderde, viel ik in een diepe slaap.

Ik voelde een fel en warm licht op mijn gezicht schijnen en dacht dat ik droomde. Maar toen ik mijn ogen opende en me oprichtte, keek ik recht in de brandende zon. Ik hield mijn linkerhand voor mijn samengeknepen ogen en pas toen de lichtvlekken voor mijn ogen verdwenen, zag ik buiten uitgestrekte grasvelden vol tulpen in rode, gele en paarse kleuren. Als betoverd keek ik naar het landschap dat steeds veranderde. Rivieren, bossen en weidse heuvels trokken voorbij en zo nu en dan doemden kleine dorpjes op te midden van goudgele tarwevelden waarop boeren aan het werk waren. En hoog in de lucht vlogen arenden die hun domein verkenden.

Ik opende het raampje en duwde mijn hoofd door de opening. De wind blies zo hard in mijn gezicht dat mijn wangen hevig begonnen te schudden. Toen ik mijn hoofd terugtrok, begon Elida te giechelen. Mijn hele gezicht zat onder het roet. Ze trok strepen over mijn gezicht met haar wijsvinger en begon toen zo smakelijk te lachen dat ze mijn ouders en broer meteen aanstak.

Even later minderde de trein flink vaart toen hij een steile heuvel naderde. Steeds langzamer ging hij, tot hij slechts stapvoets vooruitging. Het stalen monster kreunde alsof hij was uitgeput en de zware klim hem te machtig was. Veel passagiers grepen deze kans aan om even uit te stappen en de benen te strekken. Sommigen wandelden rustig de heuvel op en lieten de trein al snel achter zich terwijl anderen zich flink uitrekten en even languit in het gras gingen liggen.

Na een paar uur reden we een station binnen. Er ontstond onrust in de trein. Mensen liepen heen en weer in het gangpad met koffers en tassen in de hand. Ik duwde mijn hoofd door het raampje. Al snel rook ik etensgeuren. Een vrouw op het perron klopte op ons raam en reikte me met een smekende blik een paar trossen witte druiven aan. En uit het niets verscheen er een tweede vrouw die gejaagd rode appels in de lucht hield. Mijn vader gaf mijn broer een paar bankbiljetten en knikte naar hem. Gulzig zette ik even later mijn tanden in een sappige appel. Daarna propte ik mijn mond vol zoete druiven. Een man tikte op het raam met een tinnen kopje en bood ons water aan voor een paar centen. Mijn broer gaf hem wat munten waarna de man het kopje in een vat met water duwde en het mij aanreikte. Ik dronk twee kopjes en ging voldaan zitten, waarna hetzelfde kopje telkens gevuld werd en van hand tot hand ging.

61

Toen ik de volgende ochtend mijn ogen opende, rook ik appels. Onze hele couchette was gevuld met de zoete geur van rode appels. Mijn broer had zijn hoofd uit het raam gestoken. Ik ging naast hem staan.

'Goedemorgen, slaapkop,' zei hij zonder me aan te kijken. 'Volgens mij zijn we er bijna.' Ik zag zwarte roetvegen op zijn gezicht.

'Hoe weet je dat?'

'Ik ruik de zee al.'

'Echt waar?' vroeg ik opgewonden.

'Natuurlijk niet, stomkop,' zei hij lachend. 'Ik maakte maar een grap.'

Ik ging weer zitten en vroeg aan mijn vader waar mijn moeder en Elida waren. Hij keek uit het raam. Zijn lippen gingen geluidloos op en neer alsof hij een gesprek met zichzelf voerde. Pas toen ik mijn vraag herhaalde, keek hij verschrikt op en stamelde dat ze naar de wc waren. Ik keek vanuit onze couchette in het gangpad en zag mensen op de grond slapen. Toen mijn moeder en Elida even later terug waren, liep de conducteur langs en deelde mee dat we over ongeveer een kwartier in Izmir arriveerden.

'Eens zien of Izmir echt zo mooi is als ze beweren,' zei mijn broer.

Even later zag ik aan het einde van de horizon een enorm gebouw opdoemen met schoorstenen zo hoog als de heuvels achter ons dorp. Ik wees ernaar en vroeg: 'Daar, is dat Izmir?'

'Ik weet het niet.'

Meer gebouwen verschenen in de verte. Even later zagen we fabrieken langs het spoor. Donkere rookwolken kwamen uit schoorstenen en grote vrachtwagens stonden in rijen naast elkaar opgesteld op een fabrieksterrein. In de verte zag ik een drukke autoweg. Ik vroeg me af wanneer we eindelijk de palmbomen en de zee zouden zien. Verderop reden we langs huizen van wel vier verdiepingen hoog. Op de balkons hingen fleurige kleren te drogen aan lange waslijnen. In de overweldigende hitte van de ochtend hingen de bewoners in onderhemd en korte broek loom over de balkonrand en keken naar de langs denderende trein. Sommigen staken een hand op. Een groep jongens voetbalde op een zandveldje, meisjes stonden dicht bij elkaar in een kring te smoezelen. Ik tikte mijn broer aan en wees naar twee jongens die fietsend de trein probeerden bij te houden. Ze stonden op hun pedalen en trapten uit alle macht, maar toen ze steeds meer achteropraakten, remden ze uitgeput en zwaaiden naar ons. Ik zwaaide terug en dacht onvermijdelijk terug aan onze ontvangst in Hemgin.

'Izmir,' riep de conducteur. 'Izmir. Eindstation!'

Het werd weer onrustig in het gangpad.

'We gaan er zo uit,' zei mijn moeder opgewonden. 'Maak je klaar.'

Mijn broer pakte de zak met spullen van de rekken boven ons, trok de deur van onze couchette open en wurmde zich het gangpad in. Langzaam pakte mijn vader zijn krukken op en kwam traag overeind. Mijn broer legde de zak neer, spreidde zijn armen en begon de mensen die om hem heen stonden opzij te duwen.

'Maak plaats!' riep hij luid. 'Maak plaats voor een oude man met krukken.'

Een oude man met krukken. Zo zag hij onze vader dus en zo zagen de reizigers hem waarschijnlijk ook. Ik hoopte voor één keer dat mijn vader het niet verstaan had, dat zijn Turks tekortschoot om deze opmerking te begrijpen. Voorzichtig schuifelde hij richting de uitgang, alsof er niets aan de hand was en het niet over hem ging. Mijn moeder zei dat ik Elida's hand moest vastpakken en achter mijn vader aan moest lopen. Ik wilde zeggen dat we beter konden wachten tot iedereen was uitgestapt zodat mijn vader rustig kon uitstappen, maar ik durfde niet te protesteren en pakte snel de koffer.

De kleine donkere ruimte voor de deuren was volgelopen met

mensen die stonden te trappelen van ongeduld. Er hing een zware zweetlucht die vermengd was met de doordringende geur van sigarettenrook. Sinds we Hemgin hadden verlaten, leek het of alle mannen die we tegenkwamen rookten. Iemand duwde me hard in mijn rug. Toen ik geërgerd omkeek, zag ik dat het mijn broer was. Hij keek me aan met een brede grijns en zei: 'Vind je het spannend, kleine?'

'Het gaat wel,' loog ik, misselijk van opwinding. Ik probeerde me voor te stellen hoe het zou zijn om mijn eerste stappen in Izmir te zetten. Terwijl de remmen een langgerekte schrille toon veroorzaakten, kwam de trein schuddend tot stilstand. Een passagier die in de drukte tegen de deuren aan werd gedrukt, trok aan een hendel waarna de deuren openschoten en iedereen zich naar buiten wrong. Mijn vader werd aan alle kanten voorbijgelopen en aangestoten, en kon met moeite overeind blijven. Geïrriteerd stoof mijn broer naar voren en duwde een paar mensen naar achteren. 'Waar zijn jullie manieren gebleven?' riep hij. 'Laten jullie een man met krukken niet eerst uitstappen?'

Nadat een paar passagiers mopperend inhielden, sprong mijn broer het perron op om mijn vader te helpen bij het uitstappen. Even later stond ik met mijn koffer in de ene hand en Elida's klamme handje in de andere, op het station van Izmir.

62

We stonden op het stationsplein in de blakerende zon en keken vol verwondering om ons heen. Het was meteen duidelijk dat Muş een nietig dorp was in vergelijking met Izmir. Het grote plein wemelde van de mensen en iedereen leek haast te hebben. Steeds dacht ik dat ze tegen elkaar op zouden botsen, maar op het laatste moment ontweken ze elkaar bedreven alsof ze met z'n allen een spel speelden waarvan ik de regels niet kende. Mannen in donkere pakken en met grote zonnebrillen liepen in de smoorhitte langs, terwijl ze met een zakdoek hun voorhoofd depten of stoïcijns een trek namen van hun sigaret. Jonge vrouwen in kleurrijke jurken liepen met een sierlijke tred voorbij en wuifden zich koelte toe met waaiers. Ik staarde vol bewondering en met een zeker gevoel van begeerte naar hun lange benen en blonde haren, die een gouden gloed hadden in de najaarszon. Ze zagen er oogverblindend uit.

Het was herfst, maar Izmir stond in vuur en vlam.

In die verstikkende mensenmassa zwoegden de verkopers in de eetkraampjes om hun dagloon bij elkaar te schrapen. Terwijl het zweet van hun voorhoofden droop, verkochten ze gegrild vlees, gepofte kastanjes en allerlei deegwaren. Jongens van mijn leeftijd boden de 'lekkerste limonade van Izmir' aan. En ik zag iets wat ik nooit eerder had gezien: mosselen. Een man had ze in een grote schaal met citroenen op een tafeltje gelegd en riep: '*Midye*! Midye! Vers uit de Egeïsche zee.' Toen ik een paar stappen richting de schaal zette, rook ik een voor mij nieuwe geur: de zilte lucht die boven alle andere geuren op het stationsplein uitstak. Ik begreep meteen dat de zee zo moest ruiken.

Zonder iets te zeggen liep mijn broer naar een kraam en kocht van het geld dat hij over had vijf simits en vijf flesjes *ayran*. En terwijl we de simits uitgehongerd naar binnen schrokten, tastte ik de omgeving af met mijn ogen. Ik zag de zee niet, noch zag ik de palmbomen waar Hemo zo lyrisch over had verteld. Wel zag ik veel duiven met een beige kleur en een zwart streepje in de nek. Ze liepen rondjes en pikten zenuwachtig met hun snaveltjes op de grond en telkens als een voetganger te dichtbij kwam of een klein kind ze probeerde te vangen, vlogen ze met tientallen tegelijk weg om een klein stuk verder weer te landen. En hoog boven ons zag ik meeuwen bijna roerloos in de lucht hangen. Net als de arenden boven ons dorp hielden ze hun vleugels stil maar bleven ze zweven. Auto's, vrachtwagens en grote bussen reden toeterend en met flinke vaart langs het plein.

'Wat gaan we doen, apo?' vroeg mijn broer.

Mijn vader bekeek de omgeving een tijdje kalm alsof hij naar een aanwijzing zocht, tastte toen in zijn jaszak en griste er de twee enveloppen met geld uit en het briefje dat Hemo hem had gegeven.

'Haal die enveloppen niet steeds zo opvallend tevoorschijn,' zei mijn broer terwijl hij nerveus om zich heen keek. 'Dit is Sobyan niet, voor je het weet, worden ze uit je handen gegrepen.'

'Yusuf heeft gelijk,' zei mijn moeder. 'Als we dat geld kwijtraken, zijn we verloren.' Ze keek ons streng aan. 'We zijn nu in Izmir, alles is hier anders. We moeten voorzichtig zijn en goed op elkaar passen.'

Mijn broer pakte het briefje uit mijn vaders hand en las hardop de naam die erop stond. 'Orhan Aslan. Wil je meteen bij hem langsgaan?'

'Ja, volgens Hemo kan hij ons aan een huis helpen. Maar hoe vinden we hem?'

'Simpel,' zei mijn broer terwijl hij naar een rij taxi's voor het stationsplein wees. 'We pakken een taxi.'

We laadden onze spullen in de taxi van een jonge chauffeur die ons enthousiast begroette. Hij had brede bakkebaarden en een dun snorretje. Zijn haar had hij met veel vet strak naar achteren gekamd en hij rook zo fris als citroen. Hij vroeg waar we vandaan kwamen. Toen mijn broer vertelde dat we uit een dorp in de buurt van Varto kwamen, keek de chauffeur hem vragend aan.

'Varto?'

'Ken je Muş?' vroeg mijn broer.

De chauffeur glimlachte en klopte mijn broer hartelijk op zijn schouder. '*Kardeş*, natuurlijk ken ik Muş. Er woont daar veel familie van mij.' Als om zijn woorden te onderstrepen, begon hij uit volle borst het liedje over Muş te zingen, waarna mijn broer en hij in lachen uitbarstten.

Hij stak zijn hand uit naar mijn broer en zei met een brede glimlach: 'Ik ben Mustafa.'

'Yusuf, aangenaam.'

Nadat we waren ingestapt, gaf Mustafa een flinke dot gas waardoor we met piepende banden wegreden. Door het open raampje op de achterbank inhaleerde ik de geur van de stad, maar ik rook de zee niet. Misschien kwam het door het euforische gevoel of het verlangen naar de zee dat ik op dat moment niet alleen mijn ouders, maar ook mezelf verbaasde door hardop mijn eerste woorden in het Turks te spreken. 'Mustafa abi,' zei ik. 'Waar is de zee?'

Hij keek me aan via de achteruitkijkspiegel. 'De zee?'

'Ja, de zee.'

'De zee is een klein stuk verder. Wil je hem zien?'

Ik knikte, maar mijn broer zei: 'Dat hoeft niet hoor, rij maar gewoon door.'

'Het is geen punt,' zei Mustafa terwijl hij een trek van zijn sigaret nam en nonchalant met één hand stuurde. 'Het is nauwelijks een omweg.'

'Maar...'

Voordat mijn broer zijn zin kon afmaken, onderbrak Mustafa hem. 'Maak je geen zorgen, kardeş,' zei hij terwijl hij vanuit de achteruitkijkspiegel naar me knipoogde. 'Als mijn kleine vriend de zee wil zien, dan laten we hem toch de zee zien. Voor vrienden uit Muş is het inbegrepen in de prijs.'

Even later presenteerde de donkerblauwe zee zich in al zijn glorie aan ons. Met grote ogen keek ik naar de kalme golven en de metershoge palmbomen die in een eindeloze rij langs de kuststrook in de zon schitterden. Kleine roeibootjes dobberden op het water en vissers wierpen vanaf de kade hun lijn in zee, terwijl de meeuwen achter de pont aanvlogen van waaruit passagiers stukjes brood naar hen wierpen. Ik zoog de lucht diep in mijn longen en maakte voor het eerst kennis met de geur van de zee. Hij rook anders dan de mosselen, hij rook frisser en krachtiger.

Hij rook naar vrijheid. En geluk.

63

Mustafa zette ons af in een zijstraat van een heuvelachtige wijk. Bij het afscheid zei hij tegen mijn broer dat hij hem graag rond zou leiden in Izmir. 'Ik zit altijd bij het stationsplein, kom een keer langs, dan stel ik je voor aan een paar vrienden.'

Ze schudden elkaar vriendschappelijk de hand. Toen mijn vader hem wilde betalen, schudde hij zijn hoofd. 'Nee, nee, *amca*. Van vrienden uit Muş neem ik de eerste keer niets aan.' Hij haalde onze bagage uit de kofferbak, terwijl mijn broer de opgerolde dekens van mijn moeders schoot trok. Mustafa maakte een sierlijke buiging en stapte toen in zijn auto. Voordat hij wegreed, stak hij zijn hand uit het raampje en zei met een brede glimlach: '*Hoşça kalın.*'

Mijn broer wierp een blik op het briefje, keek op naar het huis waar we voor stonden en drukte toen op de deurbel. Het kunstmatige geluid van een fluitende vogel klonk en stierf langzaam weer weg. Een man van een jaar of zestig met stugge wenkbrauwen opende de deur. Hij bekeek ons zwijgend en zei toen: '*Evet?*'

Mijn vader vroeg in het Zazaki of hij Orhan Aslan was, waarop de man nors knikte, maar op het moment dat Hemo's naam viel, lichtten zijn ogen meteen op.

'Ah, had toch meteen gezegd dat jullie vrienden van Hemo zijn. Kom binnen, kom binnen!' In zijn ruime woonkamer stonden twee leren bankstellen en een langwerpige salontafel waarboven een sprookjesachtige kroonluchter hing waarin wel honderden kleine kristallen verwerkt waren. Zijn jongere vrouw, die me deed denken aan de vrouwen op het stationsplein, sprenkelde naar citroen geurende eau de cologne in onze handen. Daarna bracht ze ons thee en baklava die volgens Orhan van Sevinç kwam. 'De beste patisserie van Izmir.'

Orhan begon over de grote aardbeving van Varto en wilde weten of Hemgin ook getroffen was en hoe het met Hemo ging. Mijn vader vertelde toen het hele verhaal zoals alleen hij dat kon. Voor even was hij weer de verhalenverteller die zijn gelijke niet kende in Sobyan en de wijde omgeving. De aardbeving, de verwoestingen in het dorp, de vele slachtoffers en de hulp van de staat kwamen allemaal aan bod. Uitgebreid deed mijn vader verslag van de verschrikkingen die we hadden doorgemaakt, maar hij vertelde gelukkig niets over de pogingen van de dorpelingen om ons te verjagen.

'Ach, Hemo... mijn dierbare Hemo,' zei Orhan zonder de emotie in zijn stem te verbergen. 'Ik had niet anders van hem verwacht. Nooit meer heb ik zo'n onbaatzuchtige en nobele man ontmoet.'

In de lange stilte die daarop volgde, kwam mijn moeder ter zake: 'We zoeken dringend een huis. Hemo zei dat u ons daarbij kon helpen.'

Orhan vertelde dat het niet meeviel in Izmir. 'Er worden 's nachts veel illegale huizen gebouwd in de *gecekondu*, maar die zijn van slechte kwaliteit. Het spijt me dat ik het moet zeggen, maar als ik jullie zo zie zitten, zijn jullie volgens mij niet in staat een huis te bouwen.' Mijn vader glimlachte vermoeid en zei dat de reis erg lang was en we uitgeput waren. Orhan zweeg even en vertelde toen dat zijn tante een paar weken geleden was overleden. 'Ze woonde in een klein huis met een grote tuin. Het is hier vlakbij en staat nu leeg. Als jullie willen kunnen we er zo even naar kijken. En als het jullie bevalt, mogen jullie daar een tijdje zitten, tot jullie iets groters hebben gevonden. Wat zeggen jullie ervan?'

Mijn vader keek mijn moeder vragend aan. 'Dank u, dank u vriendelijk,' zei ze. 'U zou ons er heel erg mee helpen.'

'Vrienden van Hemo help ik graag, zeker als ze ook uit Hemgin komen.'

Ik duwde met mijn tong de restjes baklava van mijn kies en leunde ontspannen achterover op de bank. Toen ik zag dat mijn moeder met een glimlach naar mijn vader keek die een stuk baklava in een keer in zijn mond wierp en gulzig van de thee dronk, had ik meer dan ooit het gevoel dat we het onheil eindelijk achter ons hadden gelaten.

Even later staken we de drukke weg over waarover Mustafa ons naar het huis van Orhan had gereden. Aan weerszijden van de straat bevonden zich kleine winkels waar de meest uiteenlopende spullen werden verkocht, zoals gordijnen, ventilatoren en houtskool maar ook brood, groenten en fruit. Op zowat elke straathoek bevond zich een barbier. En in het grote theehuis speelden mannen *okey* en *tavla* in de blauwe rook van sigaretten en waterpijp.

We sloegen een smalle doodlopende zijstraat in die na zo'n vijftig meter uitkwam op een klein wit huis met rode dakpannen. Ons huis in Sobyan was minstens twee keer zo groot. De voordeur van het huis bevond zich op een lager niveau dan de straat. Via vier treden daalden we af naar het smalle gangpad dat na zo'n drie meter eindigde bij het wc-hok. Als je je armen spreidde, raakten de vingertoppen van je ene hand de voorgevel en die van je andere een twee meter hoge muur. Achter die muur lag een braakliggend terrein waar het onkruid ongenadig woekerde.

Orhan duwde de sleutel in het slot van de voordeur, draaide die een paar keer met kracht om waarna de deur krakend openging. 'Ga maar naar binnen, Selim bey,' zei hij.

'Nee, laat mijn vrouw en dochter maar eerst gaan,' zei mijn vader. 'Dat brengt geluk.' Hij wenkte mijn moeder en Elida, die begon te giechelen. Achter hen liepen mijn broer en ik naar binnen. We kwamen meteen uit in de keuken waar een kleine wasbak en een eettafel met vier stoelen stonden. Een gasfornuis met twee pitten rustte op een tafeltje waaronder zich een grote gasfles bevond. Naast het gasfornuis stond een kleine koelkast die nauwelijks een meter hoog was. Een deur recht tegenover de voordeur leidde naar de tuin. Links van de voordeur bevond zich de slaapkamer waar in de hoek een groot tweepersoonsbed stond dat was opgemaakt met witte lakens. Beige vitrage en dikke bruine gordijnen hingen voor het raam waar een eenpersoonsbed voor was geplaatst. Op een zwart-witfoto aan de muur keken drie generaties van een familie strak voor zich uit alsof ze zojuist slecht nieuws hadden ontvangen en in hun netste kleding onderweg waren naar een rouwceremonie. De woonkamer was de grootste ruimte van het huis. Ondanks het feit dat de bewoonster een paar weken geleden was overleden, was er nergens een stofwolk te bekennen, alsof er de ochtend van onze aankomst in Izmir nog was schoongemaakt. Aan de muur boven de leren bank hing een groot Perzisch tapijt waarin purperen en rode tinten overheersten. Twee leren fauteuils waren voor het raam geplaatst. Het dikke gordijn werd door paarse en gele bolvormige figuren gesierd en op het vinyl op de grond waren zwart-witte vierkanten afgebeeld. In de grote servieskast in de hoek stond een porseleinen theeservies: zes kopjes op schoteltjes, een thee- en suikerpot.

Orhan pakte een fotolijst van het dressoir waarop verder stapels boeken en een radio stonden. 'Dit is mijn tante Zeynep.' Hij keek even in stilte naar de foto van de vrouw met golvend haar, alsof een zoete herinnering de kop opstak, en zette de lijst toen weer terug. 'Ze was hier een stuk jonger.'

'Uw tante was een heel mooie vrouw,' zei mijn moeder. 'Woonde ze hier alleen?'

'Haar man is vroeg gestorven, nog voordat ze kinderen konden krijgen. Daarna is ze nooit meer hertrouwd. Mijn tante kon goed alleen zijn. Ze las veel en luisterde urenlang naar de radio in de fauteuil voor het raam. Ze was niet eenzaam, regelmatig bleven haar zussen slapen. Daarom staat er een extra bed in de slaapkamer.' Orhan stopte met praten alsof hij een vraag verwachtte, daarna zei hij in zijn handen wrijvend: 'Voordat jullie zeggen of jullie het huis nemen, wil ik jullie eerst de tuin tonen. Mochten jullie nog twijfelen, dan zal die jullie vast over de streep trekken.'

We liepen terug naar het keukentje. Orhan opende met een theatraal gebaar de deur die naar de tuin leidde, waarna zich voor ons een oceaan van betoverende kleuren ontvouwde. Exotische bloemen vormden samen met de bijzondere plantensoorten en fruitbomen een hemels schouwspel. De tuin, die via een stenen trapje bereikt kon worden, was wel tien meter diep en liep steil af naar het muurtje aan de veel lager gelegen straat aan de overkant. In het midden stond een majestueuze citroenboom waarin tientallen citroenen in het zonlicht schitterden. Granaatappels drukten de takken van de granaatappelboom omlaag en aan de vijgenboom hingen rijpe blauwpaarse vijgen.

'Mijn tante bracht de meeste tijd in haar tuin door. Als het niet regende, was ze hier te vinden. Urenlang waterde ze haar tuin en elke plant of boom kreeg evenveel aandacht.' Orhan was een paar treden afgedaald en keek omhoog waar wij vol verwondering op het plateautje voor de deuropening stonden. 'En, heb ik te veel gezegd?'

'Nee, nee,' zei mijn moeder, en gehaast voegde ze eraan toe: 'Ik had niet durven dromen dat we zoiets moois zouden vinden in Izmir.' Zonder met ons te overleggen, zei ze: 'We willen hier dolgraag wonen.'

'Mooi,' zei Orhan. 'Ik zal natuurlijk alle fotolijsten weghalen. De bedden, tafels, stoelen en banken kunnen blijven staan als jullie dat willen. Net als de koelkast en radio.'

'Dat zou heel fijn zijn,' antwoordde mijn vader. 'We zullen voorzichtig met de spullen omgaan.'

'Ach, het zijn maar spullen en in een huis met kinderen moet geleefd worden,' zei Orhan. 'Bovendien was mijn tante iemand die graag deelde.'

'Hoeveel huur vraagt u ervoor?' vroeg mijn vader.

'Niet veel. Mijn tante gaf mij een bedrag van veertig lira per maand. Ik stel voor dat jullie dat ook doen.'

'Weet u dat zeker?' vroeg mijn moeder.

'Ja, natuurlijk,' zei Orhan terwijl hij een paar treden omhoog klom en mijn vader enthousiast de hand schudde. 'Ik ben blij dat ik jullie kan helpen en ik vind het een fijne gedachte dat hier betrouwbare mensen komen wonen.'

'Ik weet niet wat ik moet zeggen,' zei mijn vader. 'Wij zijn u zeer dankbaar dat u ons zo snel heeft geholpen.'

Orhan hield glimlachend een sleutel in de lucht. 'En deze is voor de vrouw des huizes.'

64

De eerste dagen in het kleine huis gingen als in een droom voorbij. De najaarszon scheen uitbundig op de tuin en mijn zusje en ik zochten de lekkerste vijgen en granaatappels uit en aten er gulzig van. Mijn moeder plukte om de dag een citroen en perste de helft ervan uit in een schaaltje. Daarna dompelde ze haar handen in het citroensap om het vervolgens uit te smeren over haar armen, hals en wangen. Alsof ze de nare herinneringen aan Hemgin zo op afstand wilde houden.

Na een paar dagen zei ze dat we niet eindeloos konden teren op het geld dat we van Hemo en de muhtar hadden gekregen. Ze keek mijn broer en mij aan en zei dat het goed zou zijn als we werk zouden vinden. 'Ik vrees dat het voor apo moeilijk wordt om wat te vinden,' voegde ze eraan toe.

Mijn vader protesteerde meteen. 'Ik vind wel wat,' zei hij strijdvaardig. 'Letten jullie maar op!'

's Ochtends trok hij er steeds in alle vroegte op uit, om pas weer thuis te komen als het buiten al schemerde. Maar iedere dag keek hij somberder als hij huiswaarts keerde. Hoewel hij de volgende ochtend bij vertrek steeds weer riep dat het die dag zou lukken, nam zijn optimisme langzaam af. Hij liep winkels, restaurants en zelfs fabrieken af, maar wat hij ook probeerde, hij kon geen werk vinden. 'Wie wil er ook een kreupele in dienst nemen?' zei hij op een avond terneergeslagen. 'Ze willen alleen maar jeugdige mannen die zo snel zijn als jonge geiten.' Zonder overtuiging in haar stem zei mijn moeder dat hij niet moest opgeven.

Na een paar weken troffen mijn moeder en ik hem voor het eerst in het theehuis aan. Hij had zijn stoel aangeschoven bij een tafel waar okey werd gespeeld en zat er, met de handen op de knieën, bij als een klein kind dat mocht toekijken hoe de mannen vloekend en rokend hun potjes afwerkten. In het begin wierp hij mijn moeder nog tegen dat hij in het theehuis kwam uitrusten van zijn inspanningen, maar later kwam hij er ronduit voor uit dat hij zijn dagen in het theehuis sleet.

'Als je maar niet voor geld speelt,' zei mijn moeder dreigend. 'Waag het niet, Selim, want ik zweer je dat je dan het huis niet meer inkomt!'

Hij was geliefd in het theehuis. In het begin won de speler bij wie hij aanschoof steeds, waardoor hij werd gezien als een geluksbrenger. Iedereen wilde graag dat hij bij hem kwam zitten en hij werd de hele dag op thee en hapjes getrakteerd. Er werd zo goed voor hem gezorgd dat hij langzaam begon aan te komen en er niet meer uitzag als iemand die in hongerstaking was. In het theehuis werd vooral Turks gesproken, hoewel er aan sommige tafels ook af en toe op gedempte toon Zazaki en Koerdisch werd gepraat. Iedereen genoot wanneer mijn vader na een tijdje met zijn beperkte Turks en kinderlijke uitspraak verhalen probeerde te vertellen, en als hij vastliep zocht hij tot hilariteit van de mannen hardop naar woorden die hij in het Turks niet kende. 's Avonds klaagde mijn moeder dat hij stonk. 'Je ruikt naar een volle asbak,' zei ze afkeurend. 'En naar oud zweet.' Ze kookte dan water, vulde er een emmer mee en sleurde hem mee naar het wc-hokje waar ze hem geduldig waste met een blok zeep. Hij protesteerde nooit en liet, gezeten op een krukje, gedwee haar krachtige vingers over zijn magere lijf glijden.

Mijn broer deelde na een week vol trots mee dat hij een baan in een eethuis in de wijk Karşıyaka had gevonden. Hij werkte lange dagen van tien uur 's ochtends tot elf uur 's avonds. In het begin kwam hij vermoeid maar met een glimlach thuis. Hij was de kostwinner van ons gezin. Het grootste deel van zijn loon stond hij af aan mijn moeder, die het op een verborgen plek bewaarde. Daarna vond ik ook een baan. Ik kon aan de slag bij een groentekraam op de markt vlak bij ons huis. Nog voor de zon opkwam moest ik samen met mijn baas en zijn broer de kraam opzetten om daarna de hele dag kisten vol groente en fruit van hun pick-up naar de kraam te sjouwen. Hoewel hij me niet veel betaalde en ik misschien te lange uren maakte voor een dertienjarige, mocht ik hem graag en had ik plezier in mijn werk. Hij behandelde me goed en liet me in de middag altijd op zijn kosten *lahmacun* en *börek* eten bij het eethuisje aan de overkant. Soms moest ik de volle tassen van klanten naar hun huis dragen en meestal kreeg ik dan een fooi. In het begin durfde ik niet met hen te praten uit angst dat ze me zouden uitlachen om mijn Turks, maar al snel maakte ik korte zinnetjes en merkte dat niemand raar opkeek. Een enkeling vroeg waar ik vandaan kwam. Aanvankelijk antwoordde ik steeds dat ik in Sobyan geboren was, maar omdat niemand ons dorp kende, hield ik het later op Varto, waarna iedereen meteen over de aardbeving begon en vroeg of ik familie had verloren. Dat stond me al snel zo tegen dat ik het maar op Muş hield.

Het grootste deel van mijn verdiensten droeg ik af aan mijn moeder, maar de fooien en een klein deel van mijn loon hield ik voor mezelf. Dat geld stopte ik in een glazen potje dat ik verstopte in een kuil in de tuin. Ik bedacht dat ik er later kleren van kon kopen of andere dingen waar mijn ouders waarschijnlijk geen geld voor hadden. En misschien zou ik er later wel mijn school van kunnen bekostigen.

Na een paar weken kwam mijn broer steeds later terug van zijn werk, tot hij op een gegeven moment hele nachten wegbleef en ik hem pas 's ochtends, als ik naar mijn werk ging, zwalkend naar huis zag komen. Wanneer mijn moeder hem om uitleg vroeg, excuseerde hij zich in het begin en zei dat hij met collega's op de zaak was blijven hangen en de tijd uit het oog verloren was. Maar later raakte hij geprikkeld als ze hem uithoorde. Hij riep dat hij op zijn leeftijd geen verantwoording hoefde af te leggen. 's Ochtends stonk zijn adem naar alcohol en zo nu en dan zag ik hem overgeven in de steeg voor ons huis. Hij gaf steeds minder geld aan mijn moeder. Op een gegeven moment gaf hij haar in sommige weken zelfs niets. Als ze hem dan luidkeels vervloekte, zei hij dat hij het geld zelf nodig had voor kleren en eten, maar ik wist dat hij het in werkelijkheid aan drank uitgaf en verdacht hem ervan dat hij gokte.

Mijn vader bemoeide zich niet met hem. Alleen als mijn moeder zich wanhopig tot hem wendde en zei dat hij zich ook met zijn oudste zoon moest bemoeien, zuchtte hij: 'Daye heeft gelijk. Luister alsjeblieft naar haar.' Daar liet hij het bij. Hij zette het volume van de radio harder, vouwde zijn handen ineen en staarde vanuit zijn fauteuil de tuin in.

Ik voelde dat mijn broer weer langzaam van ons afdreef. Hoewel ik het nauwelijks durfde, nam ik me keer op keer voor om er met hem over te praten. Maar nu eens kwam hij thuis met een kater terwijl ik naar mijn werk moest, dan weer lag hij overdag uren op de bank zijn roes uit te slapen. En de keren dat ik hem bij de avondschemering op het stenen trapje in de tuin aantrof, zei hij: 'Ik weet wat je wilt zeggen, Mehmet, maar ik heb er nu geen zin in.' Daarna keken we zwijgend hoe de rode zon langzaam wegzakte achter een paar daken in de verte.

65

Mijn vader zat bij het raam en keek naar de tuin waar de planten en bomen de laatste zonnestralen van de dag opvingen. Uit de radio, die hij aan het einde van de middag aanzette als hij terugkwam uit het theehuis, klonken dramatische liedjes van zangers wier handelsmerk eindeloos hoge uithalen waren. Mijn broer lag al de hele middag op de bank te slapen. Ik vroeg me af of mijn ouders de doordringende alcoholwalm niet roken die uit al zijn poriën kwam. Als je een stap in ons huis zette, was het alsof je een brouwerij betrad.

Mijn moeder stapte met een spatel in haar hand de woonkamer binnen en schreeuwde: 'Yusuf, sta op! We gaan zo eten.'

Hij reageerde niet, waarop mijn moeder nog harder schreeuwde. 'Yusuf, sta verdomme op!'

Zelfs mijn vader keek nu verschrikt om.

'Schreeuw niet zo,' zei mijn broer kreunend zonder zijn ogen te openen. 'Ik hoor je wel!'

'Je hebt daar lang genoeg gelegen. Zelfs de straathonden in Hemgin slapen minder lang.' Ze keek hem aan alsof ze hem ieder moment van de bank kon trekken om zijn hoofd in een emmer koud water te duwen. 'Waarom ben je vandaag niet naar je werk gegaan?'

Mijn broer keerde zijn gezicht naar de rugleuning van de bank. 'Laat me met rust.'

Ze sloeg met de spatel op haar handpalm. 'Geef antwoord, Yusuf! Waarom ben je niet naar je werk gegaan?'

'Ik ben ziek.'

Als mijn broer zijn ogen had geopend, had hij gezien dat haar ogen vuur spuwden. Ze sloeg steeds harder op haar handpalm terwijl ze een paar stappen naar voren zette. 'Ben je ziek of heb je te veel gedronken?'

Er kwam geen reactie.

'Verdomme, Yusuf, denk je soms dat we achterlijk zijn? Je komt iedere dag pas in de vroege ochtend thuis en stinkt naar alcohol. En je hebt niet eens het fatsoen om het braaksel van je gezicht te vegen. Waar zijn je manieren gebleven? Heb je ze soms achtergelaten in het dorp?'

Mijn broer schoot overeind en schreeuwde: 'Waar bemoei je je mee? Ik werk en geef jullie geld. Wat willen jullie nog meer van me?'

'Wij verwachten dat je je als een man gedraagt en je gezin steunt. En dat je een voorbeeld bent voor Miran en Elida. Is dat soms te veel gevraagd?' Ze zweeg even. 'Waarom geef je ons de laatste weken zo weinig geld?'

Mijn broer zuchtte vermoeid. 'Ik heb het je al zo vaak verteld, ik moet eten en kleren kopen. Ik kan in Izmir toch niet rondlopen in de vodden die ik in het dorp droeg?'

'Yusuf, we kunnen nauwelijks rondkomen,' zei mijn moeder nu rustiger, 'terwijl jij alles wat je verdient meteen uitgeeft.'

'Dat is niet waar! Ik geef je iedere week genoeg geld voor boodschappen.'

Ik keek naar mijn vader. Hij zat onaangedaan in zijn fauteuil en neuriede zachtjes mee met de muziek op de radio terwijl hij naar de tuin staarde. In Izmir was de fauteuil zijn troon geworden. Soms trof ik hem er ook midden in de nacht aan wanneer ik opstond om naar de wc te gaan. Ik wist op die momenten niet of hij sliep of uit slapeloosheid terugkeek op de stormachtige maanden die achter ons lagen.

'Hou je mond, Yusuf! Lieg niet!' Mijn moeders stem bereikte een onwaarschijnlijk volume. Zelfs mijn broer schrok ervan. 'Als het geld uit de enveloppen straks op is, hebben we niets meer om van te leven. Hou dus op met drinken en geld verspillen!'

Mijn broer stond op van zijn plek. 'Als we het zo slecht hebben, waarom gaan jullie dan zelf niet werken?' Hij wees naar mijn vader. 'Waarom zit hij hier de hele dag in die stoel of in het theehuis?'

'Roep niet zoiets belachelijks, Yusuf! Je weet dat apo hier geen werk kan krijgen.'

'Ja, dat roept hij wel, maar ik zie in de stad genoeg mensen zoals hij die werken voor hun brood.'

'Waar heb je het over?' vroeg mijn moeder.

'Ik zie mensen die ook een been missen, die zelfs twee benen missen en toch proberen geld te verdienen.'

'Ik begrijp niet waar je het over hebt.'

'Ga een keer naar de stad en zie met je eigen ogen dat er zelfs mensen zonder ledematen zijn die geld ophalen op straat.'

Ik hoopte dat ik me vergiste en dat hij niet bedoelde wat ik dacht. Misschien was hij nog dronken of was hij echt ziek en was zijn brein aangetast, maar voordat ik wat kon zeggen, zei mijn moeder: 'Maar wat doen die mensen dan?'

'Ze doen niets, helemaal niets. Dat is het mooie juist,' zei mijn broer met een brede glimlach, alsof hij zojuist de oplossing voor ons probleem had gevonden. 'Ze zitten daar de hele dag met een schoteltje voor hun neus en passerende mensen gooien er zo nu en dan een paar munten in.'

Mijn moeder begon langzaam haar hoofd te schudden. Traag ging het heen en weer terwijl ze iets onverstaanbaars mompelde en haar ogen dichtkneep. 'Zeg me dat het niet waar is,' zei ze toen duidelijk hoorbaar. 'Allah, zeg me dat ik me vergis.' Ze zweeg even en toen ze haar ogen weer opende, schreeuwde ze: 'Wat voor zoon ben jij? Wat voor achterlijke, ondankbare zoon ben jij?' Voordat hij kon reageren, gooide ze de spatel hard in zijn richting. Het houten ding schoot rakelings langs zijn hoofd en knalde tegen de muur. 'Jij vuile hond! Wil je dat je vader gaat bedelen? Is dat soms wat je wilt?'

Niet eerder had ze hem op zo'n genadeloze wijze tot de orde geroepen. Ik zag de kleur uit zijn gezicht wegtrekken. Misschien had hij wel verwacht dat hij zoiets ongestraft kon roepen, zoals hij ook ongestraft tot het ochtendgloren wegbleef. En misschien was het hem wel volledig in de bol geslagen en had hij verwacht dat ze hem zou prijzen om zijn idee. Hij wist nu dat hij te ver was gegaan.

'Het is... ik bedoel...' hakkelde mijn broer met onschuldig opgeheven handen. 'Je moet... je moet het niet zien als bedelen.'

Ik kon niet geloven wat zich voor mijn ogen afspeelde. Mijn broer had niet eens het fatsoen om een moment af te wachten dat mijn vader er niet was. Hij sprak alsof het niet over zijn eigen vader ging, maar over een waardeloze buurman die weigerde de handen uit zijn mouwen te steken voor zijn gezin. Ik voelde dat ik iets moest zeggen, dat ik het voor mijn vader moest opnemen.

'Bao, ik begrijp het niet. Waarom zeg je toch zoiets?' vroeg ik.

Maar voordat hij kon reageren, zei mijn moeder: 'Vertel me hoe ik het dan moet zien. Lanet bo, vertel het me!'

Hij staarde naar de grond. Zijn haren vielen voor zijn ogen. 'Mensen kunnen hem geld geven, als ze willen... hij hoeft het niet te vragen. Ik bedoel... hij hoeft zijn hand niet op te houden. Dat is geen bedelen... volgens mij.'

Mijn vader draaide zich voor het eerst om en zei kalm: 'Als je wilt dat je vader op de grond gaat zitten om te bedelen, dan doe ik dat, maar dan moet je me beloven dat je ophoudt met drinken en daye niet meer ongerust maakt.'

'Stil, Selim!' riep mijn moeder. 'Laat dit maar aan mij over. Die jongen weet niet waar hij het over heeft. Hij spuugt in de waterput waar hij zijn leven lang uit heeft gedronken.' Ze keek mijn broer woedend en vol verachting aan. 'Moge Allah je straffen! Moge Hij ervoor zorgen dat je kinderen jou zullen aandoen wat jij ons aandoet, dat ze jou ook verraden en in de steek laten! Dat zou je verdiende loon zijn.'

De woorden van mijn moeder schokten mij. Niet eerder had ik haar zulke woorden in de mond horen nemen. Mijn broer hield zijn blik op de grond gericht terwijl zijn armen slap langs zijn lichaam hingen. Vertwijfeld vroeg ik me af wat er ging gebeuren, hoe het nu verder moest.

'Verdwijn!' riep mijn moeder. 'Ik wil je hier niet meer zien! Je bent pas weer welkom als je je vader met respect behandelt. Als je ons allemaal met respect behandelt.'

Mijn broer keek haar aan met een trieste blik die smeekte om genade. 'Maar ik ben ziek.'

'Verdwijn, Yusuf! Voordat ik mijn zelfbeheersing helemaal verlies. Ik wil je hier niet meer zien. Verdwijn!'

Hij pakte zijn jas van de grond en liep met grote stappen het huis uit.

Ik vreesde dat ik mijn broer nooit meer zou zien.

66

Na twee dagen was mijn broer nog steeds niet teruggekeerd. Iedere ochtend hoopte ik tevergeefs dat ik hem op weg naar mijn werk zou tegenkomen. Na het werk liep ik telkens ongerust de talrijke thee- en eethuizen in de hoofdstraat af, maar hij was nergens te bekennen.

Mijn moeder kreeg met het uur meer spijt van haar woede-uitbarsting. Terwijl ze onrustig rondjes liep in huis, verweet ze zichzelf hardop dat ze haar oudste zoon voorgoed had weggejaagd.

'Alles komt goed,' zei mijn vader keer op keer. 'Geloof me, Aşme, die jongen komt terug als zijn woede is weggezakt en zijn geld op is.' Vanuit zijn fauteuil streek hij met zijn hand over haar been. 'Alles komt goed.' Hij sprak de woorden op zo'n vanzelfsprekende toon uit dat ik verwachtte dat mijn broer elk moment in de deuropening kon staan.

Maar toen hij ook de derde dag niet terug was, stelde ik voor dat ik naar zijn werk zou gaan en in de stad zou rondkijken. Mijn moeder reageerde afwijzend. Ze was bang dat ik ook zou verdwijnen en door de grote stad zou worden opgeslokt. Maar toen ik volhield en zei dat ik de weg naar de stad kende en onmogelijk kon verdwalen met de honderden *dolmuş*-busjes die naar elke uithoek van de stad reden, stemde ze zuchtend in. Nadat mijn vader had gezegd dat ik voorzichtig moest zijn en me pas liet gaan toen hij een kus op mijn voorhoofd had gedrukt, hield ik even later een dolmuş aan in de hoofdstraat.

Het was een broeierige herfstdag. De overvolle dolmuş kookte van de hitte. Mannen met zweetplekken onder hun oksel hielden zich moeizaam vast aan de handgrepen boven hun hoofd en botsten in de bochten steeds tegen elkaar op. Ik klampte me vast aan het hoofdeind van een stoel, haalde een paar munten uit mijn broekzak en tikte een passagier voor mij aan en zei: '*Bir kişi.*' Hij gaf het door aan een oude man terwijl hij herhaalde wat ik zei. De oude man strekte zijn arm uit naar een jongen van een jaar of zestien die naast de chauffeur zat en belast was met het innen van het geld van de reizigers. Om de paar honderd meter stopte de dolmuş wanneer een passagier '*Müsait bir yerde*' riep of iemand op straat zijn hand opstak. Daardoor duurde de rit naar de stad eindeloos.

Ik stapte uit bij de eindhalte waar wel twintig dolmuş-busjes naast elkaar stonden geparkeerd, en liep naar de grote winkelstraat van Karşıyaka waar mijn broer werkte. Daar heerste de drukte van een oosterse bazaar. Mensen botsten in de grote mensenmassa voortdurend tegen elkaar op. Van een duidelijke looprichting was geen sprake. Kleine jongens van een jaar of zes met smerige gezichten boden zakdoeken te koop aan. Op blote voeten achtervolgden ze passanten terwijl ze op meelijwekkende toon jammerden: '*Lütfen beyefendi*, koopt u toch een zakdoek van ons.'

Vanaf de straat wierp ik een blik in het eethuisje waar mijn broer werkte. De kleine zaak was helemaal afgeladen. Aarzelend liep ik naar binnen en keek om me heen, maar ik zag mijn broer niet. Ik verzamelde al mijn moed en vroeg aan een ober, die met driftige passen twee kommen soep naar een tafel bracht, of Yusuf aanwezig was. Hij keek me vluchtig aan, legde de kommen neer voor de gasten en vroeg: 'Is hij je broer?'

Ik knikte, waarna hij met de rug van zijn hand het zweet van zijn voorhoofd veegde. Zonder de woede in zijn stem te verbergen zei hij: 'Hij is hier al vier dagen niet komen opdagen. Zeg maar tegen die onbetrouwbare broer van je dat ik zijn gezicht hier niet meer hoef te zien.' Zonder mijn reactie af te wachten liep hij naar de toonbank waar nog meer dampende borden wachtten.

Buiten slenterde ik urenlang door de lange winkelstraat. Ik probeerde in het kabaal van de mensenmassa mijn gedachten te ordenen. Het schoot door mijn hoofd dat de taxichauffeur Mustafa had gezegd dat hij vaak op het stationsplein te vinden was. Misschien wist hij waar mijn broer was.

Op het stationsplein was het minder druk dan toen we in Izmir aankwamen. Er stonden slechts een paar eetkraampjes en de rij taxi's langs het plein was minder lang. Mustafa was nergens te bekennen. Vermoeid nam ik plaats op een bankje onder een boom en trok mijn schoenen uit.

Op de weg terug naar de dolmuş liep ik langs een onopvallende boekwinkel. In de bescheiden vitrine zag ik boeken voor volwassenen met sombere donkere omslagen. In een hoekje stonden ook een paar kinderboeken uitgestald. Ik kon mijn ogen niet geloven toen ik een boek over kleine Mehmet zag liggen. *Küçük Mehmet in de stad* stond er op het omslag. Ik liep opgewonden de winkel in en zag nog meer exemplaren ervan op de leestafel liggen. Ik pakte er een op en bekeek glimlachend het vrolijke hoofd van kleine Mehmet. Mijn naamgenoot was dus ook naar de stad vertrokken. Meteen daarop viel mijn oog op een andere tafel waarop schriften in verschillende kleuren en formaten lagen uitgestald. Ik bladerde door een rood schrift met een hard kaft. De kraakheldere witte pagina's met horizontale blauwe lijnen lichtten op in de schemerige ruimte. En meteen voelde ik de drang om woorden aan het papier toe te vertrouwen, woorden die sinds ons vertrek naar Izmir boven waren komen drijven in mijn hoofd, maar geen uitweg hadden kunnen vinden. Woorden over Izmir, ons nieuwe huis en over Ali. Ik liep met het boek en schrift naar de kassa en rekende ze samen met een balpen af.

Bij de terugreis wist ik in de dolmuş een plaats bij het raam te bemachtigen. Terwijl we traag door de smalle straten reden, tastte ik tevergeefs de omgeving met mijn ogen af in de hoop mijn broer te zien lopen.

Mijn moeder begon meteen te huilen toen ze me zonder mijn broer zag terugkeren. Ze vroeg met overslaande stem of ik overal had gekeken en ook naar zijn werk was gegaan. Ik antwoordde zo rustig mogelijk dat ik zelfs naar het stationsplein was gegaan en urenlang door de stad had gezworven.

Tijdens het avondeten werd er aan tafel niet gepraat. Ik had verwacht dat mijn moeder iets zou zeggen over de situatie of dat mijn vader een geruststellende opmerking zou maken, maar ze keken met een lege blik voor zich uit alsof hun zojuist het bericht had bereikt dat het lijk van hun zoon op een vuilnisbelt was aangetroffen.

Na het eten nam ik met mijn schrift plaats op de stenen trap aan de tuinzijde. Ik keek een tijdje voor me uit en drukte toen de balpen op het papier en schreef mijn eerste woorden in Izmir.

Ik hoop dat mijn broer snel terugkomt.

Er werd aangebeld. Ik schoot overeind en dacht dat mijn wens meteen al in vervulling was gegaan, maar toen ik hoorde dat het Orhan was, ging ik weer zitten. Hij kwam informeren hoe het ging. Ik luisterde even naar het gesprek tussen hem en mijn ouders maar werd de bezorgde stem van mijn moeder al snel beu en richtte me weer op mijn schrift.

Vandaag heb ik mijn broer gezocht in Karşıyaka. Ik kon hem niet vinden. Ik ben bang, maar ik wil niet huilen.

'Merhaba Mehmet,' zei Orhan. 'Wat ben je aan het doen?'

Ik keek betrapt alsof ik iets geheimzinnigs aan het doen was en even wilde ik mijn schrift dichtslaan.

'Merhaba... Orhan bey.' Ik dacht even na over een antwoord. Moest ik hem vertellen dat ik na lange tijd weer een dagboek bijhield, dat ik had opgeschreven dat ik mijn broer miste?

'Ik... ik ben aan het schrijven,' zei ik.

'Ja, dat zie ik,' zei hij lachend. 'Word je soms ook verhalenverteller, net als je vader?'

Ik keek naar mijn schrift, naar de zinnen die ik had opgeschreven en liet de woorden van Orhan tot me doordringen. Verhalenverteller. Net als mijn vader. Ik zag ineens meester Zengin weer voor het schoolbord staan. 'Maak langere zinnen, Mehmet,' zei hij. 'Vertel meer, maak er een verhaal van. Ik weet dat je het kan!'

Ik keek op naar Orhan en glimlachte. 'Ja, ik word ook verhalenverteller.'

67

Het was nog niet helemaal licht toen ik naar mijn werk liep en een man zag staan in de steeg voor ons huis. Ik schrok. Hij steunde luid kuchend met zijn handen tegen de muur. Zijn hoofd hing omlaag.

Mijn hart sloeg over. Toen ik dichterbij kwam, zei ik aarzelend: 'Bao?' Hij keek traag op waardoor zijn toegetakelde gezicht zichtbaar werd in het schimmige ochtendlicht. Ik verstarde. Zijn linkeroog was dichtgeslagen, zijn wenkbrauw erboven gescheurd en zijn neus vertoonde een onnatuurlijke knik. Geronnen bloed bedekte zijn bovenlip.

'Bao!' riep ik vertwijfeld. 'Wat is er gebeurd?'

'Mehmet...' fluisterde hij zwaar ademend. 'Help me... naar binnen.'

Ik zag dat de huid op zijn knokkels was opengehaald. 'Wat is er gebeurd?' herhaalde ik.

'Klootzakken...' zei hij kreunend. 'Ik... ik krijg ze nog wel.'

Ik legde een hand op zijn arm. 'Wie heeft dit gedaan?'

'Kom... help me... eerst.' Wankelend reikte hij zijn hand naar me uit. Ik pakte hem vast, waarna hij me naar zich toe trok en in een keer met zijn volle gewicht op me leunde. Ik zette me schrap en wendde al mijn kracht aan om niet om te vallen. Nu pas rook ik de alcoholdamp die hij met zich meedroeg, die wat stank betreft bijna werd overtroffen door zijn lichaamsgeur. Terwijl we naar huis strompelden, riep ik mijn moeder, maar mijn broer maande me tot stilte. 'Stil! De buren hoeven me niet zo te zien.'

Nadat ik op de deur had gebonkt, verscheen mijn moeder in haar ochtendkleding. Vol ontzetting riep ze: 'Yusuf, wat hebben ze met je gedaan? Wat hebben ze met mijn mooie zoon gedaan? Allah, sta me bij. Sta me bij, Allah!'

Ze pakte hem voorzichtig bij zijn hoofd en drukte hem tegen zich aan, maar mijn broer verzette zich. Hij stootte een stoel omver, wankelde naar de woonkamer en liet zich uitgeput op de bank vallen. Mijn vader stond op uit zijn fauteuil en hinkte zonder zijn krukken naar hem toe. Hij tikte hem een paar keer op de borst en zei ongerust: 'Yusuf, mijn zoon.' Maar mijn broer bromde alleen maar terug en zakte even later weg in een diepe slaap. Toen mijn moeder met een nat doekje het bloed van zijn gezicht veegde, werd hij niet wakker. Hij ademde zwaar en mompelde af en toe wat onverstaanbaars.

'Ga maar naar je werk,' zei mijn moeder. 'Hij wordt voorlopig niet wakker.' Ze keek mijn vader vertwijfeld aan. 'Wat moeten we toch met hem aan?'

Toen mijn baas even later mijn bleke gezicht zag, vroeg hij wat er aan de hand was. Ik zei dat er thuis problemen waren, maar vertelde niet wat er was gebeurd. Hij knikte en zei dat ik eerder naar huis mocht als ik goed zou doorwerken.

Hoewel ik opgelucht was dat mijn broer was teruggekeerd, was mijn ongerustheid slechts gedeeltelijk weggenomen. Ik was bang dat hij in de problemen zat en weer vijanden had gemaakt die hem niet met rust zouden laten. En ik wist niet hoe het verder moest nu hij zijn baan kwijt was. Het maakte mij praktisch tot kostwinner van het gezin, met mijn armzalige loon.

Toen ik vroeg in de middag thuiskwam, was de stank in huis ondraaglijk. Mijn broer lag nog steeds roerloos op de bank. Hij snurkte luid. Zijn jas en schoenen waren door mijn moeder buiten op de stenen trap gelegd.

'Is hij al wakker geworden?' vroeg ik.

Mijn moeder schudde haar hoofd. 'Hij heeft alleen maar geslapen.'

Ik keek naar mijn broer, mijn eigenwijze broer die ons keer op keer voor problemen stelde. Wat had hem toch bezield om zo lang weg te blijven? En wat was hem overkomen?

Nadat we hadden gegeten, hoorden we hem ineens hoesten. Paniekerig vroeg hij om water. Elida bracht hem meteen een glas water dat hij achterover sloeg alsof hij dagenlang door de woestijn had gezworven. 'Meer, meer,' riep hij waarna Elida naar de keuken rende en nu met twee glazen terugkeerde. Na de laatste slok legde hij de glazen op de grond en leunde hij voorover alsof hij ieder moment zou overgeven. Hij staarde een tijdlang naar hetzelfde punt op de grond. Toen hij eindelijk opkeek, zag hij dat we hem aanstaarden.

Hij wierp ons een geprikkelde blik toe. 'Wat is er? Wat kijken jullie?'

'Yusuf, je hebt je moeder erg bezorgd gemaakt,' zei mijn vader met zachte stem. 'Je hebt ons allemaal bezorgd gemaakt.'

Mijn broer zweeg.

'Waar was je al die tijd?' vroeg mijn moeder fel. Ze kon haar woede niet verbergen.

'Bij een vriend.'

'Mustafa?'

'Nee.'

Ze keek hem vragend aan. 'Bij wie dan?'

'Bülent.'

'Wie is dat?'

'Dat zei ik toch, een vriend!'

Voordat ze kon reageren, legde mijn vader een hand op haar arm en knikte naar haar, waarna ze naar de keuken liep om thee te zetten.

'We zijn blij dat je terug bent, mijn zoon,' zei mijn vader.

'Ik ben ook blij, bao,' zei ik.

Hij reageerde niet. Zonder ons aan te kijken haalde hij nonchalant zijn hand door zijn lange vettige haar. Ondanks zijn boze blik en enkele sussende woorden van mijn vader, bleef mijn moeder de hele avond op hem inpraten als in haar beste dagen in Sobyan. Keer op keer vroeg ze wat er was gebeurd en wie hem had verwond, en telkens schudde hij zijn hoofd, totdat hij besefte dat hij het onmogelijk kon winnen van haar vastberadenheid en ze net zo lang zou doorgaan tot hij met antwoorden kwam.

Hij zuchtte diep en zei toen: 'Ik kan alleen zeggen dat ik het voor een vriend opnam en dat ze met z'n vijven waren.'

'Wie waren...'

Maar voor ze haar zin kon afmaken, zei mijn broer: 'Meer zeg ik er nu niet over.'

'Goed, ik laat je voorlopig met rust,' zei mijn moeder, 'als je belooft om nooit meer weg te lopen en niet meer te drinken.'

Mijn broer boog zijn hoofd en knikte nauwelijks zichtbaar.

68

Ik zat met mijn schrift op de stenen trap in de tuin en luisterde naar de merel die bij het ondergaan van de zon altijd onze tuin opzocht. Het was onvermijdelijk: zijn gezang deed mijn gedachten met een schuldig geweten afdwalen naar Ali. Sinds we in Izmir waren, had ik mijn vriend vaak uit mijn gedachten gebannen. Het was mijn manier om het verdriet op afstand te houden en me over te geven aan de vreugde waarmee we tijdens onze eerste weken in Izmir overspoeld werden. En toen mijn broer weer van ons begon af te drijven, kon ik niet nog meer pijn in mijn hart toelaten. Ik wist dat het niet anders kon, maar toch vervloekte ik mezelf er hartgrondig om. Ik had onze vriendschap verraden.

Hoewel ik voelde dat Ali nog leefde, vervulde de gedachte aan een Sobyan dat mogelijk was verwoest door de aardbeving me met afschuw. Ik dacht ook aan Bilal, Ibrahim, Hakan en zelfs Atilla. Hadden ze allen de verschrikkingen overleefd? En hoe was het met ons vee?

Sinds mijn vader goed nieuws had gekregen in het theehuis, was mijn hoop toegenomen. Een man die familie in de omgeving van Sobyan had, beweerde dat hij had gehoord dat ons dorp er goed van af was gekomen en er nauwelijks gewonden waren gevallen. Ik wist niet of het waar was, misschien had mijn vader het verzonnen om ons gerust te stellen, maar ik klampte me eraan vast. Het sterkte me in mijn overtuiging dat Ali nog leefde, en dat hij ook aan mij dacht.

Ik moest aan Hemo denken, de grootvader die ik nooit had gehad. Ik zag voor me hoe hij zwoegde om zijn huis te herbouwen, steen voor steen terwijl zijn oude lichaam kraakte. En hoe hij daarnaast niet schroomde om zijn hand uit te reiken naar zijn dorpsgenoten die hem zo vijandig hadden bejegend. En ik dacht aan Nandar en wist het zeker: nooit meer zou ik heldhaftigere mensen ontmoeten dan die twee broers.

En nu ik mijn hart had geopend, zag ik ook Besila voor me. Zou ze aan me denken op de plek waar ze was?

Terwijl ik luisterde naar de merel die zijn laatste tonen van de dag floot, dacht ik weer aan Ali. Zou ik hem ooit terugzien? Ik opende mijn schrift.

Op een dag ga ik terug naar Sobyan om Ali weer te zien.

Misschien zouden we dan allebei een gezin hebben. Met een glimlach zouden we terugkijken op onze jeugd en oude verhalen ophalen. En misschien zou hij me dan vertellen dat hij ook naar Izmir wilde verhuizen. Ik zou een arm om zijn schouder slaan en zeggen dat ik hem daarbij zou helpen. Hij zou met zijn gezin een huis vinden vlak bij het mijne, en we zouden elkaar weer dagelijks zien, Ali en ik. Onze vriendschap zou voortduren. Voor altijd.

69

Ik had mijn vader meegenomen naar Karşıyaka om zijn dagelijkse sleur te doorbreken en hem kennis te laten maken met de zee. We staarden vanaf een bankje naar de donkere golven die wild tegen de kade sloegen. Een visser met hoog opgetrokken kraag en een lijn in de hand, keek roerloos als een reiger naar het woelige water. In het luchtruim, dat nu het domein was van onstuimige wolken, waren geen meeuwen te bekennen. Ze zaten ongewoon rustig op het dak van het pontgebouw, alsof ze hun zonden overdachten. Sinds een week stak er zo nu en dan een kille najaarswind op die de laatste warme lucht terugdrong en de komst van kouder weer aankondigde. Het maakte me nieuwsgierig naar mijn eerste winter in Izmir.

Een koele bries deed me rillen. Ik drukte mijn sjaal met beide handen dichter tegen mijn hals.

'Heb je het koud?' vroeg mijn vader.

'Een beetje,' antwoordde ik. 'Jij?'

'Nee.'

Hij droeg het zwarte jasje dat ik hem een paar dagen geleden cadeau had gedaan van een deel van mijn spaargeld. Ik had het voor een spotprijs op de kop getikt in een winkeltje waar ze tweedehands kleding verkochten. De eigenaresse was een vaste klant bij de groentekraam en had me een fikse korting gegeven. Mijn vader had het geschenk met tranen in zijn ogen in ontvangst genomen en geroerd gezegd dat hij het eerste cadeau van zijn zoon voor altijd zou koesteren. Eindelijk kon hij het versleten grijze jasje vervangen dat hij al sinds mijn kinderjaren droeg.

'Na die verschrikkelijke vlucht naar de bergen als kind heb ik het nooit meer koud gehad,' vervolgde hij ineens met krakende stem. Hij wreef over zijn grijze stoppels waarin nog maar een paar rode vegen zaten. Daarna vouwde hij zijn handen in elkaar en liet ze op zijn schoot rusten. 'Daar in die bergen heb ik de kou van de dood gevoeld.'

We zwegen weer. Ik besefte dat ik een oude wond had opengehaald. Bezorgd bekeek ik hem vanuit mijn ooghoek. Mijn vader was niet meer de man die hij geweest was. Hij was in minder dan een jaar tijd veranderd in een oude man. Mensen die ons samen zagen, hielden hem vermoedelijk voor mijn grootvader. De groeven op zijn voorhoofd waren dieper geworden en zijn grijze haar dunner. Bruine vlekken sierden sinds kort de ruggen van zijn handen en hoewel hij weer iets was aangekomen, was hij nog steeds te mager en oogde hij kwetsbaar. Met de dag bewoog hij zich onzekerder voort op zijn krukken en wanneer hij rookte, werd hij regelmatig overvallen door hoestbuien die hem de adem ontnamen. In zijn fauteuil bij het raam verkeerde hij in zijn eigen wereld en dacht hij waarschijnlijk regelmatig aan de tijd die ver achter hem lag. Af en toe murmelde hij een naam van een persoon die niemand kende. Hij zong niet meer en slechts bij hoge uitzondering vertelde hij een verhaal dat hij vermoedelijk nog uit zijn jongensjaren kende en ons al meermalen had voorgedragen in Sobyan. Diep in hem school nog altijd een meesterlijke verhalenverteller, maar zijn stem had aan kracht ingeboet. Het was te horen voor de weinigen die het voorrecht hadden gehad om hem in zijn roemrijke jaren te zien optreden.

Een midyeverkoper liep langs met een schaal mosselen. Ik had trek en was benieuwd naar de smaak van de mosselen, maar bovenal wilde ik mijn vader voor het eerst in mijn leven trakteren. Ik wenkte de verkoper en zei dat ik twee porties wilde.

'Heb je geld?' vroeg mijn vader.

Ik knikte glimlachend.

De verkoper vulde twee puntzakjes die hij van kranten had gevouwen en overhandigde ze aan ons, waarna ik hem een lira gaf. Toen ik merkte dat mijn vader vragend naar de schelpen keek, zei ik dat hij ze moest openbreken en de mossel ervan af moest happen zoals ik dat anderen zo vaak had zien doen. Ik duwde het zakje tussen mijn benen, pakte er een groot exemplaar uit en deed het voor. Verwonderd bekeek ik de opengebroken mossel van dichtbij. Met lichte afkeer zag ik dat hij iets weg had van een kippenorgaan en nu pas zag ik dat er rijst op was aangebracht. Ik hapte hem van de schelp af en proefde de unieke smaak van mijn eerste mossel. En terwijl ik naar de zee keek, genoot ik van de zilte smaak.

'Verrukkelijk!' zei ik. 'Vind je niet?'

Toen ik zag dat mijn vader zijn schelp niet open kreeg, pakte ik hem zonder aarzelen uit zijn handen. Ik brak de schelp in een beweging open en reikte die hem aan. Hij glimlachte en hapte de mossel ervan af. Toen hij er langzaam op begon te kauwen, trok hij een bedenkelijk gezicht. Even vreesde ik dat hij hem zou uitspugen, maar tot mijn geruststelling zei hij even later dat het hem goed had gesmaakt.

'Dank je, mijn zoon. Ik zal nooit vergeten van wie ik mijn eerste mossel heb gekregen.'

We aten zwijgend terwijl er een steeds guurdere wind opstak. Opeens zei mijn vader: 'Mijn zoon, ik wil je al een tijd iets vertellen.' Hij slikte en staarde naar de zee. De roeibootjes schommelden onrustig heen en weer. 'In mijn leven heb ik al veel verloren... meer dan goed is voor een man. Mijn ouders, mijn broers en mijn zusje.' Hij zweeg even alsof hij moeite had het volgende uit te spreken. 'En je moeder en ik hebben Zilda en de tweeling verloren. Drie kinderen. Dat is nog het ergste, het begraven van je eigen kinderen.' Hij wendde zijn hoofd af. 'Maar dat was blijkbaar niet genoeg. Na het ongeluk ben ik alles kwijtgeraakt, mijn huis, mijn vee en mijn grond.' Zijn stem trilde. 'Maar boven alles ben ik mezelf kwijtgeraakt. Ik weet niet meer wie ik ben, ik weet niet meer wat ik moet doen in dit leven, in deze vreemde stad.' Mijn vader keek me aan. Zijn ogen waren vochtig. 'Maar, mijn zoon, ondanks alles ben ik toch hoopvol, ik ben hoopvol voor de toekomst. Weet je waarom?'

'Waarom, baba?'

'Omdat ik in jou geloof. Jij bent mijn hoop, jij zult gebruikmaken van de mogelijkheden die Izmir te bieden heeft, de mogelijkheden die ik nooit heb gehad. Jij zult hard werken en iets bereiken omdat je hebt gezien hoe het is om alles te verliezen, om niets meer te hebben.

Jij zult hier uitgroeien tot een gerespecteerd man en dokter of advocaat worden.'

Ik voelde iets zwaars in mijn keel zitten wat ik niet kon wegslikken. Mijn vader zei hardop wat ik al die tijd had gevoeld: hij rekende op mij. Maar kon ik aan zijn verwachtingen voldoen? Ik was al blij dat ik op de markt een paar lira verdiende voor ons gezin en wat geld kon sparen van mijn fooi. Hoe moest ik advocaat of dokter worden als ik nauwelijks anderhalf jaar naar school was geweest in een onbeduidend dorp in Oost-Turkije dat niemand in Izmir kende? Maar ik wist dat dit niet het moment was om daarover te beginnen, ik wist dat ik nu iets anders moest zeggen.

Ik was bang dat mijn stem ook zou trillen. 'Baba,' zei ik. 'Ik beloof je dat ik altijd hard zal werken... en mijn best zal doen om iets te bereiken.'

Mijn vader streek over mijn wang. 'Jij bent anders mijn zoon, jij bent niet zoals je broer. Over hem maak ik me grote zorgen, maar jij bent verstandig. Wat ik nu ga zeggen, mag je hem nooit vertellen.' Hij zweeg even en zei toen: 'Jij bent het altijd geweest in wie ik heb geloofd, van jou heb ik altijd grote verwachtingen gehad.'

Mijn vader legde zijn hand op mijn been en sprak toen de woorden die me altijd bij zouden blijven. 'Mijn zoon, het is nu aan jou om voor ons te zorgen.'

Hier in deze stad met zijn machtige zee en gouden palmbomen moesten we het redden. Hier moesten we de vloek die ons zo lang had achtervolgd van ons afschudden.

Het was nu aan mij.

De pont vertrok langzaam vanaf de pier en voer tegen de golven in naar de overkant van de baai, naar Konak. De meeuwen op het pontgebouw sloegen hun vleugels uit en cirkelden even later boven de veerboot.

Ik pakte mijn vaders hand en drukte die zachtjes.

'Alles komt goed,' zei ik. 'Alles komt goed, lieve baba.'

Dankwoord

Ik wil allereerst mijn ouders Aynur Tarhan en Hasan Isik uit de grond van mijn hart bedanken. Zonder hun steun was dit boek er nooit geweest. De vele verhalen die zij me geduldig over hun ouders en jeugd in hun dorp in Oost-Turkije hebben verteld, voelden niet alleen als een ontdekkingsreis door mijn eigen familiegeschiedenis, maar vormden ook de bouwstenen voor *Verloren grond*. Ontelbare uren heb ik hen gesproken, terwijl ik aantekeningen maakte in mijn notitieboek. Veel van hun verhalen hebben in bewerkte vorm een plek gekregen in deze roman. Maar ik wil benadrukken dat *Verloren grond* fictie is. Hetzelfde geldt voor de personages en hun namen.

Ik wil mijn zus Hülya bedanken voor haar oneindige vertrouwen en aanmoedigingen. Zij heeft van dichtbij meegemaakt hoe *Verloren grond* van een droom uitgroeide tot een roman. Mijn oom Usso Isik ben ik dankbaar voor het in geuren en kleuren schetsen van zijn jeugd in het dorp.

Mijn literair agenten Paul Sebes en Willem Bisseling dank ik voor het grote vertrouwen vanaf het eerste moment en het met verve behartigen van mijn belangen. Vriend en collegaschrijver Ricus van de Coevering dank ik voor het mij met veel enthousiasme introduceren bij Sebes & Bisseling.

Grote dank ben ik verschuldigd aan mijn uitgever Elsa den Boer. Zij gaf me meteen het gevoel dat mijn manuscript bij haar in goede handen was. Ik wil haar bedanken voor haar geloof, warmte en geduld. De waardevolle feedback van Elsa en Willem was voor mij onmisbaar.

Lolies van Grunsven en Eva Gerrits: voor hun eerlijke, scherpe en deskundige blik die me dwongen als een chirurg in mijn eigen werk te snijden. Lara Bresser, Roel van Diepen en Fieke Janse voor al hun inspanningen. En verder iedereen bij uitgeverij Anthos voor de hartelijke ontvangst vanaf de eerste dag, het geloof in mijn werk en hun inzet.

Mijn goede vriend Deniz Kuypers die altijd een voorbeeld voor me is geweest met zijn bijzondere verhalen. Ik zie uit naar zijn romandebuut, volgend jaar. Mijn 'abi' Mike, dankzij hem ben ik in 2004 een cursus creatief schrijven gaan volgen waar ik van docent Peter van Beek het vertrouwen kreeg dat ik het in me had. Ik zal nooit vergeten dat Peter tegen mij zei: 'Jij komt er wel.'

Mijn vriend Hassan Bahara die mij in 2007, na het lezen van mijn korte verhaal 'De purperen citroen' vroeg om de redactie van het opinieblad *Contrast* te komen versterken, waar ik Arzu Kökeng, Asis Aynan en Petra Boers leerde kennen. Zij gaven me het vertrouwen dat ik niet alleen fictie, maar ook journalistiek werk kon schrijven. Arzu wil ik ook uitdrukkelijk bedanken voor de kans die zij me gaf als columnist bij MTNL. Het zorgde voor een nieuwe dimensie in mijn schrijverschap.

Ramon Stoppelenburg, die mij als onbekende 'weblogger' vroeg om een verhaal te schrijven voor de verhalenbundel *Fasten your seat belt!* en de tweede versie van mijn website bouwde. Jelger Moraal, die de eerste versie van mijn website bouwde.

Mijn collega's van Stadsdeel West en – voorheen – De Baarsjes: zij leven al bijna vier jaar mee met het schrijfproces en hebben steeds enthousiast geïnformeerd naar de voortgang.

Mijn dierbare vrienden Robert, Erkan, Eddie, Remie, Sirfraz en Ibo, mijn schoonouders Dirk en Geertje Lont, mijn schoonzusje Annemarie Lont en mijn zwagers Berend Buys Ballot en Bektas Gültekin. Zij hebben me altijd gesteund en aangemoedigd.

En ten slotte wil ik Klasina, mijn grote liefde, bedanken voor haar onbegrensde steun, geduld en hartstochtelijke aanmoedigingen. Zij is het baken van rust in mijn leven, de coach op momenten van twijfel en een inspirator met haar enthousiasme. Mede dankzij haar heb ik door de jaren heen de schroom van me afgeworpen. Het is niet altijd gemakkelijk om samen te wonen met een schrijver die zich vaak dagenlang afzondert in de keuken (mijn werkkamer). Maar zij klaagde nooit.

Liefje, dank je voor alles. Niemand gelooft zo in mij als jij.

Verklarende woordenlijst

Zazaki

Ague – water
Ap – oom
Bao – oudere broer
Bra – broer
Cem – religieuze bijeenkomst van de alevieten
Daye – moeder
Dengbej – verhalenverteller en zanger
Lavas – pannenkoekachtig brood
Non – brood
Apo – vader
Pir – wijs, religieus figuur bij de alevieten
Semah – mystieke dans in het alevitisme die door mannen en vrouwen samen wordt uitgevoerd
Tandır – kleioven
Tezek – opgedroogde mest

Gatere to – groet van degene die weggaat
Gerbe sılamet – goedendag (in reactie op groet)
Hekşen kero – dank voor het eten
Helal bo – geen dank (in reactie op dank voor het eten)
Lanet bo – verdomme
Ma be gerdi – goedendag
Namê mı – ik heet

Se kena rında? - hoe gaat het?
Şew baş - goedenavond
Weşo warbe - dank u

Turks

Amca - oom
Baklava - zoet hapje van bladerdeeg
Bey - meneer
Beyefendi - mijnheer
Börek - pasteitje
Devlet - staat
Dolmuş - minibus
Gecekondu - sloppenwijk
Hoca - leraar
Kardeş - broer, broeder
Lahmacun - Turkse pizza
Midye - mossel
Muhtar - dorpshoofd
Okey - rummikub
Saz - Turks snaarinstrument
Sünnetçi - besnijder
Tavla - backgammon

Aferin - bravo, goed gedaan
Bir kişi - één persoon
Evet - ja
Günaydın - goedemorgen
Hoşça kalın - tot ziens
Iyi günler - goedendag
Kazık - marteltuig met een spitse punt
Lütfen - alstublieft (bij vraag/verzoek)
Merhaba - hallo
Müsait bir yerde - op een geschikte plek

Algemeen

Alevitisme - een liberale stroming binnen de islam. De alevieten hebben een (religieus-)humanistische levensopvatting

Soennisme - De hoofdstroming binnen de islam